LA VENGANZA DE LOS TEMPLARIOS

BEGOÑA VALERO

LA VENGANZA DE LOS TEMPLARIOS

BEGOÑA VALERO

EDITORIAL
SARGANTANA

El jurado del Galardón Letras del
Mediterráneo decidió el 18 de junio de 2024
premiar a Begoña Valero por su trayectoria
literaria y la aportación al engrandecimiento
de la literatura española.

La venganza de los templarios
© Del texto: Begoña Valero
© De esta edición: Editorial Sargantana, 2025
Email: info@editorialsargantana.com
www.editorialsargantana.com

Primera edición: Septiembre, 2025

Impreso en España

PEFC

Los papeles que usamos son ecológicos, libres de cloro y proceden de bosques
gestionados de manera eficiente.

ISBN: 978-84-10046-71-9
Depósito legal: V-3231-2025

A los dos hombres de mi vida: mi esposo y mi hijo.
In memoriam de mis padres, Sofía y Raimundo,
ambos infatigables lectores.

ÍNDICE

1

EL HEREJE

París, 18 de marzo de 1314

El pequeño islote de arena llamado de los Judíos, rodeado de las aguas del Sena, es el lugar que acoge a un hombre cansado, envejecido por la tristeza y sucio que parece ausente. En nada recuerda al adalid de complexión fuerte, arrojado y valiente que fue siete años atrás. Una jaula hecha de trozos improvisados de madera no puede detener el frío, pues su único abrigo son unos andrajos deshilachados de tela basta que alguna vez fueron una túnica limpia, pero que apenas puede protegerlo de la inmisericorde humedad.

Varios guardias, que se calientan ante una hoguera, lo vigilan sin prestarle demasiada atención, ni siquiera lo han atado. Saben que no escapará, ni un milagro lograría salvarlo. Ante esa certeza, se frotan las manos para intentar entrar en calor.

No muy lejos de este desalentado prisionero del rey, que todavía se considera monje y soldado, se puede ver a otro hombre que parece correr su misma suerte. También ha sido torturado para arrancarle una confesión y ambos esperan impasibles la decisión del rey.

La gente comienza a cansarse de la espera en la orilla del río, desde donde se puede apreciar el majestuoso edificio de Notre Dame todavía inacabado. Nadie quiere perderse el espectáculo. Mientras tanto, unos beben y ríen, otros piden limosna y algunos intentan apropiarse de lo ajeno. Poco a poco, el lugar se abarrota de curiosos dispuestos a jugarse hasta la vida por ocupar inmejorables posiciones que luego venderán al mejor postor.

Entre esta batahola de gentes alborozadas, una muchacha y un joven de la misma edad observan con desolación cómo tiembla de frío en el islote el hombre que antes fue el responsable de los mejores guerreros de la cristiandad. Son Lidón y Miguel, de veinte años. Han madrugado mucho para vivir este momento y han rezado más para evitarlo.

Lidón es una joven de extraordinaria belleza, al igual que su hermano. Solo Dios sabe por qué, siendo casi idénticos y habiendo nacido en el mismo parto, uno es varón y la otra mujer. Tienen el semblante afligido porque no soportan la injusticia. Y lo que les espera, tanto al hombre entristecido y sucio como al otro reo, sin duda, se trata de una iniquidad.

—Mira quién viene por ahí —señala Miguel con el dedo y su rostro muestra desprecio.

La gente abre paso a un hombre bien vestido y mejor escoltado. Es el preboste de la ciudad de París. Ha estado esperando impaciente la decisión de Felipe IV, rey de Francia. Se le nota disgustado por la situación. Al comenzar la mañana había previsto terminar con esta cuestión cuanto antes porque para él tan solo representa un puro trámite. Leería la sentencia y los reos serían conducidos a la cárcel para permanecer privados de libertad hasta la muerte, una condena que le parece aceptable. Sin embargo, no sabe por qué, se ha torcido el asunto.

El preboste ordena a los guardias que traigan a los dos condenados a su presencia. El prisionero de rostro ajado es el de mayor rango y casi no puede moverse porque el sufrimiento infligido por el tormento al que lo han sometido atenaza sus piernas y le dificulta andar. Temblando de frío, nunca de miedo, con resolución se aproxima al prohombre. A Lidón le duele en el alma ver cómo ha envejecido después de siete años preso y no puede contener las lágrimas que se deslizan por las mejillas. Sin embargo, le sorprende contemplar el semblante tranquilo del gran dirigente que fue, como si nada de lo que sucediese a su alrededor estuviese relacionado con él.

—No lo entiendo —dice Lidón a su hermano Miguel—. ¿Cómo puede parecer tan sereno ante una situación tan grave?

—Calla y oigamos qué le van a hacer —protesta Miguel.

—Nada bueno. ¿Qué puede haber peor que la cárcel a perpetuidad? —De pronto, se da cuenta de lo que ha dicho y su rostro palidece—. ¡La muerte!

Los ojos de la joven, en esta ocasión, se humedecen de rabia mientras observa las maniobras y las órdenes que en la distancia realiza el preboste de París.

***

Lidón comienza a recordar lo ocurrido por la mañana, cuando los guardias habían conducido desde la cárcel hasta el islote a cuatro reos con la finalidad de leerles la sentencia a la que eran condenados. Dos seguían allí y otros dos habían regresado a las prisiones del rey. Un quinto que debía acompañarlos ya había cumplido su castigo al fallecer en los calabozos reales.

Se trataba de la élite templaria: el gran maestre, el visitador de Francia y dos maestres provinciales, todos ellos pertenecientes a la Orden del Temple. Los habían llevado hasta una tribuna preparada para la ocasión que se había alzado en el pórtico de la catedral de Notre Dame. El rey no quería que nadie se perdiera el espectáculo.

Lidón se enorgullecía de la decisión que había tomado el prisionero de mayor rango y al mismo tiempo le aterrorizaban las consecuencias, ya que nadie esperaba lo sucedido.

Mientras aguardaba el desenlace, revivió el momento con desesperanza. No podía sentir mayor aprecio por el gran maestre y el maestre de Normandía al haberse rebelado ante los tres cardenales que los habían sentenciado apoyados por el arzobispo de Sens, al que Lidón llamaba «asesino de templarios» por los terribles actos que realizaba contra la orden.

Todavía se le retorcían las entrañas al rememorar el momento, cuando el preboste extendió el papel y empezó a referir los delitos de los que se acusaba a los cuatro templarios, una extensa lista que no dejaba de incluir los peores pecados que podían atribuirse a un cristiano. El primero era renegar de Cristo y obligar en la ceremonia de ingreso en la orden a escupir sobre la cruz; el segundo, desnudar al hombre que iba a ser iniciado y que el preceptor le besara tres veces: en el ombligo, al final de la espina dorsal y en la boca; el tercero, convencer al aspirante de que era legítima la sodomía y estaba obligado a aceptar relaciones carnales con otros miembros de la orden; el cuarto, consagrar los cíngulos, cordones de lino que ceñían sus túnicas, tocando un ídolo con forma de cabeza humana barbada. Este ídolo, además, sería adorado en cada junta o capítulo de la orden. El quinto era no consagrar la sagrada forma cuando los sacerdotes de la orden celebraban misa.

No satisfechos con estos cargos, habían ido añadiendo otros cada vez más extravagantes sin dejar de incluir la herejía y práctica pagana, sodomía por haber mantenido relaciones de forma reiterada con otros hombres, simonía por haber vendido privilegios eclesiásticos y la blasfemia como principales delitos.

Lidón se había tapado los oídos. Era demasiado para ella. No podía comprender cómo esos santos varones eran calumniados de forma tan miserable.

—No puedo más —le había dicho a su hermano—. Vámonos.

Tras hacer un intento de marcharse, Miguel la había cogido de la muñeca para retenerla.

—No te irás de aquí. Quiero que recuerdes todo lo que suceda porque eso te servirá para conocer a tus enemigos y, cuando llegue el momento, sabrás cómo actuar.

—Pero no puedo…

—Sí que puedes —la reprendió con rudeza.

Tras concluir con los cargos que se les atribuían a los cuatro reos, el preboste leyó la sentencia:

—Jacques Bernard de Molay, vigésimo tercer gran maestre de la Orden de los Pobres Caballeros de Cristo y el Templo de Salomón, conocidos como templarios, ha sido juzgado y hallado culpable «por propia confesión» de los delitos descritos contra la Santa Cruz. Por ello, en un gesto de suma generosidad de nuestro amadísimo rey Felipe IV se os condena a permanecer en prisión hasta la muerte.

Idéntica sentencia se pronunció para los otros tres templarios. Sin embargo, el gran maestre, sin inmutar el rostro, con voz firme habló:

—No soy culpable.

Los presentes quedaron impresionados por la serenidad que manifestaban sus palabras. Rechazar su confesión iba a conducirlo a una muerte segura. Lidón, desde la distancia, lo observaba incrédula.

—¿Cómo os atrevéis ahora a negar vuestra culpabilidad? Es lo que consta en la declaración —manifestó el preboste, que se mostraba indignado. Suponía que los cuatro templarios iban a aceptar la condena sin protestar, porque desdecirse de su declaración como culpables requería otro tipo de castigo que él no podía aplicar sin autorización.

—Nada de lo que se me atribuye es cierto. El temor a insoportables torturas me ha obligado a mentir. Ni la Orden del Temple ni yo somos culpables de los delitos que se nos atribuyen.

—Esto es incomprensible. Os quemaréis en el fuego del infierno por mentir a la santa Iglesia —protestaba enrojecido por la furia.

El preboste no sabía qué hacer. Enseguida recapacitó. Se aproximó a los tres cardenales y al arzobispo, como representantes de la Iglesia, para hablar con ellos. Mostraban el mismo semblante de asombro y estupefacción, porque la actitud del gran maestre sembraba la duda sobre si la sentencia pronunciada había sido justa, al poner en entredicho los métodos utilizados para obtener su confesión. Y esto era algo que la Iglesia no se podía permitir.

El preboste, aparentemente nervioso, tras oír a los purpurados y al arzobispo, ordenó llamar al siguiente, Godofredo de Charnay, maestre de Normandía, para comprobar que este sí que aceptaba la sentencia. El prelado de mayor edad pensó que sería un caso aislado el del gran maestre, Jacques de Moley. Así que dictaminó que siguiera el procedimiento establecido.

El maestre de Normandía, pese a haber confesado su culpabilidad bajo el tormento, ahora recuperaba la cordura para hablar con libertad al observar la seguridad que emanaba del gran maestre.

—Soy culpable —dijo—, pero no de los crímenes que se me imputan, sino de traicionar a la Orden del Temple para salvar mi propia vida. Los cargos son inventados, y completamente falsa mi confesión. Lamento mi cobardía para no afrontar con total entereza cualquier castigo. Por ello confieso ante todo París que soy inocente, al igual que la Orden del Temple, que me ampara.

El preboste ardía de indignación. En el fondo de su alma no estaba de acuerdo con el castigo aplicado. No obstante, era difícil que escaparan de una condena ejemplar. Sabía que el propio Felipe IV, rey de Francia, ansiaba ver muertos a aquellos hombres.

No tardó en dar la señal para que los guardias apilaran leña alrededor de unas improvisadas estacas con el fin de amedrentar a los reos ante la amenaza de un castigo inminente. Los dejó observar el trabajo sin pronunciar palabra hasta percatarse de que su estrategia estaba dando resultado. Al menos, los otros dos templarios permanecían paralizados, presos del miedo. Sus pálidos y sudorosos rostros, pese al frío reinante, eran prueba de ello.

El preboste se frotó las manos entumecidas y esperó impaciente a que los reos que faltaban respondieran si aceptaban ser condenados a permanecer en prisión a perpetuidad.

Quizá por el temor a sufrir una horrible muerte si se retractaban de sus confesiones, como habían hecho De Moley y De Charnay, o bien por el horror a ser quemados en la hoguera, ambos aceptaron el castigo impuesto.

El preboste respiró aliviado. Al menos dos condenados regresarían a prisión sin haber causado molestias. En seguida se percató de que los templarios que se habían declarado inocentes no estaban impresionados por las estacas que esperaban desiertas para ser usadas con la carne de los reos condenados a muerte. Su error había sido creer que eso les haría reflexionar. Sin embargo, los rostros de los presos mostraban una pasmosa tranquilidad. Lo que todavía lo exasperó más.

Para sorpresa de los presentes, el exhausto condenado Jacques de Moley se abrió la mugrienta túnica para dejar al descubierto un pecho esquelético donde lucía, con modestia, una terrible cicatriz en forma de cruz.

Cuando lo capturaron siete años atrás, lo habían obligado a dejar de lado las ropas de la orden que vestía orgulloso, donde figuraba una cruz roja sobre el pecho justo encima del corazón, una cruz que él había reproducido labrándola sobre su piel con la ayuda de una piedra afilada para mantener este símbolo en su lugar y que nadie se lo pudiese arrebatar.

Lidón, al ver el gesto del gran maestre, se sintió admirada y a la vez entristecida: admirada por la valentía que manifestaba al negar lo confesado bajo tormento, aunque esa decisión lo condenara a morir, y entristecida al suponer lo que habría sufrido para que la herida abierta en forma de cruz consiguiera dejar la enorme cicatriz visible que, ahora, el freire mostraba complacido en el pecho.

No en vano era un templario, el último gran maestre al que le habían arrebatado las ropas, la armadura y su dignidad como soldado y monje, pero no habían conseguido rendir su voluntad para morir fiel a Cristo. Lidón estaba segura de que su nombre, Jacques de Moley, sería recordado a través de los siglos.

—No puedo creer que vayan a matarlo. Es un santo —protestaba la joven desconsolada.

—¡Por los clavos de Cristo! Pero ¿qué decís, mujer? —se indignaba un hombre que estaba a su lado—. Es un hereje. Ha escupido en la cruz de Cristo y obligaba a los nuevos caballeros a realizar actos pecaminosos. En fin, para qué molestarse... A ver si vos también sois otra hereje por defenderlo.

Lidón se percató de que la miraba con desprecio. Enseguida el hombre se dio media vuelta para seguir esperando ansioso el desenlace de lo que preveía un escarmiento público.

Aunque los religiosos que habían sido miembros del tribunal aplazaron la resolución de ese espinoso asunto hasta el día siguiente y abandonaron el lugar, el preboste tenía otras intenciones. Sabía de la animadversión del rey hacia los templarios y no dudó. Los jardines del Palacio Real estaban muy próximos. Incluso era posible que tras alguna ventana del edificio los terribles ojos del soberano otearan el momento de librarse de una carga que llevaba siete años recayendo sobre sus hombros: borrar de la faz de la tierra la sombra de los templarios. Así que envió a varios guardias para que comunicaran al rey la desafiante rebeldía de Jacques de Moley y de Godofredo de Charnay.

Mientras esperaba la respuesta, el preboste no osó moverse del islote de los Judíos, en el Sena. Paseaba nervioso de un lado a otro. Pronto supo que el monarca había mandado reunir al Consejo de la Corona a primera hora de la tarde sin hacer caso de los cardenales. Estaba convencido de que estos se sentirían muy molestos por la decisión del rey porque solo la Iglesia tenía potestad sobre los templarios, pero no estaba dispuesto a hacer caso a los purpurados. Era una cuestión personal.

Todavía tuvieron que aguardar hasta la hora de vísperas para que los enviados retornaran con las nuevas del soberano mientras los dos reos permanecían en sus jaulas improvisadas. Un documento sellado por Felipe IV de Francia llevaba escrito el destino de aquellos valientes y humildes templarios.

La gente venida de todas partes se impacientaba.

—¿Esto va a tardar mucho? Si los matan, quiero verlo y mi negocio no admite espera —gritaba un artesano del pan.

Lidón apenas podía contener el gesto de disgusto que le provocaban aquellas palabras. Si hubiera tenido un palo a mano, se lo habría dejado caer al panadero sobre las costillas. Para consolarse, con disimulo, le propinó un extraordinario pisotón. Antes de que el artesano reaccionara le suplicó que la perdonase aduciendo que había sido sin intención.

Todos callaron cuando el preboste rompió el sello real y empezó a leer el contenido del documento para que los presentes conocieran la decisión del soberano. Tras recitar los nombres de los reos les dirigió una mirada de disgusto.

—Nuestro amado rey ha decidido que estos dos herejes, condenados por relapsos, mueran en la hoguera como corresponde al elevado número de pecados contra la Santa Cruz que han cometido y de los que ahora se desdicen, tras haberlos confesado.

Los murmullos se elevaron entre los presentes. Unos estaban de acuerdo y otros protestaban. Entonces la voz del gran maestre hizo una petición al preboste sin modificar el gesto, paciente y sosegado.

—Solo solicito un favor. —El preboste lo observó con curiosidad y lo animó a hablar—. Me gustaría morir mirando a Notre Dame. No de espaldas, como se ha dispuesto la leña.

El mismo deseo pronunció Godofredo de Charnay y el preboste no pudo negarse. Obligó a los guardias a desplazar la leña de la pira y estos lo hicieron con desagrado.

Era tal la serenidad de los rostros de los condenados que frente al bullicio inicial su comportamiento tranquilo empezaba a despertar admiración y a sembrar un silencio expectante.

—¡¿Os dais cuenta?! —exclamaba un mercader—. Parecen santos que esperan ver a Dios.

Los murmullos confirmaban la apreciación del vocinglero.

—¿Has visto, Miguel? —decía Lidón—. Empiezan a descubrir la injusticia que se va a cometer.

—Llegan tarde. El rey los ha sentenciado y nadie impedirá que se cumpla su voluntad.

Acababan de atar a cada uno a una estaca y el verdugo se acercó para rodearlos de paja húmeda. No le gustaba que los reos sufrieran demasiado. Cuando el fuego prendía la paja mojada el humo que ascendía no tardaba en asfixiarlos antes de que las llamas hicieran presa en la carne. Al ver el preboste la maniobra, lo detuvo.

—¡Eh, tú! El rey quiere que sufran.

El verdugo, aunque molesto, obedeció. Los rostros de ambos reos lo desconcertaban. Cada vez estaba más convencido de que habían utilizado incontables artimañas para acabar con sus vidas. Era honesto con su trabajo y el ensañamiento no era algo que le gustara practicar en el oficio.

Cuando la pira comenzó a arder, antes de que lamiera la carne del gran maestre, el suave calor le resultó agradable al librarlo por un momento del frío de la tarde. Durante unos instantes de aquel endeble cuerpo brotó la voz potente y segura que siempre lo había caracterizado para descargar las últimas frases, que retumbaron en los oídos de los asistentes como si el mismo Dios las guiara:

—Aquellos que nos condenan a morir en la hoguera están cometiendo una infamia. Dios lo sabe y ellos también. Por eso, que preparen sus almas, tanto el papa como el rey de Francia, porque se presentarán muy pronto ante el tribunal de Dios. Os lo aseguro.

Los asistentes al terrible castigo lo escuchaban espantados. Entonces prosiguió con una aterradora profecía que los hizo palidecer:

—En menos de cuarenta días, morirá el papa Clemente y en menos de un año el rey Felipe de Francia, a quien maldigo. Y, aunque la dinastía de los Capetos lleve reinando en Francia desde hace más de trescientos años, su estirpe se extinguirá.

Las llamas comenzaban a abrasar los tobillos para ascender lentamente por las piernas, causándole un dolor espantoso, mientras el gran maestre rezaba a la Virgen con los ojos fijos en Notre Dame.

Otro tanto ocurría con su compañero de armas condenado: Godofredo de Charnay. Morían juntos dos templarios al igual que habían vivido, unidos por su amor a Cristo y su compromiso con la protección de los peregrinos que marchaban a los Santos Lugares.

Lidón rezaba y su hermano Miguel maldecía. Ambos con el corazón herido por la desesperanza.

Cuando la multitud y los guardias abandonaron el lugar, un grupo de hombres, entre los que se encontraba Miguel, esperaron pacientes la noche. No querían que nadie los detuviera por llevar a cabo un acto prohibido. Sigilosos, se aproximaron a los restos carbonizados de ambos templarios para escarbar entre las cenizas y salvar lo que había quedado de los hombres soldado que fueron, ejemplo para la cristiandad y terror para el infiel; unos restos que para ellos merecían descansar en lugar sagrado. Los introdujeron en una pequeña arqueta con premura y se escabulleron como fantasmas entre las sombras de la noche.

2

LA SOMBRA DE LOS TEMPLARIOS

Siete años antes de la muerte en la hoguera del gran maestre, 1307

Felipe IV reinaba en Francia. Era alto, apuesto y distante, de cabello rubio y tez pálida. Por el agradable aspecto de su rostro nadie diría el inquietante carácter que ocultaba, pues solo era una máscara para disimular su rígido y severo comportamiento. Los más atrevidos lo apodaban el rey de hierro o de mármol por ser frío y calculador. Nieto del canonizado Luis IX, san Luis, y cristiano de corazón, trataba de emular a su abuelo con escaso éxito, por lo que se imponía el uso del cilicio como penitencia para mortificar la carne y castigar el pecado cuando era incapaz de evitarlo.

El monarca se había reunido con uno de sus consejeros, Guillaume de Nogaret, hombre ambicioso y sin escrúpulos que sabía cómo convencer a su soberano y esa era una buena ocasión para probar sus dotes persuasivas.

Nogaret se aproximó hasta la mesa del despacho donde el monarca repasaba las cuentas de la Corona. Percibió un leve gesto de preocupación en su mirada. El astuto consejero se dio cuenta de que era el momento oportuno de sacar beneficio a la única debilidad del rey: la permanente necesidad de dinero.

Dejó tranquilo al soberano con su trabajo mientras se asomaba a la ventana que daba a los jardines de palacio en París para enorgullecerse del lugar que había conseguido ocupar como consejero del rey, además de vanagloriarse de ser señor de Marsillargues, de Calvisson, de Aujargues y de Congénies en Languedoc. No había nada que le gustase más que guiar los pasos del soberano en la toma de decisiones e intentar mover sus deseos en la dirección que a él le interesaba.

Cuando observó que el rey le dirigía la mirada, supo que era el momento adecuado para intervenir. Debía agitar el corazón de dureza marmórea de aquel hombre de mirada inquisitiva que esperaba la opinión de su consejero.

—¿Qué os ocurre, majestad?

—¡Qué bien me conocéis, amigo! Es imposible seguir así, Nogaret. Ni siquiera expulsando a los judíos para quedarme con sus bienes ha sido suficiente para calmar las arcas del reino, que siempre están hambrientas. ¡Qué digo hambrientas! Están exhaustas.

—Tal vez haya otra forma… —dejó caer el consejero sin terminar la frase para conseguir su atención.

—¿Qué se os ha ocurrido esta vez? —El rey mostró curiosidad.

—¿Con quién está más endeudada la Corona de Francia?

—Bien lo sabéis, Nogaret…, con los templarios. Y lo que me irrita es que tengo que volver a pedirles dineros. Como si el rey de Francia fuera un miserable pedigüeño…

Se levantó del sillón para pasear por la sala y calentarse las manos en la chimenea. De espaldas al consejero, permaneció callado contemplando el fuego del hogar, que chisporroteaba con una cadencia irregular. Le trajo a la memoria la imagen de varios cuervos picoteando los ojos del último reo ejecutado y sintió ganas de que aquel cadáver fuera el de todos sus enemigos. Animado por este pensamiento, continuó hablando.

—… No puedo entender cómo han conseguido tanta riqueza. ¿Acaso no tengo a los mejores hombres para que lleven las cuentas del reino?

El rey Felipe IV de Francia sabía que los templarios habían logrado acumular bienes a consecuencia de jugarse la vida en las cruzadas contra el infiel y protegiendo a los peregrinos que viajaban a Tierra Santa. Al botín de guerra y a las donaciones voluntarias de quienes veían en esos monjes soldado a unos santos guerreros se unía una perfecta gestión de sus encomiendas. Estas encomiendas eran territorios que ampliaban alrededor de los monasterios de su propiedad y que formaban una tupida red a lo largo de los principales caminos de Francia y de Europa cuyos beneficios eran extraordinarios.

—Si solo fueran riquezas —manifestó Nogaret moviendo la cabeza con fingida pesadumbre—. Lo peor es el poder que están alcanzando en toda Europa. Dicen que pronto competirán con los reyes.

El consejero había dejado caer con sutileza la frase que llevaba pensando toda la noche para envenenar los pensamientos de su soberano.

—¿Creéis que son capaces de intentar sustituirme?

Nogaret se enorgulleció por haber dado en la diana.

—No espero que lleguen a tanto. Pero…

—Pero ¿qué?

El consejero se entretuvo unos instantes para que el monarca se impacientase.

—No sé, majestad…, tal vez si… si pudiéramos desacreditarlos.

—Eso es imposible. Son guerreros honorables que dedican su vida a Dios. Hacen voto de pobreza, obediencia y son célibes. ¿Qué se les puede achacar?

—Que son muy… pero que muy ricos.

—La orden sí que posee valiosas riquezas, pero ellos no tienen nada. Y bien sabéis que todo el oro y las joyas que reúnen son para realizar una nueva cruzada que pretende recuperar los Santos Lugares en Jerusalén.

—Esas riquezas estarían mejor en vuestras arcas —afirmó el consejero al tiempo que observaba la reacción del rey.

El monarca se quedó pensativo y Nogaret supo que había ganado la batalla. No tardó en reaccionar:

—¿Qué sugerís, amigo?

—Sería muy fácil cambiar esa buena fama que rodea al Temple y a sus soldados. Tengo una legión de mendigos, religiosos, prostitutas y menesterosos que por casi nada difundirían cualquier cosa que yo quisiese. No es la primera vez que uso sus servicios, y funcionan a la perfección. Después, por las calles, se distribuye un libelo que apoye estas ideas, y problema resuelto.

—¿Estáis seguro?

—No lo dudéis.

El monarca había tenido ocasión de escuchar a un templario llamado Esquieu de Floyran, que había sido expulsado de la orden y que podría utilizar en contra de los caballeros del Temple. Supuso que por venganza acusaba a los templarios de negar a Cristo, idolatrar un fetiche pagano con rasgos humanos, practicar el pecado nefando con otros caballeros de la orden, incluso compartir los saberes de musulmanes y judíos. No le pareció que propalar estos rumores entre la chusma fuera un mal plan para sus intereses.

—No quiero saber nada más, Nogaret. Encargaos de ese trabajo y ya veremos los resultados. —Recapacitó un instante antes de volver a hablar—. ¿Y qué hay de los dineros? He pedido a los templarios más crédito para mantener el reino y esto no puede seguir así. Les debo tanto que, si me pidieran que se lo devolviese, arruinarían Francia.

—Eso no ocurrirá, majestad. Pronto pondré en marcha mi plan y entonces… Deberéis ser contundente y tomar decisiones difíciles. ¿Estáis de acuerdo?

—Por supuesto —dijo sin dudar. El rey conocía de sobra la falta de escrúpulos de su consejero. Si había decidido desacreditar a los templarios, a él no le temblaría el pulso para darles el golpe definitivo.

—Pues preparaos para salvar el reino de esos buitres de capas blancas y cruz roja en el pecho que después de perder los Santos Lugares vienen aquí para arrebataros lo que os pertenece.

—Bien dicho, Nogaret.

El consejero salió de la sala con una sonrisa en los labios. El rey le había otorgado libertad para cambiar la historia y ni siquiera lo sabía. Se alegró porque, de nuevo, había demostrado su capacidad para dirigir al monarca en la dirección que le resultaba más conveniente y no iba a desperdiciar la oportunidad de ver cumplidos sus sueños.

No tardó en organizar a su ejército de miserables: hombres y mujeres capaces de vender su alma por unas monedas. En cualquier parte se oían rumores sobre los templarios.

***

Habían transcurrido dos meses cuando Lidón y Miguel, los hermanos que se parecían como dos gotas de agua aun siendo mellizos, se encontraron con una vecina que venía del mercado. En 1307 solo tenían trece años. Al verlos se alarmó y desvió su camino para rehuirlos. Se sintieron molestos y extrañados. En general, siempre era amable y cordial con ellos, por lo que no dudaron en abordarla.

—¿Qué ocurre, vecina? —preguntó Lidón—. Parecéis disgustada conmigo.

—Lo que estoy es escandalizada. Tan santos que creíamos a los templarios y resulta que son unos herejes —dijo contrariada—. Yo me avergonzaría de tener un familiar templario como vosotros.

—Pero ¡¿qué decís?! ¿Qué ocurre con nuestro tío? —protestó Miguel.

—Vuestro tío y todos sus compañeros soldados del Temple hacen ceremonias prohibidas y…

—Ya que habéis empezado, terminad. ¿Quién os ha estado mintiendo sobre los templarios? —intervino Lidón.

—Es de lo único que se habla en el mercado. —Se dio media vuelta para alejarse de Miguel y de Lidón—. No quiero teneros cerca. Y tú, Miguel, ¿no querías seguir los pasos de tu tío y ser templario? Te deshonrarás a los ojos de Dios si te unes a ellos. Si sigues con esa idea, no quiero verte por mi casa.

Ambos hermanos se miraron sorprendidos. No podían comprender las palabras de su vecina. ¿Qué estaba ocurriendo? Los templarios eran freires, es decir, monjes-soldado cuya vida la habían consagrado a Cristo. Por ello a los votos de castidad, pobreza y obediencia se le unían unas reglas muy estrictas de comportamiento al actuar como soldados.

No tardaron en percatarse de que algo estaba sucediendo en París. Cada día se hablaba más de los templarios para difamarlos. Esperaron impacientes a que su tío los visitara, como hacía con frecuencia cuando acudía a la torre del Temple, en el centro de la ciudad. Se trataba de una fortaleza donde se acumulaban las riquezas procedentes de los beneficios obtenidos de las múltiples encomiendas que los templarios tenían distribuidas por toda Francia y que, con el paso de los años, se había transformado en la casa madre de la orden.

La torre del Temple era la encomienda más rica de Europa. Rodeada de territorio comprado o donado por benefactores que apoyaban las cruzadas, se había convertido en un bastión de enorme poder. Incluso el rey de Francia guardaba allí su tesoro al tratarse de un lugar inexpugnable de altas murallas reforzadas por torres. Una cuadrada y otra del homenaje, o *Tour Grosse*, completaban la defensa del recinto, que acogía los alojamientos para los caballeros templarios, la iglesia y los establos. El territorio que rodeaba esa construcción incluía a las gentes que vivían y trabajaban al servicio de la encomienda.

***

Varios caballeros templarios se encontraban reunidos en la fortaleza del Temple de París cuando uno de los presentes, caracterizado por una mirada triste, habló. La inquietud se mostraba en el rostro y en los gestos que trasladaba a las manos.

—Deberíamos informar de nuestra preocupación al gran maestre. Cada vez son más los rumores de que el rey vuelve a necesitar dineros.

—¡No puedo creerlo! Tras expulsar a los judíos de Francia, hace poco más de un año, la Corona se quedó con todos sus bienes —respondió el caballero cejijunto que estaba a su lado.

—Pues ha sido insuficiente para satisfacer sus deudas. De eso yo sé bastante… ¿no creéis? —comentó Paul, quien ayudaba al administrador a llevar las cuentas.

Desde que en 1285 había subido al trono de Francia Felipe IV, uno de sus mayores problemas eran las deudas de la Corona. A las heredadas de su padre, Felipe III, se unían los cuantiosos préstamos solicitados a la Orden del Temple para costear campañas militares. Además, había rebajado el valor de la moneda de metal en dos tercios y la brutal subida de precios provocaba hambruna. El descontento comenzó a hacerse notar en las calles de París hasta el punto de que el rey, en una ocasión, había tenido que refugiarse en la fortaleza del Temple, donde guardaba su tesoro, para que protegieran su vida los caballeros templarios.

—Seguro que el rey teme la quiebra y está desesperado, ya que no puede devolver los préstamos que le ha concedido el Temple —murmuró otro—. Y lo peor es que está resentido con nosotros porque, cuando lo protegimos de la chusma de París en esta misma torre, quiso ser miembro honorario de la orden y su petición fue rechazada.

—No me extraña —manifestó Paul—. El rey solo quería ganarse nuestro apoyo para seguir pidiendo más y más. Y su deuda aumenta de tal manera que es imposible que consiga pagarla.

Miguel, el hermano de Lidón, los escuchaba atento. Por ser el sobrino del caballero Pierre de Monteagudo se le permitía estar presente. Entrar en la orden era su máxima aspiración. A veces trabajaba como criado o se encargaba de mantener alimentados y limpios a los caballos solo por gusto. Desde la infancia soñaba con formar parte de este admirable grupo de hombres que defendían a los cristianos en las largas peregrinaciones a los Santos Lugares. A Lidón también le hubiera gustado presenciar las reuniones de los templarios, pero resultaba imposible porque estaba prohibida la entrada a las mujeres. Eso no impedía que después, cuando Miguel regresaba a casa, lo obligase a referirle hasta el más mínimo detalle de lo ocurrido en la reunión.

—No entiendo por qué se rechazó la entrada del rey a la Orden del Temple. Ya no estaba casado… ¡Era viudo! Y las normas lo permiten —dijo Miguel.

Los presentes miraron a Miguel sorprendidos. ¿Cómo se atrevía un muchacho de trece años a poner en duda las actuaciones de la orden? Le perdonaron su intromisión por ser el sobrino protegido del caballero Monteagudo, quien era pariente lejano del décimo quinto gran maestre de la Orden del Temple.

Entonces Miguel bajó la cabeza en señal de humildad y la reunión continuó.

—¿Os dais cuenta? —rememoró el de la mirada triste—. Todos los rumores sobre herejía que nos achacan desde cualquier rincón de Francia surgieron tras aquel desencuentro. Hasta entonces nadie había osado acusarnos de las terribles atrocidades contra la cruz de Cristo que andan en boca de todos.

—¿Estáis diciendo que el propio rey ha propalado esas injurias? —preguntó el caballero cejijunto.

—Él no. El ejército de plebeyos que le sirven en toda Francia, especialmente en París. La gente empieza a creerse esas patrañas. Y seguro que el demonio de Nogaret está detrás de todo esto. Es tan ambicioso que nunca se saciará.

—Entonces enviemos mensajeros sin tardar para que nuestro gran maestre sepa lo que está ocurriendo y venga en persona a resolverlo.

Todos quedaron de acuerdo que la gravedad de la situación lo requería y al día siguiente dos caballeros templarios abandonaron París a galope mientras se comenzaban a hacer los preparativos para recibir a Jacques de Moley.

***

Por fin el caballero Pierre de Monteagudo se presentó en casa de Lidón y Miguel. Ya hacía más de tres meses que estos soportaban las injurias que el poblacho manifestaba a diario contra los monjes soldado, unas lenguas desatadas que lanzaban insultos sin tregua.

Pierre de Monteagudo era un hombre varonil de elegantes proporciones y semblante cautivador que cuidaba su aspecto siguiendo las normas de la orden, por lo que llevaba pelo corto y barba. Las mujeres gozaban al verlo por su atractivo y seductor porte, hasta el punto de seguirlo con la mirada, y se lamentaban de que fuera un freire obediente a la orden, porque esto lo hacía inalcanzable.

En batalla, un yelmo de hierro cilíndrico cubría su cabeza y una cota de malla el cuello, los hombros, el torso y la espalda, cuya faldeta protegía los muslos. Unas calzas se prolongaban con perneras también de hierro. Además, sobre la túnica blanca, cuando no batallaba, vestía el manto del mismo color, reflejo de la pureza y de la castidad, que portaba una cruz roja a la altura del pecho, símbolo del martirio de Cristo, cuya forma recordaba a una doble cruz, la latina y la griega superpuestas. Siempre debía ofrecer la mejor imagen de su condición de monje caballero y él procuraba cumplir ese precepto a la perfección. Escudo, espada, maza y machete eran armas que podía portar contra el infiel.

Quería con pasión a aquellos mellizos revoltosos de trece años y el sentimiento era mutuo, aunque jamás lo manifestara ni lo hubiese reconocido ante ellos. Las normas templarias lo prohibían.

Al verlo entrar por la puerta, a Lidón le hubiera gustado abrazarlo. Lo adoraba más que a un padre porque él se había encargado de atender las necesidades de ambos jóvenes cuando su hermana viuda murió, pero una de las normas de los templarios impedía la manifestación de cualquier afecto con las mujeres, aunque fueran niñas, y Lidón tuvo que reprimir sus ansias.

Una gran casa con criados y preceptores para la educación de ambos era el lugar donde habían pasado una feliz infancia. Tanto Lidón como Miguel admiraban a su tío y les hubiera gustado imitarlo luchando en las cruzadas. Para Miguel era un sueño que deseaba cumplir, pero para Lidón solo una utopía por ser una mujer. Eso no había impedido que jugaran en el amplio patio de la casa con espadas de madera que su tío les había regalado para que Miguel se entrenara utilizando como oponente a Lidón. Los dos hermanos gozaban por igual al blandir sus falsos aceros.

Además, Pierre de Monteagudo se había encargado de que Miguel fuera entrenado en el uso de las armas y la defensa desde que era niño, como si de un juego se tratara, y Lidón no perdía detalle de cada entrenamiento. Se imaginaba conquistando de nuevo Jerusalén para los cristianos y maldecía haber nacido mujer. Ninguna tarea de su condición le era tan grata como blandir la espada. Observar a su hermano luchando le había aportado mucha información sobre los errores que cometía, situación que aprovechaba cuando se enfrentaba a él, ya que era capaz de ganarle, y eso incomodaba a Miguel.

El caballero Monteagudo se alegró mucho de verlos aunque no lo manifestara. La presencia de un lunar en forma de corazón encima del labio formaba parte de la herencia de los Monteagudo, y tanto Miguel como Lidón lo lucían orgullosos al igual que él. El templario gozaba de una extraordinaria experiencia en la batalla a sus veintiocho años y había acudido junto a su inseparable compañero de armas Goliat, llamado así por su extraordinaria fortaleza. Era más joven e inexperto, pero tan fiel como él en el cumplimiento de las normas de la orden. Para todo debían estar juntos y esa no era una excepción.

La joven cerró la puerta de la sala donde se habían reunido para evitar que nadie escuchase la conversación. El caballero Monteagudo parecía preocupado.

—¿Habéis tenido algún problema por mi culpa porque soy templario? —preguntó a Miguel sin haber tocado la comida ni la bebida que un sirviente les había dejado sobre la mesa.

—Algunos vecinos nos miran recelosos —respondió Miguel.

—Era previsible. —Miró a Goliat y este afirmó con la cabeza—. Tal vez deberíais abandonar París para estar más seguros.

Lidón se mostró disgustada.

—¡No hemos hecho nada malo... y los templarios tampoco! No pienso abandonar mi casa. Defenderé vuestro nombre hasta la muerte si hace falta.

Monteagudo mantuvo su rostro hierático sin mirar a Lidón, como era preceptivo, aunque se sintió muy orgulloso de ella. Para ser mujer había desarrollado el instinto templario y eso le satisfacía. Lástima que Miguel, pese a su voluntad, no alcanzase la destreza y arrojo de su hermana, aunque pensó que con el tiempo llegaría a ser un buen templario. En la torre del Temple lo cuidaban como a un hermano que pronto seguiría los pasos de su pariente, así que le permitían familiarizarse con las costumbres ayudando en diversas tareas sin haberse incorporado todavía a la orden como escudero. Este era el primer paso para entrar a formar parte del selecto grupo de caballeros.

—¿Y cuándo me tomaréis como escudero? —preguntó Miguel deseoso de acompañarlo y a la vez enfadado por retrasar con frecuencia ese momento.

Pierre de Monteagudo respondió solemne sin manifestar el orgullo que esas palabras le producían:

—Lo siento, Miguel. No es un buen momento. Esperemos a que pase la sarta de calumnias que rodea a los templarios para que todo vuelva a la normalidad.

Goliat afirmó con un gesto de la cabeza y estuvo de acuerdo en su decisión.

—¡Eso no puede ser! —contestó enfadado—. Me lo prometisteis.

—Aprende a obedecer, Miguel, sin protestar. Ya sabes que es una de las principales normas de la orden.

A pesar de su disgusto, supo componer el gesto y controlar su carácter.

—¿Cómo puedo ayudar? —preguntó.

—Querrás decir cómo podemos ayudar —corrigió Lidón.

—Debéis estar atentos a lo que se dice en las calles de París. Estoy seguro de que, si se está preparando algo contra los templarios, pronto lo sabremos y podremos impedirlo. Nadie osará invadir la torre del Temple, así que no hay peligro. No os preocupéis por mí. Si es algo importante, hacédmelo saber enseguida. Ahora debemos partir Goliat y yo para hablar con Jacques de Moley.

Entonces Miguel recordó la conversación en la torre del Temple.

—Dos caballeros partieron hace días para comunicar al gran maestre el peligroso ambiente contra los templarios que se respira en París. Es posible que ya esté viniendo hacia aquí.

—Pues no podemos perder más tiempo. Nos vamos —le dijo a Goliat.

Lidón intervino. Quería colaborar.

—No sé si aprobaréis que hable con Lucía, pero voy a hacerlo. Es la cortesana que mayor éxito tiene entre la nobleza. La conozco desde hace años. —Se sonrojó—. Siente pasión por los templarios. Los considera unos santos porque nunca han requerido sus servicios y defienden a los cristianos en Tierra Santa…, aunque se guarda mucho de contarlo. Si hay alguien que pueda conocer las órdenes del rey es ella.

3

EL CINISMO DEL REY

París, 14 de septiembre de 1307. Siete años antes de la muerte en la hoguera del gran maestre

En la residencia real de Maubuisson en Francia se había reunido Felipe IV con su consejero Guillaume de Nogaret. Ambos concretaban las órdenes secretas que debían cumplir los senescales en el norte y los bailíos en el sur, al ser los representantes con poder jurídico y administrativo encargados de aplicar y hacer cumplir las decisiones del rey en las provincias, al igual que el preboste en la ciudad de París.

Guillaume de Nogaret no podía estar más orgulloso, se había convertido en el nuevo guarda del sello real y ansiaba darle uso.

—He estado preparando la orden y espero que sea de vuestro agrado —manifestó Nogaret con cierto brillo en los ojos y una sonrisa de satisfacción que trataba de disimular.

—Veamos qué proponéis —dijo el rey, que había estado esperando ese momento con verdadera ansiedad.

El consejero se armó de valor antes de hablar. No sabía si el rey sería capaz de firmar el documento.

—Es necesario apresar a todos los templarios del reino el mismo día y a la misma hora. Además, ocuparemos sus casas y bienes.

Pese al insensible semblante del rey, a Nogaret le pareció ver durante un segundo reflejado en el rostro del soberano un insignificante gesto de deleite.

—Seguid, por favor —ordenó el monarca. Pensar en los bienes que podría tener a su disposición había provocado esa ínfima manifestación de agrado.

—Será el viernes 13 de octubre. Si estáis de acuerdo con las condiciones, se les entregará a los senescales, bailíos y al preboste la orden sellada, que solo deberán abrir el día 13 al romper el alba. Entonces cumplirán con su deber. —El monarca lo observaba callado, en apariencia indolente—. Será necesario que lleven el documento con la finalidad de que no exista duda alguna sobre su autenticidad para que los templarios no se rebelen. Además, para apoyar que se cumpla lo estipulado en la orden real, conducirán con ellos a sus hombres de armas. La sorpresa es nuestra aliada, majestad, e impedirá que estén prevenidos. Con la entrega del documento a los ejecutores de vuestras órdenes se les advertirá que, si alguien rompiese el sello antes de la fecha y hora indicados, rodará su cabeza.

—Perfecto. Así nadie se atreverá a desafiarme.

—Así será. Firmadlas y todo estará dispuesto.

Durante buena parte de la tarde, mientras depositaba su firma en los documentos, Felipe IV estuvo regocijándose al imaginar la sorpresa que supondría para los templarios ser detenidos en sus propias moradas.

—Tened por seguro que nadie osará desafiaros en adelante. Si acabáis con el poderoso Temple, ¿quién se atreverá? —manifestó Nogaret mientras procedía a sellar, una por una, las órdenes que debían salir custodiadas en busca de sus destinatarios. Le produjo un placer inconmensurable ser el guarda del sello real, de manera que cada presión que ejercía sobre la cera derretida le provocaba tal emoción que el corazón le golpeaba en el pecho con una rapidez inusitada.

Tal y como había previsto Nogaret, las órdenes se entregaron a las personas que debían dar el golpe mortal a la orden templaria, una orden mancillada por las falsedades que de boca en boca pasaban por unas pocas monedas.

***

Hacía menos de un mes que el rey había fijado la fecha del viernes 13 de octubre para asestar el golpe definitivo a los templarios. Y la orden secreta ya estaba bien guardada entre las ropas de los ejecutores, un documento que todos abrirían a la misma hora para evitar que nadie pudiera prevenir a los freires templarios.

Era el 12 de octubre de 1307, el día anterior a que se diera cumplimiento a la orden del rey para detener a los templarios. Sin embargo, acababa de fallecer Catalina de Courtenay, cuñada del monarca, a los treinta y dos años, y se celebraban en París las solemnes exequias por su muerte.

El rey ya saboreaba su victoria antes de que Francia se conmocionara por lo que iba a ocurrir. Sobre todo porque el maestre general del Temple, Jacques de Moley, había llegado a París para presentar sus respetos ante el cadáver, y nada en el rostro del soberano mostraba la más mínima señal de lo que pretendía hacer pocas horas después. Se comportó como un buen anfitrión al agasajar al gran maestre con la cortesía propia de su rango distinguiéndolo con el alto honor de sujetar una de las cintas del catafalco de la difunta princesa.

En las exequias estaban presentes muchos templarios. Entre ellos se encontraban los caballeros Monteagudo y Goliat, quienes no desconfiaban del rey al verlo dirigirse a su maestre y animarle a honrar a la princesa fallecida tomando una de las cintas del túmulo funerario.

—Parece que las aguas han vuelto a su cauce —dijo Monteagudo a Goliat en voz baja—. Nada hace suponer que el rey tenga animadversión por los templarios. ¿Habéis visto cómo agasaja a De Moley haciéndole participar en las honras fúnebres de su cuñada?

—No es posible confiar en él. Por su rostro nunca sabréis lo que está pensando.

—En eso os doy la razón, amigo.

Esperaron hasta que concluyera el funeral, en silencio, con toda la pompa que merecía una princesa. Después salieron a la calle.

—Si os parece bien, iremos a hablar con el maestre a la torre del Temple —dijo Goliat—. Él nos dará las instrucciones que tendremos que seguir ante cualquier situación imprevista.

—De acuerdo, pero no sin antes acudir a casa de mis sobrinos para ver cómo se encuentran. Ya sabéis que tengo autorización para visitarlos cuando vengo a París. Estoy preocupado porque paso muy poco tiempo con ellos y no sé qué haré con Lidón cuando tome a Miguel a mi cargo como escudero. Ambos son uña y carne. Si hubieran sido dos varones, no tendría este problema. Parece que la vida religiosa no es del agrado de Lidón y con trece años todavía no quiero buscarle esposo.

—No hay problema. Seguro que el gran maestre todavía tardará en llegar.

***

Poco a poco se fue vaciando la iglesia donde se celebraban las honras fúnebres y cada uno se marchó hacia donde le pareció más conveniente. El preboste de París pensó que ya era hora de darle un poco de gusto al cuerpo, ya que los entierros no eran de su agrado, aunque se tratase del sepelio de una princesa.

Se acordó de la cortesana que estaba en boca de todos los hombres de París y deseó que ella le dedicara la suya. Era tan solicitada, bella y joven que seleccionaba con mucho cuidado a sus acompañantes. Pese a saberlo, no le importó. Sin duda, al preboste de París la mujer le abriría las puertas de par en par, al igual que los muslos. Y con ese pensamiento se dirigió hasta la casa donde vivía ella. No sería la primera vez que lo contentaba y solo recordar cómo lo había deleitado con su hermoso cuerpo le hizo notar que el miembro se le expandía deseoso de volver a gozarla.

Recorrió las calles repletas de gente que habían ido al funeral para mostrar respeto a la princesa muerta. Eso le satisfizo. Pensó que ningún noble estaría disfrutándola al tener prohibido cohabitar con mujeres públicas a consecuencia del luto.

Cuando llegó a la casa, pudo comprobar que el duelo por la difunta se mantenía. Nadie estaba con ella. La cortesana, al verlo, se sintió molesta porque en el gesto libidinoso del semblante del preboste adivinó sus intenciones.

—¿Acaso venís a folgar hoy?

—Callad de una vez y no levantéis la voz o pasaréis el luto en la cárcel.

—Vaya con el preboste. —Rio—. ¿Las leyes no os afectan?

—Las leyes las marco yo.

Para Lucía era asqueroso tener que utilizar su arte con un hombre vulgar y pendenciero, pero estaba indefensa ante él, una palabra suya y podía acabar presa. Además, sabía todo lo que buscaba cualquier hombre y ese era fácil de satisfacer. Sin embargo, ella pensaba que todos debían cumplir las normas, incluso el rey. Y le había molestado que la obligara a infringirlas.

Lucía lo condujo hasta su habitación y empezó a desnudarlo con delicadeza. Quitaba, una a una, las prendas que llevaba puestas. Mientras, ella le dejaba entrever los gloriosos senos con una inusitada sensualidad, lo que provocaba que el preboste ansiara cada vez más poseerla.

Al dejar sobre un arcón las pertenencias de su cliente, un documento con el sello real cayó al suelo. Ella se dirigió a recogerlo al instante y el preboste se percató de que era la orden secreta del rey.

Angustiado, se dirigió hacia el documento con tan mala fortuna que ambos lo cogieron a la vez y durante el forcejeo el sello de cera se rompió.

—¡Por Dios bendito! ¿Qué habéis hecho? —amenazó a Lucía con la mano.

—Solo quería dároslo. No me peguéis, por favor. —Lloraba desconsolada para tratar de que se compadeciese de ella—. Perdonad mi torpeza.

El preboste estaba casi desnudo y Lucía supo lo que tenía que hacer. Se aproximó a él para abrazarlo y lamerle el cuello y la oreja simulando pasión mientras sus lágrimas saladas acariciaban el torso del prohombre. Pronto el preboste empezó a olvidar el sello roto y dirigió la cabeza de ella hacia su miembro a la espera de que las habilidades de Lucía remediaran su disgusto.

Lucía se empleó a fondo para hacerlo gozar como nunca había hecho. Su vida podía depender de ello, así que intentó llevarlo al éxtasis para que el deleite le hiciera olvidar su error.

Al recordar el sello roto se sintió desamparada. El preboste podía matarla, encarcelarla, apalearla, desterrarla de París o aplicarle cualquier castigo que se le antojase. Solo tenía que sugerirlo para que la justicia se hiciera efectiva. Ante esa perspectiva, Lucía, con la tranquilidad que da tenerlo todo perdido, habló:

—Supongo que el sello roto también os afecta o no os hubieseis enfadado conmigo. Pero no os preocupéis porque tengo un posible remedio.

El preboste estaba atribulado. Una gran preocupación turbaba su ánimo, sobre todo por el peligro que se cernía sobre su cabeza. «¡Puedo perderla!», pensó. Sabía que abrirlo antes del alba era una traición al rey. Las indicaciones recibidas junto a la orden real eran taxativas. Y aquella mujer era su cómplice.

Primero pensó en deshacerse de ella. «Si la mato, nadie sabrá lo ocurrido. Pero ¿qué hay del sello roto? ¿Cómo justificarlo?».

Lucía se dio cuenta de que el preboste dudaba y ella le aportó la solución que había ideado:

—No os preocupéis, mi señor. Ahora mismo voy a calentar un poco de cera del mismo color que la del sello e intentaré unir ambos lados para que casi no se note. —Se quitó un amuleto metálico que llevaba en el cuello y se lo enseñó—. Con este hierro presionaré hasta que la cera se endurezca. Solo tendréis que poner el dedo sobre el sello para que nadie se dé cuenta de las imperfecciones y al romperlo delante de vuestra guardia nadie se percatará del arreglo. Lavaos… si queréis y vestíos, yo me encargo.

El preboste no vio otra solución que hacerle caso a Lucía. Las indicaciones eran claras, si se rompía el sello antes de despuntar el alba estaba condenado. Así que empezó a vestirse mientras la cortesana trabajaba con el documento.

Resignado, fue colocándose, una tras otra, las prendas que Lucía le había quitado con sus hacendosas y cálidas manos. Tenía miedo de mirar la orden en la que trabajaba la mujer. Solo le hizo un breve comentario de forma tan desafortunada que la puso nerviosa.

—No quiero saber lo que estás haciendo. Espero que tu trabajo me complazca porque, en caso contrario, no saldrás viva de aquí.

Cuando terminó de vestirse, aún tuvo que esperar unos instantes para que Lucía aplicara el amuleto sobre la cera. En verdad, imitaba con bastante fidelidad el fragmento roto del sello real.

El preboste se aproximó a Lucía y, al ver el papel reconstruido, mostró perplejidad.

—¡¿Cómo es posible?! —exclamó sorprendido—. Eso es hechicería.

Lucía se mostró preocupada.

—No es justo que primero me queráis matar por romper el sello y ahora por arreglarlo. Yo no he sido la única responsable… Querer castigarme por ser hábil con las manos es casi un pecado. Sabéis el buen uso que les doy en vuestro cuerpo. Deberíais estar satisfecho por la felicidad que os ofrezco cada vez que acudís a mí.

El preboste recapacitó. No estaría mal tener una aliada que pudiera utilizar cuando le interesara restaurar sellos reales. No era perfecto el resultado, pero, siguiendo las recomendaciones de Lucía, era posible que nadie descubriera el engaño.

Entonces el prohombre tuvo una corazonada y debía comprobar si Lucía lo engañaba. Sacó otro documento de sus ropas y se lo dio.

—Hacedme el favor, Lucía. Leed este papel porque no entiendo bien lo que dice.

Lucía lo tomó en sus manos del revés, bocabajo con las letras invertidas y lo observó antes de hablar.

—Mi señor. Me gustaría mucho complaceros, pero desconozco el significado de estos signos. Nunca aprendí a leer.

El preboste sonrió satisfecho.

—Gracias, Lucía. Es lo que esperaba.

Sacó dineros de su faltriquera para compensar generosamente a la mujer que le había salvado la cabeza.

En cuanto el preboste se marchó, con el corazón golpeándole en las sienes por la tensión vivida, Lucía salió de su casa para correr como si la vida le fuese en ello. Recorrió las calles mientras las lágrimas eran arrastradas por el viento. No podía perder un instante.

Al llegar a su destino, llamó impaciente a la puerta de la casa. Insistió en varias ocasiones. La estancia del preboste se había prolongado tanto que ya era de noche y el tiempo jugaba en su contra.

Cuando se abrió la puerta, un criado se interpuso en su camino al reconocerla.

—¿Qué hacéis aquí a estas horas? Esta es una casa decente. Marchaos.

—Es muy importante que hable con Lidón.

Antes de que el sirviente le cerrara la puerta en las narices, Lucía se escurrió adentro. Y corrió dando voces. Gritaba el nombre de Lidón con tanta angustia que transmitía una pena infinita.

No tardó en llegar su tío y Goliat blandiendo su espada ante tanto alboroto.

Lucía lloró desconsolada al verlos.

Detrás de los caballeros templarios apareció Lidón. Estaba extrañada porque Lucía jamás había actuado de esa manera.

—Por favor, tío. Dejadla hablar.

Cuando pudo tragarse las lágrimas, solicitó ir a un lugar tranquilo donde los sirvientes no pudieran escuchar lo que tenía que decir.

La condujeron a la sala donde con frecuencia hablaban de temas importantes al encontrarse en el extremo opuesto a las habitaciones de los criados.

Le dieron agua para que se serenara y a continuación habló.

—He recibido al preboste en mi casa. Ese hombre no respeta ni el luto, pero lo importante es que llevaba una orden del rey y sin querer se ha roto el sello. Entonces se ha puesto como una fiera. Pensé que quería matarme, lo que ha despertado mi curiosidad. Me he ofrecido a reparar el sello… Soy bastante habilidosa. Mientras él andaba vistiéndose yo me he encargado de leer lo que ponía en el pergamino.

Descansó un instante para tomar aliento. Lo que tenía que decir a continuación sabía que les helaría el alma.

—Seguid, por favor, Lucía. Me tenéis en ascuas —protestó Lidón.

—Escuchad atentos. Al alba, la guardia asaltará casas y propiedades de la Orden del Temple en toda Francia y detendrá a todos los templarios que encuentre.

Tanto Lidón y Miguel como Pierre y Goliat se quedaron atónitos por la revelación. El caballero Monteagudo le preguntó asombrado:

—¿Estáis segura?

—Que me muera ahora mismo si miento.

—Y ¿cómo conocéis el contenido de la orden? ¿Sabéis leer? Fue Lidón quien respondió.

—Yo le he enseñado. La conozco desde hace algún tiempo y es una joven muy avispada. Ha aprendido con rapidez. Los motivos por los que me relaciono con ella, en otra ocasión os los contaré. Ahora me preocupa lo que acaba de decir. Tengo total confianza en su palabra.

—Creo a Lidón y creo lo que dice Lucía —afirmó Pierre de Monteagudo.

Después se dirigió a Goliat.

—Vámonos. Es urgente que pongamos en conocimiento del gran maestre lo que va a ocurrir esta misma noche.

—¡Pero tenéis que huir! —exclamó Lidón con lágrimas en los ojos—. Si os quedáis, os prenderán.

—Tranquila. Será lo que Dios quiera.

Y, sin decir una palabra más, salieron los caballeros Monteagudo y Goliat de la casa para dirigirse a la fortaleza del Temple.

Montaron en sus caballos y recorrieron las calles casi desiertas de París sin observar movimiento alguno que les hiciera sospechar lo que se avecinaba.

Una vez penetraron en el bastión de la encomienda templaria, bien protegida por más de cincuenta soldados, acudieron sin tardanza a la torre del Temple, donde se encontraba Jacques de Moley, lugar en el que se había instalado en cuanto terminaron las honras fúnebres de la princesa.

Lo encontraron tranquilo y sereno, solo se transformaba ante los enemigos de Cristo. En ese caso blandía la espada con una potencia inusual. A sus más de cincuenta años estaba curtido por la guerra. Lo habían nombrado gran maestre de los templarios en 1292, un año después de perder Acre, la última gran fortaleza de los cruzados en Tierra Santa. Sus esfuerzos por organizar una nueva cruzada para retomar los territorios perdidos en los Santos Lugares estaban siendo infructuosos. Los reinos de Europa tenían sus propios problemas y ya no prestaban tanta atención a lo que ocurría fuera de sus fronteras.

Las negativas para contribuir a su cruzada por parte de los reyes eran reveses que no mermaban sus ansias de seguir adelante. Por su carácter, arrojado y valiente, no aceptaba la derrota no solo en el campo de batalla, sino en los despachos reales.

Cuando el caballero Monteagudo le refirió lo que iba a pasar esa misma noche, Jacques de Moley se quedó pensativo. No podía creer que su majestad Felipe IV fuera capaz de detener a todos los templarios de Francia.

—Eso es imposible. No se atreverá —respondió De Moley—. Los caballeros del Temple no estamos sujetos al poder temporal de reyes u obispos, sino a la autoridad del papa. No tenemos que rendir cuentas de nada a Felipe.

—Por favor, gran maestre. Sea cierto o no, deberíais marcharos de París ahora mismo —sugirió Monteagudo—. El tiempo apremia.

4

VIERNES 13

Siete años antes de la muerte en la hoguera del gran maestre, 1307

Jacques de Moley no estaba dispuesto a abandonar París. Si escapaba, el rey se daría cuenta de que alguien le había advertido, y tenía otros asuntos por resolver más importantes que su propia vida.

De entre las decenas de caballeros presentes en la encomienda, ante él se encontraban dos de sus soldados más fieles: Monteagudo y Goliat. Los conocía desde 1298, cuando se integraron en sus filas y contribuyeron a derrotar a los sarracenos defendiendo los últimos bastiones cristianos en Tierra Santa. Entonces Pierre tenía diecinueve años y Goliat era su escudero. El gran maestre pensó que no erraría en su elección si a ellos les encomendaba la misión que él ya no podía llevar a cabo.

Llamó primero a Paul, quien ayudaba al administrador a registrar las cuentas de la encomienda de la torre del Temple. Quería saber si había cumplido el trabajo que le había ordenado.

Paul sabía a qué se estaba refiriendo y no quiso concretar nada delante de los dos caballeros. El gran maestre le había solicitado absoluto secreto y no lo iba a defraudar.

—Así es. Tuve el suficiente cuidado para que nada quedara al azar.

—Muchas gracias, Paul. Es muy importante. Solo necesitaba confirmarlo. Ahora quiero que, «sin entreteneros lo más mínimo», llevéis a reparar el libro de cuentas de la orden. He visto que tiene algunas hojas sueltas. ¿Entendéis? —insistió para que apreciara la urgencia de la orden—. Podéis marcharos. —Antes de que abandonara la habitación, volvió a dirigirse a él—: ¡Esperad un momento! Haced el favor de llamar a mi sirviente Robert, necesito de sus servicios, pero no os entretengáis más. ¡Salid ya!

Paul cumplió las órdenes del gran maestre sin dudar, por lo que abandonó la torre del Temple con premura.

La noche avanzaba y pronto moriría fruto de un nuevo amanecer para transformar sus vidas para siempre. Lo presentía el gran maestre y lo sospechaban Monteagudo y Goliat, e incluso Paul estaba inquieto.

Un sirviente se presentó de inmediato. Era un hombre pequeño de ojos avispados en el que el gran maestre confiaba. En cuanto Jacques de Moley lo vio entrar, se dirigió a él y le habló.

—Robert, ha llegado el momento. Sabéis exactamente lo que hay que hacer. Preparad todo para estos dos caballeros. No debe quedar rastro alguno. Confío en vos.

Sin añadir palabra, Robert inclinó la cabeza en señal de aceptación y dejó a los tres templarios a solas.

—¿Qué proponéis, gran maestre? —preguntó Monteagudo intrigado. Era muy extraño lo que acababa de presenciar. No comprendía la forma en la que De Moley se comportaba, ni tampoco que quisiera quedarse, cuando iba a convertirse en la pieza de caza de mayor calibre cobrada por el rey si se cumplían las órdenes estipuladas en el documento que había visto Lucía.

—Veo la duda reflejada en vuestro semblante, Monteagudo —comentó el maestre, al que no le pasaba desapercibida la incomprensión de su caballero—. Ya hace años que elaboré un plan por si ocurría algún acontecimiento imprevisible como este.

—¿Qué plan? —receló Goliat.

—No podemos consentir que determinados «objetos» caigan en manos del rey. Hasta ahora este era el lugar más seguro de toda Francia. Incluso, ya sabéis que aquí protegemos y guardamos el tesoro real, pero, si el mismo Felipe invade esta casa, no habrá en todo el reino otro sitio donde ocultar nuestros preciados «objetos».

—Y ¿cómo pretendéis hacerlo? —inquirió Monteagudo.

Durante más de una hora el caballero estuvo tratando de convencer a De Moley de abandonar París; también de obtener alguna explicación sobre los preciados «objetos» de los que le había hablado, sin conseguirlo.

En ese instante sonó la campana que alertaba a los templarios mientras los primeros rayos de sol nacían en el horizonte parisino. No tardó en entrar en la sala un vigilante. Parecía abrumado. Se disculpó por interrumpir la reunión y pidió permiso para hablar.

—¿Qué ocurre? —le interrogó De Moley.

—A las puertas de la fortaleza está el preboste de París con sus hombres bien armados. Ordena en nombre del rey que le dejemos el paso libre. Dice llevar una orden que lo autoriza.

Monteagudo y Goliat se miraron con un gesto de preocupación, aunque sabían que sin la autorización del gran maestre jamás conseguirían entrar porque la encomienda estaba custodiada por decenas de soldados templarios. Sin embargo, se dieron cuenta de que se estaba cumpliendo, al pie de la letra, lo establecido en el documento que la cortesana había visto.

Jacques de Moley, sin inmutarse, ordenó al vigilante que debían entretener al preboste todo lo que pudieran con cualquier nimiedad antes de dejarlo entrar. Necesitaba tiempo para que Robert hiciera los preparativos y tanto Monteagudo como Goliat pudieran escapar.

Después, el vigilante comentó desalentado:

—La guardia del rey está por todas partes…, incluso ha rodeado la fortaleza. Si se lo proponen, aunque no puedan entrar, será imposible que nadie salga de aquí.

—No importa. Marchad y haced lo que os he dicho.

El vigilante salió dispuesto a cumplir las órdenes del gran maestre. Enseguida este se dirigió a los dos hombres que quedaban con él.

—Ahora sois los responsables de salvar los objetos más preciados. —Monteagudo y Goliat no comprendían cómo iban a poder abandonar el bastión templario y cumplir su misión si estaba rodeado por los soldados del rey—. Veo en vuestros rostros la desconfianza, pero no deberíais dudar. Durante años, en secreto, se ha estado excavando un túnel que conecta esta torre con el río Sena.

Ambos templarios lo miraban sorprendidos. Eran conscientes de que en otros lugares se habían construido túneles debajo de un castillo, incluso en Jerusalén, donde se encontraba el Templo de Salomón, destruido por los babilonios quinientos años antes de Cristo. Allí, los nueve caballeros que dieron lugar a la Orden del Temple se instalaron durante nueve años y excavaron buscando el arca de la alianza. Después, en otros territorios perfeccionaron los trabajos para poder escapar en caso de ser imposible la defensa hasta convertirse en excelentes constructores.

—Perdonad nuestra sorpresa —dijo Goliat—. No teníamos noticias de su existencia.

—No importa. Bajad a los sótanos de la torre, Robert os espera. Obedecedle en todo lo que os diga. Le he dado órdenes precisas que deberéis cumplir.

—Por supuesto. La obediencia es una de nuestras principales reglas —afirmó Monteagudo.

Jacques de Moley los abrazó antes de despedirlos, un abrazo intenso, quizás por presentir que nunca los volvería a ver.

—¡Id con Cristo! —les deseó.

Los caballeros Monteagudo y Goliat se dirigieron a toda prisa a los sótanos para cumplir la misión encomendada. Robert los estaba esperando sudoroso e impaciente. Parecía que acabara de hacer un trabajo que requiriese mucho esfuerzo porque todavía respiraba con dificultad. Eran muchas las indicaciones que debía darles y el tiempo apremiaba porque ya se podían oír gritos dentro de la fortaleza. Sin duda, la guardia real había entrado. Los condujo hasta una puerta que nunca habían traspasado y los animó a seguirle. Enseguida se volvió hacia ellos para entregarles unas ropas.

—¡Rápido! Desvestíos y poneos estas prendas.

Ellos obedecieron sin decir palabra. Se trataba de simples hábitos de color marrón con capucha, una cuerda de tres nudos para ceñir la prenda a la cintura y un manto de tela basta. Unas sandalias sencillas completaban su atuendo. Así era como vestían los franciscanos, que se caracterizaban por su sencillez y pobreza. Sin embargo, se desató una bolsa de la cintura para entregarla a los dos caballeros.

—Estos dineros os servirán para comprar lo que necesitéis durante el desplazamiento. Para no levantar sospechas, viajaréis como si os dirigierais hacia la península ibérica en peregrinación a Santiago hasta abandonar Francia. Deberéis dejar aquí vuestras ropas de templarios y vuestras armas.

Los miró y seguían sin parecer franciscanos. Entonces sacó una navaja y les afeitó la barba precipitadamente.

—Ahora sí. Escuchad bien. Una barca os espera en el Sena. En adelante, recordad, para cualquiera que se cruce en vuestro camino sois franciscanos. Este documento —dijo mientras sacaba de entre sus ropas un pergamino que simulaba estar sellado por la orden franciscana— os servirá para justificar hacia dónde os dirigís. No confiéis demasiado en él porque es falso y podrían darse cuenta.

—De acuerdo, pero la espada se viene conmigo —respondió Monteagudo al tiempo que recogía el documento. Su gesto desafiante no admitía discusión—. Démonos prisa o los guardias del rey nos alcanzarán. ¿No los oís cada vez más cerca?

—No debéis preocuparos, para eso también hay solución. El túnel se realizó siguiendo la ruta más corta y segura para llegar al río. Se tuvieron en cuenta todas las dificultades, desde la construcción de pozos de ventilación hasta el problema que suponía el alto nivel del agua del Sena. Varios sistemas de drenaje con canales inclinados sirven para desviar el agua hacia sumideros naturales o hacia el río. En cuanto salgáis, se ha dispuesto un sistema para que esos canales sean destruidos y se inunde para siempre el túnel. Nadie podrá seguiros ni tampoco sabrá lo que vais a hacer salvo yo, que lo he preparado todo. Ni el gran maestre ha querido conocer vuestro destino.

—¡No lo entiendo! —exclamó Goliat, que se impacientaba al percibir cómo los gritos se iban oyendo cada vez más nítidos. Daba la sensación de que pronto llegarían hasta donde ellos se encontraban.

Robert no le respondió. Se limitó a señalar el documento que le había entregado al caballero Monteagudo antes de hablar.

—En cuanto estéis a salvo, leedlo. Es necesario pasarle una vela por debajo para descubrir su contenido. Después destruidlo. Nadie debe conocer vuestro verdadero destino o peligra lo que transportáis. Apresurad el paso y contad hasta treinta. Yo haré lo mismo. Es el tiempo del que disponéis para llegar a la barca antes de que yo inunde el túnel y os ahoguéis. Y recordad que no he podido tonsuraros la cabeza, así que llevad siempre puesta la capucha.

—Lo de que se inunde el túnel es un buen aliciente para darnos prisa, Robert —sonrió Goliat—, pero lo que me intriga es lo que contiene el documento.

—No se lo puedo decir a nadie.

Entonces sacó un cuchillo afilado que llevaba oculto y, antes de que pudieran hacer nada, se cortó la lengua. Después con la mano les indicó que entraran en el túnel.

Pasmado, Pierre de Monteagudo le hizo un gesto a Goliat y ambos siguieron las pequeñas hachas que iluminaban el camino.

—Se ha sacrificado por nosotros —dijo Monteagudo—, así que no podemos fallarle ni a él, ni al gran maestre, ni a la orden.

Se apresuraron para alcanzar la salida. No era un túnel de grandes dimensiones, pero las suficientes para que hombres de gran envergadura como ellos pudieran recorrerlo sin agacharse.

***

Tal y como había previsto Guillaume de Nogaret, el consejero real, a la misma hora en toda Francia entraban los hombres de armas amparados por senescales y bailíos para arrestar a los caballeros templarios, clérigos y sirvientes que pertenecían a la orden mientras en la encomienda de la torre del Temple de París lo hacía el preboste con su escolta.

Guillaume de Nogaret estaba tan emocionado que no pudo resistir la tentación de presentarse junto al preboste ante el bastión templario que, según él, guardaba y protegía incontables riquezas. Cuando se encontró delante del gran maestre, Jacques de Moley, trató de disimular la felicidad que le producía atravesar el corazón de la orden con un simple papel firmado por el soberano. Había sido tan fácil que todavía no daba crédito al éxito alcanzado.

—Llevadme inmediatamente al lugar donde se guardan las riquezas de la orden. Quiero comprobar que no habéis gastado el tesoro real comprando provisiones y armas para vuestra cruzada —ordenó Nogaret al gran maestre.

—Sabéis de sobra, «consejero real» —dijo con sorna—, que el rey no tiene autoridad sobre el Temple. Solo el papa Clemente V puede tomar medidas contra nosotros. Así que marchaos por donde habéis venido y llevaos a esa chusma del rey. No consiento que maltraten a los sirvientes de la orden.

Nogaret borró del rostro el gesto festivo con el que había entrado en la sala para transformarlo en una mueca de odio hacia su interlocutor.

—Creo que no habéis entendido las circunstancias. —Sonrió con cinismo—. El papa no va a abrir la boca porque el rey no se lo va a permitir. ¿O acaso desconocéis que Clemente está ocupando la silla de Pedro gracias a la influencia del rey...? Y de su dinero.

Fue entonces cuando Jacques de Moley se dio cuenta de que Nogaret lo había organizado todo para acabar con la orden. En ese instante se sintió traicionado por el rey, a quien había dado tanto, no solo en oro, sino en incontables vidas que sus caballeros templarios habían entregado en las cruzadas para honor de la cristiandad. Sin embargo, no estaba vencido porque nunca se achantaba, pese a reconocer que no podía oponerse a los deseos de Felipe IV.

—Al menos no castiguéis al elevado número de personas, entre criados, sirvientes y artesanos, que trabajan en la encomienda. Son buenas gentes que nada tienen que ver con vuestros intereses —protestó de Moley.

—Si se resisten, morirán. Los que queden pasarán a ser propiedad del rey.

Los gritos que se oían en la encomienda más poderosa del Temple demostraban la fiereza con la que arremetían los soldados contra hombres desarmados. El gran maestre se sentía impotente ante esa sinrazón fruto de la codicia del soberano y de su consejero.

Nogaret pensó que ya había dado suficientes explicaciones y en su pensamiento solo se sucedían imágenes del fabuloso tesoro templario. Así que obligó a De Moley a conducirlo hasta donde este lo guardaba. Necesitaba comprobar por sí mismo que los problemas de Francia estaban resueltos mediante los bienes que iban a pasar de manos templarias a las del monarca.

No le faltaban motivos a Nogaret para albergar tales pensamientos. La Orden del Temple, tan solo cinco décadas atrás, contaba con un ejército de treinta mil hombres y más de medio centenar de castillos, así como nueve mil encomiendas donde vivían siervos y artesanos. Además, poseían una flota envidiable de naves en los puertos de Francia que utilizaban para el comercio de mercancías o para asuntos militares.

Pese a no contar con tantos recursos como los que disfrutaban en sus mejores tiempos, la orden mantenía varios miles de caballeros, sargentos, capellanes y sirvientes. Solo en Francia se hallaban alrededor de seiscientas propiedades entre encomiendas, castillos y tierras. Pese a la pérdida de sus posesiones en Tierra Santa, todavía gozaba de un patrimonio muy codiciado. Tal despliegue de poder y riqueza abrumaba a los reyes, que veían amenazados sus reinos. Mientras las cruzadas entretenían a los templarios en Oriente, no habían representado un peligro, pero, una vez arrojados de sus posesiones en aquellas tierras tan lejanas e instalados en Europa, los consideraban una auténtica amenaza.

Nogaret descendió hasta los sótanos de la torre junto a cuatro soldados para que vigilaran a Jacques de Moley. No en vano era un templario y en cualquier momento podía utilizar su fuerza para huir. Atravesaron un par de puertas cerradas que guardaban dos caballeros de la orden. Las llaves que abrían las cerraduras las custodiaba el gran maestre en un manojo que llevaba atado a la cintura.

Según bajaban, aumentaba la ansiedad del consejero real hasta provocarle desazón.

—¿Llegamos ya de una vez? —protestó.

—No pretenderéis que las riquezas que guarda la orden no estén bien vigiladas.

***

El túnel era más largo de lo que habían previsto y Goliat se impacientó al pensar que Robert podría inundarlo antes de que llegaran al final, así que sus enormes zancadas daban muestra de la inquietud que lo dominaba.

Pierre de Monteagudo se había guardado el documento en una especie de faltriquera oculta en el interior del hábito, que había visto cuando se lo ponía, y también procuraba acelerar el paso. Retumbaban los gritos de la calle entre las paredes húmedas que los rodeaban.

De pronto, observaron que el túnel se ensanchaba y en un lateral alguien había destapado lo que parecía una tumba, porque restos de tierra reciente se hallaban esparcidos por el suelo. Solo permanecía intacto en la pared el hueco vacío que muchos años antes se había excavado con la aparente intención de enterrar a alguien.

No se entretuvieron. Ya habían contado hasta treinta sin haber salido del angustioso túnel que parecía no tener fin. Enseguida notaron que la humedad iba en aumento y supieron que se acercaba el final. La salida estaba oculta por matorrales, lo que hacía que desde el agua la abertura no pudiera advertirse. Una barca amarrada fue lo único que distinguieron en un cielo que empezaba a clarear. Por su discreto tamaño, era difícil que desde la orilla pudieran verla, especialmente por encontrarse medio oculta entre la maleza que crecía en el Sena.

Una tabla bien anclada unía el túnel con la embarcación, a través de la cual lograron salvar la distancia que facilitaba la huida. Sin embargo, escucharon con preocupación cómo la voz de los soldados del rey sonaba muy próxima.

—¡Recorred las calles, no puede escapar ninguno! Es una orden —dictaminaba un oficial del rey a sus hombres.

Monteagudo y Goliat se agacharon en la barca y permanecieron en silencio. Tenían una misión que cumplir y esa solo era la primera parte. Lo que les esperaba a continuación solo Dios lo sabía.

En cuanto dejaron de oír a los soldados del rey, observaron lo que contenía la barca. Además de un barril repleto de comida, lo que más les sorprendió fue encontrar una caja muy sencilla de madera con una tapa bien clavada. A todos los efectos parecía un ataúd. Ambos pensaron que el hueco encontrado en el túnel había albergado los restos de quien fuera que estuviese metido en el interior de la caja que ahora los acompañaba. Comprendieron que el agotamiento de Robert tenía su justificación porque él, sin ayuda, debía de haber trasladado el ataúd a la barca con gran esfuerzo.

Pierre de Monteagudo escondió su espada debajo del féretro. Goliat no se había atrevido a desobedecer a Robert, así que no disponía de armas para defenderse. Era prioritario abandonar las proximidades de la fortaleza del Temple, por lo que impulsaron la barca con los remos para dejarse arrastrar por la corriente.

***

Pronto, el gran maestre, acompañado de Nogaret, se adentró en la cripta donde el sótano se ensanchaba para llegar a una puerta de madera maciza reforzada con hierros que presentaba tres cerraduras. Desde ese lugar, De Moley pudo oír con nitidez cómo las aguas del Sena inundaban el túnel por el que debían de escapar Monteagudo y Goliat. En ese momento supo que Robert había ejecutado al pie de la letra sus instrucciones. Se sintió más sosegado al haber cumplido el objetivo. Ahora todo estaba en manos de Cristo: sería él quien en adelante tendría que protegerlos.

Con verdadera parsimonia fue abriendo las cerraduras que impedían saber qué se escondía detrás de aquella puerta. Nogaret se impacientaba y exigía premura mientras el gran maestre ya no le prestaba atención. Su mundo estaba a punto de desaparecer y él lo intuía.

Cuando la entrada quedó expedita, la oscuridad dominaba la sala. Nogaret tomó en una mano un hacha que estaba en la pared para iluminarse y retiró de un manotazo a De Moley, impaciente por penetrar en los dominios templarios «custodiados por unos ávaros», pensó. No podía imaginar lo que habría allí reunido. Además del tesoro real y de los dineros, que ricos mercaderes querían proteger de ser robados en sus casas o cuando viajaban, se debían hallar las riquezas que producían los miles de encomiendas repartidas por toda Europa.

Los ojos del consejero real se abrieron sorprendidos. Era cierto que había oro y joyas en aquella sala, pero era imposible que estuvieran todas. Comparado con lo que esperaba encontrar supuso una decepción.

—¿Dónde está el resto? —preguntó el consejero irritado.

—¿Qué resto? —le respondió el gran maestre.

—He tenido mucha paciencia… así que no me importunéis.

—¿Qué esperabais encontrar? No lo entiendo.

—Aquí no puede estar todo. ¿Dónde está el libro de cuentas?

—Lo siento, pero no voy a discutir con vos. El libro de cuentas lo custodia el administrador y su ayudante que, por cierto, no se encuentran en la torre, así que en ese aspecto no os puedo ayudar. Por otra parte, si conocéis a fondo el estado de las arcas de su majestad, sabréis que el derroche ha ocasionado que estén casi vacías. Además, ¿cómo creéis que se mantienen las encomiendas? ¿Y los caballeros? Os aseguro que, si hubiéramos alcanzado la cantidad que se requiere para comenzar una nueva cruzada, ya estaríamos reconquistando Tierra Santa —respondió Jacques de Moley indignado.

***

Aún tuvieron que esperar en la torre del Temple durante varias horas hasta que el rey acudió para comprobar que las riquezas templarias estaban en disposición de pasar a sus manos. Nogaret se encontraba incómodo cuando Felipe IV llegó a la torre. Eran tan elevadas sus esperanzas de conseguir un cuantioso tesoro que lo hallado le parecía insuficiente.

Cuando el rey descendió a la cripta y entró en la sala donde se acumulaban las riquezas pudo comprobar que el dinero y las joyas reales estaban apartadas del resto, al igual que diferentes cofres que guardaban la fortuna de otros. Observó a su alrededor los bienes que protegía la Orden del Temple y sintió que había llegado la hora de que los templarios lo compensaran. Ya no tendría que pagar nada. Sus deudas habían desaparecido de repente y eso le produjo un placer inusitado a pesar de no mostrar ningún signo externo de la satisfacción que lo embargaba.

Solo le quedaba un asunto pendiente: ¿Qué iba a hacer con todos los templarios capturados en Francia? Si se habían cumplido sus órdenes a la perfección, serían miles los caballeros apresados. Una sensación de placer recorrió su espalda antes de pronunciar las palabras que mayor gozo le producían.

—Nogaret, ocupaos de buscar alojamiento para estos caballeros en mis cárceles —dijo con ironía—. Espero que, en breve, esta orden se lleve a cabo con los arrestados en cualquier encomienda templaria de Francia. Además, quiero que estén aislados entre sí. ¿Entendido?

—Así será, majestad —respondió el consejero real, algo más tranquilo al comprobar que el rey no se había disgustado por la escasez del tesoro hallado.

5

LOS TEMPLARIOS CAPTURADOS

Siete años antes de la muerte en la hoguera del gran maestre, 1307

Guillaume de Nogaret había cumplido a la perfección la orden de Felipe IV. Para ello condujo a los prisioneros a las cárceles del rey y situó a cada uno en una celda separada sin posibilidad de comunicación entre ellos. Jugaría con el miedo, la incertidumbre y con cualquier sentimiento que pudiese ayudarle a alcanzar sus objetivos, que no eran otros que acabar con los templarios.

En el resto de Francia, la maniobra había constituido todo un éxito. Más de dos millares de templarios habían caído en manos de los esbirros del soberano.

A Jacques de Moley le concedieron el aparente privilegio de permanecer en la torre, pero no en su habitación, sino en las mazmorras del Temple. El gran maestre oyó fuera de la celda diversos ruidos que no identificó y gentes murmurando. No hizo caso y se puso a rezar tranquilo cuando, de repente, se abrió la puerta para dejar paso al consejero del rey. A Nogaret lo acompañaba un escribano y dos guardias. Nada más entrar le ordenó desnudarse. Era una humillación que soportó sin protestar. Al gran maestre solo le dolía tener que abandonar sus ropas de templario.

Le entregaron una túnica sin símbolo alguno para que se vistiera y él permaneció en pie orgulloso, pese al dolor que le producía desprenderse de la cruz roja que el manto blanco situaba sobre su pecho.

—Gran maestre —dijo Nogaret. No había querido perderse el placer de interrogar a De Moley—. El escribano os leerá los delitos que se os imputan y los crímenes contra la cruz de Cristo que se os atribuyen. Solo si os confesáis culpable el rey os perdonará y salvaréis la vida. En caso contrario, se os condenará a muerte.

—Pido amparo ante su santidad el papa Clemente porque solo él tiene potestad para juzgarme. Bien lo sabéis. Él es el único que debe decidir si soy culpable.

Nogaret tenía prevista esa respuesta. Hizo entrar a dos inquisidores[1] dominicos a la celda.

—Estos religiosos os sacarán la verdad, así que «tened la amabilidad de acompañarlos» —pronunció con ironía.

Mientras se dirigían a la celda contigua, que habían habilitado para torturarlo, otros templarios corrían la misma suerte en las prisiones del rey. A cada uno se le aplicaba el castigo que los dominicos consideraban más adecuado con la finalidad de hacerles confesar. Unos eran directos para provocar dolor al instante y otros lentos, aunque quizás más temibles.

A algunos les ataron las manos a la espalda de forma tan salvaje que la sangre casi les saltaba por las uñas. Después, sujetos por una correa, los metían en fosas separadas. De esta manera pensaban mantenerlos los días o meses que fueran oportunos mientras se encargaban de otros templarios. Eran tantos los candidatos a la tortura que los dominicos debían habilitar esos medios para atenderlos a todos, ya que estaban obligados a conseguir que se declararan culpables. Ese era su único cometido y lo realizaban a la perfección.

***

---

1   La Inquisición medieval se fundó en 1184 en la zona de Languedoc (en el sur de Francia) para combatir la herejía de los cátaros o albigenses.

El papa Clemente V se encontraba en Poitiers cuando recibió la noticia de que durante la madrugada del viernes día 13 de octubre se había apresado a todo miembro de la Orden del Temple que se encontraba en Francia. Desde su elección como sucesor de Pedro no se había trasladado a Roma, obligado por las inapelables razones del rey francés, que deseaba tenerlo cerca para intentar doblegar su voluntad. Para ello había invertido sus buenos dineros e influencia en lograr el objetivo de coronarlo cabeza de la Iglesia católica.

Cuando se lo comunicaron al papa, casi se desmaya.

—No es posible, no es posible… —repetía como si fuera una letanía mientras se recuperaba. Era un hombre de débil carácter y precaria salud que temía al rey Felipe, lo que le había provocado el leve desfallecimiento.

—Reponeos, santidad —lo animaba un cardenal—. Debéis ser fuerte.

—¿Cómo voy a ser fuerte si ese maldito rey ni siquiera se ha molestado en decirme lo que iba a hacer? ¡Será miserable! Los templarios me pertenecen —gritaba—. Solo la Iglesia puede juzgarlos. ¿Cómo se atreve? —Clemente V estaba indignado, aunque solo fuese para mantener las apariencias. Le molestaba que el soberano lo hubiera menospreciado a él, que era el representante de Dios en la tierra—. Convocad inmediatamente un consistorio de urgencia. ¡Llamad a todos los cardenales!

—Así lo haremos, santidad, pero…

—¿Qué pasa?

—Hay rumores de que están empleando la tortura para hacerlos confesar.

—Dios Santo, no puede ser cierto.

***

París se había despertado y mercaderes, buhoneros, artesanos y mujeres solo hacían que comentar la noticia del día. No se hablaba de otra cosa en las calles de la ciudad.

—¿Sabéis que están en prisión los caballeros de la encomienda de la torre del Temple? —decía un vendedor a otro en el mercado.

—Pues yo vengo desde Chartres y me han dicho que otro tanto se ha hecho en otras encomiendas.

—¿Será verdad?

—Y tanto.

Lidón, que había salido de casa acompañada de una sirvienta para hacer la compra, se quedó pasmada al oír el comentario.

—Por favor, señor —imploró al vendedor—. ¿Dónde han llevado a los apresados?

—Al gran maestre no lo han visto salir. Si está vivo, seguirá en la torre del Temple.

—¿Y el resto?

—En las prisiones de París.

—¿Sabéis dónde está el caballero Monteagudo?

—Ya está bien. Dejaos de tanta cháchara y comprad o marchaos.

La angustia golpeaba con fuerza el pecho de Lidón y las lágrimas pugnaban por brotarle de los ojos. Estaba desesperada y temía lo peor. Entonces decidió acudir a casa para hablar con Miguel y averiguar cómo buscar a su tío. Dejó a la sirvienta para que realizara la compra y abandonó el lugar a toda prisa.

Una vez en la vivienda, se dirigió hacia la habitación familiar, aunque le sorprendió ver la puerta cerrada. Siempre permanecía abierta salvo para hablar de asuntos que no concernían a los sirvientes. La abrió esperanzada al creer que tal vez fuera su tío el que estuviera dentro. Sin embargo, fue una decepción. Su hermano hablaba con un religioso joven que vestía el hábito del Temple y que se asustó mucho al verla entrar.

—Cierra la puerta, Lidón —le dijo Miguel, quien parecía preocupado.

—¿Qué ocurre? —preguntó intrigada.

Era el momento de indicarle a su hermana quién era el joven atemorizado. Se trataba de Paul, el religioso que atendía el libro de cuentas de la orden templaria en París como ayudante del administrador. Le había contado a Miguel que, por fortuna, no se encontraba en la torre cuando los caballeros fueron apresados. Dijo que todo ocurrió cuando regresaba a la encomienda después de realizar el encargo que le había solicitado el gran maestre. El continuo uso del libro donde se anotaban los ingresos templarios había provocado que algunas hojas estuvieran sueltas y conocía a un artesano muy hábil que era capaz de recomponer el libro sin estropear el pergamino.

Paul les contó que el libro era muy importante para la orden y nadie debía conocer su contenido. Por eso el hombre designado no sabía leer. Aunque el artesano le sugirió sustituir el pergamino sucio y desgastado de la cubierta, este se negó. Prefería que se mantuviese su aspecto viejo y usado; de esa manera, nadie se interesaría por él. Pese a confiar en el habilidoso artesano, Paul dijo no haber perdido de vista ni un segundo el ejemplar.

Siguió contando que, cuando regresaba a la fortaleza, observó el movimiento de soldados por las calles de París y le pareció que iban a realizar algún apresamiento. Lo que no imaginaba era que llevaban su misma dirección. Los siguió a distancia pensando que en algún momento dirigirían sus pasos hacia otro lugar. Se quedó pasmado cuando comprobó que se detenían frente a la encomienda de la torre del Temple. No llegó a oír lo que decía el preboste de París, que encabezaba la marcha, pero tuvo tiempo de ver un documento con el que parecía amenazar a los templarios que vigilaban la puerta. Después, tardaron bastante en responder, pues era previsible que el gran maestre tuviese que autorizar la entrada de los soldados del rey en un lugar al que no tenían derecho a acceder.

A continuación, abrieron las puertas y se desató el infierno. Paul oyó gritos y se estremeció. No podía dar crédito a lo que estaba sucediendo, si bien no se movió del lugar donde había encontrado cobijo, ya que podía observar sin ser visto cómo los soldados rodeaban la torre. Después esperó para decidir qué hacía. Casi una hora después, con desesperación, vio a los caballeros templarios salir desprovistos de armas y vigilados por los soldados del rey.

—¿Estaba mi tío entre los capturados? —preguntó Lidón, que había estado muy atenta ante las revelaciones de Paul.

—Lo cierto es que no. Tampoco el gran maestre. Es posible que sigan allí.

—¿Y el caballero Goliat?

—Tampoco lo llevaban preso.

Lidón se serenó. Su pensamiento construía esperanzas del mismo modo que se derrumbaban en segundos. Creyó lógico que al gran maestre lo hubieran retenido en la torre, quizá por privilegio o porque estuviese muerto. Trató de borrar inmediatamente esa turbadora idea que se había introducido en su cabeza. Luego imaginó que, si habían quedado templarios dentro de la fortaleza, o los habían matado o bien estaban encarcelados en sus mazmorras. Ninguna de las dos alternativas le resultaba deseable.

—Seguro que los tres están vivos —decía Lidón—: el gran maestre por la protección del papa; y mi tío, porque él y Goliat habrían sido conducidos a las cárceles del rey. ¿No creéis? Su rango dentro de la orden no es tan importante como para permanecer custodiados junto a Jacques de Moley. —Era más un deseo que verdadero convencimiento.

—Entonces ¿por qué no han venido a casa? —preguntó Miguel.

—Querido hermano, aquí sería el primer lugar donde vendrían a buscarlo. No querrá comprometer nuestras vidas. Será mejor que averigüemos lo que podamos sobre dónde están presos los caballeros del Temple y si podemos hacer algo por ayudarlos.

***

Dos días después de apresar a los templarios en toda Francia, Clemente V convocó a sus cardenales para tomar una decisión sobre qué hacer ante tamaña ofensa por parte del rey. No obstante, nada salió como él esperaba, ya que cuatro de los purpurados que habían participado en su elección como sumo pontífice habían sido comprados por Felipe IV y jamás se opondrían a los deseos del monarca.

Clemente V estaba dolido por no haber logrado su propósito y necesitaba desahogarse. Así que preparó una misiva para reprochar al soberano sus actos contra los templarios por no haber contado con la aprobación papal. Estaba tan disgustado y a la vez tan temeroso del rey que le ocupó casi dos semanas escribirla para manifestar el escándalo que le producía que hubiese empleado la tortura con hombres protegidos por la Iglesia.

Cuando por fin escribió la definitiva, después de haber roto varias, la entregó a un mensajero para que la hiciera llegar al monarca.

***

Felipe IV se hallaba saboreando una buena pieza de caza al tiempo que degustaba un excelente vino cuando leyó la misiva del papa, que había llegado tiempo atrás y no había leído hasta el momento. Presentía su contenido y había retrasado su lectura de puro aburrimiento. «¿Qué querrá ese pelele? —pensaba—. Me debe su puesto, incluso hasta el aire que respira. Si me impacienta, tal vez no dure mucho».

Entonces llegó Guillaume de Nogaret con la información que a diario ofrecía al rey.

—Majestad.

—Acercaos y probad este ciervo. Está delicioso. —Lo animó con un gesto de la mano, y su consejero se disculpó por no aceptar—. Pues contadme cómo han trabajado esos frailes dominicos. ¿Están obteniendo buenos resultados? A ver si tengo que hacer yo su trabajo. —Rio. Su risa era sarcástica—. No imagináis lo que me gustaría hacerlo, amigo, pero es mejor que se ensucien las manos otros religiosos que también rinden pleitesía al papa. —Volvió a reír y casi se atraganta.

—No tendréis queja de los inquisidores dominicos, os lo puedo asegurar. Sus brutales y sangrientas torturas están consiguiendo muchas confesiones. El problema…

—¿Qué ocurre, Nogaret?

—El problema es que el castigo se les ha ido de las manos y treinta y seis templarios han muerto mientras se les aplicaba el tormento y negaban sus acusaciones.

El rey arrojó al suelo la bandeja con el asado de puro odio.

—Bien merecido lo tenían por resistirse a confesar la verdad. ¿Cuántas confesiones tenemos?

Nogaret volvió a recobrar la confianza en sí mismo. Sabía que iba a complacer al soberano.

—Ciento treinta y cuatro templarios, solo en París, han confesado su culpabilidad.

—Excelente noticia, amigo.

—Preparaos, majestad, que aún tengo otra mejor.

—Hablad presto, ya que he perdido el delicioso asado del que estaba disfrutando. Así que compensadme —exigió.

—¡Lo hemos conseguido! Entre los templarios confesos está...

—¿Jacques de Moley?

—Exacto —afirmó Nogaret—. Pero eso no es todo. Además del gran maestre, han dado su brazo a torcer..., nunca mejor dicho... —sonrió—, el visitador de Francia y los maestres provinciales de Chipre y Normandía.

Guillaume de Nogaret había conseguido lo imposible: que los más altos representantes del Temple se declararan culpables de todos los crímenes imputados.

Pese al gesto displicente que el soberano lucía de forma habitual en el semblante, en esa ocasión el consejero real notó el rostro del monarca radiante.

—Hoy es un día que debemos celebrar porque a partir de este momento nadie dudará de la culpabilidad de los cruzados. Y el primero en admitirla será el papa. —Arrugó la misiva que estaba sobre la mesa donde pocos minutos antes había gozado del ciervo asado y la arrojó al suelo—. A ver qué dice ahora Clemente.

***

Clemente V no podía dormir desde que habían comenzado los tormentos contra los que consideraba unos mártires que habían combatido con fiereza para conquistar los Santos Lugares y proteger el cristianismo. Los templarios lo despertaban con pesadillas cada vez que sus ojos se cerraban víctimas del cansancio. Incluso temblaba imaginando los castigos que los inquisidores eran capaces de aplicar para obtener una confesión.

Estaba angustiado en medio de un mal sueño cuando fue despertado por uno de los cardenales partidario de obedecer siempre al rey, a quien el monarca había compensado otorgando destacados puestos a su familia.

—Santísima, despertad. Es urgente. Tenéis que conocer de primera mano las atrocidades que han cometido los caballeros templarios.

Clemente se levantó todavía somnoliento sin dar crédito a tanta impertinencia.

—Hablad de una vez —dijo enojado.

—Cientos de caballeros del Temple han confesado su culpabilidad. —El papa se mostraba perplejo ante tal afirmación, por lo que siguió escuchando atento—. Ahora ya no cabe ninguna duda de que las acusaciones eran ciertas…

El purpurado esperó para contemplar su reacción. Al ver que parecía albergar alguna duda, le dio el golpe final.

—… Así mismo, se ha declarado culpable de todos los cargos imputados Jacques de Moley. Y no solo él, también el visitador de Francia y dos maestres provinciales.

Clemente se quedó boquiabierto. No podía creer que los hombres que había considerado unos santos fueran herejes adoradores del diablo que cometían sodomía y sacrilegios contra Cristo.

Abrumado por la responsabilidad que le correspondía al ser el protector de aquellos hombres, pensó que debía poner remedio, porque un papa no podía consentir la protección de herejes confesos. Se levantó y se puso a trabajar inmediatamente.

Era el 22 de noviembre de 1307 cuando ordenó mediante bula a todos los monarcas, cada uno en su reino, que apresaran a los templarios que se hallaran en su territorio y secuestraran sus bienes hasta que la Santa Sede dispusiera lo que se debía hacer con la orden, sus hombres y posesiones.

***

—¡Qué locura! ¿Lo habéis oído? —le dijo Lidón a su hermano Miguel cuando la noticia se extendió por Francia.

Paul seguía viviendo con ellos para protegerlo de los esbirros del rey. Lo ocultaban en la habitación de su tío para que ni siquiera los sirvientes conocieran su paradero al mantener, por costumbre, la puerta cerrada hasta el regreso del caballero Monteagudo.

A pesar de ser un peligro que viviera con ellos, Lidón comprendía que no podía volver a la torre ocupada por el monarca. Y se resistía a abandonarlo a su suerte porque era religioso, pero no soldado, y solo sabía defenderse bien con las cuentas. Le habían facilitado las ropas de un criado al tiempo que ocultaban las que llevaba puestas, con las cuales no habrían tardado en arrestarlo. Lo delataba la cruz roja que identificaba a la orden, plasmada sobre su hábito de lana marrón. En ningún caso quiso desprenderse de un saco de tela basta y prieta que llevaba. Al no ser de grandes dimensiones, le había cosido una amplia tira de cuero que le cruzaba pecho y espalda desde uno de los hombros hasta la cadera contraria en forma de bandolera.

Reunidos los tres en la habitación del caballero Monteagudo, Paul fue el primero en manifestar su resentimiento.

—Es terrible que tan solo mes y medio después de apresar a los templarios de Francia esta tragedia se haya extendido a toda la cristiandad. Y lo peor es que el papa es el responsable. ¿Cómo ha sido capaz de ordenarlo?

—¿No será que el papa pretende anular al rey y de esta manera controlar todo lo relacionado con la orden? —preguntó Miguel.

—No creo, querido hermano, que secuestrar los bienes templarios y dejarlos en manos de los reyes sea un buen negocio para la Iglesia —afirmó Lidón desalentada—. En cuanto los reyes se apropien de ellos, ¿creéis que se los devolverán al papa? Pues no. Es demasiado tentador... y querrán quedarse con sus riquezas. Espero que Clemente haga algo más por acabar con esta locura o desaparecerá la Orden del Temple.

—¿Y qué podemos hacer nosotros? —preguntó Paul en voz baja. Le parecía que gritaban demasiado y los iban a escuchar los sirvientes.

Enseguida los hermanos se percataron de que podían oírlos y callaron. En ese instante, Lidón decidió utilizar a su amiga Lucía, la cortesana, para averiguar dónde había ido a parar su tío, preocupada por su suerte. Después, con rabia contenida, afirmó:

—Por mi parte, preguntaré una y mil veces quién ha visto al caballero Monteagudo.

Cuando anocheció, mientras la servidumbre dormía y toda la casa permanecía en silencio, Paul se dirigió a la cuadra donde descansaba el caballo que tiraba del carro y buscó el lugar idóneo para excavar un agujero. Se dio prisa para terminar cuanto antes. Después introdujo en él el saco, en cuyo interior guardaba el libro de cuentas, una caja pequeña y unos guantes de cuero encerados. Todo ello protegido para soportar la humedad. Luego lo rodeó de paja seca para taparlo a continuación. Era necesario disimular la tierra removida, así que puso algo de paja en la superficie y colocó un cubo viejo de madera encima.

Se sintió aliviado. Durante el tiempo que había permanecido en la habitación del caballero Monteagudo había temido que lo descubrieran. Ahora podría estar tranquilo al mantener el libro de cuentas a salvo de los buitres que ansiaban encontrarlo, entre ellos, el mismísimo rey.

6

EL CABALLERO MONTEAGUDO

Viernes, 13 de octubre de 1307. Siete años antes de la muerte del gran maestre. La noche del asalto a la torre del Temple

Los caballeros Monteagudo y Goliat, vestidos de franciscanos, trataban de pasar desapercibidos deslizándose en la barca por las oscuras aguas del Sena. Apremiaba abandonar París. Habían visto cómo se inundaba el túnel que los había conducido hasta la embarcación y sabían que nadie los seguiría por ese lugar. Sin embargo, los soldados del rey estaban por todas partes. Invadían las calles y ocupaban los puentes parisinos para detener y registrar a cualquiera que quisiera atravesarlos.

Desde el río, intentaban permanecer inmóviles y dejaban que la barca fuera arrastrada sin hacer ruido. Pronto la luz del nuevo día los dejaría al descubierto y tendrían que buscar una solución para avanzar con rapidez y dejar atrás la peligrosa ciudad del Sena.

Ambos caballeros se miraban interrogantes ante los imprevisibles acontecimientos que estaban viviendo. Monteagudo se preguntaba si el ataque del rey a los templarios habría tenido graves consecuencias para la orden. De momento habían logrado escapar de la fortaleza y nadie sabía de su cometido, por lo que podían intentar cumplir el trabajo encomendado si conseguían librarse de los controles de vigilancia que habían establecido a lo largo del río. De pronto, delante de ellos vieron el primero y se tumbaron para simular que dormían.

Un grupo de soldados de la guardia del rey examinaba las aguas para comprobar quiénes las atravesaban. Al ver una barca con dos franciscanos, en apariencia dormidos, y un ataúd, no quisieron despertarlos. Mantenían la capucha puesta como les había recomendado Robert al no haberle dado tiempo a tonsurarlos. No obstante, la mala fortuna quiso que la embarcación tropezara con un banco de arena y se quedara encallada muy cerca de los soldados. Monteagudo y Goliat se pusieron en pie sorprendidos para comprobar las posibilidades que tenían de salvar la situación.

Sin siquiera pensarlo, cogieron los remos e intentaron separarse del banco ejerciendo fuerza con ellos, pero la arena no ofrecía la suficiente resistencia para permitir que se separaran de aquella trampa mortal. Era imposible.

Enseguida se dieron cuenta de que no había solución pese a sus esfuerzos por conseguirlo. Sin remedio iban a caer en manos de los soldados y eran demasiados para enfrentarse a ellos. Una barcaza con diez hombres del rey se aproximaba hacia donde se encontraban y Goliat le hizo un gesto a Monteagudo para que no intentara coger la espada oculta debajo del féretro cuando advirtió sus intenciones.

En cuanto los soldados los tuvieron a su alcance, el jefe de la guardia dio instrucciones a sus subordinados para que les facilitaran una pértiga a los franciscanos.

Los caballeros del Temple contemplaban la escena pasmados.

—Malas horas para viajar por el río con el alboroto que se ha montado esta noche. Deberíais salir de París cuanto antes —dijo el jefe de la guardia—. Se está deteniendo a todos los templarios de Francia, pero no debéis preocuparos porque contra el resto de las órdenes no hay nada previsto. Así que lanzadnos una soga y os sacaremos de ahí. La pértiga que os han facilitado os servirá para medir la profundidad del río y evitar otros bancos de arena. Por cierto, veo que transportáis un cadáver.

—Así es. Nuestra extrema pobreza solo nos permite trasladar a esta alma de Dios a su tierra después de muchos años sin que nadie le hubiese concedido su última voluntad. El esfuerzo de nuestros brazos al remo es lo único que nos podemos permitir para llevarlo hasta el mar. Después, pediremos limosna para proseguir el viaje a Santiago de Compostela y, sin duda, el Santísimo proveerá.

Quien había respondido era Pierre de Monteagudo, dada su facilidad de palabra y aplomo ante situaciones difíciles, aunque utilizar la espada había sido su primer pensamiento.

—Pues os queda un buen trecho por delante, hermanos. Recordad que hay piratas apostados en cualquier parte del río y ladrones que os podrían atacar en busca de un botín.

Monteagudo simuló una sonrisa antes de hablar.

—No sé qué podrían querer de nosotros, mi estimado protector. Lo único valioso que todavía nos queda es nuestra vida. Solo eso nos pueden arrebatar… y tampoco vale mucho.

Ya los habían arrastrado lejos del banco de arena cuando el jefe de la guardia miró detenidamente el rostro de Pierre de Monteagudo. El lunar en forma de corazón encima del labio le recordaba a alguien, y durante unos instantes pareció valorar la situación. Goliat pensó que los habían descubierto y buscó con la vista el remo por si fuera necesario tener un arma a mano con la que defenderse.

Los segundos se hicieron eternos hasta que el jefe de la guardia preguntó intrigado por la caja sucia y polvorienta que transportaban.

—¿Cuánto tiempo lleva muerto vuestro hermano franciscano?

—Demasiados años, mi señor —respondió Monteagudo. No tenía intención de continuar de cháchara porque estaba seguro de que acabarían descubriéndolos—. No sabéis cómo os agradecemos que nos hayáis socorrido y por los buenos consejos que nos habéis dado para sobrevivir. Estad seguros de que rezaremos por vuestras almas. ¡Paz y bien para todos!

Se alejaron del lugar y remaron a conciencia para dejar atrás a los soldados por si se arrepentían de haber permitido que se marcharan.

—Creía que os había reconocido —dijo Goliat—. Ese lunar es marca de familia. Gracias al plan del gran maestre de facilitarnos hábitos franciscanos acabamos de salvar la vida.

—¡Cuánta razón tenéis! Este lunar tendré que disimularlo de alguna manera para evitar riesgos. —Monteagudo pensó que, en cuanto tuviera ocasión, ya se encargaría de ocultarlo. No había nada en la barca que pudiera utilizar, así que decidió seguir alerta mientras se aplicaba a los remos.

Habían superado el primer escollo y Goliat rezaba para agradecerle a Dios su intervención al tiempo que bogaba enfebrecido, animado por dejar atrás a los guardias. Aún no había transcurrido ni una hora cuando observaron en el río, a lo lejos, una barcaza asaltando a otra. En el fragor de la batalla que se había instalado en la cubierta de la embarcación abordada vieron cómo algunos hombres acababan muertos o heridos y otros se rendían.

—Rápido, Goliat. Ayudadme a detener la barca y rememos hacia atrás. Es posible que todavía no nos hayan visto, a juzgar por lo entretenidos que se encuentran. Vayamos al recodo que acabamos de pasar y ocultémonos allí hasta que se vayan porque, si pasamos y no encuentran nada, nos matarán y, si encuentran lo que llevamos…, sea lo que sea…, también lo harán. Estos no van a ser tan complacientes como la guardia del rey.

Monteagudo no tuvo que decir nada más. Ya se habían detenido y la barca remontaba las aguas del Sena. Una vez llegaron al recodo, la vegetación les ayudó a pasar más desapercibidos.

—¡Vaya día que llevamos! —exclamó Goliat—. Salir de París se está complicando, pero lo que me preocupa es cómo escapar de Francia. El recorrido hasta llegar al mar nos puede llevar entre siete y quince días, si consideramos descansos, alimentación y posibles obstáculos como los que nos acabamos de encontrar.

—No os preocupéis porque no llegaremos al mar. No vamos a facilitarle el trabajo a los soldados del rey. —Sonrió—. Me han visto el lunar y no creo que tarden demasiado en saber quién soy. Además, como acabáis de ver, Dios nos ampara.

—Pues no ha hecho lo mismo con los templarios de París.

—No blasfeméis. Dios nos acaba de salvar de dos situaciones complicadas. Ahora callad y escuchemos los sonidos que nos llegan de la otra parte del recodo para averiguar si se han marchado… o bien remontan el río y vienen hacia donde nos encontramos.

Goliat se arrepintió de haber dudado de la acción del Todopoderoso, aunque permanecía intranquilo por si los piratas iban en su misma dirección. Volvió a rezar para animar a Cristo a no olvidarse de ellos y ofrecerles su protección. Con una espada era imbatible, pero sin ella perdía la confianza en sí mismo. Se arrepintió de haber hecho caso a Robert, el templario que se había cortado la lengua. Al menos Monteagudo mantenía la suya al alcance de la mano.

Al final, se armó de paciencia y esperó junto a su compañero que se dieran mejores circunstancias para continuar el viaje. Además, sentía curiosidad por leer el documento que les había entregado Robert con las instrucciones que debían seguir. Pronto descartó la idea: solo debían hacerlo cuando estuvieran a salvo y esa circunstancia no se producía, escondidos como estaban en las aguas del Sena sin haber abandonado París, y porque, sobre todo, encender una llama era una locura, pues podría delatarlos.

***

Un tibio sol acariciaba el rostro de Pierre y Goliat cuando decidieron retomar el viaje por el Sena. Llevaban más de una hora escondidos entre la vegetación de cañas que crecía en el recodo del río y ninguna voz humana llegaba hasta ellos desde el otro lado. Era el momento de continuar el viaje. Utilizaron la pértiga facilitada por los soldados del rey para alejarse de la orilla y alcanzar el centro, donde era más fuerte la corriente.

Pronto se pusieron a los remos y avanzaron sin peligro durante un trecho. La ciudad había despertado y se entremezclaba el ruidoso deambular de los parisinos con los carros de vendedores que iban al mercado y la guardia del rey que controlaba cada puente del Sena.

Intentaron comportarse como buenos franciscanos ofreciendo bendiciones cuando se cruzaban con otras barcas que remontaban el río. Sabían que esta estrategia no les serviría durante mucho tiempo, así que bogaron y rezaron con verdadero fervor para conseguir abandonar París.

Dejar atrás las últimas casas de la ciudad supuso un gran alivio. Encontrarían menos controles en adelante, pero quizás más piratas fluviales, circunstancia que le hizo pensar a Goliat que Pierre tenía razón al decidir desembarcar en el lugar más apropiado para continuar por tierra.

Las posibilidades de salir airosos de un viaje tan agotador como el que representaba llegar hasta cerca del mar no iba a suponer ninguna garantía de alcanzar su destino. El cansancio les impediría defenderse en caso necesario. Así que buscar el sitio adecuado se lo dejaba a Pierre: era mucho mejor estratega que él.

Se conocían a la perfección porque dos templarios eran más que hermanos, al permanecer todas las horas del día juntos, en la lucha y en la paz. Por ello, en el sello del Temple se representaban dos caballeros montando el mismo caballo como muestra de humildad y pobreza, de fraternidad y apoyo mutuo por ser monjes y guerreros a la vez.

Durante el siguiente día bogaron sin descanso al encontrar libre de obstáculos las aguas del Sena. No detuvieron los remos salvo para comer. No ocurrió lo mismo al día siguiente. De pronto, tropezaron con piratas carroñeros que asaltaban a dos embarcaciones.

—¿Qué hacemos? —preguntó Goliat—. Esta vez, no hay lugar donde escondernos.

Los caballeros templarios eran visibles para cualquiera que dirigiera la mirada hacia donde se encontraban y lo peor era que avanzaban directos al enclave donde se había establecido una auténtica batalla, pues ninguna de las embarcaciones en liza quería dar su brazo a torcer. Los mercaderes abordados defendían la carga con ahínco mientras los piratas intentaban someterlos, ambos enemigos con idéntica ferocidad.

—No nos queda otra que intentar sobrepasarlos a todos. Es posible que no seamos una caza apetecible para esos miserables. Así que rezad y demos ánimo a los remos, Goliat.

Pierre no tuvo que insistir. El cansancio no fue excusa para bogar como nunca lo habían hecho. Poco a poco se fueron aproximando hasta las embarcaciones sin que nadie les prestara atención. Solo miraban de reojo por si alguien suponía un peligro para ellos y necesitaban defenderse.

Ya habían llegado a la altura de la contienda cuando un asaltante los descubrió e intentó dar la voz de alarma. Es posible que Cristo estuviera protegiéndolos porque un mercader tuerto clavó el cuchillo en la garganta del descuidado atacante sin dejarle pronunciar palabra alguna. También el mercader los vio, pero estaba en otros asuntos que le incumbían más, así que siguió a lo suyo.

Pronto superaron el lugar de la contienda sin haber tenido que defender sus vidas. En verdad no les habría importado, acostumbrados como estaban a proteger a los peregrinos que iban a Tierra Santa. Sin embargo, ese no era el compromiso que debían cumplir.

Se alejaron bogando hasta sentirse a salvo. Entonces Pierre se dirigió a Goliat.

—Estoy pensando que Ruan no es un mal lugar para dejar el río y seguir nuestro camino por tierra. Aquí la defensa es casi imposible si tropezamos con un grupo numeroso y bien armado.

—Tenéis razón. Además, nuestros brazos no nos servirán de nada si seguimos remando a este ritmo. Es necesario descansar. Si compramos un carro, podremos trasladar el ataúd y viajar día y noche. Cuando uno duerma, el otro deberá conducirlo, así podremos atravesar Francia.

Continuaron descendiendo las aguas del río y notaron que la corriente era más fuerte y los arrastraba, lo que reducía el esfuerzo.

—En fin, tal vez nos hayamos precipitado al decidir abandonar el Sena. Igual podemos llegar hasta el mar y seguir en barco a Santiago de Compostela —comentó Pierre sin estar seguro de esa decisión—. Después pensó que, si el jefe de la guardia del rey lograba averiguar quién era, lo seguiría hasta Santiago. También era consciente de que sería imposible escapar de un barco en el mar si los soldados conseguían alcanzarlos.

Con la duda rondando el pensamiento, no les quedó otro remedio que seguir adelante. Pierre continuaba preocupado por si lo habían reconocido y ponía en peligro a las personas que más quería, como eran Miguel y Lidón. En cuanto abandonara Francia, tendría que indicarles que estaba vivo y advertirles que no preguntaran a nadie por él. No era prudente intentar obtener información de un huido de la justicia real.

***

A lo lejos observaron múltiples barcazas que habían atracado en el puerto fluvial de Ruan al tiempo que vieron a un grupo de soldados registrar a cualquier pasajero que quisiera abandonar la ciudad por el río, de la misma manera que quienes llegaban por él, que también eran inspeccionados.

Ante ese nuevo inconveniente, antes de desembarcar, Goliat le ayudó a Pierre a ocultar la espada escondida bajo el ataúd. La sujetó con una cuerda al cuerpo debajo del hábito franciscano para que pasara desapercibida. No estaba dispuesto a arrojarla al río. Era lo único que le quedaba de su pertenencia al Temple y, como siempre había hecho, podría defenderlo si hubiese necesidad.

—Goliat, desembarcad y buscad un carro para trasladar al hermano muerto y luego regresad. Os espero aquí. Con un poco de fortuna, no será necesario desenvainar la espada.

Pierre abrió la faltriquera y le dio cantidad suficiente para llevar a cabo la transacción.

—¿Estáis seguro de que no queréis ir vos?

—Con una espada bajo el hábito no sería prudente. —Sonrió.

Goliat sabía que su compañero era mejor negociador que él, pero, como dos monjes soldados que formaban un mismo cuerpo, debían repartirse las responsabilidades y estaba dispuesto a demostrarle a Pierre que podía confiar en sus acciones.

Una larga cola de gentes que desembarcaban le hizo retrasarse porque los soldados no dejaban pasar a nadie sin responder a sus preguntas. Durante la espera escuchó a los viajeros exponer los motivos que los habían conducido hasta Ruan y buscó un millar de razones para justificar su presencia. Estaba nervioso y, a pesar del frío, sudaba. No era prudente que lo vieran inquieto. Para calmarse, recordó que estaba haciendo un trabajo para la orden encargado por el propio gran maestre y ese pensamiento lo tranquilizó. Cristo le ayudaría a superar su timidez y su cortedad con la palabra.

El soldado que le correspondió no parecía muy amante de los menesterosos como eran los franciscanos, una orden pobre y mendicante.

—¿Qué se os ha perdido en Ruan?

Goliat empezó a tartamudear.

—Otro… otro… otro hermano… y yo… llevamos a su tierra a un franciscano muerto… pa… pa… para enterrarlo en un lugar santo… como… como… era su deseo.

—Ya está bien. Pasad y no me hagáis perder el tiempo.

Goliat no podía creerlo. Había conseguido su propósito sin ningún problema. Salió del puerto y se puso a buscar sin descanso un carro que comprar. Había salvado el primer obstáculo y eso le hacía sentir bien.

Buscó por todas partes, pero no pudo conseguir carro alguno. Una caravana de mercaderes estaba a punto de salir hacia el sur y habían comprado todo lo que había en Ruan que estuviera en buenas condiciones. Después de intentarlo durante más de una hora volvió afligido por su fracaso.

Al regresar al puerto, se encontró a Pierre hablando amigablemente con un hombre tuerto al que enseguida reconoció. Era el mercader que había rebanado el cuello del pirata en el Sena. No tuvo valor para contarle que no había encontrado medio de transporte para continuar el viaje.

Se sorprendió al saber que el mercader tuerto, que atendía al nombre de Léonard, había comprado varios carros en Ruan para transportar las mercancías que llevaba en la barcaza, salvadas de las manos de los enfebrecidos piratas, a los que había hecho huir.

Aquel mercader le mereció todo el respeto a Goliat. Haber vencido a los piratas era signo de valor y destreza; y él apreciaba mucho estas habilidades, pensó que hubiera sido un buen templario hasta que lo oyó hablar.

—¡Por todos los demonios del infierno! Si no llegan a huir esos cobardes, los mato a todos. Esta noche lo celebraré con varias rameras que sepan hacer bien su trabajo.

Escandalizado, Goliat se arrepintió de haberlo comparado con un templario. Jamás podría serlo: las mujeres no formaban parte de sus distracciones porque un caballero del Temple no solo era soldado sino monje.

Según Pierre, el mercader se había ofrecido, por un precio justo, a dejarlos viajar con él pese a saber que transportaban un muerto, al que no le había hecho ascos porque no olía por llevar muchos años enterrado.

Con Léonard, el mercader valedor de los dos franciscanos, no tuvieron problema en salir de la ciudad de Ruan y emprender un nuevo trayecto hacia los reinos de la Península. Pronto tendrían ocasión de descubrir su destino final, plasmado y oculto en el documento que transportaban.

7

Juicio contra el Temple

Enero de 1308, cuatro meses después del asalto a la torre del Temple y la detención de los templarios

Mientras una lluvia persistente mojaba las calles de París, en las mazmorras de la torre del Temple, Jacques de Moley esperaba una visita que podía cambiar su situación. No se sentía orgulloso de haberse declarado culpable de herejía y de todos los delitos de los que lo hacían responsable, pero su resistencia tenía un límite y ese límite ya lo había alcanzado.

La tortura quebraba su voluntad, si bien su alma seguía siendo fiel a Cristo. Para atacar su coraje, los soldados que lo custodiaban se entretenían narrando las atrocidades que aplicaban a otros templarios por los que el gran maestre sentía un gran aprecio. Solo apiadado del tormento de sus caballeros habían conseguido hacerlo confesar. El hombre recto y sabio que merecía el respeto de todos ahora presentaba un aspecto lamentable, al estar sucio, maltrecho y herido en lo más profundo de su ser por la injusticia que se estaba cometiendo contra la orden. En nada recordaba al valiente y desafiante soldado que fue.

Se encontraba sentado en el frío suelo cuando se abrió la puerta y vio entrar a dos obispos en la aborrecible celda que entretenía sus días. Lágrimas de emoción empañaron sus ojos. Estaba seguro de que eso significaba que Clemente V no se había olvidado de los templarios, y una pequeña luz de esperanza iluminó su pensamiento. Creyó ilusionado que, tal vez, el papa había conseguido que el rey le entregara a los miembros de la orden recluidos en sus cárceles.

—Reverendísimos señores —proclamó la débil voz de De Moley, quien se levantó con dificultad para agasajar a los recién llegados—. Me alegra recibir vuestra visita.

Ambos obispos se alarmaron al verlo tan desmejorado. No obstante, no quisieron mostrar ninguna reacción. Clemente V los había enviado para descubrir la verdad.

—Mi apreciado gran maestre —dijo el que parecía llevar las riendas de la situación—. El santo padre está escandalizado por las noticias que le llegan desde la corte sobre la culpabilidad de los templarios, a los que siempre ha tenido en gran estima. Ya hemos visitado a algunos altos dignatarios de la orden que habían confesado su culpabilidad y nos han manifestado que nunca se hubieran declarado culpables a no ser por los terribles castigos a los que los han sometido los inquisidores dominicos.

Jacques de Moley se emocionó al pensar que aquellos dos obispos eran su salvación. Entonces se arrodilló ante ellos y vació su alma de cualquier pecado. Manifestó que, al igual que tantos otros templarios, se había visto obligado a mentir para evitar un mayor sufrimiento. Y, aunque estaba aislado, los rumores llegaban hasta su celda de boca de los carceleros, quienes se burlaban de él y jugaban con sus esperanzas dándole a entender que todos sus caballeros lo habían traicionado.

—Juro por Dios Nuestro Señor y su Santa Madre que, por ser un cobarde ante la amenaza de mayores tormentos, he mentido al admitir cualquier pecado que quisieran atribuirme. Me siento avergonzado. —Agachó la cabeza entre lágrimas de arrepentimiento—. No soy digno de perdón por haber sucumbido ante la amenaza de nuevos suplicios para mí y para mis caballeros. Solo confío en que Cristo me otorgue su clemencia para limpiar mi alma de esta impureza… porque no puedo más. Mis fuerzas me abandonan. —Se detuvo un momento, necesitaba recobrar el aliento antes de continuar—. Aborrezco haberme doblegado ante el rey…, un miserable que nunca tiene bastante.

***

Febrero de 1308, un mes después

—¡Miguel! El papa ha retirado los poderes a los inquisidores dominicos —gritaba Lidón entusiasmada cuando regresó a casa tras haber hablado con Lucía, la cortesana, quien siempre se encontraba al tanto de cualquier rumor que corriera por París. Su hermano estaba comiendo cuando lo sorprendió con tan grata noticia.

—¿Cómo es eso?

—El rey ya no puede esconderse detrás de la Iglesia para justificar el tormento que los dominicos aplican a los caballeros del Temple. Tendrá que ensuciarse las manos. Ya sabes que los templarios solo responden ante el papa, así que se acabaron los terribles castigos. ¡Sin dominicos no tiene nada que hacer! No tendría justificación. —La felicidad acudía al rostro de Lidón en forma de una amplia sonrisa.

—¿Se sabe algo de nuestro tío? —preguntó Miguel.

Lidón se entristeció de repente.

—Todavía no. —Enseguida recapacitó—. Bueno. Parece que la noche que las tropas del rey tomaron la torre del Temple, el jefe de la guardia ayudó a dos frailes franciscanos que viajaban en una barca por el Sena con un ataúd. Dice Lucía que al jefe le llamó la atención el lunar en forma de corazón que llevaba sobre el labio uno de ellos. Le recordaba a alguien y le preguntó si ella lo conocía.

—¿Crees que era nuestro tío con Goliat? —preguntó Miguel.

—No lo sé. Es muy raro. La torre estaba rodeada ¿cómo podrían haber escapado?

—Pero ese lunar… es como el nuestro. —Miguel señaló el que Lidón lucía sobre el labio.

—Por eso estoy intrigada. El jefe de la guardia es un parroquiano de Lucía y, al parecer, trataba de averiguar si ella conocía a alguien con ese lunar. Tal vez sospechaba que pudiera ser nuestro tío. Ella le dijo que había visto muchos lunares iguales y que, si era un pobre franciscano quien lo llevaba, no se hiciera ilusiones. Con menesterosos ella no tenía tratos.

—¡Bien por Lucía! —exclamó Miguel—. Yo no conozco a nadie que tenga un lunar como el de nuestra familia. Así que puede que aquellos franciscanos…

—¿Serían Goliat y nuestro tío?

—¡Quién sabe! Prefiero pensar que pudieron escapar a creer que los están atormentando en las cárceles del rey.

Solo habían transcurrido unos meses desde la feliz noticia por la que el papa había retirado los poderes a los inquisidores dominicos cuando los hermanos supieron que empezaban a circular habladurías que acusaban a Clemente V de favorecer la herejía en Francia por impedir que se castigara a los templarios. Sin duda, detrás de esos rumores se escondía de nuevo Guillaume de Nogaret. Quizá el papa había tomado las riendas del asunto y al consejero del rey no parecía gustarle.

***

Felipe IV no podía consentir que el papa se burlara de él y mandó a sus mastines para hacerlo entrar en razón.

Clemente V recibió a dos consejeros del rey, Nogaret y Plaisians en su residencia francesa de Poitiers. Seguía sin querer abandonar Francia e instalarse en Roma como sus antecesores y eso complacía a Felipe IV. Lo que no le resultaba tan agradable al rey era sufrir las desobediencias de un papa que él había ayudado a encumbrar con influencia y dinero. Y no estaba dispuesto a consentir su rebeldía. Tenía plena confianza en Nogaret, convencido de que no lo defraudaría.

El santo padre, sentado en un trono y revestido de toda la indumentaria de su rango y los atributos de poder, esperaba la entrada de los consejeros del monarca. Pensaba que así los impresionaría más, al tiempo que él mismo sentía una mayor protección bajo tanto oropel.

En esa ocasión Nogaret venía bien preparado. Había seleccionado con gran esmero a los setenta y dos templarios que lo acompañaban. Clemente observó algunos rostros desencajados y no sabía qué podía pretender el consejero del soberano con aquel desfile de caballeros del Temple.

El primero que presentó el consejero del rey era un joven que llevaba tan solo tres años vistiendo como templario. En su mente iban y venían imágenes que le recordaban los tormentos que le habían prometido si no respondía a entera satisfacción de Nogaret. Rememorar la lóbrega habitación por la que lo habían paseado en la cárcel lo hacía sudar. Desde potros, empulgueras, hierros candentes, el triángulo que dislocaba los miembros, jubones con clavos en su interior hasta jaulas donde amenazaban con encerrarlo junto a ratas hambrientas habían reducido su valor a la mínima expresión.

La gran cantidad de templarios presentes había despertado la curiosidad del clero y no faltaba ni un purpurado, obispo o religiosos que no quisiera saber qué ocultaban los caballeros del Temple.

Los murmullos resonaban en el salón que acogía a los representantes del rey hasta que Clemente V ordenó callar. Deseaba oír la declaración del joven templario.

—Hablad con libertad, os lo ruego —dijo el papa al caballero—. Estáis aquí para esclarecer un asunto que ya dura demasiado.

El templario habló y la voz le temblaba.

—Me declaro culpable de todas las infamias que se han vertido sobre la Orden del Temple. —Miró de reojo a Nogaret y este asintió con la cabeza en señal de aprobación.

Clemente no quería que el consejero del rey influyese en la confesión del caballero y solicitó al templario que se adelantara dos pasos. Con este insignificante gesto ya no podía ver a Nogaret.

—Hablad libremente, sin ocultar nada que pueda interesar a la Iglesia. Estamos aquí para descubrir la verdad. Así que contad, ¿es cierto que adoráis a Bafomet, una cabeza barbada con pequeños cuernos?

El joven caballero tembló al recordar el sufrimiento infligido hasta hacerle confesar lo que los inquisidores dominicos esperaban de él. Así que repitió exactamente lo que le habían dicho que declarase ante el papa.

—Me avergüenza confesar que sí. Es una cabeza blanca casi humana de cabellos negros, encrespados y un adorno de oro en el cuello. Ante ella rezamos ciertas oraciones y la ceñimos con nuestros cíngulos, que luego volvemos a colocarnos en la cintura. Los hermanos adoran al ídolo arrodillándose ante él y, mientras lo hacen, se les pone delante un crucifijo y se les ordena que renieguen de él y le escupan. Yo, no sabía qué cosa… o quién era ese ídolo, pero me pareció el mismo diablo.

—¿Para qué ceñís los cordones alrededor de ese ídolo pagano? —preguntó el papa.

—Esperamos que nos proteja, aporte riquezas y abundantes frutos de la tierra y de los árboles.

—¿Por eso la Orden del Temple es tan rica aunque sus caballeros renuncien a todo y no tengan nada?

—Así es. Gracias a la adoración divina de Bafomet, rebosan las arcas en las encomiendas templarias. Algunos dicen que es la cabeza incorrupta de Hugo de Payns, el fundador de nuestra orden, pero yo creo que es el demonio.

—¿Renegabais de Cristo?

—Sí, santo padre. Soy culpable y ruego vuestro perdón.

Clemente se llevaba las manos a la cabeza indignado. Pensó que lo habrían obligado a confesar y llamó al siguiente.

Uno tras otro desfiló a lo largo de tres días. Para disgusto del papa, el grupo de los setenta y dos templarios repetía similares confesiones. Algunos incluso confesaron que eran obligados a besar lugares del cuerpo obscenos y a practicar la sodomía.

A pesar de estar abrumado por tal cantidad de confesiones, el papa todavía no estaba convencido de la culpabilidad de los caballeros templarios. ¡No era posible que todos dijeran lo mismo! Parecían aleccionados con ese fin. Necesitaba retomar en sus manos la causa del Temple.

Ante el rostro sorprendido de Nogaret, habló:

—En adelante —dijo— los templarios sin ningún tipo de jerarquía solo podrán ser juzgados en cada archidiócesis por los obispos de esta. No se impedirá que los inquisidores dominicos estén presentes, aunque sin asumir la dirección de los interrogatorios... —De esta manera pretendía evitar la tortura para obtener una confesión.

Nogaret estaba colérico, pero siguió escuchando a Clemente porque todavía no había terminado.

—Por su parte, el maestre general y los maestres provinciales solo serán sometidos al juicio de una comisión, en cada reino, que nombraré yo mismo. De idéntico modo que las acusaciones existentes contra la propia Orden del Temple. En este último caso, para que la comisión decida sobre el destino de dicha orden, se convocará un concilio general donde los obispos de toda la cristiandad estarán presentes. Será en la ciudad imperial de Vienne, en el Delfinado.

El papa miró a Nogaret y se sintió poderoso. Había utilizado sus atribuciones como santo pontífice para que ni siquiera el rey pudiera saltarse su decisión.

***

No tardaron Miguel y Lidón en conocer la noticia junto a Paul, el templario que ayudaba a llevar las cuentas de la orden, quien seguía viviendo escondido en la casa de los Monteagudo.

Todos los días hablaban de las novedades que se iban conociendo respecto a la posición del papa y no llegaban a ponerse de acuerdo con lo acordado.

—Es un triunfo del santo padre sobre Felipe IV —afirmaba Miguel.

—No lo creo —protestaba Lidón—. Ha dejado que el rey siga manteniendo en su poder los bienes robados a la orden y, además, los templarios apresados siguen en sus cárceles. ¿Qué clase de triunfo es ese?

Paul resolvió sus dudas.

—Me temo que la debilidad del papa le impide ser más riguroso con el rey. No se atreve. Quizás está retrasando todo el procedimiento con la finalidad de encontrar alguna salida airosa.

***

Casi año y medio después de haber recibido a Nogaret y a los setenta y dos templarios en su residencia francesa de Poitiers, el santo padre continuaba retrasando el procedimiento contra la Orden del Temple. No le gustaba que el rey de Francia le dijera lo que debía de hacer y odiaba tener que condenar a la orden en su conjunto. Incluso le pesaba haber cedido al capricho real de trasladar la sede pontificia de forma permanente a Aviñón en detrimento de Roma.

Tal y como había previsto Clemente V, el gran maestre solo podía ser juzgado ante la comisión pontificia que él había designado y que estaba reunida en el palacio episcopal de París, donde Jacques de Moley había sido llamado para declarar.

El miedo al tormento atenazaba la voluntad de los caballeros del Temple y ninguno se había atrevido a declarar a favor de la orden hasta entonces. Se había levantado una gran expectación ante la presencia de De Moley, pero sorprendió a los presentes que él también se negara a hablar. Alegaba que Clemente V se había reservado el derecho a decidir sobre la Orden del Temple. Por ello, solo hablaría en presencia del santo pontífice.

Ya se marchaba cuando se volvió hacia el tribunal para aliviar su conciencia contra los ataques al honor del Temple.

—Solo diré tres cosas: la primera es que no conozco ninguna religión cuyas capillas e iglesias posean más hermosos ornamentos que los del Temple, solo las catedrales nos superan;

la segunda, que no conozco orden religiosa que haga más limosnas que la nuestra a los más necesitados, y la tercera, que nadie ha derramado tanta sangre como los templarios por la fe cristiana.

Un religioso le replicó:

—Sin la fe, de nada sirve derramar sangre para la salvación.

—Así es en verdad —respondió De Moley—. Pero yo creo en Dios, en la Santa Trinidad y en toda la fe católica.

Nogaret, que se hallaba presente, necesitaba humillar ante todos al gran maestre.

—Pues el sultán Saladino, quien arrebató Jerusalén a los templarios, afirmó que estos sufrían derrotas por su afición a la sodomía.

De Moley ni se inmutó. Sereno, respondió a esas acusaciones:

—Señor de Nogaret, creo que será difícil que hayáis oído nada de boca de Saladino, y menos esas necedades, puesto que nunca habéis luchado en Tierra Santa. Al contrario que yo, y jamás oí tal sandez.

Jacques de Moley, sin esperar respuesta, abandonó el palacio episcopal en París para regresar a su cautiverio en una triste mazmorra.

***

Siguieron desfilando otros caballeros durante tres meses. Todos tenían miedo, aunque el proceso continuó. De pronto, se produjo un cambio inesperado.

Uno de los hermanos comparecientes fue Ponsard de Gisi, que llegó cabizbajo, aterrorizado por lo que iba a hacer. Al ser nombrado, dio un paso al frente para responder a un obispo de la comisión.

—¿Habéis sido torturado?

—Sí. Durante tres meses me tuvieron atado fuertemente con las manos a la espalda metido en una fosa antes de confesar. Si me vuelven a someter a tales torturas, yo negaré todo lo que ahora digo y diré todo lo que quieran. Estoy dispuesto a sufrir cualquier suplicio con tal de que sea breve. Pueden cortarme la cabeza o hacerme hervir por el honor de la orden, pero yo no puedo soportar suplicios a fuego lento como los que he padecido en estos dos años de prisión.

Los obispos de la comisión se miraban confusos. Mandaron que se retirase y llamaron al siguiente, quien respondió de manera similar. Uno tras otro repetía que lo declarado ante los inquisidores dominicos era falso pese a saber que el hereje que confesaba sus errores y luego se retractaba, podía ser condenado a la hoguera por relapso.

Sin embargo, se trataba de un momento decisivo porque, a lo largo de un mes, más de seiscientos caballeros proclamaron la inocencia del Temple.

Pronto, las conclusiones de la comisión fueron llevadas ante Clemente V.

—¡Por Dios bendito! —Se llevaba las manos a la cara de pura vergüenza— ¿Qué estoy haciendo? Seré condenado por los siglos de los siglos si no ejerzo la justicia ante estos hombres de Dios.

Tan apesadumbrado estaba que ante los miembros de la comisión decidió retrasar más de un año el Concilio de Vienne, que debía condenar la Orden del Temple, pero sabía que el rey Felipe estallaría de cólera contra él en cuanto lo supiese, y el miedo lo amilanó. Lo notaron los obispos que estaban presentes al observar su rostro empalidecido.

—¿Estáis seguro, santo padre, de que queréis retrasar el concilio?

—¡Sí! —gritó como queriendo arrojar por la boca toda la angustia que rezumaban sus miedos.

**

El rey de Francia se encontraba en su palacio parisino cuando recibió la noticia. Se hallaba acompañado de Felipe de Marigny, obispo de Cambrai y hermano del influyente consejero de finanzas real.

El monarca no daba crédito a la actuación del papa, quien trataba de alargar en el tiempo el proceso templario. Miró fijamente al obispo de Cambrai y una idea brotó en su mente con la fuerza de un huracán pese a mantener en todo momento un rostro impenetrable.

—Reverendísimo arzobispo —dijo el rey con cierta solemnidad.

—Os equivocáis, majestad. Solo soy obispo.

—Yo nunca me equivoco, arzobispo de Sens.

—Mi amado monarca, ¿me estáis proponiendo…?

Felipe IV afirmó con un gesto al tiempo que le señalaba un escaño para que se sentara a su lado.

—Clemente me está desafiando, a juzgar por la lentitud con la que lleva adelante el proceso del Temple. Necesito que coja impulso y sois vos quien lo va a conseguir, «reverendísimo arzobispo» —insistió el rey.

—Pero, majestad —respondió incrédulo—, como arzobispo de Sens el obispado de París estaría bajo mi control.

—Así es y así debe ser. Lo necesito bajo vuestra autoridad. Yo os nombro arzobispo. Ahora solo queda obtener el reconocimiento de Clemente. Supongo que lo retrasará todo lo que pueda, pero no se atreverá a negarse. Mientras tanto, id preparando todo para que pronto los templarios solo sean un odioso recuerdo.

El rostro del obispo de Cambrai no podía mostrar mayor contento cuando abandonó las habitaciones del rey. Estaba dispuesto a hacer cualquier cosa para complacer a su soberano siempre que este le consiguiera el codiciado sillón. Dominar el obispado de París, que estaba bajo la dependencia del arzobispo de Sens, era su mayor anhelo. Esperaría lo que fuese necesario hasta que se hiciera efectivo el nombramiento. Después, se convertiría en la espada justiciera del rey para librarlo del lastre de los templarios. Mientras regresaba a Cambrai, pensó que ni siquiera Dios podría impedírselo.

8

EL CASTIGO

París, mayo de 1310

El nuevo arzobispo de Sens se frotaba las manos de satisfacción mientras caminaba displicente entre los ocho obispos reunidos en la capilla del monasterio de Santa Genoveva de París, a los que había convocado a concilio para juzgar a los templarios de su provincia eclesiástica. Sabía que su nombramiento le había costado un disgusto al papa y no le importaba, más bien al contrario. «Ser un hombre al servicio del rey tiene estos inconvenientes», pensaba divertido.

Se relamía de placer los labios cuando vio entrar a los cincuenta y cuatro templarios encarcelados de su jurisdicción, pues anhelaba empezar su trabajo.

Observó los rostros tranquilos de los reos y una sonrisa aviesa se le dibujó en el semblante. Ahora se les ofrecía a estos freires la posibilidad de declarar ante la Iglesia en el concilio provincial.

El arzobispo de Sens ordenó traer al primero de la larga lista: un caballero del Temple que manifestaba serenidad por los muchos años que había batallado para defender a Cristo. No por ello se mostró altanero, sino humilde y obediente como correspondía a su dignidad de templario. Situado frente a la comisión de religiosos que lo juzgaban, esperó paciente a ser preguntado por el arzobispo. Este, arrogante y altivo, lo interrogó:

—Como caballero de la Orden del Temple, os habéis declarado culpable de herejía. ¿No es así?

—Cierto, reverendísimo arzobispo.

—Entonces la Orden del Temple practica la herejía y la extiende entre sus caballeros, ¿no?

—No, en absoluto. —Se molestó por la pregunta—. ¡La orden es inocente!

—A ver —manifestó el arzobispo—. ¿Vos sois culpable y la orden es inocente? No lo entiendo.

—Fui obligado a reconocer mi herejía mediante la tortura.

—Vaya, ahora declaráis que no sois un hereje —dijo el prelado sonriente.

—Así es —respondió el caballero alarmado, convencido de que la sonrisa del arzobispo no presagiaba nada bueno.

El monje soldado sintió desconfianza. La declaración no estaba siendo como esperaba.

—Podéis retiraros.

Enseguida ordenó que llamaran al siguiente. Uno tras otro, los templarios de la provincia de Sens fueron pasando por el interrogatorio del arzobispo, que, dada su brevedad, pronto disponía de un nuevo prisionero al que someter a examen.

Cuando los cincuenta y cuatro freires hubieron declarado en el mismo sentido que el primero, reunió a los prelados para anunciarles la sentencia que debía imponerse a los reos. Al escuchar sus intenciones, los obispos se quedaron atónitos. Se sintieron utilizados, pero ninguno osó contradecirlo. Al arzobispo no le importaba escandalizar a los religiosos, solo necesitaba que Felipe IV estuviera satisfecho con su trabajo. Y, sin duda, iba a estarlo.

Situados los reos frente al arzobispo de Sens y su corte de prelados, este se dispuso a pronunciar la sentencia. El gesto mordaz de su rostro indicaba a las claras la satisfacción que le producía el resultado obtenido.

—Hemos escuchado con interés las declaraciones de los cincuenta y cuatro inculpados y se ha podido comprobar que, tras haber confesado ante los inquisidores el grave delito de herejía, ahora tienen la desfachatez de negarlo ante la Iglesia. ¿Cuándo mentían, antes o ahora? Es difícil olvidar los cientos de confesiones de herejía que han pasado por mis manos en la que todos se declaraban culpables y no sonrojarme ante esta nueva burla. Por todo ello, para la Iglesia estos hombres son herejes impenitentes. —Los caballeros templarios lo observaban pálidos y atemorizados mientras el arzobispo se crecía ante la expectación que había generado—. Por este motivo, mañana serán conducidos en carros a las afueras de París para ser quemados en la hoguera en las cercanías de la puerta de San Antonio.

Los murmullos fueron creciendo hasta transformarse en una algarabía de voces que comentaban una sentencia injusta a todas luces.

Los inculpados no podían creerlo, la Iglesia los condenaba. ¿Cómo iban a quemar como herejes a tantos templarios? Algunos lloraban y otros mostraban el desconcierto en el rostro. Pronto los condujeron a la cárcel, todavía incrédulos, para pasar su última noche sumidos en el desaliento.

***

Todo París se había levantado con la noticia corriendo de boca en boca por sus calles. Miguel y Lidón no tardaron en conocerla. Trataron de ocultársela a Paul, pero la algarabía de las gentes no dejaba de oírse y no tuvieron más remedio que confesarle lo que estaba ocurriendo.

—Tengo que verlo con mis propios ojos —decía Paul con gesto enloquecido—. No puede ser cierto… Es terrible.

Nada pudieron hacer para convencerlo. Vestido con las ropas viejas de un sirviente, decidió acudir a la puerta de San Antonio, donde habían preparado varias estacas rodeadas de leña. Todas las precauciones que se habían tomado para ocultarlo de los sirvientes en la habitación del caballero Monteagudo no sirvieron de nada cuando Alphonse, un criado, lo vio salir por la puerta.

Miguel, asustado, lo amenazó furibundo.

—Si dices a alguien que has visto a este hombre, yo declararé que fuiste tú quien nos pidió que lo acogiéramos.

Lidón, más conciliadora, decidió utilizar un tono menos desafiante que el que había esgrimido su hermano.

—Sé que sientes pasión por mi tío el templario, que te salvó en una batalla cuando los infieles estaban a punto de darte muerte y te trajo a esta casa. El hombre que ves ante ti también es un templario. ¿Deseas que muera? Eso será lo que ocurra si alguien sabe que está aquí.

Alphonse le respondió a Lidón.

—No hace falta que me expliquéis lo que hizo el caballero Monteagudo por mí. No he conocido a nadie con tan buen corazón. Haré lo que haga falta para proteger a este hombre —manifestó—. Podéis decir que es un pariente mío. Incluso que busca trabajo como escribano. Seguro que lee y escribe bien.

—Puedes asegurarlo —respondió Lidón—. No sabes cuánto me alegro de que mi tío tuviera la fortuna de salvarte la vida.

Abandonaron la casa y recorrieron las calles de París hasta encontrarse con el gentío que acompañaba el paso de los carros que conducían a los templarios a su destino final. Los semblantes de los condenados eran reflejo de su desánimo. De vez en cuando, alguno gritaba:

—¡Somos inocentes! ¿Por qué nos culpan?

Nadie sabía la respuesta. Les parecía extraño que los hubieran condenado a todos. Alguno habría que no fuera culpable, pensaban unos. Otros, por el contrario, creían que, si la Iglesia los había condenado y los iban a quemar en la hoguera, motivos tendría. Nadie era capaz de quemar a cincuenta y cuatro caballeros sin una causa justa.

Pese a la diferencia de opiniones, nadie los insultaba. Solo un leve rumor de voces se levantaba alrededor de los condenados cuando los carros pasaban cerca de las gentes. El silencio dominaba las calles.

A Paul se le saltaban las lágrimas cuando los vio. Los conocía a todos por sus nombres y un nudo en la garganta le impidió pronunciar palabra. Era tal su desesperación que hubiera gritado a los cuatro vientos que se estaba cometiendo una injusticia contra soldados de Cristo y protectores de peregrinos, pero tenía pánico de acabar como ellos.

Acompañado por Miguel y Lidón, traspasó la puerta de San Antonio, donde los tres esperaron a los condenados. Rezó para que un milagro salvara los cuerpos de sus hermanos del fuego, porque sabía que para salvar sus almas no hacía ninguna falta rezar.

Apilados en los carros, con las manos atadas a la espalda, fueron descendiendo los reos. Las estacas los estaban esperando. Uno de ellos empezó a proclamar su inocencia y la de la orden, a gritos, ante la sorpresa de los presentes. El resto de los caballeros se contagiaron de fervor cristiano para apoyar al hermano. Ni uno siquiera de los obispos que se había desplazado hasta allí, cuya protección invocaban, movió un dedo para salvarlos.

La guardia que los había custodiado los condujo hasta el lugar de ejecución. Deseaban que callasen para que dejaran de proclamar el error que se estaba cometiendo con ellos, por lo que se daban prisa en realizar las maniobras.

Entonces ocurrió algo inexplicable. Acababan de ser atados a las estacas cuando los caballeros del Temple en vez de seguir gritando se serenaron. Uno de ellos empezó a entonar un tedeum, el himno solemne de acción de gracias, y el resto lo siguieron con sus voces, al tiempo que las llamas comenzaban a prender en la leña. Sus cantos se fueron apagando a medida que se les escapaba la vida.

Un estruendoso silencio sobrevoló el lugar solo roto por el crepitar de la leña en llamas mordiendo la carne de aquellos inocentes que acababan de entregar su alma a Dios.

Miguel, Lidón y Paul regresaron destrozados a casa. La joven había visto en cada rostro templario reflejado el de su tío, y la rabia contenida no la dejaba ni siquiera llorar.

—Esto no puede seguir así, se tiene que acabar. Es angustioso acudir a estos sacrificios sin saber qué día nos vamos a encontrar a nuestro tío Pierre —manifestaba iracunda—. Necesito saber que sigue vivo y a salvo.

—Es difícil conocer el número de templarios que han podido escapar del cerco al que está sometida toda Francia. Tranquilizaos, Lidón —dijo Paul—. Seguro que está bien, en caso contrario ya sabríamos algo de él. Estará escondido en algún lugar, al igual que yo, y no se atreve a venir por si lo descubren y acaba… encarcelado. —No se atrevió a decir «en la hoguera», que era lo que pensaba—. Tened paciencia, tarde o temprano llegará nuestro momento de actuar, os lo garantizo.

Lidón comprendió que Paul tenía razón. Debía ser prudente a pesar de que su cuerpo le pedía vengar a los templarios.

***

Al día siguiente, cuando todavía persistía el intenso olor a carne quemada, la comisión de obispos reanudó sus tareas en la capilla del monasterio de Santa Genoveva de París. Los pocos templarios que acudieron a declarar no dejaban salir de sus bocas nada salvo incoherencias, aterrorizados como estaban tras conocer la infamia que habían cometido con sus hermanos del Temple.

Durante los meses siguientes, dada la escasez de comparecencias de otros freires de la orden, la comisión pontificia clausuró sus trabajos con autorización del papa tan solo un año después de haber iniciado las sesiones. Nadie más estaba dispuesto a morir para defender la orden templaria. El escarmiento del arzobispo de Sens había dado resultado.

***

Ya solo faltaba que la Iglesia condenara a la Orden del Temple, como tal, mediante un concilio donde se reunieran todos los obispos de la cristiandad. Mientras, Felipe IV celebraba el triunfo en palacio junto a Nogaret.

—Al fin podremos librarnos de esos caballeros —decía exultante el rey—. Cuatro años de lucha para eliminarlos casi acaba con mi paciencia.

—Clemente lo hará bien, majestad. No os preocupéis por ello —replicaba su consejero—. Ya lo he presionado lo suficiente y no nos fallará.

—Eso espero.

El monarca se arrellanó en su sitial, se sentía cómodo. Las circunstancias estaban rodando a su favor y quiso saber cómo andaban las averiguaciones de otro asunto que empezaba a desesperarle.

Al ver Nogaret que la mirada de su rey volvía a adquirir el carácter indolente y frío que la caracterizaba, empezó a preocuparse.

—¿Qué ocurre, majestad?

El rey hizo un esbozo de sonrisa antes de hablar.

—¡Qué bien me conocéis, bribón! Desde que apresamos a los templarios las deudas que mantenía la Corona con ellos se han extinguido y jamás tendré que pagarlas. Esa fue una buena jugada, Nogaret. Estos años me he sentido libre al no estar ahogado por las deudas…, además de tener en mi poder los bienes del Temple. —Miró con fijeza a los ojos de su consejero antes de seguir hablando para observar su reacción—. Sin embargo, una vez finalice el concilio y Clemente deje resuelto el asunto templario, tendréis que dedicaros a encontrar el tesoro que esconden, en alguna parte, esos infames caballeros. Os recuerdo que cuando llegamos a la torre del Temple hace cuatro años no encontramos el fabuloso tesoro que se les atribuye, un tesoro que yo había visto antes, cuando tuve que pasar allí unos días para protegerme de una revuelta de menesterosos iracundos que me hubiera gustado ver colgar de una cuerda.

—Pero…

—Callad y escuchad, que todavía no he terminado —ordenó a su consejero—. Tampoco logramos encontrar el libro de cuentas donde un hermano registraba todo lo que entraba en París proveniente de las encomiendas templarias de Francia. No solo eso. También era un inventario de los bienes de la orden. ¿Me entendéis?

—Por supuesto. En ese libro deben constar anotadas todas las reliquias traídas de Tierra Santa.

—Exacto.

Nogaret se emocionó: «¿Cómo puedo haber sido tan necio para no darme cuenta de este detalle?», pensó atribulado.

—Entonces también constarán anotadas todas las salidas realizadas desde la encomienda de la torre del Temple a cualquier lugar.

—Eso es. Veo que ya empezáis a entender —dijo el monarca—. Quiero ese libro. Es muy importante porque un hermano del Temple que fue interrogado a conciencia confesó que dos días antes de la detención de los templarios habían salido dos carros cargados de paja. Le extrañó, ya que lo habitual era que entraran cargados para alimentar a las bestias. Los surcos que dejaba en la tierra le parecieron demasiado profundos para la carga que llevaba.

—¿Creéis que era…?

—Es posible. Por eso puse vigilancia en las casas de los familiares de templarios.

—¿Por si alguno había escapado y regresaba buscando protección?

—Sí, amigo. Pero también para buscar a aquellos que esa noche estaban en París y no fueron capturados. Entre ellos, Pierre de Monteagudo. Tengo la casa de sus sobrinos vigilada desde entonces. No he querido importunarlos y les he dejado libertad para que se confíen, pero el templario no los ha visitado —dijo molesto—. Además, por el característico lunar que tiene encima del labio en forma de corazón sé que escapó. —Nogaret se mostraba sorprendido. El rey no le había hecho partícipe de tal información hasta ese momento, y eso le incomodó—. El estúpido jefe de la guardia lo dejó pasar. ¿Os lo podéis creer? Iba con otro en una barca por el Sena. Ambos vestidos de franciscanos transportando un ataúd.

***

Un año después, el concilio general daba comienzo en la catedral de San Mauricio de Vienne, a orillas del Ródano, donde debía resolverse la causa definitiva contra la Orden del Temple. Aunque había otros temas que tratar, lo que verdaderamente despertaba el interés de los asistentes era la causa templaria.

Para celebrar el concilio, Clemente V no había reunido a todos los obispos de la cristiandad, como era costumbre, sino a los seleccionados por el rey, franceses la mayoría y unos pocos italianos, pero el tiempo transcurría y la comisión continuaba sin decidir el destino de la orden.

Durante los meses siguientes, las presiones del rey fueron insufribles para el santo padre. Felipe IV llegó a amenazarle con avanzar hacia Vienne con su ejército.

Clemente V estaba aterrorizado por si el rey cumplía la amenaza. Así que reunió en secreto a los miembros de la comisión presentes en el concilio para comunicarles que debían apoyar la supresión de la Orden del Temple sin discusión.

—¿Por qué debemos hacerlo? —protestó un obispo.

Clemente no estaba dispuesto a mantener esta angustia ni un día más.

—Porque es la mejor manera de salir del paso —aseveró el pontífice. Todos conocían las intenciones del rey—. He preparado una bula por la que se procede a disolver y suprimir la orden templaria. Es una buena forma de acabar con este asunto. Eso mismo han hecho otros papas con otras órdenes religiosas sin culpa alguna de sus miembros. No condenamos la orden, solo la suprimimos. —La propuesta pareció tranquilizarlos.

Al fin se veían cumplidos los deseos del monarca francés. A principios de mayo de 1312, para cerrar el concilio en una solemne sesión, el papa, acompañado a su derecha por un eufórico Felipe IV y a su izquierda por el heredero al trono de Francia y rey de Navarra, Luis el Hutín, se dispuso a leer la bula *Vox in excelso* ante los presentes.

Con toda la amargura que suponía esa decisión, Clemente V leyó la bula que había firmado a finales de marzo y la

Orden del Temple dejó de existir tras casi doscientos años desde su creación.

***

Un mes después, Lucía, la cortesana a la que Lidón había enseñado a leer, se encontraba en el mercado cuando vio a la joven. Sonrió al recordar cómo se habían conocido, en ese mismo lugar, cuando la Monteagudo tan solo tenía diez años y ella quince. Entonces le produjo una agradable sensación verla con otro niño de parecido asombroso jugando entre los mercaderes y comerciantes.

Lucía añoraba esa vida infantil que le habían robado miserablemente. A veces rememoraba lo feliz que se sentía al abrazar a su madre o al observar cómo su padre en el taller de carpintería reparaba cualquier cosa, aunque no fuese de madera, habilidad que ella misma había adquirido de forma natural. En ocasiones, todavía se enfurecía con Dios por habérselos arrebatado a temprana edad cuando unas fiebres los consumieron en pocos días. Su disgusto con el Señor no era solo por sus muertes, sino por dejarla vivir a ella. Le hubiera gustado marcharse al cielo en su compañía y seguir sintiendo el cariño de sus sonrisas y abrazos.

Sin embargo, no sabía por qué el Todopoderoso la había castigado al abandonarla bajo la protección de su único pariente, quien observó complacido cómo su suerte cambiaba al encontrar alojamiento gratuito en casa de Lucía tras haber dilapidado la fortuna heredada en timbas, borracheras y burdeles.

Lo que para su pariente era un regalo para Lucía se convirtió en un infierno. Se trataba de un hombre desaprensivo que no tardó en utilizar su cuerpo como si fuese una ramera. Al principio, la dejaba sola en casa y, cuando regresaba ebrio, la tomaba a su antojo. Si se resistía, la amenazaba con pegarle una buena tunda. Lucía cerraba los ojos para trasladarse a un lugar lejano y tranquilo donde su mente estuviera ocupada para no volverse loca. Cuando aquel hombre sin escrúpulos consumió lo poco que habían ahorrado sus padres, encontró una nueva forma de obtener beneficios. Lucía era tan joven y hermosa que no tardó en encontrarle ricos nobles y de peor condición que quisieran gozar de ella.

Un día, el destino quiso que en una de las tabernas que su pariente visitaba a diario un buscavidas se enfrentara con él por una nimiedad. Con lo afortunado que se sentía, no podía creer que su suerte estuviera a punto de cambiar, pero así fue y acabó desangrado en el lugar que se merecía, sobre el montón de residuos y heces que sembraban la calle.

Después Lucía, una niña de quince años marcada por sus vecinos como una cortesana, no tuvo otro remedio que seguir haciendo el trabajo que mejor conocía. Nadie deseaba tenerla en su casa como criada para evitar la tentación que suponía una joven tan hermosa para cualquier esposo pese a conocer las terribles desdichas que desde muy pequeña había tenido que soportar.

Agobiada por el hambre, Lucía decidió buscar un protector con un buen patrimonio e influencia en la corte en lugar de recibir a cualquiera en su casa. De esa manera había conseguido durante algún tiempo que las autoridades no la molestaran.

Ver a la pequeña Lidón jugando con Miguel en el mercado le había hecho sentir ese cariño que tanto añoraba, aunque todavía no conociera sus nombres. Entonces observó que, mientras Miguel se entretenía ante unos saltimbanquis que se preparaban para dar un pequeño espectáculo, un hombre de gran corpulencia se acercaba a Lidón, la cogía del brazo, le decía algo al oído y se la llevaba hacia un portal abierto en una calle pequeña y poco transitada.

El rostro aterrorizado de la niña le recordó a ella misma cuando su pariente llegó a casa la primera vez. En ese instante se le revolvieron las entrañas y no pudo contenerse. Salió corriendo detrás del hombre y de Lidón para llegar en el momento que intentaba cerrar la puerta tras de sí. La tenía cogida por las ropas y la pequeña estaba paralizada por el miedo. Al observar los ojos libidinosos del miserable no le cupo ninguna duda de lo que había pensado hacer con ella.

Lucía estaba tan iracunda que, sin decir palabra, le propinó al hombre una tremenda patada en la entrepierna. El terrible grito de dolor emitido por aquel energúmeno se acalló por las voces del mercado que llenaban la plaza. Solo tuvo que coger a Lidón de la mano y salir corriendo con ella. No podía permitir que el agresor, furioso, se repusiera del golpe porque por su corpulencia podría acabar fácilmente con las dos.

Cuando estuvieron a salvo entre las gentes del mercado que iban y venían, la pequeña pareció despertar de la pesadilla. No sabía qué quería aquel hombre de ella, pero la amenaza de matarla que le había susurrado al oído si no lo seguía en silencio había sido suficiente para paralizarla. Entonces Lidón se abrazó a Lucía y lloró desesperada y agradecida. Ni una madre hubiera sido tan eficaz.

A continuación, la cortesana la dejó junto a su hermano, que, embobado, miraba las acciones de los saltimbanquis. Al tiempo que le señalaba con el dedo el lugar donde vivía.

Desde ese instante había nacido una amistad entre ambas que superaba cualquier límite, aunque Lucía le hubiese confesado a qué dedicaba sus días. En compensación por haber evitado que la agrediera, la pequeña le dio su palabra de enseñarla a leer, y había cumplido con satisfacción su promesa. También comprendió que no podía dejarse avasallar por nadie. Por ello, aprendería a defenderse de cualquier mortal que intentara hacerle daño a ella o a su hermano. Lucía le había demostrado que, aun siendo delgada y joven, era capaz de vencer a un gigante y esta enseñanza tampoco la olvidó.

De nuevo coincidían en el mercado. Habían pasado muchas cosas en los ocho años transcurridos desde que se conocieron. Lo peor era que el rey de Francia había apresado a los templarios y desde entonces Lucía se había convertido en su mejor fuente de información, al estar al tanto de los rumores más sustanciosos. Entre las sábanas resultaba más fácil enterarse de todo de boca de su protector, un hombre muy bien relacionado en la corte. Ahora Lidón tenía dieciocho años y Lucía veintitrés.

Cuando la joven Monteagudo regresó a casa, se reunió con Paul y Miguel. Hacía un mes que se había determinado el destino de los templarios que quedaban vivos y no fuesen maestres de la orden. Lucía le había facilitado los detalles.

Se congregaron los tres en la habitación más alejada de la servidumbre para no ser oídos. Paul se había integrado como un miembro más de la familia, aunque para todos solo se tratase de un invitado. Lidón estaba confusa.

—No sé muy bien dónde encaja nuestro tío porque el papa ha previsto que los templarios que hayan sido declarados inocentes y los que tras confesar sus delitos se han reconciliado con la Iglesia reciban una pensión procedente de los bienes de la orden y, además, residan en algún monasterio donde deben guardar sus votos religiosos. Me pregunto si han declarado a alguno inocente esos servidores del diablo. ¡Si los han quemado vivos!

—¡Tranquilizaos, hermana! —exclamó Miguel, quien sabía el cariño que Pierre de Monteagudo despertaba en Lidón—. Igual nuestro tío está en otro reino y no sabemos si allí habrán sido tan duros como en Francia.

—No sé qué pensar… porque el papa ha decidido que aquellos que persistan en negar sus culpas serán castigados con todo el rigor…, ya sabéis…, la hoguera. —Entonces esbozó una sonrisa al recordar lo que Lucía le había comentado sobre el monarca—. Lo mejor es que el rey estará inconsolable porque el santo padre le ha asignado a la Orden de San Juan todos los bienes que el Temple posee en Francia. Aunque, conociendo su avaricia, no estoy segura de que lo consienta. Lo peor de todo es que nada sabemos sobre el destino del gran maestre.

Lidón estaba muy preocupada al haber transcurrido tanto tiempo sin tener noticias de su tío. Se tranquilizaba pensando que, como opinaba Miguel, habría huido de Francia a otro reino, si bien se sentía desdichada al creer que podía haber muerto en cualquier camino, aunque no fuera por la mano del rey.

9

UCERO

Ruan, 17 de octubre de 1307

Apenas cuatro días después del asalto a la encomienda de la torre del Temple, Pierre y Goliat gozaban en Ruan de la compañía de Léonard, el mercader tuerto que les había ofrecido un lugar en uno de sus carros con la finalidad de llevarlos hacia el sur de Francia, desde donde podrían alcanzar el Camino de Santiago y cumplir con los deseos del religioso muerto. Tanto habían repetido la historia inventada que casi habían llegado a creérsela.

En la caravana hacia Burdeos se sentían afortunados. Parecía que los peligros se reducían a medida que se alejaban de París. Estar integrados en un grupo numeroso era la mejor opción para pasar desapercibidos. Sobre el barril de comida que transportaban fue sencillo dar una explicación: había sido donado por una devota cristiana que quería contribuir a que cumplieran su promesa de enterrar al hermano en su tierra.

Los días siguientes los dedicaron a repartir bendiciones entre los viajeros que se cruzaban en el camino para que nadie sospechase que, en verdad, no eran religiosos franciscanos. Habían intentado en varias ocasiones abrir el pergamino donde estaba anotado su destino, pero no encontraban el momento.

Léonard parecía apreciar a Pierre de Monteagudo y no se separaba de él. Aunque tanta proximidad le hacía dudar a Goliat de si era verdaderamente por aprecio o por desconfianza. Tal vez sospechaba de ellos y quería saber a qué se enfrentaba. Un solo ojo no lo hacía menos agudo para salvaguardar sus intereses.

—¿Desde cuándo lleva muerto? —preguntó mientras guiaba uno de sus carros junto a Pierre—. Parece que lleva mucho tiempo bajo tierra, a juzgar por lo vieja y sucia que está la madera y lo herrumbrosos que se ven los clavos.

—Esa suerte tenemos, amigo Léonard. Si acabara de morir, no podríamos viajar con él porque el olor sería insoportable.

—¡Cuánta razón tenéis! —Sonrió, pero todavía no estaba satisfecho—. ¿Cuál fue la causa de su muerte?

—Es muy triste, Léonard. El hermano Lorenzo viajaba hace años pidiendo limosna y se encontró en el campo con unos desaprensivos que seguramente enviaba Satanás. Además de robarle lo poco que había conseguido, lo obligaron a desnudarse para comprobar que no escondía nada debajo del hábito. Uno empezó a tirarle piedras, quería que se arrodillara y rezara al diablo, y él se negó. Después le dieron varios empellones y lo patearon. No contentos se ensañaron con él. Lo fueron desmembrando poco a poco ante la atónita mirada de otro franciscano, quien, escondido entre unas rocas, pudo salvar la vida. Cuando se fueron, recogió sus pedazos y regresó al monasterio para referir este horrible hecho. Por ello, lo consideramos un mártir que merece cubrir su cuerpo en un lugar sagrado como es Compostela, su tierra.

Goliat, que escuchaba a su compañero, se asombraba de la capacidad que tenía para improvisar historias. Casi lo había convencido a él sobre la causa de la muerte del difunto hasta el punto de pensar si sería verdad lo que contaba.

—Los caminos no son seguros para andar sin protección —apuntó el mercader.

—Nosotros hemos tenido la suerte de encontraros a vos —dijo Pierre—. Gracias a vuestra generosidad, podremos cumplir la promesa que hizo la orden franciscana al cadáver de la víctima. Y…

Aún no había terminado de hablar cuando soldados del rey dieron el alto a la caravana.

Goliat palideció. Habían conseguido lo más difícil, que era salir de París. Y, cuando parecía que todo marchaba bien, se tropezaban con un nuevo obstáculo. Pierre observó a su compañero y le hizo un gesto para que se tranquilizara.

Varios soldados del rey recorrieron cada uno de los carros buscando no se sabe qué hasta que llegaron a su altura. Pierre había tenido la precaución de mancharse parte de la cara con un tizón procedente de la hoguera que hicieron la primera noche para calentarse. De esa manera disimulaba el lunar en forma de corazón que exhibía sobre el labio.

Los soldados revisaron la carga y descubrieron el ataúd. Goliat estaba preocupado por si encontraban la espada, que volvía a estar debajo del féretro. Se preguntó qué necesidad tenían Pierre de mantener a mano su espada si no podía utilizarla, cuando solo servía para hacer que su corazón palpitara tan fuerte que temía que los soldados pudieran escucharlo. Después, pensó que tampoco conocía el contenido del ataúd y la espada dejó de preocuparle. ¿Qué habría dentro? Se lo había preguntado desde que abandonaron París. Tal vez era el momento de averiguarlo porque un soldado se dirigió a Léonard como dueño del carro para pedir que lo abriera.

—Este ataúd pertenece a un santo, señor —dijo Léonard—. No sería prudente abrirlo, pues lleva enterrado muchos años y busca descanso en un lugar sagrado.

Pierre vio que el dueño del carro no había convencido a los soldados y estos estaban dispuestos a forzar la tapa ante la mirada pasmada de Goliat. Así que decidió ser el siguiente en intentar que no llevaran a cabo sus propósitos.

—Por favor, os lo ruego, servidores de mi amado rey. —Le supieron amargas sus propias palabras por tener que alabar al pérfido monarca—. No interrumpáis el sueño eterno de nuestro hermano, que ya sufrió en vida innumerables miserias. Sería terrible que después de haber abandonado este mundo sea otra vez humillado en su descanso. Paz y bien a aquellos que respetan la muerte para que la muerte los respete a ellos.

Los soldados se mostraron inquietos ante el alegato de Pierre. Parecía una amenaza encubierta y esto no le gustó al que parecía el jefe, quien dudó un instante, para enseguida seguir con sus intenciones. Pidió algún hierro para hacer palanca y levantar la tapa.

Entonces Pierre se apresuró a sacar de dentro de su hábito el pergamino sellado que le había entregado Robert antes de cortarse la lengua. No sabía si le iba a servir para sortear esa nueva dificultad, si bien valía la pena intentarlo.

—¿Qué es eso? —preguntó el soldado con curiosidad.

—Deberíais leerlo antes de abrir la tapa. Ni siquiera yo mismo conozco su contenido porque está sellado…, como podéis comprobar.

Si el documento despertaba interés en el soldado, para Pierre y Goliat era una incógnita su contenido. Así que esperaron ansiosos a que el pergamino fuera abierto.

El soldado rasgó el sello y llamó a otro. Él no sabía leer. En cuanto estuvo a su lado, le ordenó exponer lo que decía.

Carraspeó antes de iniciar la lectura, pues le costaba entenderlo tras haberlo leído en dos ocasiones.

—No creo que os guste lo que dice.

—Leedlo y callad. —Miró con aprensión a los templarios—. Quiero saber lo que ocultan estos franciscanos que, valiéndose de su pobreza, hacen lo que quieren y solo viven de pedir a otros que los alimenten en lugar de trabajar.

Al fin lo leyó en voz alta por tercera vez con ligereza y cierta desazón:

> Ruego que se respete la vida de los portadores de este escrito porque son los responsables de trasladar a su último aposento al hermano fallecido que se encuentra en el ataúd. Su vida fue la de un hombre santo, pero su muerte es capaz de desatar una plaga. Será necesario que llegue

a Santiago de Compostela para ser sometido a la protección del apóstol. Destapar la caja que lo contiene matará
a quien ose hacerlo y la maldad contenida durante mucho
tiempo con clavos sagrados se difundirá por el mundo.

Lo firmaba el prior del monasterio de donde se suponía que
había salido el féretro.

Los presentes, sin excepción, palidecieron. Enseguida el soldado se alejó del carro y los obligó a emprender el viaje sin
tardanza bajo amenaza de llevarlos presos.

Pierre y Goliat no salían de su asombro por la facilidad que
habían tenido para sortear una situación tan difícil y se acor-
daron de Robert, el artífice del documento, quien se había cortado la lengua para que no pudieran hacerlo hablar. «¿Habrá
sobrevivido?», se preguntaban. El mensaje contenido en el
pergamino era tan tenebroso que a Goliat le surgió una duda.
Solo cuando encontró el momento para estar a solas con Pierre
le preguntó si sería verdad lo que decía el mensaje. Incluso a
Pierre le habían sorprendido las consecuencias de abrir la tapa
del féretro. Fueran ciertos o falsos los vaticinios contenidos en
el mensaje, no tenía intención alguna de abrir el ataúd. Prefería
dejar a su inquilino descansar tranquilo.

Sin embargo, martilleaban en su cabeza las palabras que
Jacques de Moley, el gran maestre, había pronunciado en la
torre del Temple cuando les encargó el trabajo: «No podemos consentir que determinados "objetos" caigan en manos
del rey. Hasta ahora este era el lugar más seguro de toda
Francia. Incluso, ya sabéis que aquí protegemos y guardamos el tesoro real, pero, si el mismo Felipe invade esta casa,
no habrá en todo el reino otro sitio donde ocultar nuestros
preciados "objetos"».

Dudaba sobre la clase de «objetos» a los que se refería porque, si había un cadáver en el interior del ataúd, solo eran huesos. ¿O había algo más? Lo cierto es que no pensaba abrirlo
para averiguarlo. El mensaje también lo había impresionado a

él. No sabía si era un ardid de Robert para asustar a todo el que lo leyese o, en realidad, se había limitado a revelar la verdad.

Siguieron el camino en silencio. Tanto Goliat como Pierre tenían otros motivos para sentir curiosidad. El pergamino les había salvado la vida al poner de manifiesto su contenido, al tiempo que agotaba la paciencia de ambos, pues no veían el momento de averiguar el lugar de destino al que tenían que conducir los restos o lo que fuera que contenía el ataúd.

A Léonard le causó tal impresión escuchar lo referido en el pergamino que decidió dejar a solas en el carro a los dos franciscanos con su hermano muerto. No tenía ninguna intención de volver a subir a él, aunque en ello le fuera la vida. Cuando llegara a Burdeos y se marcharan los religiosos con el difunto, también se desharía del carro, cuya sola presencia le producía un intenso malestar.

Esa circunstancia la aprovecharon los caballeros templarios para encontrar el momento adecuado en el que descifrar el mensaje oculto tras el terrible presagio.

Durante el día siguiente no tuvieron ocasión de hacerlo hasta que llegó la noche. Ya se había corrido la voz entre la caravana de que eran religiosos de mal agüero y nadie se juntaba con ellos, así que hicieron una hoguera para calentarse. Cenaron un poco de queso con pan duro y después Pierre cogió una rama ardiendo. Tuvo la precaución de que la llama que desprendía no fuera demasiado grande. No podía permitirse quemar el pergamino. Enseguida la pasó por detrás del documento. Al principio no aparecía nada y Pierre empezó a inquietarse. La aproximó un poco más y, de repente, se dibujaron cinco letras. Ambos templarios se miraron sorprendidos al leer claramente la palabra «UCERO». Recorrió con la llama el resto del mensaje, pero solo aparecían las cinco letras huérfanas.

—No hay nada más, Goliat —pronunció Pierre desalentado. No tenía ni idea de qué significaba aquello. Le parecía una pequeña burla de Robert, el templario que les había facilitado la huida de la torre del Temple. Al ver que su compañero no decía palabra, insistió—: ¡¿Me oís?! Solo pone «UCERO».

—Callad, Pierre. No lo repitáis en voz alta porque alguien podría oíros. Y quemad de una vez el documento para que nadie pueda verlo, porque han debido de utilizar limón para escribirlo y, una vez aplicado el calor, la inscripción no desaparece de inmediato.

A Pierre le sorprendió la seguridad de su compañero y no dudó en prender fuego al pergamino. Mientras ardía intentó averiguar qué era lo que había visto Goliat en esas letras porque a él se le escapaba.

—¿Acaso sabéis de qué se trata? ¿Son las iniciales de algún acertijo?

Goliat sonrió divertido.

—No.

—¡Pues contad de una vez, que me tenéis en ascuas! —exclamó Pierre.

—Yo ya he estado allí.

—¿Es un lugar?

—Exacto.

Al calor de la hoguera, Goliat empezó a contarle que su infancia había transcurrido entre templarios muy instruidos, por eso sabía cómo era posible escribir un mensaje invisible. Pierre se quedó asombrado, pero lo referido a continuación lo dejó todavía más admirado.

Goliat había crecido entre estudiosos templarios cuya misión era indagar y aprender el saber ancestral del universo, porque Dios era el universo. Cuanto más conocieran las reglas que lo regían, más conocerían a Dios.

Pierre observaba a Goliat atónito, como si fuese la primera vez que lo veía. Se había convertido en un extraño para él al oírle hablar de forma tan enigmática. No obstante, no quiso interrumpirlo.

Goliat siguió narrando que los nueve primeros caballeros franceses que tras la primera cruzada llegaron a Jerusalén decidieron quedarse para proteger los Santos Lugares y a los peregrinos cristianos que viajaban a ellos. Transcurridos nueve años, fundaron la orden liderados por Hugo de Payns. En aquel momento, ya buscaban ese saber a través de fuentes del conocimiento que encontraron en los símbolos criptográficos de los libros sagrados.

Después, gracias al contacto con musulmanes y hebreos, continuaron la búsqueda de los orígenes de aquel saber bíblico que tanto les importaba. Así lograron descubrir que en la tierra existían lugares más propicios que otros para estar más cerca de Dios y sentir su poder mediante el conocimiento. Se trataba de lugares mágicos, enclaves de cultos antiguos donde se cruzaban diferentes creencias. Se dieron cuenta de que Jerusalén era uno de ellos tras vivir durante nueve años sobre las ruinas del templo del rey Salomón.

—Los conocimientos que allí adquirieron los trajeron a Europa porque estaban dispuestos a encontrar todos los lugares que reunieran similares características —afirmó Goliat.

—¿Me estáis diciendo que en Europa existen puntos mágicos del conocimiento?

—En Europa y en la península ibérica. «Ucero» es uno de ellos.

Mientras el pergamino se arrugaba víctima del calor y las llamas, Pierre se sintió desbordado por el aluvión de palabras que Goliat había pronunciado sin descanso. Nunca lo había visto tan seguro de lo que decía, por lo que no dudaba de él. Sin embargo, las preguntas se agolpaban en su cabeza. Necesitaba saber más.

—¿Dónde está Ucero? —preguntó intrigado.

—En las tierras del río Duero en el Reino de Castilla.

—¿Y se puede saber cómo consiguen hallar esos lugares?

—No lo sé. Pero son seleccionados por reunir unas características muy especiales. Veréis, donde vamos encontraremos varias posesiones del Temple. Una es una granja de Ágreda con una pesquería a orillas el río Queiles, al norte del pico del Moncayo. Otra es el convento de San Polo en Soria. La tercera, el castillo de Ucero. —Al oír Ucero, Pierre prestó todavía mayor atención—. Lo curioso es que Ágreda dista del convento de

San Polo, en línea recta hacia el oeste, diez leguas castellanas. Y el convento de San Polo dista hacia el oeste también, diez leguas castellanas en línea recta hasta el castillo de Ucero. ¿Casualidad? En absoluto. Son lugares con una atracción especial para el conocimiento que fue descubierta gracias al saber de nuestros antepasados templarios.

Aquella noche Pierre apenas pudo dormir. Estaba descubriendo un mundo nuevo del que no había oído hablar. Su misión era combatir al infiel y desconocía el trabajo que realizaban los religiosos en las encomiendas. Pensaba que su función se limitaba a producir lo suficiente para mantener al ejército templario y a los habitantes de sus dominios, y lo que sobraba venderlo, pero la búsqueda del conocimiento era algo extraño para él. Le hubiera gustado instruirse en todas las cosas que Goliat había oído contar cuando trabajaba como criado antes de ser escudero y después caballero del Temple. Sentía la necesidad de descubrir, de mirar más allá de lo que los ojos de un mortal ven a simple vista.

Cerca del alba consiguió conciliar el sueño para abandonarse a un universo de ensoñaciones que lo trasladaban a lugares donde nunca había estado, pese a reconocerlos. Soñó con una gran gruta habitada por un ermitaño de luengas barbas blancas y cabello rizado que le decía: «Vuestra estirpe es la elegida para ayudar a este mundo a eludir el pecado. Aprended el lenguaje de las piedras, ellas guiarán a los peregrinos en un viaje hacia la salvación».

Cuando Goliat lo espabiló para ofrecerle algo de comida, se sentía diferente. Era como si hubiese encontrado otro motivo para vivir, en vez de luchar con la espada, motivo que había permanecido oculto durante toda su vida hasta que las palabras escritas en el pergamino con el nombre de Ucero y los sueños de la noche anterior habían conseguido despertarlo.

El camino hacia Burdeos se desarrolló sin incidentes. Al llegar a la ciudad, para favorecer que los franciscanos se marcharan de la caravana, Léonard quiso contribuir a su viaje con la venta del carro por pocos dineros. Fue el que mayor contento manifestó al verlos alejarse.

Los días posteriores también fueron tranquilos al decidir abandonar las principales rutas para tratar de eludir los numerosos controles que se habían establecido en toda Francia. Un carro con un cadáver no era motivo de regocijo para las gentes de los lugares apartados por los que atravesaban, donde algunos labradores se persignaban al verlos. Ellos, para simular ser buenos franciscanos, siempre les brindaban una fervorosa bendición.

Al llegar a los Pirineos tuvieron que vender el carro y adquirir un par de mulas. En una de ellas colocaron el ataúd y la espada oculta en un saco viejo y, en la otra, el barril que habían vuelto a llenar de comida para atravesar las montañas. Un guía bien pagado les indicaba los caminos menos transitados.

Ambos caballeros templarios tenían diferentes motivos para querer alcanzar su destino final. Si Goliat se emocionaba ante la expectativa de volver a encontrarse con viejos amigos, Pierre todavía no salía de su asombro. Estaba confuso ante los extraños pensamientos que se cruzaban en su mente, pues se dirigía hacia un lugar que quizá fuese mágico o tal vez un simple disparate de su compañero de viaje.

10

LA ERMITA DE SAN BARTOLOMÉ

Tierras sorianas, 1307

Era el 22 de noviembre, casi mes y medio después de haber abandonado París, tras el asalto a la torre del Temple, cuando los dos templarios vestidos de franciscanos junto al supuesto hermano muerto llegaban a tierras castellanas sin haber sido molestados. Las mulas, como buenas bestias acostumbradas a los peñascos, habían recorrido con paso firme caminos estrechos donde podían despeñarse.

Tras despedir al guía y penetrar en el reino castellano, los caballeros sintieron la necesidad de averiguar si las medidas tomadas en Francia contra la Orden del Temple se habían trasladado hasta ese territorio.

Desconocían que a esa misma hora Clemente V había ordenado desde Francia que todos los monarcas apresaran a los templarios presentes en sus reinos y secuestraran sus bienes hasta que la Santa Sede dispusiera lo que se debía hacer con la orden, sus hombres y posesiones. Por ese motivo ningún lugareño tenía noticias de las acciones llevadas a cabo contra la Orden del Temple. Eso permitió que por primera vez durante el viaje estuvieran tranquilos y confiados.

Goliat mostraba un rostro resplandeciente. Pierre pensó que su infancia habría sido placentera en Ucero y quiso saber hacia dónde se dirigían. Supuso que al castillo del mismo nombre.

Pronto encontró la respuesta. Antes de marchar a la fortaleza templaria, Goliat deseaba visitar un lugar muy especial para él y donde pensaba que debían reposar los restos o el contenido del ataúd que transportaban.

Pierre no puso objeción, desconocía aquel territorio, que se hacía más agreste a medida que avanzaban. Continuaron andando con las dos bestias de carga cuando de pronto ante ellos apareció el impresionante cañón del río Lobos. Era un paraje extraño y grandioso, solo dominado por las águilas, los lobos y los buitres. Ningún alma de Dios se atrevía a cruzarlo salvo los dos templarios.

Aquel paso estrecho y tortuoso entre dos imponentes montañas, repletas de rocas horadadas en lo alto, ofrecía un aspecto mágico y a la vez desolador. Era como si estuviera habitado por espíritus de otros tiempos que se manifestaran ofreciendo sonidos extraños, que no eran otra cosa que el ulular del viento, pensó Pierre para calmar la agitación que le producían. Solo una pequeña corriente de agua que formaba el río los acompañaba a lo largo del camino.

Siguieron andando hasta llegar a lo más profundo del cañón, donde el macizo montañoso estaba marcado por una depresión semicircular, rodeado de paredes escarpadas, que formaba un enorme circo rocoso. En aquel lugar, que parecía olvidado de la mano de Dios, de pronto surgió un terreno menos abrupto, casi llano, de gran extensión. Asentada sobre un peñasco y orientada hacia el río, en ligero descenso, se alzaba una capilla que dejó asombrado a Pierre.

Goliat empezó a reír al ver a su compañero boquiabierto.

—¡Por los clavos de Cristo! ¿Qué hace aquí una ermita? —preguntó Pierre mientras se aproximaban a la edificación.

Todavía fue más impactante ver la imagen que le ofrecían los canecillos que adornaban el alero del tejado donde se adivinaban varias cabezas de piedra cubiertas con yelmos chatos de la Orden del Temple.

—¡Esto es templario! —exclamó Pierre asombrado.

—Podéis estar seguro de ello, amigo. —Rio Goliat. Se le veía feliz de volver a sus orígenes y poder compartir esa experiencia con su compañero.

Pierre no dejaba de imaginar los posibles motivos que habían llevado a sus hermanos templarios a construir una ermita en medio de la nada. Era fácil darse cuenta de que estaba lejos de las rutas de los mercaderes. No tenía ningún valor estratégico ni tampoco militar, ya que la mayoría de los castillos construidos en los reinos de Castilla y Aragón pretendían defender a los peregrinos que iban a Santiago de Compostela, por eso los situaban en zonas próximas a la frontera musulmana. Sin embargo, en el caso de la ermita de San Bartolomé[2], esta distaba mucho del territorio ocupado por el infiel.

Sentía curiosidad y se lo preguntó a Goliat. Tal vez le ofreciera una respuesta que le sirviese para descubrir por qué los templarios habían construido allí un edificio religioso.

—Quizá os sorprenda saber que el apóstol Santiago saltó de lo alto del cañón sobre su caballo y al llegar al suelo dejó grabados en las rocas los cascos de su montura. ¡Mirad! —Le hizo aproximarse hasta donde se encontraba una gran piedra en el camino con unas depresiones que parecían las uñas de los pies y las manos de un equino—. Además, su espada cayó al suelo para marcar el lugar exacto donde debía construirse la ermita de San Bartolomé.

Pierre de Monteagudo era creyente, pero todo tenía un límite. Había creído hasta ese momento las palabras de Goliat, pero la actuación del apóstol excedía con creces cualquier respuesta razonable.

—Está bien, Goliat. ¿Qué hacemos con el ataúd? —Deseaba llegar al castillo de Ucero para alejarse de la ermita, pese a haber despertado su curiosidad, porque ya no estaba tan seguro de que su compañero estuviera cuerdo.

De pronto, oyó una voz que retumbaba en el cañón. Sintió desconfianza porque no había visto a nadie durante su paso por

2 Sus orígenes se relacionan con la encomienda templaria de San Juan de Otero, sin que exista documentación fidedigna que lo confirme.

la prolongada garganta entre las dos montañas que habían atravesado. Miró alrededor para buscar el origen de las palabras que lo habían sorprendido hasta que resonaron con mayor claridad.

—¡Bienvenidos a la casa de Dios, templarios!

Entonces descubrió que, a la entrada de una inmensa caverna que se encontraba a espaldas de la ermita, un hombre con los brazos abiertos los contemplaba. Vestía un hábito blanco como única indumentaria e iba descalzo, también sujetaba en una mano un palo largo en forma de cayado. Lo que acabó de impresionar a Pierre fue que lucía largas barbas blancas y cabello rizado, exactamente igual que el ermitaño con el que había soñado la noche anterior.

—¿Lo conocéis? —preguntó a Goliat.

—Por supuesto. Es el hermano Bartolomé. Pensaba que habría muerto. Cuando llegué a Ucero, era tan viejo como ahora. —Sonrió—. Me alegro de que siga vivo. Es un sabio.

Dejaron las mulas en un llano para luego cruzar el río por un puente pequeño de piedra hasta ascender a pie hasta la entrada de la gruta. Entonces el ermitaño saludó a Goliat.

—¡Vaya! Todavía tenéis la cabeza sobre los hombros. —Lo abrazó con cordialidad—. ¿Qué hacéis por estos parajes? Aquí solo me hacen compañía las águilas, los buitres y los lobos. Si alguna alimaña de dos patas se acerca demasiado, yo la recibo amablemente con este palo —dijo sonriente mientras mostraba el cayado.

Goliat le contó todo lo que había ocurrido desde que los soldados del rey de Francia entraron en la encomienda de la torre del Temple para detener a los templarios. No olvidó referir la presencia del ataúd en una de las mulas.

Durante unos instantes el ermitaño se quedó pensativo hasta que les pidió que lo acompañaran. Regresaron al llano y dio instrucciones para que trasladaran el féretro hasta la puerta de la ermita.

Obedecieron sin preguntar. Pierre estaba ansioso por conocer qué se ocultaba dentro del ataúd. Todavía resonaban en su cabeza las inquietantes palabras del pergamino que les había entregado Robert, especialmente la parte final en la que amenazaba con la muerte al que destapase la caja, además de provocar que la maldad contenida durante mucho tiempo con clavos sagrados se difundiera por el mundo.

El hermano Bartolomé sacó una llave que llevaba colgada al cuello, la introdujo en la cerradura y abrió la puerta. Esta chirrió como si hiciese milenios que nadie había osado traspasarla, crujidos que erizaron el vello de los brazos de Goliat.

Una vez dentro, trasladaron la caja con el presunto cadáver hasta el lugar que el ermitaño les indicó. Después los animó a levantar una losa muy pesada que estaba en el suelo.

Tuvieron que emplearse a fondo para conseguirlo. Una vez separada a un lado, pudieron ver en la oquedad abierta unos cuantos escalones que descendían en dirección al altar. El ermitaño los alentó a bajar por ellos con el ataúd. La luz del mediodía iluminaba los peldaños de lo que parecía una cripta, y Goliat empezó a preocuparse. No le gustaban los lugares oscuros de las iglesias donde enterraban a los muertos, y aquel sitio tenía todo el aspecto de serlo. A pleno sol era capaz de enfrentarse a cualquier mortal, incluso de noche, pero no le entusiasmaba jugar con los espíritus. Le preocupaba que el alma de algunos muertos reposara en ese lugar y les molestara que interrumpieran su descanso, si bien la oscuridad reinante en la cripta era absoluta y no pudieron apreciar si existían otros moradores en ella.

También pensó que, si era muy valioso el contenido del féretro, el hermano Bartolomé podría volver a colocar la losa en su sitio y ellos quedarían encerrados para siempre. Así nadie sabría que la caja de madera con su contenido estaba allí. Empezó a sudar hasta que trató de tranquilizarse pensando que un hombre tan viejo sería incapaz de mover una losa que entre ambos habían tenido dificultad para desplazar.

Goliat se sosegó cuando el ermitaño les sugirió salir y colocar la piedra. Ambos subieron sin detenerse y él se avergonzó de haber dudado del anciano.

Pierre no pudo reprimir su curiosidad y le preguntó al hermano Bartolomé si conocía el contenido del ataúd que acababan de dejar enterrado bajo el altar. El ermitaño le sonrió sin decir palabra alguna, por lo que insistió:

—Os lo ruego, hermano Bartolomé, hemos pasado muchas penalidades hasta llegar a este lugar y no me gustaría marcharme sin saber qué era lo que transportábamos en la mula.

Lo cogió del hombro con complacencia y le dijo que lo acompañara a la caverna. Goliat los siguió.

Una vez dentro, ambos quedaron asombrados por la grandiosidad de la gruta que se extendía en profundidad un buen trecho. El ermitaño les explicó que la gran abertura de la entrada le permitía tener luz casi todo el día en su interior y así poder perfeccionar su conocimiento del universo durante muchas horas. Y por la noche salía y estudiaba la distancia entre las estrellas.

Pierre se dio cuenta de que Goliat ya había manifestado una idea similar cuando le preguntó sobre lo que hacían los templarios en Ucero. Pese a que la gruta era de origen natural, vio que había sido adaptada a las necesidades del ermitaño. Muchos cuencos que contenían diversos productos, entre los que reconoció algunas hierbas, colmaban una pared de anaqueles. En otros estantes se hallaban los manuscritos. Uno de ellos permanecía abierto sobre una roca plana, que hacía las veces de mesa, junto a un mapa.

A Pierre todo aquello le parecía muy extraño. Sin embargo, reprimió su impaciencia hasta que el ermitaño decidiera hablar. No pensaba marcharse hasta haber aclarado sus dudas.

Sabía que para convertirse en templario solo necesitaba conocer el manejo de la espada. No era necesario tener conocimiento de las letras. De hecho, ser iletrado no le había impedido al gran maestre Jacques de Moley representar a la Orden del Temple. Para escribir e interpretar los libros y el derecho ya estaban los clérigos, sacerdotes y religiosos de la orden, que desde las encomiendas realizaban una gran labor, y pensó que el ermitaño debía de ser uno de ellos. Sin duda, para un caballero del Temple, más importante que saber leer era el aprendizaje de otras lenguas, muy útil para entenderse en Oriente y con los templarios de otros reinos.

Pierre de Monteagudo, al contrario que el gran maestre, gozaba de una completa educación. Los libros y la espada habían compartido a partes iguales su infancia e intentaba procurar la misma ventaja a Lidón y a Miguel pese a que la carga del entrenamiento había recaído sobre todo en el muchacho, porque Lidón era mujer y jamás podría llegar a ser un templario. Tanto él como los dos jóvenes dominaban varias lenguas, entre ellas el castellano. Entonces pensó en ambos y le dolió en el alma haberlos dejado solos en París al ser familiares de templario, algo poco recomendable en los tiempos que corrían. No obstante, estaba convencido de que no les faltaría de nada porque, aunque él era su tutor, al pertenecer a la orden, no podía administrar los cuantiosos bienes de los muchachos y, para subsanar el problema, había designado a un amigo solvente de su confianza. Eso lo tranquilizó. Adoraba tanto a aquellos hermanos que daría la vida por ellos si fuese necesario.

El ermitaño se aproximó a Pierre y tomó una de las mangas de su hábito para limpiarle la cara del carbón que seguía protegiendo el lunar que lucía encima del labio. Al ver la forma de corazón, sonrió satisfecho. Luego los invitó a ambos a compartir los escasos alimentos que colocó sobre la mesa tras retirar el libro y el mapa. Como buenos templarios, no hablaron durante la comida.

Al terminar, la paciencia llegó a su límite cuando Pierre observó que el hermano Bartolomé no parecía querer contar el misterio del ataúd. Antes de que el templario preguntara, el viejo alzó la mano para detenerlo.

—Todo a su tiempo, Pierre. Primero debéis saber por qué es tan importante este lugar. Os voy a demostrar que la ermita de San Bartolomé, o también llamada de Ucero, que acabáis de visitar es el corazón del Temple en la Península… —sonrió— porque aquí nace el origen del conocimiento.

Estas palabras impresionaron a Pierre, aunque no quiso interrumpirlo. El ermitaño extendió, de nuevo, el mapa de pergamino de la península ibérica sobre la mesa, donde estaban representados los reinos dominados por los cristianos. Luego dijo que, gracias a los contactos con otros pueblos en Oriente, entre ellos los grandes cartógrafos judíos y musulmanes, los templarios habían adquirido sus conocimientos con la finalidad de aplicarlos en Occidente, saberes ancestrales que se remontaban varios miles de años atrás. Gracias a la magia de los números, habían ido conociendo la armonía del universo, y esa armonía deseaban trasladarla a la tierra para seguir avanzando en el conocimiento.

Pierre se atrevió a preguntar:

—¿Cómo funciona?

—No es fácil. Los números nos permiten medir distancias enormes gracias a la localización de las estrellas. Ellas son nuestra guía. Supongo que os interesará conocer por qué la ermita de Ucero es el corazón del Temple, ¿verdad? —Ellos asintieron expectantes—. Pues veréis. Si nos fijamos en el punto del mapa donde se encuentra la ermita —la señaló en el pergamino—, la distancia en línea recta que hay desde la ermita hasta el cabo de Finisterre, que es el punto más alejado de tierra peninsular que mira hacia el océano Atlántico, es «idéntica» a la distancia en línea recta desde la ermita hasta el cabo de Creus en el Mediterráneo: el punto más distante a oriente de la Península. ¿Me seguís?

—Creo que sí. ¡Ahora lo recuerdo! —exclamó Goliat, quien tomó un Cristo que se hallaba en una repisa de piedra con los brazos abiertos en cruz, un poco desplazados hacia arriba, y lo colocó sobre el mapa haciendo coincidir el centro del cuerpo, donde había un agujero, con la ermita, de manera que cada brazo llegaba exactamente a un extremo de la península ibérica, uno al cabo de Creus y otro al de Finisterre—. ¿Es esto?

—Veo que no lo habéis olvidado —respondió el ermitaño y Goliat sonrió satisfecho—. Sobre el mapa parece fácil, pero descubrir que la distancia que separa ambos cabos con la ermita es idéntica no resulta sencillo si no es por los números.

—¡Pero eso es sorprendente! —exclamó Pierre.

—Sin duda. Pues aún hay más. Tanto el cabo de Creus como el de Finisterre son zonas de tradición mágica desde que el hombre fue creado por Dios. A partir de estos hallazgos, pronto descubrimos que esta relación, que nos facilitaban los números, podía ayudarnos a encontrar otros enclaves que reunieran las mismas características. Entonces nos dedicamos a comprar castillos y poblaciones en esos lugares mágicos para transformarlos en encomiendas y seguir estudiando este fenómeno.

Pierre se mostraba impresionado por las revelaciones del anciano y le suplicó que siguiera.

—Veréis, se pudo comprobar que, si se dibujaba un círculo perfecto en el mapa alrededor de la ermita que pasase por los cabos de Creus y de Finisterre, la línea curva formada recorría varios «lugares mágicos»: Fátima, Aracena, Fregenal, las Alpujarras y Mallorca. Todos ellos son enclaves adquiridos por los templarios. ¿Os dais cuenta? Los números nunca mienten. Sus beneficios solo permanecen ocultos para los hombres que no los saben interpretar.

—Seguid, por favor —rogó Pierre, que empezaba a vislumbrar el poder y la magia de los números.

—Está bien. Ahora veremos algo sorprendente. Recordad que el número nueve es el que nos guía porque, por ejemplo, nueve fueron los primeros caballeros templarios y nueve los años que estuvieron solos viviendo sobre el Templo de Salomón en Jerusalén hasta la fundación oficial de la orden. Entonces, si dividiéramos en nueve partes iguales el círculo[3] que hemos dibujado en el mapa y pudiéramos separar una de esas porciones, esta nos serviría para marcar otros enclaves mágicos en el mapa.

—¡Pero eso es asombroso! —manifestó Pierre.

—Pues aún hay más.

---

3 El círculo tiene 360 grados; dividido en 9 partes, da como resultado 40 grados. Los mismos que tiene cada ángulo de la cruz templaria.

El ermitaño trazó dos líneas rectas desde la ermita mientras Pierre y Goliat lo observaban asombrados. Una de ellas llegaba hasta el convento portugués de Tomar, por debajo del cabo de Finisterre. La otra llegaba a la fortaleza de Culla, en el Maestrazgo[4], dibujada por debajo del cabo de Creus.

—Increíble. ¡Y Culla es una posesión templaria! —exclamó Pierre, quien no podía contener la emoción. Conocía bien el lugar. Allí estaba cuando por fin, en 1303, consiguieron los templarios comprarla por una verdadera fortuna, quinientos mil sueldos jaqueses. De eso solo hacía cuatro años. Entonces comprendió el interés de la orden por poseer esas tierras: porque se trataba de otro lugar mágico.

—¿También Tomar es templario? —preguntó Goliat.

—Cierto —afirmó el ermitaño—. Lo mismo ocurre si trazamos otras dos líneas hacia el sur, pues una pasa por Toledo, la ciudad mágica por excelencia en la Península, y la otra por el enclave templario de Caravaca. Incluso, si las líneas se prolongan hacia el norte, también conducen a dos enclaves mágicos peninsulares. —Pierre y Goliat estaban impresionados.

—No lo acabo de entender —manifestó Goliat.

—Es muy fácil —dijo el ermitaño—. Coge el Cristo de nuevo y colócalo sobre el mapa. En esta ocasión, cabeza abajo con el agujero del cuerpo sobre la ermita.

—¡Vaya! Los brazos pasan uno por Tomar y el otro por Culla.

El anciano sonrió.

—El Cristo que has colocado sobre el mapa ya se realizó de manera que el ángulo de sus brazos fuera el correcto y pudiera marcar todos los lugares que os he mencionado.

Goliat permanecía boquiabierto hasta que recordó su infancia.

—Cuando viví aquí, yo creía que era un juego eso de poner cabeza arriba y cabeza abajo al Cristo… Ahora sé el porqué.

---

4 Aunque la denominación de Maestrazgo deriva del término *maestre*, ya que estos territorios se encontraban bajo la jurisdicción del gran maestre de las órdenes militares, no recibió ese nombre hasta la desaparición de la Orden del Temple y la constitución de la Orden de Montesa.

—Esa es la magia de los números —afirmó Bartolomé—. Muchos solo ven un Cristo cabeza abajo. Si se trata de un ignorante, creerá que es una herejía, pero para los instruidos es la herramienta que permite encontrar los lugares donde hallar el conocimiento. Ahora sigamos atentos a lo que ocurre si cerramos con una línea los lugares marcados con el Cristo. ¿Lo veis?

El hermano Bartolomé trazó cuatro líneas al tiempo que hablaba.

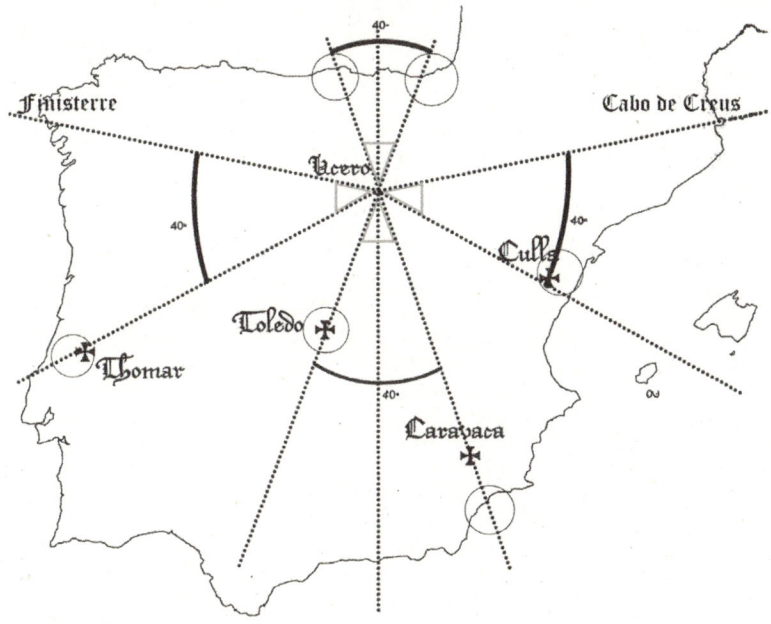

—¡No puedo creerlo! Sobre la superficie de la Península se dibuja nuestro símbolo: ¡Una cruz templaria! —exclamó Goliat.

Pierre estaba maravillado. Comprendió que tantas coincidencias no podían ser objeto del azar. Detrás debía de existir ese conocimiento del que le había hablado Goliat y el ermitaño. Por todo ello, creía que enterrar el ataúd en una cripta dentro de la ermita de San Bartolomé o de Ucero tenía alguna explicación y decidió que no se marcharía hasta haberla descubierto.

No obstante, otro pensamiento turbaba su ánimo. Además de la lógica preocupación por Lidón y Miguel, desalentado, se preguntaba qué les habría ocurrido a sus hermanos templarios en Francia.

11

CULLA

Durante los dos días siguientes, Pierre y Goliat permanecieron junto al hermano Bartolomé mientras este les intentaba transmitir las maravillas que ofrecía el conocimiento a través de los números. Saber que la ermita de Ucero era el corazón de la Península y su magia se irradiaba hasta otras localizaciones de la Orden del Temple formando la cruz templaria les resultaba estremecedor.

Sin embargo, Pierre no entendía el interés que su persona despertaba en el ermitaño, quien no dejaba de ofrecerle curiosas explicaciones relacionadas con la construcción de la ermita y sus piedras talladas. No obstante, notaba que había algo inexplicable que los unía. Sobre todo porque aún recordaba el curioso sueño vivido antes de llegar al cañón del río Lobos, donde un viejo de largas barbas blancas y cabello rizado le decía palabras incomprensibles para él. Sin duda el anciano del sueño no podía ser otro que el hermano Bartolomé pese a no recordar con fidelidad las facciones de su rostro, pensó Pierre.

Acababan de realizar una frugal comida en la cueva los dos caballeros y el ermitaño cuando este le preguntó a Pierre si intuía el contenido del ataúd que habían trasladado desde París y que reposaba en la cripta de la ermita. El hermano Bartolomé estaba convencido de que, tras haber permanecido dos días en un lugar tan especial, al menos debería imaginarlo.

Pierre dudó, no sabía si decir lo que pensaba. El gran maestre le había hablado de «objetos» y el pergamino de «muerte y maldad contenida en el féretro, que podía difundirse por el mundo».

—No tengáis miedo, Pierre —insistía el ermitaño.

—Está bien —respondió dubitativo—. Es un ataúd y lo habitual es que en su interior haya un cadáver. Lo extraño es que Jacques de Moley, cuando nos encargó el trabajo de sacarlo de la torre del Temple, habló de «objetos» valiosos.

—Muy bien, Pierre. —Sonrió el ermitaño—. ¿Y vos que creéis?

—Creo que debe de ser un cadáver muy especial.

—No andáis desencaminado. Se trata de una caja de madera que ha viajado mucho. Veréis…

Se acarició la luenga barba antes de hablar. Parecía meditar sus palabras. Después contó, con nostalgia, que fue muy duro para la orden tener que abandonar Jerusalén. Los últimos caballeros que se marcharon no podían dejar atrás reliquias que eran muy preciadas, por ello las llevaron a Europa en el féretro depositado en la cripta. Bartolomé afirmó conocer con exactitud su contenido. Además, aprobó que el gran maestre facilitara su salida de París. El anciano estaba convencido de que la ermita de Ucero era el lugar perfecto donde debían permanecer.

Dijo que se trataba de las reliquias más valiosas del Temple que todavía se conservaban intactas. Nadie iría a robarlas a una ermita perdida en un cañón, ya que no había nada valioso a la vista, todo eran piedras.

—A los ladrones las piedras no les interesan, por lo que los objetos o reliquias que habéis traído y las que llevan años aquí estarán a salvo siempre y cuando mantengáis el secreto a buen recaudo. —Los miró para observar que habían entendido la responsabilidad que recaía sobre sus hombros.

Luego continuó contando que la disposición de la cripta era la idónea, ya que se había construido teniendo en cuenta su orientación, así como las medidas concretas que favorecían que los objetos o reliquias en ella depositadas emitieran la mayor protección. De esa manera existía un vínculo entre todos los lugares mágicos de la península ibérica que se habían localizado gracias a la información facilitada por los números. Así encontraron los enclaves mágicos en Tomar, Toledo, Caravaca, Culla... y muchos otros. Por ello los templarios habían comprado esos territorios con la finalidad de que ejercieran una influencia benefactora sobre sus habitantes y, además, ayudaran a los estudiosos del Temple a adquirir un mayor conocimiento.

—¿Yo podría encontrar nuevos lugares «mágicos»? —preguntó Pierre.

—Es posible, pero me gustaría que permanecierais aquí, que es el centro principal de la Península del que emanan los efectos beneficiosos que desprenden las reliquias. Pronto necesitaré a alguien que me sustituya y no tengo demasiado tiempo para enseñarle. Mi vida languidece y me gustaría alcanzar el reposo eterno, pero mi obligación es esperar hasta que llegue la persona que ocupe mi lugar.

—¿Quién os sustituirá? —preguntó Pierre mientras Goliat los escuchaba sorprendido sin entender hacia dónde se dirigían sus razonamientos—. El trabajo que hacéis es encomiable, pero no creo que haya muchos hermanos que reúnan la formación necesaria.

—Eso es cierto, Pierre, aunque no necesito a ninguno de mis hermanos templarios de Ucero porque «vuestra estirpe» es la elegida para ayudar a este mundo a eludir el pecado. Aprended el lenguaje de las piedras, ellas guiarán a los peregrinos en un viaje hacia la salvación. —Pierre se estremeció al oír repetidas las palabras de su sueño, y Bartolomé se dio cuenta—. No os asustéis. El linaje de los Monteagudo siempre ha colaborado con el Temple. Se os preparó para ello. El lunar en forma de corazón es la marca que os distingue.

Si todo lo que Pierre había escuchado hasta el momento era sobrecogedor, las últimas palabras lo dejaron perplejo. ¿Era el elegido para sustituir al hermano Bartolomé? No lo creía. Estaba convencido de que esa no era su obligación.

Para animarlo, el ermitaño le refirió la historia de uno de sus antepasados Monteagudo que Pierre no había tenido la oportunidad de conocer pues ya había fallecido mucho antes de que él viniera al mundo. Se trataba de su tío, con quien compartía su mismo nombre. Él había sido el decimoquinto gran maestre de la Orden del Temple.

Bartolomé lo había conocido en persona y afirmó que también mostraba el signo de los Monteagudo sobre el labio. Habló de su valiente comportamiento ante el infiel pese a no haber tenido éxito cuando dirigió a los templarios en la quinta cruzada. Sin embargo, eso lo compensaba al haber encontrado durante su servicio en la Orden del Temple varios pergaminos y manuscritos muy antiguos cuyo estudio minucioso había resultado revelador.

—Habéis de saber, caballero Pierre, que vuestro tío hubiese sido un buen ermitaño. Albergaba un gran corazón y sentía curiosidad por el conocimiento, si bien Cristo le tenía reservados otros trabajos. Y fue a mí a quien destinaron a este lugar, el más tranquilo y alejado de las gentes, para que pudiera desarrollar el conocimiento a través de la interpretación de los manuscritos y la utilización provechosa de los números.

Pierre se extrañó.

—No lo entiendo. Mi tío murió en 1232 y estamos en 1307 ¿Se puede saber qué edad teníais entonces?... O, mejor, ¿qué edad tenéis ahora?

—Espero que no os escandalice lo que os voy a decir, pero he cumplido ciento diez años. Por eso espero impaciente a que alguien me sustituya. No puedo morir hasta encontrar mi relevo.

—¡Ya os lo decía yo, Pierre! —exclamó Goliat—. Cuando viví en Ucero, el hermano Bartolomé ya era viejo.

—¿Y qué tenemos de especial los Monteagudo? —preguntó Pierre descontento. Entre las obligaciones de obedecer a la orden nunca había creído que se incluyera ser ermitaño. Se le hacía un nudo en la garganta al imaginar su vida en un lugar tan apartado sin poder ejercitar la espada y solo visitado por los lobos.

Al ver la indecisión dibujada en el rostro de Pierre, el hermano Bartolomé sonrió.

—No os preocupéis, aunque os podría obligar a obedecer por
vuestro deber como templario, este trabajo no es una imposición,
quien me sustituya lo hará por voluntad propia. Si no sois vos, será
otra persona de vuestra estirpe. Eso sí, deberá ser pura de corazón.

Pierre se incomodó al escuchar la última frase. Definitivamente él no era el destinado a sustituirle porque no se consideraba
puro de corazón al haber pecado gravemente en su juventud.

—No sé quién podría ser. Solo tengo dos sobrinos, Lidón y
Miguel. Ambos nacidos del mismo parto, un varón y una mujer.
¿Queréis decir que Miguel es el elegido? —preguntó extrañado.

—En realidad no lo digo yo. Lo dicen las piedras. Acompañadme.

Salieron de la caverna y bajaron a la ermita. A Pierre ya le
habían llamado la atención los canecillos que adornaban el alero del tejado donde se adivinaban varias cabezas de piedra cubiertas con yelmos chatos de la Orden del Temple. Lo que no
había visto era un canecillo donde aparecían dos gemelos abra-
zados y sonriendo, que ahora señalaba el hermano Bartolomé.
Incluso parecía que encima del labio presentaban un pequeño
relieve que bien podría simular un lunar.

—¡No puedo creerlo! —exclamó sorprendido.

—Pues creed. Llevo dos días tratando de enseñaros el poder
de las piedras. En ellas se ha tallado el verdadero camino. Algunos son ciegos ante los mensajes que ofrecen. Sin embargo,
hay quienes los descubren al instante.

Pierre lo observaba inquieto: «¿Cómo pueden estar aquí representados mis sobrinos?», se preguntaba incómodo y a la
vez maravillado.

El hermano Bartolomé le puso otro ejemplo de cómo la trans-
misión del conocimiento se hacía a través de las piedras. Entonces le contó que desde los primeros templarios que habitaron
Jerusalén la sabiduría allí hallada, procedente de otros pueblos,
se había llevado a Occidente, entre ellas las relacionadas con la
construcción de ermitas, iglesias, abadías o catedrales.

Volvió a señalarle un nuevo canecillo que representaba el tridente de Neptuno, similar a la pata de paloma que utilizaban los maestros canteros para marcar las piedras de los muros de los edificios religiosos que construían.

—Esos signos los podemos encontrar en el interior de la gruta donde vivo. Fueron realizados muchos siglos atrás por hombres que nos precedieron. Encontrar la fuente del saber requiere paciencia para interpretar de forma correcta los mensajes que nos dejaron.

Goliat estaba cada vez más asustado. Se sentía un ignorante y le inquietaban las historias que contaba el ermitaño. Recordó que, cuando vivía con los templarios, estos le narraban leyendas, lo que lo atormentaba era que fueran ciertas.

—Por hoy ya habéis tenido bastante —dijo el hermano Bartolomé a los dos caballeros—. Meditad esta noche y mañana decidiréis vuestro camino. Yo seguiré aquí hasta que llegue mi relevo.

El ermitaño regresó a la caverna y dejó solos a ambos caballeros. Sabía que necesitaban estar juntos para compartir sus dudas. Ellos permanecieron en las proximidades de la ermita para deleitarse con las figuras representadas en los canecillos. El tiempo era agradable y el sol acariciaba la piel, aunque esa caricia no fuera suficiente para calmar la desazón que les había provocado el anciano.

—¿Qué os parece lo que ha dicho? —preguntó Pierre.

Goliat estaba tan impresionado por todo lo descubierto que le costó retomar la conversación. Se sentó sobre los matorrales del terreno baldío que albergaba la ermita y contempló el cielo.

—No sé qué decir, Pierre. Siempre he creído que eran leyendas, pero ya no lo tengo tan claro.

—¿Por qué lo decís?

Goliat se armó de valor para referirle una historia que suponía que se trataba de un cuento cuando la oyó de muchacho. No obstante, después de lo vivido los dos últimos días empezaba a dudar.

Le dijo que era mucha casualidad que el ermitaño se llamase como san Bartolomé y que, a pesar de tener ciento diez años, según había manifestado el propio anciano, siguiera esperando a su sucesor sin prisa, como si pensara que la muerte no le fuese a llegar mientras no encontrara a alguien que lo sustituyese. Goliat le recordó a Pierre que san Bartolomé era uno de los doce apóstoles de Jesús, citado por los evangelistas Mateo, Marcos y Lucas, además de predicador en la India. Sin embargo, lo que le llamaba poderosamente la atención era que a san Bartolomé se le atribuyera la inmortalidad a través del martirio. Le habían contado que lo desollaron vivo y que un milagro lo había hecho sobrevivir al suplicio.

—Veréis, Pierre, yo no tengo muchas luces, pero he oído que, al igual que la serpiente cambia la piel sin necesidad de morir, san Bartolomé sobrevivió a un martirio del que nadie sale vivo porque gozaba también de la inmortalidad.

—¿Estáis diciendo que el ermitaño es san Bartolomé? —preguntó Pierre irónico.

—Yo no digo nada. Solo sé que, cuando lo conocí, era tan viejo como ahora.

Pierre pensó que más le valía ser san Bartolomé si quería que alguien lo sustituyese en la cueva, porque él no estaba dispuesto a hacerlo, ya que ni tan siquiera era puro de corazón. Tendría que esperar a otro. Luego imaginó a Miguel tomando el relevo del ermitaño y esa imagen le hizo sonreír. A Miguel solo le interesaba la espada.

—¿Qué os hace alegrar esa cara, Pierre? —preguntó Goliat.

—Nada, compañero. Cosas mías.

***

Estaba todo nevado y hacía un intenso frío, tanto que las piedras labradas de un edificio se resquebrajaban y perdían parte de las imágenes que durante siglos se habían mantenido inmutables. Pierre de Monteagudo observaba los cambios angustiado. Quería que el mensaje grabado en la piedra perdurase para siempre. Había comprendido que los templarios, desde que llegaron a Jerusalén, rastreaban la memoria dormida de tiempos anteriores al estudiar los escritos que habían dejado otros pueblos. Él no podía consentir que esa información se perdiera.

Sin embargo, se sentía extraño. No entendía lo que le estaba sucediendo, ni siquiera tenía la certeza de vivir el presente. Lo único que le parecía real eran los números. Su pensamiento barajaba, una y otra vez, cifras que lo conducían a enclaves mágicos donde construir un templo, un castillo o una iglesia. Los números también le ofrecían medidas y proporciones para edificar los muros mientras en la decoración se grababan mensajes secretos para los creyentes. En aquel lugar de ensoñación, solo los iniciados, tras un adecuado aprendizaje, eran capaces de transmitirlos, y el hermano Bartolomé o su sucesor eran los encargados. Se dio cuenta de que parte del trabajo consistía en hallar el lugar preciso donde se debían ubicar esas construcciones para que los creyentes pudieran deleitarse mirando las piedras, reflejo de Dios, y recibir el conocimiento.

A continuación, observó la estrella salomónica de cinco puntas realizada de un solo trazo. Pierre comprendió que se trataba del pentáculo de la ermita de San Bartolomé, donde había dos rosetones de seis corazones entrelazados y diferentes símbolos numéricos. Quería saber qué significaba todo aquello.

Una necesidad imperiosa por adquirir el conocimiento se había apoderado de él. Entonces vio al hombre anciano de luengas barbas blancas y cabello rizado de su sueño anterior. No supo si era Bartolomé, aunque se le parecía. De repente, sintió que quien le hablaba era alguien de rango superior: «Vuestra estirpe es la elegida para ayudar a este mundo a eludir el pecado. Aprended el lenguaje de las piedras, ellas guiarán a los peregrinos en un viaje hacia la salvación».

Pierre de Monteagudo se despertó sobresaltado. Goliat permanecía roncando a su lado en un rincón de la cueva. Se tranquilizó al comprender que solo había sido un sueño. No obstante, algo extraño estaba sucediendo. Enseguida comenzó a dudar y se preguntó cómo Bartolomé había podido repetir las palabras del sueño en la conversación que habían mantenido durante la tarde. También, le intrigaba conocer por qué, cuando llegaron a la ermita por primera vez vestidos de franciscanos, el anciano sabía que eran templarios.

Nada de lo que se cruzaba en su mente tenía sentido. Seguía sin querer relevar de su trabajo al ermitaño, pero tampoco podía marcharse de allí sin haber comprendido los mensajes secretos que guardaban las piedras.

Entonces tomó una decisión: permanecería en la cueva con el hermano Bartolomé el tiempo suficiente para averiguar el lenguaje de las piedras. Pensó que, si su estirpe estaba destinada a adquirir ese conocimiento, el anciano no se negaría a instruirlo.

Solo le faltaba resolver un pequeño problema: ¿qué haría mientras tanto con Goliat? Pronto encontró la respuesta.

***

Durante la tarde, Pierre se dirigió a su compañero cuando comprobó que el ermitaño salía en busca de hierbas medicinales con la excusa de corregir un pequeño trastorno que alteraba su bilis. Bartolomé los observó desde lejos adivinando el motivo y esbozó una sonrisa. El rostro de Monteagudo mostraba una implacable determinación.

—Somos como hermanos, amigo —dijo Pierre—, pero aquí he encontrado…

—Queréis quedaros, ¿no?

Pierre le sonrió.

—Me conocéis mejor que yo mismo.

—Por eso somos caballeros templarios que cabalgamos juntos. —Le dio una palmada de camaradería en la espalda—. Pero desde que llegamos a la ermita os he visto cambiar. Sé que necesitáis aprender muchas cosas que yo jamás entendería.

Así que decidme qué hago hasta que sepáis… lo que sea que os tiene sorbido el seso.

—En verdad, no podría tener un compañero mejor que vos. Os aseguro que no pienso quedarme para ser el relevo del hermano Bartolomé, aunque si…, como dice…, mi estirpe es la elegida…, espero que no le importe enseñarme.

Goliat movió la cabeza de un lado a otro en señal de duda.

—Yo también espero que no os sintáis obligado conmigo.

—Jamás, hermano. —Lo abrazó en señal de despedida—. Solo deseo que me esperéis en Culla. Como dijo Bartolomé, es uno de los enclaves mágicos que se irradia desde esta ermita. En cuanto aprenda lo que necesito saber, me iré a Culla y allí nos encontraremos. Vigilad y estad atento a cualquier cosa extraordinaria que ocurra en aquel territorio hasta que llegue. Desconozco si necesitaré un día, un año o diez, pero os aseguro que mi próximo destino será Culla. Con lo aprendido podré descubrir sus secretos. Como regalo os dejo mi espada. —Goliat se sintió orgulloso de que le confiara la custodia de su preciosa arma porque nunca se había separado de ella.

—La guardaré hasta que vengáis a buscarla.

—Tampoco estaría mal usarla si os encontráis algún peligro por el camino. —Le sonrió con afabilidad.

Goliat no tardó en tomar la mula que guardaba el acero y, tras despedirse del ermitaño con las alforjas llenas, emprendió la marcha.

***

El hermano Bartolomé no mostró sorpresa por la decisión de Pierre, aunque primero debía probar si era paciente antes de introducirlo en la búsqueda del conocimiento. Por ello, no inició el aprendizaje de inmediato, sino ofreciéndole pequeños rastros que seguir a lo largo de una semana, periodo que el caballero debía llevar con humildad.

Pierre de Monteagudo era persistente y una semana no lo iba a hacer cambiar de opinión porque estaba marcado por una férrea disciplina y una inquebrantable lealtad a la Orden del Temple. En el campo de batalla era valiente, temerario y hábil, dispuesto a sacrificar su vida sin titubeos en defensa de los ideales templarios y de sus hermanos de armas. Sin embargo, más allá de su coraje militar, Pierre se debatía entre la estricta obediencia a las normas de la orden y un sentimiento de culpa que lo atormentaba desde hacía años, ni siquiera el paso del tiempo había conseguido mitigar su responsabilidad, por lo que buscaba sin consuelo redimir sus pecados.

Durante la semana de espera fue aumentando la confianza de Pierre hacia el ermitaño hasta hacerle partícipe del extraño sueño que había tenido, donde no encontraba explicación alguna al hecho de que la decoración labrada en las piedras empezara a desprenderse por el frío.

Bartolomé dibujó en su semblante un gesto de preocupación. Que las piedras empezaran a resquebrajarse en el sueño no era nada bueno. No quería reconocer lo que le estaban indicando porque se trataba de un terrible presagio. Representaba el principio del fin para los templarios.

Tras meditar la respuesta, decidió complacer a Pierre.

—El problema es grave —manifestó el anciano—. Vuestro sueño significa que los templarios vamos a desaparecer. Si eso sucede, nadie podrá trasladar el conocimiento representado en las piedras y este se perderá en el tiempo, como ha ocurrido con otros pueblos, a la espera de que futuras generaciones lo encuentren y sepan interpretarlo.

No eran palabras tranquilizadoras las que surgían de la boca del ermitaño, pero Pierre todavía tenía demasiadas dudas que resolver. Y, si eran ciertas sus palabras, debía aprender pronto el lenguaje de las piedras. Necesitaba conocer el significado de los pentáculos que había visto en los rosetones de la ermita y que también formaban parte de su ensueño.

A pesar del desconcierto que había manifestado Bartolomé por las perturbadoras imágenes soñadas por su discípulo, no podía dejar de responder a las cuestiones que le planteaba. Ser un Monteagudo le daba derecho a ello. Así que le contó que el pentáculo, o estrella de cinco puntas, fue imaginado por el legendario rey Salomón cuando Dios le otorgó el poder de la sabiduría. Por ello, cuando Salomón creó el pentáculo, lo consideró el símbolo de la sagrada verdad porque representaba los vínculos con Dios y lo convirtió en su sello. Después, diversos pueblos lo habían seguido manejando, entre ellos los visigodos de la Península en la construcción de sus edificios para elaborar los arcos de herradura; o los musulmanes, cuando la invadieron, para sus mezquitas, porque ellos también buscaban la verdad, es decir, el conocimiento.

—Los templarios —dijo el ermitaño— tenemos la obligación de guardar el conocimiento para posteriores generaciones en los templos, catedrales y ermitas…, como esta del cañón del río Lobos, porque sus piedras son libros mudos que transmiten el saber sin palabras, siglo tras siglo. Sin embargo, para los ojos entrenados de un templario son libros que cuentan a gritos la verdad de Dios, el camino hacia la salvación. Utilizamos las piedras porque son el material más duradero y puede conservar el mensaje durante milenios. En la gruta donde vivo habéis podido contemplar esas marcas ancestrales.

Pierre comprendió que estaba en el lugar que quería estar. Con cada explicación del ermitaño aumentaba su curiosidad. Era necesario que siguiera aprendiendo, ya que las preguntas surgían sin cesar en su mente y deseaba con pasión conocer las respuestas.

—¿También en los castillos templarios es posible hallar el conocimiento?

—Así es, amigo mío —afirmó el anciano, quien se alegró de que su discípulo mostrara tanta curiosidad—. Por ejemplo, las torres del castillo de Tomar, uno de los enclaves mágicos señalados desde la ermita, guardan el secreto de las estrellas al marcar la posición de las constelaciones en el firmamento.

Pierre estaba extasiado con cada nueva explicación que salía por la boca de Bartolomé.

—¿También la alquimia forma parte del aprendizaje? —preguntó emocionado.

—Todo lo que sirva para estudiar los secretos del universo es motivo de estudio. Habréis visto los recipientes que hay en los estantes… Pues os enseñaré también a comprender sus misterios si ese es vuestro deseo. Muchos pueblos han practicado la alquimia a lo largo del tiempo en oriente. En realidad, no deja de ser otra manera de conocer el universo. Cuanto más lo conozcamos, más entenderemos a Dios.

Para Pierre se abría un mundo nuevo ante él y no pensaba abandonarlo hasta comprenderlo. Si, como predecía su sueño, el mundo de los templarios estaba amenazado por el rey de Francia, él se encargaría de que su saber no se perdiera. Había encontrado su lugar.

12

París, los últimos templarios

París, 18 de marzo de 1314
Siete años después de haber apresado al gran maestre

El Concilio de Vienne ya había decidido la suerte de la Orden del Temple, de sus bienes y de los caballeros templarios en la primavera de 1312.

Primero, mediante la bula *Vox in Excelso*, se había decretado la disolución de la orden.

Segundo, al emitir la bula *Ad providam*, los bienes templarios debían ser transferidos a la Orden de los Hospitalarios de San Juan de Jerusalén, unos bienes que en Francia habían sido absorbidos por la Corona o vendidos a nobles locales.

Tercero, sus miembros ya habían sido juzgados. Sin embargo, quedaba por resolver el destino de los maestres de la orden que seguían en espera de juicio a finales de 1313, más de seis años después de su detención, y expuestos a la brutalidad de sus carceleros.

Entonces una noticia provocó una gran expectación en París. Lidón esperaba ansiosa la llegada de su hermano Miguel a casa para hacerle partícipe del asombroso suceso que andaba en boca de muchos. Nada más verlo entrar junto a Paul, el ayudante del administrador de las cuentas de la orden, que seguía en casa de los Monteagudo como si se tratara de uno más de la familia, les contó la información que tanto la había impresionado cuando la oyó en el mercado.

—¡Nogaret ha muerto! —manifestó sorprendida por el soplo de aire fresco que representaba su desaparición de la corte, así como su influencia sobre la voluntad del rey. Pensó que tal vez las mentiras atribuidas a los templarios y la dureza del cautiverio de aquellos que todavía quedaban vivos podrían atenuarse.

—¡Esa rata inmunda ha fallecido! —exclamó Paul—. Ya era hora de que Dios lo mandase al infierno.

Miguel se incorporó a la conversación.

—¿Estáis segura?

—Lucía, que lo sabe todo, lo confirma.

—¡Al fin el Señor lo castiga por haber actuado con tanta crueldad contra los templarios!

—Quizá no sea la mano de Dios la que ha guiado a la muerte, sino la de alguno de sus muchos enemigos, porque corren rumores de que ha sido envenenado —afirmó Lidón.

—¡Vaya! Tal vez haya bebido de su propia medicina. —Sonrió Paul mientras se dirigían a la sala donde solían conversar por estar alejada de la servidumbre—. No sé si sabéis que en el Concilio de Vienne muchos obispos que se oponían a Nogaret aparecieron muertos. Por lo que el resto, aterrorizados, condenaron a los templarios. Yo apostaría a que alguien ha debido tomar venganza.

Con la muerte de Guillaume de Nogaret el rey perdía a su fiel consejero, pero su influjo no había abandonado al monarca. Este seguía insistiendo en acabar con el gran maestre, que representaba la cabeza de la orden, para que ya nada pudiese recordar a los caballeros del Temple y, si fuera posible, intentar que la historia también se olvidara de ellos.

En palacio, el soberano maldecía a Nogaret por haber dejado este mundo sin concluir el trabajo que le había confiado. Tendría que retomar las riendas del asunto, incluso hacerlo él mismo si tenía ocasión. Si esos pensamientos lo turbaban, lo que más le provocaba desazón era no haber encontrado el rastro del tesoro templario ni el libro de cuentas de la orden. Pese al tiempo transcurrido, no perdía la esperanza de hallarlo y mantenía vigilada la casa de los Monteagudo. Sabía que el tío de los dos hermanos, si no había fallecido, contactaría con ellos y este sería el momento de actuar.

A Clemente V le angustiaba mantener preso al gran maestre y a los otros tres maestres provinciales. Se sentía culpable de los crímenes cometidos con su consentimiento contra los templarios de Francia. Pese a tener remordimientos de conciencia, Felipe IV le producía mayor pavor.

Tanto le había presionado el rey que, al fin, no tuvo otro remedio que designar un tribunal formado por tres cardenales: uno dominico, otro el antiguo confesor del rey y el último un cisterciense. Todos ellos devotos del monarca, de los que esperaba que le allanaran el camino. Para facilitárselo, también contaba con la imprescindible ayuda del arzobispo de Sens, quien acumulaba el dudoso privilegio de ser el que mayor número de templarios había quemado en la hoguera en Francia.

Todos esperaban ansiosos a que los cuatro maestres templarios se reafirmaran en su declaración de culpabilidad y arrepentimiento de sus pecados para condenarlos a prisión perpetua hasta que la muerte los liberara de esa esclavitud. Con ese gesto finalizaría la persecución que durante siete años había mantenido el rey contra el Temple.

Lo que no imaginaban los prelados era que, en un acto de valentía, aun sabiendo lo que les esperaba, tanto el gran maestre Jacques de Moley, como el maestre Godofredo de Charnay iban a declarar falsas sus confesiones obtenidas mediante tormento e iban a defender a la orden y a sus caballeros de cualquier pecado. Ambos sabían que estaban sentenciados a muerte por esa rectificación y que después de hacerla ya nadie podría salvarlos.

Con la libertad que le daba a Jacques de Moley saber que iba a morir quemado en la hoguera, decidió sentenciar a sus verdugos con una terrible profecía contra el papa Clemente V y el rey Felipe IV de Francia, a quienes vaticinaba que, en breve, se presentarían ante el tribunal de Dios. El primero en menos de cuarenta días y el rey en menos de un año. Además, maldijo su dinastía, la de los Capetos, de la que vaticinó su extinción a pesar de llevar reinando en Francia más de trescientos años.

Nada pudo modificar los acontecimientos y las llamas apagaron sus voces, pero solo de momento. El silencio que siguió al sacrificio de ambos templarios se iba a convertir en un grito de venganza a través de los tiempos.

Lidón y Miguel presenciaron las muertes de Jacques de Moley y de Godofredo de Charney con una pena infinita al no poder hacer nada por evitarlas. Cada templario quemado en la hoguera les hacía pensar en su tío Pierre, sobre todo a Lidón, cuya estima por él no tenía límite. Lo imaginaba retorciéndose entre las llamas, y una angustiosa sensación de impotencia le oprimía el corazón. «Siete años de ausencia son demasiados», pensaba afligida. Se había marchado cuando ella tenía trece años, ya rondaba las veinte primaveras y, a pesar del tiempo transcurrido, su cariño por Pierre de Monteagudo no había disminuido, sino que se había acrecentado. Su ausencia hacía que lo idealizara y lo considerase el mejor caballero templario de la cristiandad. Algo parecido le ocurría a Miguel, sin ser tan vehemente la pasión que sentía por su tío.

Paul no había querido acompañarlos y desconocía la suerte que habían corrido los cuatro maestres templarios que permanecían en prisión. Estaba seguro de que concluirían en ella sus días. Era la condena prevista. Salvaban la vida por haber confesado que eran ciertas las ciento veintisiete acusaciones, entre las que destacaban la sodomía y la herejía, que contra ellos y contra la orden se habían formulado.

Sin embargo, en lugar de estar triste por el destino de los cuatro templarios, los despreciaba al haber reconocido su culpabilidad. Habían mancillado la Orden del Temple, de la que tan orgulloso se sentía él, una orden de valientes que daban la vida por proteger a otros, a la que no habían sabido defender y cuya pertenencia a ella los obligaba a ser honorables hasta el último momento de sus vidas.

Furioso con el mundo, Paul recorría las calles parisinas sin dirección a la espera de que le comunicaran que los maestres volvían a prisión tras confirmar sus confesiones cuando se encontró de frente con Lucía, la cortesana que había visto alguna vez con Lidón. Tras ser acogido en casa de los Monteagudo y salvar la vida, la obligación que debían cumplir los templarios de evitar a las mujeres para Paul no tenía sentido. Era más exigente con la honra y las obligaciones del Temple cuando afectaba a otros.

—Buenas tardes, Lucía. Perdonad que me dirija a vos, pero sé que siempre estáis muy bien informada. ¿Sabéis si ya han vuelto a prisión los maestres?

—Solo dos porque De Moley y Charney han dicho que todo lo confesado es falso. —Lucía mostraba un semblante marcado por la tristeza—. Acaban de quemarlos en la hoguera frente a Notre Dame.

—Gracias, Lucía. ¡Eso es un milagro! Nada menos que el gran maestre, que representa al Temple, ha muerto defendiendo la inocencia de los caballeros templarios. ¡Alabado sea Dios!

Lucía no podía entender la alegría que mostraba Paul. No se le escapaba que él también era templario y vivía, en apariencia, como sirviente de los Monteagudo. Así que, desairada, emprendió el camino hacia su casa sin siquiera despedirse. Pensó que era un ingrato de corazón pétreo al alegrarse de la muerte de otro templario.

***

Cuando llegó a oídos del papa Clemente V la profecía de Jacques de Moley, se puso a temblar. Era consciente de que no había actuado bien con los templarios y le echaba la culpa al soberano. La muerte de Guillaume de Nogaret había supuesto un respiro, pues uno de sus grandes enemigos ya estaba en el infierno. No obstante, el rey no había dejado de acosarlo para acabar con el último reducto del Temple en Francia.

Que el gran maestre vaticinara su próximo final le había hecho palidecer. Para evitarlo, en adelante, iba a tomar todas las precauciones. Estaba acostumbrado a que los consejeros del rey manejaran a su gusto la información manipulada para convencer de cualquier cosa que les interesara al clero, al episcopado y al pueblo francés, incluso falsificando documentos. Para lo que no estaba preparado era para soportar los malos augurios contra los que nada podía hacer.

Ya había sido testigo del «ataque mágico» que se había llevado a cabo contra uno de sus predecesores, el papa Bonifacio VIII, en el que Nogaret había hecho todo lo que estaba en su mano para doblegar la voluntad del santo padre, sin conseguirlo, hasta que utilizó recursos relacionados con la magia. En cuanto Bonifacio VIII tuvo noticias de ese hecho, él también puso en marcha la defensa de su persona recurriendo a las capacidades mágicas de su médico Arnau de Vilanova, quien utilizó el *sigillum* astrológico para asegurar su protección. Se trataba de un símbolo protector que combinaba la medicina galénica con el estudio de las estrellas para su obtención.

Pese a los esfuerzos del médico por evitar que la muerte fuera a visitar a Bonifacio VIII, tras secuestrarlo Nogaret durante tres días, su mente se perturbó. Rechazaba el alimento, se golpeaba la cabeza contra la pared atrapado por la melancolía y la desesperanza. La presencia de cualquier sirviente cerca de él suponía una terrible angustia, pues creía que iba a encarcelarlo. Sumergido en esa amargura, terminó sus días un mes después de haber sido secuestrado por el consejero del rey.

Clemente V recordaba el final de Bonifacio VIII y todavía se le erizaba más el vello. Ni siquiera la protección del prestigioso Arnau de Vilanova había evitado su muerte.

Clemente imaginaba que, por fortuna, Guillaume de Nogaret estaría en el infierno, pero su sombra planeaba inquietante sobre él a través de los nuevos esbirros del rey, lo que convertía el presagio del gran maestre en una nueva tortura que sufrir.

Necesitaba calma. No podía terminar sus días como Bonifacio VIII, presa de la demencia. Lo peor era que ya empezaba a sospechar de cualquiera que se le acercase y, por si eso fuera poco, los constantes problemas estomacales lo mantenían inquieto. Solo los viajes conseguían tranquilizarlo, y decidió alejarse de París.

Poco más de un mes había transcurrido desde la muerte en la hoguera del gran maestre cuando emprendió un viaje para aliviar sus males. Estaba convencido de que mejoraría de sus dolencias en cuanto abandonara la ciudad, un lugar que solo le producía pesadillas.

Había llegado a Roquemaure, en el sureste de Francia, cuando en el mismo carruaje sintió un dolor agudo y dirigió las manos hacia el vientre. Era habitual que soportase cierto malestar, pero nunca con tanta intensidad. No había comido nada en todo el día para disminuir las molestias estomacales, por lo que pensó que nadie podría haberlo envenenado. Sin embargo, era tal la obsesión provocada por las palabras de Jacques de Moley en la hoguera que vigilaba de cerca cualquier alimento que ingería.

Fue entonces cuando sintió verdadero pánico al pensar que el presagio del gran maestre se estaba cumpliendo. Incluso imaginó que el miedo que percibía estaba vivo y se introducía por su piel para atravesar la carne y afianzarse en el vientre, dispuesto a hacer efectivo el terrible vaticinio.

Su escaso séquito buscó amparo en la localidad para atender al santo padre, que se revolvía de dolor en el lecho mientras pedía clemencia a Dios. De pronto, lo comprendió todo. El Santísimo lo castigaba por haber utilizado el sillón de Pedro para perjudicar a los templarios. Él sí que se sentía culpable de denostar una orden de caballeros que no merecía ese final.

Entre espantosos dolores continuó durante la noche. Casi hubiera preferido que lo quemaran vivo, pues antes acabaría su condena. De pronto, preguntó a un sirviente:

—¿Qué día es hoy?

—El 20 de abril.

El papa hizo un amago de sonrisa triste entre los terribles espasmos que le causaban unos intestinos enfermos que luchaban por mantenerlo vivo.

—Jacques de Moley tenía razón cuando vaticinó que antes de que transcurrieran cuarenta días de su muerte nos encontraríamos ante el tribunal de Dios —dijo con un hilo de voz.

***

Lidón acababa de salir de casa y saludó al mendigo que tenía por costumbre instalarse en la puerta para recibir una moneda de la generosa Monteagudo. Miguel, que acababa de alcanzarla, le reprochó su rutina.

—Si continúas dándole limosna y alimento, nunca se irá de aquí. Que se vaya a pedir limosna a Notre Dame con los otros menesterosos.

—Todos tienen que comer, Miguel. Nosotros somos afortunados, deja que ayude a alguien que lo necesita de verdad.

Se dirigió al mendigo, que era pelirrojo y atendía al nombre de Roux, y le entregó un par de monedas.

—Buenos días, Roux. Una por mí y otra por mi hermano. —Le sonrió.

—Sois muy generosa, señora. —Bajó la cabeza en señal de agradecimiento.

Los hermanos se alejaron de la casa para continuar hacia el centro de la ciudad.

—Alguna vez os daréis cuenta de que os engaña y no es tan pobre como intenta aparentar —dijo Miguel—. No hace mucho lo vi borracho en una taberna invitando a todos. ¿De dónde habría sacado los dineros?

—Seguro que no era él —respondió su hermana.

Lo que desconocía Lidón era que se trataba de un espía del rey. Junto a otros, que se turnaban para no levantar sospechas, llevaba tiempo vigilando a las personas que entraban y salían de la casa de los Monteagudo.

Al menos una vez al mes Lidón hablaba con Lucía para conocer los rumores que afectaban a los templarios, pero desde la muerte del gran maestre no había tenido el valor de acudir a preguntarle. Sin duda era consciente de que la orden había desaparecido de un plumazo por acción de Clemente V en la primavera de 1312 en el Concilio de Vienne. Sin embargo, para ella solo había llegado a consumarse su aniquilación cuando el fuego abrasó el cuerpo de Jacques de Moley.

Aún no había conseguido eliminar la tristeza que la embargaba por ese último desatino del rey cuando, al girar la esquina, Lidón y Miguel se encontraron con Paul, quien se dirigió a ellos para contarles los últimos acontecimientos sucedidos en torno al papa.

En cuanto les informó de que Clemente V había muerto, ambos hermanos mostraron un rostro de estupefacción.

—¡Se ha cumplido la profecía del gran maestre! —exclamó Paul. Estaba entusiasmado—. Pero no sabéis lo mejor.

Observó la incredulidad reflejada en el semblante de sus amigos y siguió contando lo acontecido tras su muerte. Estaba convencido de que Dios había castigado al santo padre por consentir que el gran maestre fuera quemado en la hoguera. Entonces les contó lo ocurrido cuando decidieron trasladar el cadáver a Carpentras, que no quedaba lejos, para hacerle un funeral digno.

Era de noche y el cuerpo sin vida del papa se hallaba en la iglesia donde celebraban la ceremonia previa al sepelio cuando se desató una terrible tormenta. Los truenos resonaban en el edificio como si se tratara del fin del mundo y los relámpagos cruzaban el firmamento iluminando la noche como en pleno día. De repente, uno de los rayos cayó en la iglesia, al atravesar un vano sin protección, para acertar de pleno en el cuerpo del difunto papa. La sorpresa y el miedo se apoderaron de los presentes, que veían que el fuego provocado por el rayo amenazaba con devorar la iglesia. Tuvieron que emplearse a fondo para controlarlo. Una vez apagado, descubrieron con estupor que el cuerpo de Clemente V había sido parcialmente destruido por el rayo.

Sin perder tiempo, prepararon los restos calcinados para su traslado a la colegiata de Uzeste, en Aquitania, cerca de su lugar natal, como había pedido el finado en su testamento, ante el pánico que les producía pensar que Dios volviera a descargar su furia sobre ellos.

—Clemente ha muerto penando y su cuerpo ha sido carbonizado por un rayo. ¿Qué mayor castigo puede corresponder a un papa tan vil y despreciable que ha osado ofender al Todopoderoso? Sin duda el infierno, donde se encontrará a Nogaret, otro asesino —concluyó Paul con verdadero odio en la mirada.

Miguel y Lidón seguían asombrados ante las novedades que les aportaba el ayudante del administrador de las cuentas del Temple, que definitivamente se había quedado sin trabajo, pensaban los hermanos.

Tras recorrer varias calles, vieron a Lucía que llegaba a su casa. Solo se entretuvieron para indicarle que el vaticinio de Jacques de Moley había empezado a cumplirse.

***

Habían transcurrido dos meses desde la muerte del gran maestre cuando la vida de los habitantes de la casa Monteagudo se vio modificada por unos acontecimientos extraños.

Lidón y Miguel, durante la noche, tuvieron un sueño. Lo insólito del caso era que ambos soñaron lo mismo. No sabían muy bien cómo interpretar esa casualidad y, junto a Paul, rememoraron lo ocurrido. Necesitaban que alguien los aconsejara sobre tan increíble suceso.

Ambos contaron la misma historia: dijeron que se encontraban juntos en un lugar habitado por lobos que les hablaban, aunque ellos no los comprendían. De pronto, el que parecía el jefe de la manada, les hizo un gesto con la cabeza para que lo siguieran y ellos obedecieron.

Los condujo por un valle escarpado entre dos montañas hasta una construcción cuyas piedras les hablaron, pero tampoco las entendían. Entonces las imágenes labradas en ellas se movieron para representar sus historias. En una, dos templarios luchaban juntos contra sus enemigos sarracenos en Tierra Santa hasta obtener la victoria, y después a los vencedores se les castigaba con la hoguera. En otra, dos gemelos intentaban proteger juntos el saber y el conocimiento, pero no consiguieron ver si lo lograban. Después, observaron una cueva enorme de la que salía una intensa luz que acompañaba la imagen de lo que parecía un ángel y que se aproximó a ellos para invitarlos a entrar. Una vez dentro, el desconcierto fue completo al encontrarse con Pierre de Monteagudo. Tanto impresionó a Lidón verlo que, al tocarle el rostro para comprobar que era él, se despertó. También había conseguido que Miguel finalizara el sueño en el mismo punto.

Nerviosa, Lidón le preguntó a Paul si pensaba que el sueño le estaba revelando algún lugar.

—Es posible, pero es muy difícil saber si lo soñado se corresponde con algo real o si solo ha sido fruto de la imaginación.

Tras siete años viviendo en casa de los Monteagudo, a Paul le resultaba complicado negarle nada a la muchacha. La había visto transformarse de niña a mujer, y era tan hermosa que sus votos de templario no servían para evitar que su corazón se sintiera atraído por ella.

—¡Fruto de mi imaginación! —exclamó dolida—. ¿También es fruto de la imaginación de Miguel? Los dos hemos soñado lo mismo. ¿No es extraño?

—He de confesar que no lo entiendo —afirmó Paul.

Era la primera vez que Lidón soñaba con Pierre y pensó que se trataba de una llamada de su tío para que fuera hasta donde él se encontraba. Sin embargo, su sueño se desvanecía cuando ella lo tocaba. Pensó, con disgusto, que era la culpable de haber impedido que el mensaje le llegara completo al haber rozado el semblante de un templario, ya que tenían prohibido el contacto con ninguna mujer, aunque perteneciera a la familia. Se odió a sí misma por no haber sabido reprimir su cariño.

Lidón sentía la necesidad de que llegara la noche para que el sueño volviera a reproducirse y vivir el momento de nuevo. En esa ocasión no se atrevería a tocar su rostro, solo le preguntaría el lugar adonde dirigirse para encontrarlo.

No obstante, transcurrió una semana sin que la ensoñación, o lo que hubiera sido el extraño suceso nocturno, se repitiera en ninguno de los hermanos.

Cuando había perdido toda esperanza de buscar respuesta a una experiencia tan extraña, se encontró con Lucía, que llamaba a su puerta para entregarle un mensaje.

—Acaba de darme esto un cliente y me ha dicho que os lo entregue. —La curiosidad había hecho que lo leyese, al tratarse de un simple papel doblado.

—¿Quién era?

—No lo sé. Estaba de paso. Él tampoco sabía quién lo enviaba.

—Gracias, Lucía.

Se despidió de ella intrigada y, sin perder un instante, abrió el mensaje para leerlo. Solo una frase fue suficiente para emocionarla: «Cuando el lucero del alba alumbra a los mortales es que Dios les está sonriendo».

Lidón pensó con entusiasmo que no podía tratarse de otra casualidad porque Pierre de Monteagudo siempre la llamaba «Lucero» cuando era pequeña. Estaba convencida de que detrás de aquellas palabras encontraría la respuesta a las dudas que llevaban atormentándola desde que soñó con su tío.

Sin embargo, Roux, el pelirrojo que pedía limosna, había visto a Lucía entregarle el papel y a ella leerlo.

13

EL MENSAJE

Roux, el mendigo de pelo rojo, no perdió el tiempo. Era la primera vez que veía a la cortesana entregarle un papel a la joven Monteagudo y pensaba sacarle buen provecho a esta información. Seguro que el rey lo compensaría con generosidad.

Recogió sus nimias pertenencias y se dirigió a palacio. Sabía por dónde era posible que dejaran entrar a un menesteroso. El soldado que custodiaba la puerta le dio el alto y Roux, sin dudarlo, dijo la palabra clave. Entonces el vigilante se hizo a un lado y el mendigo realizó el recorrido que había hecho en otras ocasiones y todas las puertas se le abrieron como por arte de magia al pronunciar la palabra. Solo necesitaba esperar en una pequeña habitación hasta que alguien de confianza del rey se presentase.

Durante más de dos horas estuvo contemplando las cuatro paredes que lo rodeaban sin que nadie lo atendiese. Estaba perdiendo la paciencia cuando un consejero del rey abrió la puerta.

—¡Ya era hora! —protestó el pelirrojo—. Estaba a punto de marcharme.

—Yo espero que la información valga la pena porque el rey no puede perder el tiempo con mendigos —le respondió con un gesto de disgusto.

—Esto es lo más importante que ha ocurrido en casa de los Monteagudo desde que vigilo su puerta.

—Pues soltad la lengua.

—Primero soltad vos los dineros —exigió Roux mientras mostraba una sonrisa mordaz que dejaba al aire sus repulsivos dientes.

El consejero del soberano sacó una bolsa de monedas y se la arrojó a los pies.

—Antes de recogerla quiero saber si la información vale lo que pago por ella.

Roux se relamió los labios de placer antes de hablar.

—Sabed que la ramera esa que conoce a Lidón, una tal Lucía, le ha entregado un papel con un mensaje. Solo por la cara que ha puesto la Monteagudo al leerlo sé que era algo muy importante.

—¿De qué se trata?

—Lo desconozco, pero puedo seguir vigilando su puerta para ver qué ocurre.

—Espero que no sea una broma porque su majestad no está de buen humor estos días.

Roux entendió la amenaza del consejero real y se estremeció al pensar que el mensaje podía no ser tan importante como creía. Recogió la bolsa del suelo y salió de palacio para regresar a la casa de los Monteagudo.

Mientras tanto, Felipe IV recibía a su consejero, quien le ponía al tanto de los acontecimientos producidos con la sobrina del templario y la cortesana.

—Quiero que esa prostituta hable. Encargaos de ella.

—Como disponga vuestra majestad.

Abandonó la sala para que sus secuaces cumplieran con premura las órdenes del soberano. Él nunca se mancharía las manos con una meretriz.

***

Lidón se había encerrado en la sala para releer el mensaje. Sentada junto a la ventana, lo repetía en voz alta, palabra por palabra, tratando de encontrarle sentido.

Lo leía de detrás hacia delante, intentaba buscar alguna combinación de letras que le ofreciera algún rastro de su significado y, tras más de una hora, se dio por vencida: nada de lo que había construido era coherente.

Miguel y Paul la encontraron abatida, sentada sobre el sencillo escaño que utilizaban los invitados.

Al verlos se incorporó para recuperar el ánimo. Enseguida les dijo que le había llegado un mensaje a través de Lucía y les habló de las dificultades para descifrarlo. Estaba convencida de que se trataba de una llamada de su tío.

Lidón leyó la frase y empezó a caminar por la habitación de un lado a otro mientras hablaba en voz alta. Explicar ante su hermano los pensamientos que se cruzaban por su cabeza le hacía creer que se encontraba más cerca de entender su significado y repetía sin parar: «Cuando el lucero del alba alumbra a los mortales es que Dios les está sonriendo».

—Recuerda, Miguel: cuando era pequeña, nuestro tío me llamaba «Lucero».

—¡Es verdad! Sin duda, es suyo el mensaje, pero ¿qué quiere decir?

—Fijaos. La fuerza de la frase está en «lucero», ¿lo veis? —dijo Lidón—. ¡Todo sucede cuando el «lucero» del alba alumbra a los mortales! Quiere que nos centremos en esa palabra. Ahora veamos las anteriores o las posteriores y contemos, a ver si encontramos alguna relación. Yo ya lo he intentado con poco éxito.

Estuvieron haciendo cábalas durante la tarde sin hallar respuesta hasta que Paul sugirió utilizar el número nueve.

—Nueve fueron los primeros caballeros templarios y nueve los años que estuvieron solos viviendo sobre el Templo de Salomón en Jerusalén hasta la fundación oficial de la orden. Contemos las letras de nueve en nueve.

—Veamos —dijo Lidón—. «Cuando el l-ucero...». Hay nueve hasta la letra «u».

—¡Por Dios santo! —exclamó Paul—. ¡Es Ucero!

Los hermanos se miraron sorprendidos y Miguel preguntó intrigado:

—¿Se puede saber qué es Ucero?

—¡Una encomienda templaria! Yo la conozco. Está en el Reino de Castilla.

Se empezaron a abrazar los tres por haber encontrado el significado de aquellas palabras. A Paul no le importó que Lidón fuera tan efusiva con él. Cada vez que la sentía cerca, el corazón se le desbocaba. Entonces se acordó del sueño que habían tenido los dos hermanos.

—Ahora lo entiendo: soñasteis con el cañón del río Lobos. Allí está Ucero.

—¡No me lo puedo creer! —dijo Lidón asombrada al rememorar la impresionante luz que salía de la cueva en su ensoñación—. Atended, el mensaje es precioso: «Cuando Ucero alumbra a los mortales es que Dios les está sonriendo».

***

Lucía acababa de terminar su trabajo con un noble que con frecuencia la visitaba cuando la puerta de su casa fue abierta de una patada por dos soldados del rey. No era habitual que la importunaran de esta manera y se le ocurrió reprocharles su conducta.

Al soldado que llevaba una cicatriz en el cuello no le gustó que una meretriz lo amonestara. La empujó sobre la cama mientras el noble recogía su ropa y abandonaba asustado la casa a toda prisa.

El aspecto del soldado era desafiante y ella conocía cómo podían llegar a comportarse los miserables lacayos del rey cuando tenían órdenes que cumplir. No era la primera vez que había sufrido sus consecuencias.

Ellos no se anduvieron con remilgos.

—¿Qué decía el mensaje que le entregasteis a la sobrina de Pierre de Monteagudo?

—No lo abrí. Os lo juro.

—A mí me vais a engañar, buscona.

El primer puñetazo acabó en el rostro de Lucía. Trataba de protegerse con las manos de la paliza que, vistas las circunstancias, estaba a punto de recibir. No estaba dispuesta a traicionar a Lidón y sabía que ese sacrificio podía costarle caro.

Un par de puñetazos más y parecía que ya estaban satisfechos con el castigo cuando el que había permanecido callado habló.

—A ver si esta ramera abre el pico de una vez. ¡Aparta! —le dijo a su compañero y se aproximó a Lucía para decirle en voz baja al oído—: En un convento cerca de aquí hay una niña de corta edad de cabello rubio y ojos enormes. Pienso trocearla y dársela de comer a los perros. ¿La conocéis?

A Lucía se le descompuso el semblante. No hubieran podido acertar tan de lleno como con aquella amenaza.

—No seréis capaz.

—Eso depende de vos. ¿Qué parte deseáis que os guarde como recuerdo?

—¡Asesino! —Se revolvía en el lecho tratando de agredir al soldado y este reía por lo fácil que le había resultado convencer a la mujer.

Entonces le dijo a su compañero:

—Os podíais haber ahorrado los golpes. Es muy bella y casi la habéis desfigurado. Es mejor trabajar a la pequeña si esta no me dice ahora mismo lo que contenía el mensaje.

Miró a los ojos a Lucía. Era una mirada dura como el acero, lo que hacía intuir que cumpliría la amenaza.

—¡Está bien, miserable! Solo ponía: «Cuando el lucero del alba alumbra a los mortales es que Dios les está sonriendo». No tengo idea de lo que significa eso. —Empezó a llorar afligida—. Lo juro por lo más sagrado, pero dejad en paz a la niña, os lo ruego.

—Si me habéis engañado, ambas os convertiréis en comida para los perros de su majestad. Ahora id a casa de los Monteagudo para averiguarlo.

Cuando los soldados abandonaron la casa, Lucía lloró desconsoladamente. Había traicionado a la única persona que la había tratado con respeto.

***

Las conclusiones a las que habían llegado los Monteagudo tras descifrar la nota fueron interpretadas como una llamada de su tío. Lidón estaba convencida de que Pierre los esperaba en Ucero. Sin duda, el sueño y el mensaje se complementaban. Desconocía si había sido un milagro o un acto de magia, aunque no le importaba. Su único deseo era encontrar a Pierre. Se preguntaba por qué había tardado tanto en ponerse en contacto con ellos, pero ya tendría tiempo de averiguarlo en cuanto lo viera.

Debía organizar el viaje con precaución para que nadie supiese que se marchaban. Pensó que era necesario que no los siguieran porque podrían dar con su tío, ya que la persecución de los templarios se había establecido en todos los reinos, no solo en Francia.

Se reunió con Paul para rogarle que realizara el viaje con ellos. «Nadie mejor que él podría guiarnos —pensó Lidón— porque conoce el camino hacia Ucero». Ellos carecían de experiencia, por lo que tal vez pudiera ayudarlos ante los frecuentes peligros de un viaje tan largo. Tampoco a Paul le vendría mal abandonar Francia, donde la presencia templaria era casi inexistente al haber muerto la mayoría de los caballeros en las prisiones del rey o quemados en la hoguera.

Los dos hermanos recogieron los objetos de valor que había en la casa y ordenaron a los sirvientes que preparasen el carro con la excusa de asistir al entierro de un fraile muy querido de la familia en Burdeos. Les indicaron que debían tener la casa bien dispuesta, como si fueran a regresar en pocos días, incluso aunque se retrasaran algún tiempo.

Cuando Lidón le propuso a Paul que los acompañara en el viaje a Ucero, este no dudó un instante en aceptar la invitación.

Abandonar Francia le producía cierto alivio al alejarse del territorio de influencia de Felipe IV.

Paul tuvo que esperar paciente el momento oportuno hasta que sacaron al animal de la cuadra, con la finalidad de que no hubiese nadie en su interior, y proceder entonces a desenterrar el saco de tela gruesa con el libro de cuentas, la caja y los guantes, que había mantenido allí ocultos durante su estancia en casa de los Monteagudo.

Todavía estaban cargando el carro con todo lo necesario para el viaje cuando Lucía llamó a la puerta de la casa preguntando por Lidón. Por el rostro de la sirvienta cuando le anunció su llegada, Lidón supo que algo grave había ocurrido.

Salió a recibirla sin perder tiempo y al verla encogida y con la cara hinchada se sintió colérica.

—¿Quién os ha hecho esto? —La cogió por la cintura para ayudarla a sentarse en una silla.

Entonces Lucía vio que estaban cargando un carro.

—¿Vais a algún lugar? —dijo con tristeza.

—Sí, Lucía. Pero ¿quién os ha hecho...?

—Escuchadme antes, Lidón. —Lloraba apenada—. Os he traicionado. Los soldados del rey querían saber lo que decía el mensaje y... no he podido...

—Tranquilizaos. No importa. Nunca conseguirán entenderlo.

Lidón empezó a preocuparse: creía que, después de siete años, el rey ya se habría olvidado de Pierre de Monteagudo y no le encontraba explicación. ¿Qué importancia tenía su tío para el soberano?

—¿Pero no estáis disgustada conmigo? —preguntó Lucía.

—Eso ahora no importa. Gracias por avisar.

—Es que... quería pediros un gran favor. Necesito salir de París. ¿Me llevaríais con vos? Me han amenazado con...

—Por supuesto. No creo que le importe a Miguel. Estaremos listos en un par de horas.

—Gracias, Lidón, ¡sois un ángel! —Se alegró un instante, antes de sentir cómo el dolor provocado por el golpe limitaba la expresión de su rostro—. ¿Os parece bien que en dos horas nos encontremos en la puerta de San Antonio, donde quemaron a los templarios? Así no me verán salir con vos.

—De acuerdo. —El lugar era idóneo para sus planes de huida. Con frecuencia enviaba a un criado con un carro para comprar leña.

Lucía no quiso que le curara los golpes. Necesitaba tiempo para organizarlo todo antes de abandonar París. No estaba dispuesta a soportar otra amenaza como la que acababa de sufrir.

Cuando Lidón le informó a Miguel de la nueva pasajera que iba a acompañarlos durante un trayecto del viaje, su hermano se enfureció. No quería compartir el mismo espacio que una cortesana.

—Miguel, esa mujer necesita ayuda. Es horrible. Si hubierais visto cómo la han dejado los soldados del rey, empeñados en conocer el mensaje que nos ha traído, también querríais socorrerla.

Esas palabras fueron suficientes para ablandar el corazón de su hermano. No deseaba que por culpa de los Monteagudo alguien sufriera represalias.

Durante las dos horas siguientes, Lidón se dedicó a revisar las provisiones y demás utensilios que colocaban los criados en el carro para partir de inmediato. Por si había alguien vigilando sus pasos, dispuso que los tres fueran abandonando la casa, uno a uno, para recorrer las calles de París en diferentes direcciones. Debían intentar distraer a quien pudiera ir tras ellos. Después, todos irían a encontrarse en la puerta de San Antonio, donde les esperaba Lucía. También le indicó a Alphonse, el criado de mayor confianza, que, una vez hubiera tapado con una manta el contenido del carro, saliera de casa y lo llevara hasta la puerta de París, donde con frecuencia compraba leña. Nadie sospecharía al verlo.

Reunidos en el corral junto al carro, Lidón le dio a Alphonse suficientes dineros para que siguiera comprando alimentos y cubrir los gastos de la casa hasta su regreso. El administrador de los Monteagudo les facilitaría más si hubiera necesidad.

El primero en abandonar la vivienda fue Miguel. Roux, el mendigo, lo siguió con la vista para observar qué dirección tomaba. Al poco tiempo, salió Lidón para dirigirse hacia el mercado. El último fue Paul, quien se percató de que el pelirrojo lo observaba. Con aplomo, se le aproximó.

—Me parece que molestáis demasiado a la señora de la casa. Si no queréis que os rompa las piernas, ya podéis alejaros de aquí. Y decidle a su majestad que tampoco la moleste, que yo me encargo.

Paul llevaba algún tiempo sospechando de que era un informador del monarca y pensó que amenazarlo lo distraería para favorecer la huida de los Monteagudo de la ciudad. El mendigo pelirrojo se sorprendió por la actitud del sirviente y creyó que se trataba de un espía real que se había introducido en casa de los hermanos, así que no quiso enfrentarse a él, por lo que cogió sus enseres y se alejó maldiciendo.

Mientras esto ocurría, por la parte trasera de la casa el carro guiado por Alphonse se alejaba del centro de París para buscar la puerta de San Antonio.

Tal y como había previsto Lidón, poco a poco, fueron llegando al lugar indicado Miguel y Paul. Ella había sido la primera en acudir, al darse cuenta de que nadie la seguía. La alertó no ver por ninguna parte a Lucía. Pensó que tendrían que marcharse en cuanto llegara el carro, aunque su amiga no se hubiera presentado. Al ver aparecer a Alphonse, mil ideas contradictorias acudieron a su cabeza. ¿Por qué se retrasaba Lucía? ¿Habría ido a delatarlos al rey? No sabía qué pensar.

Subieron al carro, se despidieron de Alphonse y le ordenaron que en ningún caso arriesgara su vida por ellos. Él lo agradeció con un gesto. Le conmovía el cariño y el buen trato que siempre había recibido de la familia y sospechaba que tardarían mucho tiempo en regresar.

Estaban a punto de partir cuando Lidón, a lo lejos, adivinó la figura de Lucía. Apenas podía reconocerla porque llevaba puesto un vestido muy lujoso, pero aún hubo otra circunstancia que le hizo dudar de que fuera ella.

—Esperad un momento —ordenó. Le pareció adivinar que los brazos de la mujer sujetaban a una niña pequeña que se aferraba a su cuello.

Al verlos, Lucía corrió angustiada, temía que se marcharan sin ella. Cuando llegó junto al carro, jadeaba por el esfuerzo.

—¡Dios os ampare! —manifestó con lágrimas en los ojos.

Miguel la miró disgustado.

—¿Y esa niña?

—Es mi hija.

—¡No habíais dicho nada de una niña! —protestó Miguel.

—Me han amenazado con matarla si no descubro qué significa el mensaje que os he entregado —respondió apesadumbrada.

—¡Encima tenéis el valor de confesar que venís a espiarnos para contarle lo que averigüéis al rey! —dijo Miguel iracundo.

—Si así fuera, no hubiese necesitado raptar a mi hija. Debo huir de París. Dejadme donde os plazca, pero no quiero que me encuentren o nos matarán a las dos. Por favor, ayudadme.

Fue Lidón quien concluyó la disputa.

—Miguel, dejad a Lucía y a su hija subir al carro. No caerá sobre mi conciencia la muerte de la pequeña y de una buena mujer. Bastante hemos sufrido ya todos. Así que salgamos de inmediato, que empezamos a llamar la atención de las gentes y no nos conviene.

Miguel aceptó sin discutir la decisión de su hermana y Paul no dijo ni una palabra pese a disgustarle que Lucía los acompañara, incapaz de oponerse a los deseos de Lidón. El carácter decidido de la joven y su belleza lo tenían subyugado, y los preciosos ojos verdes que adornaban su rostro eran como potentes imanes que agitaban su alma.

14

BLANCHE

El Palacio Real estaba en calma cuando Felipe IV llegó a la antesala de su despacho, donde los consejeros lo esperaban ansiosos por complacerlo y así mantener o aumentar sus privilegios. Desde que Nogaret había muerto, se disputaban su puesto. Todos querían convertirse en el mejor aliado de su majestad para cualquier asunto relacionado con el Temple porque sabían que era una cuestión de enorme transcendencia para el soberano.

Sin duda, al rey le preocupaba no haber encontrado el tesoro templario en toda Francia después de haber registrado las encomiendas del reino, sus castillos y hasta las casas particulares donde algún familiar de los caballeros de la orden podría haberlo escondido. Tampoco soportaba que el libro de cuentas del Temple se le hubiese escapado de entre las manos: era el lugar donde constaban anotadas todas las transacciones y una vez lo hallara sabría dónde buscar.

La única casa que no había sufrido la inspección de los soldados era la de Lidón y Miguel. El monarca, que nunca perdonaba un desliz, ya había tomado medidas contra el jefe de la guardia, al que había mandado decapitar por haber permitido que el caballero Monteagudo se le escapara por el Sena vestido de franciscano con un ataúd porque estaba seguro de que dentro del féretro había algo más que un cadáver. Pensó que, si registraba la casa de la familia y la importunaba, nunca se pondría en contacto con ellos y perdería el único rastro que podía conducirlo hasta el tesoro, de ahí la necesidad de mantener vigilada la vivienda en todo momento. Si había algo que determinaba el carácter del monarca era su persistencia, ya que jamás se rendía.

Bouvier, uno de los consejeros del rey Felipe, le hizo un gesto cuando lo vio llegar a la antesala del despacho, señal que indicaba que algo importante tenía que comunicarle, por lo que el monarca lo hizo pasar el primero.

El consejero, que peinaba canas y atesoraba mucha experiencia, estaba orgulloso de que el soberano le prestara la máxima atención. Esperó a que se sentase para empezar a hablar. Tenía que contarle los avances que había conseguido en relación con los movimientos en la casa de los Monteagudo. Era la única esperanza de encontrar al tío de Miguel y Lidón y, con él, el rastro del tesoro templario, porque estaba convencido de que en el ataúd que trasportaba en su huida se hallaba la clave del asunto.

—Majestad, hay novedades en la casa. Roux, el mendigo pelirrojo del que os hablé, ha visto cómo una cortesana le entregaba un mensaje a la sobrina del templario. He enviado a dos soldados a visitar a la meretriz para sonsacarle a golpes lo que decía el papel y ya tengo los resultados.

—Pues contad de una vez —manifestó el rey.

—Solo ponía: «Cuando el lucero del alba alumbra a los mortales es que Dios les está sonriendo». No entiendo su significado.

Felipe IV estuvo reflexionando durante un breve periodo de tiempo y tampoco le encontró sentido al mensaje.

—¿Y qué más hay? —preguntó molesto por no haber sabido interpretarlo.

—Parece que los hermanos Monteagudo salieron de casa y todavía no han regresado.

—¡¿Y a qué esperáis?! Buscadlos y seguidlos a distancia —manifestó iracundo mientras el consejero empezaba a sudar por la aspereza de trato de su majestad—. Necesito conocer sus movimientos. Es posible que por fin consigamos encontrar el tesoro. Así que atended bien porque no lo repetiré. Que nadie los detenga, quiero saber adónde van. Enviad tras ellos a los mejores y advertirles que nadarán en oro el resto de sus vidas si logran hallar mi tesoro. En caso contrario —meditó bien las palabras—, rodarán sus cabezas: si pierden el rastro, les cortaré el cuello.

Cada vez que salía de despachar con el rey sobre asuntos importantes, el consejero se sentía exhausto. Era tanta la presión ejercida por el soberano que le provocaba un espantoso agotamiento. Sobre todo al pensar que, si no lograba complacerlo, sería desacreditado y ese pensamiento ensombrecía el ánimo con el que había acudido al despacho del monarca.

«Lo voy a conseguir —pensó tratando de reponerse—. Ningún consejero puede competir conmigo. Nadie me arrebatará el privilegiado lugar que ocupo al lado del rey. Haré lo que haga falta». Y dirigió los pasos hasta su despacho para dar las órdenes pertinentes a sus secuaces.

**

El primer lugar donde acudieron los dos soldados seleccionados por el consejero del rey fue a casa de los Monteagudo. Eran los mismos que habían maltratado a Lucía para sonsacarle la información que buscaban, hombres sin escrúpulos capaces de cualquier cosa por una buena paga.

Por los alrededores de la casa se encontraron con el mendigo pelirrojo que no se había atrevido a situarse en la puerta de la vivienda por si el sirviente que lo había amenazado, que no era otro que Paul, cumplía la palabra de romperle las piernas.

No tuvo problema en compartir con ellos la información que poseía porque era consciente de que podía salir favorecido al tratarse de espías del rey. No era la primera vez que colaboraba con ellos y siempre le habían reportado buenos beneficios. Así que los puso al tanto de lo observado. Les dijo que los dos hermanos habían abandonado la casa y también un sirviente bravucón que había tenido la desfachatez de amenazarlo. Solo el criado de mayor confianza de la familia, que respondía al nombre de Alphonse, había regresado a la vivienda.

Los soldados sabían que con pocos dineros podían contentar al mendigo, así que le pagaron para que se dirigiese a casa de Lucía y la vigilara. Ellos ya se encargarían de los hermanos.

Con la información facilitada por Roux, llamaron a la puerta y preguntaron por los Monteagudo. Alphonse respondió lo que le había ordenado Lidón.

—Los señores no se encuentran en casa. Se han marchado para asistir al entierro de un fraile muy querido de la familia en Burdeos. Regresarán en unas semanas. ¿Deseáis alguna otra cosa?

Los soldados, no satisfechos con la respuesta, reunieron a la servidumbre en el patio de la casa junto al establo y fueron preguntando, uno a uno, por el lugar donde se habían ido sus señores y todos respondieron de igual modo.

Entonces obligaron a Alphonse, bajo amenaza de muerte, a indicarles el lugar por el que habían abandonado París. No tuvo inconveniente en decirles la verdad, pues estaba convencido de que no era cierto el destino que le había señalado Lidón. Pensó que debía actuar con normalidad para evitar que se ensañaran con los otros criados.

—Por la puerta de San Antonio. Yo mismo he conducido el carro hasta allí siguiendo las órdenes de mis señores.

—Escuchadme bien —dijo a los sirvientes el soldado—. Más vale que sea verdad lo que dice este hombre, porque en caso contrario volveremos a esta casa y os haremos pagar a todos su mentira.

Los susurros de la servidumbre transmitían su angustia, y sus miradas se dirigieron a Alphonse.

—No os preocupéis, he dicho la verdad. Lo juro por Dios Nuestro Señor —afirmó para tranquilizarlos.

Los soldados abandonaron la casa convencidos de que el sirviente les había confesado todo lo que sabía. Nadie osaba mentirles, ya que tenían fama de perversos y no les temblaba el pulso a la hora de deshacerse de un embustero. Con la mirada puesta en su siguiente objetivo, se dirigieron a casa de Lucía. A mitad de camino se encontraron con Roux, quien les evitó el viaje.

—Me ha dicho una vecina que la ramera se ha marchado esta mañana y que todavía no ha vuelto.

Los tres secuaces del rey se encaminaron a la puerta de San Antonio con premura. Alguien tenía que haber visto a los Monteagudo. Una vez llegaron a la salida de París estuvieron indagando entre quienes permanecían por los alrededores. Un mendigo saludó a Roux y este aprovechó la oportunidad para preguntarle por ellos.

—Los he visto, amigo. No hará mucho que ha salido un carro con una muchacha y un joven ¡que son idénticos! Me llamó la atención el lunar que tenían en el labio en forma de corazón. —Roux se mostró esperanzado. Había encontrado su rastro—. Pero no iban solos —apostilló el mendigo—. Los acompañaba un criado, una mujer y su hija.

—¡Maldita buscona! —exclamó el soldado que había golpeado a Lucía—. Ha huido con ellos.

El otro lo calmó.

—No os preocupéis. Ahora será mucho más fácil encontrarlos. ¿Cómo disimular que los dos hermanos son iguales? Además, se les distingue por su marca de familia. Por si esto fuera poco, viajan con una mujer y una niña. ¿Cuántos carros creéis que pueden reunir gente tan variopinta?

Roux cobró por su trabajo, les deseó buen viaje y volvió a sus obligaciones como mendigo, pues sus servicios ya no eran necesarios.

***

Lidón respiró aliviada cuando observó a lo lejos las últimas casas de París y creyó que nadie los seguía. Se preguntaba qué les depararía el viaje y si en verdad Ucero era su destino. Tanto tiempo esperando una noticia de su tío que apenas podía creer que fuera a verlo. Ese pensamiento la animaba y le daba aliento para seguir adelante.

Paul les indicó que valía la pena elegir un camino alejado de las encomiendas templarias porque, al haberse apoderado el rey de todas ellas, nadie se atrevería a ayudarles y habría soldados custodiándolas. A ninguno le pareció mal eludirlas. Miguel pensó que llevar al religioso había sido un acierto.

Siguieron el curso del río Sena hacia el sur en dirección a Orleans. Unirse a una caravana de peregrinos era la mejor opción, sugirió Paul. No quería que nada le ocurriese a Lidón.

Tras una larga jornada en el carro, pararon a descansar en una posada del camino y Lidón no pudo contener su curiosidad. Se sentó junto a Lucía cerca del abrevadero mientras el caballo se refrescaba y la pequeña dormía plácidamente entre los brazos de su madre. Su hermano y Paul entraron en la posada para preguntar dónde podrían unirse a una caravana de peregrinos.

Lidón creyó que era el momento oportuno para averiguar de dónde había salido la criatura y por qué su madre vestías ropas tan lujosas para ir de viaje. Nunca había visto encinta a su amiga y sentía curiosidad, por lo que quiso saber el motivo de haber ocultado su maternidad. El rostro de Lucía cambió de repente mostrando un intenso desamparo y los ojos se le anegaron de lágrimas.

Le contó entre balbuceos que un rico mercader se había encaprichado de ella. Al principio fue adorable y le ofreció su protección, aunque le prohibió tener ningún otro acompañante porque la quería solo para él. La trataba con dulzura y le llevaba regalos a todas horas, incluso ella misma se llegó a ilusionar con el matrimonio, le confesaba a Lidón entre suspiros de añoranza. Sin embargo, todo cambió cuando quedó embarazada. Entonces el mercader se convirtió en un hombre distinto que, por culpa de los celos, dudaba de su fidelidad, incluso llegó a maltratarla. Fue entonces cuando Lucía supo la verdadera identidad del mercader que hasta ese instante la había mantenido en secreto. Se llamaba Louis Beaumont y estaba casado.

Lucía se sintió engañada. Había llegado a querer a aquel hombre que se hacía pasar por soltero y ante ella solo vio un futuro desolador. ¿Qué iba a hacer con una criatura? Estaba soltera y Beaumont no se casaría con ella. Más tarde supo que él no tenía hijos, era un ferviente católico y la llegada de un hijo ilegítimo lo había trastornado.

Los primeros meses de embarazo nadie notó ningún cambio en el cuerpo de Lucía, pero, cuando comenzó a ser evidente su preñez, el mercader se inquietó. No deseaba que nadie supiese que iba a tener un hijo y la amenazó con quitarle a la criatura cuando naciera si alguien llegaba a enterarse.

Para que no pudieran verla, la tuvo encerrada en una casa a las afueras de París durante cinco meses bajo la custodia de dos vigilantes, que le llevaban comida, hasta que vino al mundo la pequeña.

Lidón recordó que un año atrás Lucía le había dicho que estaría fuera de París durante algún tiempo para recobrar la salud, gracias a que su acompañante pagaba los gastos. La Monteagudo no dudó de su palabra pese a observar que el aspecto de su amiga era saludable. Ahora entendía el motivo.

Siguió contando que al ver por primera vez a la niña tan pálida e inocente le pareció que el nombre de Blanche era perfecto. Entonces estuvo decidiendo qué hacer con ella.

Se le hacía un nudo en la garganta cada vez que pensaba dejarla en el Hôtel-Dieu, un hospital que se encontraba en la Île de la Cité, que funcionaba, además, como albergue para pobres y también se dedicaba al cuidado de niños abandonados. Las madres los depositaban en un torno en el exterior del hospital, donde las monjas los recogían y se encargaban de ellos. No obstante, en cuanto la miró a los ojos, no tuvo valor. Ya encontraría la manera de salir adelante.

Al día siguiente, se presentó Beaumont con una monja en la casa donde estaba Lucía y, pese a haber cumplido su palabra de no contar a nadie nada sobre su preñez, se la arrebató de las manos sin darle opción. Le dijo que ella no podía darle a la niña la educación que necesitaba para que más adelante fuera una mujer de provecho y no tuviese que recurrir a los hombres, como su madre, para vivir.

Ese comentario la hirió profundamente, pero reconoció que en parte tenía razón. Él estaba dispuesto a pagarle una buena educación.

—Beaumont la llevó al convento de las Damas de Sainte-Catherine de París para que la educaran.

Lidón la miró a los ojos y no pudo contenerse.

—¿Y por qué la habéis sacado de allí? No lo entiendo —manifestó Lidón desconcertada—. Las niñas que ingresan en ese convento reciben una educación esmerada. Les enseñan a leer, a escribir, música, latín, artes y ciencias, además de otras habilidades prácticas y domésticas. ¿Vos podéis ofrecerle esa oportunidad? También las mantienen en un ambiente seguro y espiritualmente adecuado. Se trata de un convento del más alto nivel donde las monjas serían sus preceptoras para enseñarle y guiarla.

—No es tan sencillo, Lidón. Él no me dijo donde se la llevaba y me prohibió que volviera a verla. He estado desesperada durante todo el tiempo tratando de encontrarla. Y la casualidad o un milagro quiso que diera con ella. Hace un par de meses escuché una conversación entre dos mujeres en el mercado. Una de ellas hablaba de la hija adoptada por Beaumont. La había visto en el convento de las Damas de Sainte-Catherine y decía que era un verdadero ángel. Me volví loca. ¡Había encontrado a Blanche!...

Lucía siguió contándole que tuvo que mentir y engañar a las monjas del convento para conseguir ver a la niña. Les dijo que quería comprobar el ambiente que había en el convento para dejar en sus manos a su hija de siete meses con la finalidad de que le inculcaran la pureza de la santidad y acabara siendo una religiosa. Para animarlas a dejarla pasar hizo una generosa donación a costa de sus ahorros.

Una vez convencidas las monjas de las buenas intenciones de Lucía, la llevaron hasta el lugar donde se encontraban las más pequeñas. Cuando entró en la habitación, comprobó que había, al menos, dos niñas de la misma edad.

El corazón le dio un vuelco al verlas. Una era morena y la otra rubia. No tuvo duda de quién era Blanche, pero debía asegurarse. Así que se dirigió a la religiosa de mayor rango para decirle que un buen amigo de la familia, llamado Beaumont, le había recomendado el lugar. Entonces esta le señaló a la niña rubia que gateaba por el suelo vigilada por otra monja.

Lucía necesitó contener las sensaciones que le provocaba la visión de su hija para no levantar sospechas y se tragó sus emociones, aunque no pudo reprimir una pregunta:

—Creo que se llama Blanche, ¿no es así?

—En efecto.

Por fortuna, ninguna de las monjas con las que se encontró hasta salir del convento era la que le había arrebatado a su hija de las manos cuando nació. Por lo que pudo abandonar el lugar sin haber sido descubierta.

—Lidón, todavía no sé cómo pude contenerme, pero gracias a ello hoy he podido regresar al convento y, fingiendo querer realizar otra donación, he accedido al patio. Después he subido hasta la habitación de Blanche y, sin decir palabra, la he tomado en los brazos y no he dejado de correr hasta llegar a la puerta de San Antonio. No puedo permitir que los esbirros del rey me amenacen con matarla si no hago lo que ellos quieren. En Orleans me despediré de vosotros y empezaré una nueva vida con ella donde no me conozcan. De momento, tengo suficiente para sobrevivir y este lujoso vestido que me regaló Beaumont me puede abrir muchas puertas, al igual que lo ha hecho en el convento.

—No voy a consentir que os vayáis, Lucía. Podemos protegeros a vos y a vuestra hija. Me da igual lo que opine mi hermano, seguiréis el viaje con nosotros. Y no se hable más. —Se levantó al ver que Miguel y Paul salían de la posada y se dirigían hacia ellas. De momento, mantendría en secreto la terrible experiencia que su amiga había tenido que sufrir como madre a consecuencia del mercader Beaumont.

Subieron al carro y se dieron prisa, debían llegar cuanto antes a Orleans, ya que el tabernero les había dicho que en pocos días partiría desde allí una caravana de peregrinos hacia Santiago y no podían perder la oportunidad de unirse a ella. Llevar a dos mujeres y a una niña, sin una adecuada escolta, era un riesgo para todos si se encontraban en el camino con ladrones o malhechores.

**

Pese a todas las precauciones, los dos soldados de Felipe IV habían encontrado su rastro y, para seguir las órdenes del consejero real, no iban a detenerlos. Era más importante averiguar el lugar al que se dirigían, así que marchaban con calma. Incluso se habían despojado de la ropa que vestían para adquirir el aspecto de simples comerciantes.

**

Louis Beaumont acababa de ser informado por una monja del convento de las Damas de Sainte-Catherine del rapto de su hija. La religiosa se deshacía entre sollozos por haber permitido que alguien se la llevara. Trataba de disculparse entre ruegos, ya que jamás les había ocurrido un caso semejante y pensaban reclamar justicia al rey.

Beaumont detuvo sus intenciones. Prefería ser él quien se encargase del asunto. Tampoco tuvo dificultad en comprender quién había sido la persona responsable de robarle a su pequeña, pues, por la descripción que le hizo la religiosa, solo podía tratarse de Lucía.

Despidió a la monja colérico prometiéndole que, si llegaba a pasarle alguna desgracia a la pequeña, retiraría sus cuantiosas donaciones al convento, lo que provocó que las lágrimas volvieran a derramarse en el rostro de la religiosa porque era un mercader muy rico y generoso, y la pérdida de su apoyo representaba un perjuicio insoportable para las Damas de Sainte-Catherine.

En cuanto se marchó la monja, no perdió un instante y fue directo a palacio. Sabía lo que tenía que hacer: visitaría a un amigo muy influyente en quien confiaba porque su poder abarcaba toda Francia. Sin duda, era la persona idónea para devolverle a la niña, daba igual el lugar donde su madre la hubiese escondido, él la encontraría.

Mientras caminaba, se acordó de Lucía y una mueca de placer recorrió su semblante. Cada vez que recordaba su cuerpo se estremecía. No tardó en modificar el gesto al creer que una mujer tan hermosa como ella lo había embrujado para hacerlo caer en las redes de la locura, al haberla amado con desesperación. Como buen cristiano, se sentía débil y arrepentido por haberse entregado al pecado de la lujuria.

Una vez en palacio, se dirigió al lugar donde solía encontrar a su amigo, que respondía al nombre de Bouvier, el hombre que peinaba canas y era consejero del rey. Lo encontró cuando se disponía a abandonar su despacho y, al ver el rostro desencajado del mercader, lo hizo entrar.

—Amigo mío ¿qué os trae tan desesperado? —preguntó.

—Han raptado a mi hija.

Bouvier sabía el amor que el mercader Beaumont profesaba por esa hija nacida del pecado y lo compadeció por no haber tenido descendencia con su esposa.

—Pues contad para que sepa qué puedo hacer por vos.

El mercader le refirió todo lo acontecido en el convento y cómo la madre había sustraído a la niña. Entonces el consejero real se acordó de las instrucciones recibidas del rey. Debía hacer hablar a Lucía para conocer el contenido del mensaje con la finalidad de encontrar el rastro de Pierre de Monteagudo, el libro de cuentas de la orden y el tesoro templario. Entonces, comprendió que el asunto se estaba complicando, sobre todo si sus esbirros habían hecho bien el trabajo, ya que la mujer estaría muerta de miedo y, sin duda, habría actuado obligada por la desesperación.

Bouvier se sintió molesto por ese nuevo contratiempo, aunque trató de calmar a su amigo pese a saber que dos soldados estaban tras las huellas de los Monteagudo y posiblemente de la cortesana.

En aquel momento se acordó de Roux, el mendigo pelirrojo, y lo vio todo claro.

—Os prometo, querido amigo, que esa niña volverá con vos. Conozco a un menesteroso que sabe quién es Lucía y no tardará en encontrarla.

—¿Y si ha abandonado París?

—No importa. Es un buen sabueso. Ha hecho muchos trabajos para mí y mataría por obtener unas monedas.

—Me preocupa —dijo el mercader—. ¿Es seguro encargarle a él este trabajo? No quiero que mi hija sufra lo más mínimo.

—Ya os he dicho que mataría por unas monedas. Si se le paga bien para traer a la niña sana y salva, se dejará el pellejo por cumplir.

—No sé qué pensar, amigo Bouvier, lo dejo todo en vuestras manos. Necesito a esa hija. Por favor, traédmela. El dinero no es problema…, ya lo sabéis.

—Lo entiendo, Beaumont. Id con Dios, que yo me encargo de pactar con el demonio. —Y lo despidió con una palmada de aprecio y comprensión en la espalda.

15

La persecución

Apenas habían abandonado la posada cuando notaron que alguien los seguía. Sin duda la presencia de las mujeres con una niña no había pasado desapercibida para los lugareños, sobre todo por tratarse de dos muchachas hermosas, una de las cuales vestía de forma muy elegante. Lidón sabía que el lujo representaba un peligro, a consecuencia de la atracción que este producía sobre los salteadores de caminos y, entonces, se arrepintió de no haberle dejado a Lucía uno de sus humildes atavíos.

Se trataba de dos hombres montados a caballo que iban al paso y no parecían tener prisa por adelantarlos. Lidón pensó que iban a atacarlos y buscó entre los utensilios, que había ordenado guardar en el carro a sus sirvientes, la espada que su tío le había regalado al cumplir diez años. Después hizo lo mismo con la de Miguel. Sin embargo, los jinetes agilizaron el paso de sus cabalgaduras y los adelantaron para perderse a lo lejos entre los árboles del camino.

Miguel sonrió con benevolencia a su hermana por considerar que había sido demasiado desconfiada al creer que cualquier hombre montado a caballo era un salteador. Entonces miró la espada que acababa de facilitarle su hermana y recordó fascinado cuando la tuvieron por primera vez en sus manos en sustitución de la que utilizaban de madera. Ambos creyeron que jamás podrían domeñarla por el excesivo peso que representaba para unos niños sujetar con firmeza el pesado acero. Sin embargo, la década transcurrida había fortalecido sus cuerpos y facilitado su manejo. Lidón no tenía la potencia de los brazos de Miguel, pero seguía venciéndole en los entrenamientos al conocer sus flaquezas, y esa circunstancia desesperaba a su hermano.

El camino estaba despejado y la esperanza de encontrar a su tío animaba a Lidón. Tras unas leguas sin cruzarse con nadie, decidieron descansar a orillas de un riachuelo para comer. Era un lugar que frecuentaban los viajeros, por lo que pensaron que nadie podría sorprenderlos. Lidón aprovechó que estaba rodeado de maleza para ofrecerle a Lucía una vestimenta más adecuada para el viaje y evitar que el espléndido ropaje que llevaba puesto se estropeara por el polvo. Entre los matorrales podría cambiarse sin que nadie la viera.

Lucía aceptó el ofrecimiento. Agradecida, la dejó al cuidado de Blanche mientras ella se dirigía a cambiarse de ropa. La carita sonriente de la niña fue un regalo para la Monteagudo, que tenía dificultades para cogerla en brazos pensando que se le iba a caer.

Estaba tan distraída con la pequeña que no apreció la presencia de un hombre que se aproximaba sigiloso a espaldas de Miguel. Cuando estuvo cerca, no perdió la oportunidad de atizarle un golpe en la cabeza utilizando una piedra, lo que produjo que su hermano, al instante, se desplomara sobre el banco de arena que se hallaba a la orilla del agua.

Enseguida apareció otro hombre y Lidón pudo reconocerlos. Eran los jinetes que los habían seguido parte del camino y se enfureció consigo misma por no haber sido más precavida.

Por su parte, Paul temblaba al verse atacado. Enfrentarse al mendigo de pelo rojo en la ciudad era una cosa y hacerlo contra dos facinerosos en pleno campo no entraba dentro de sus planes porque calculaba que tendría pocas oportunidades de salir airoso. Miraba a Lidón desesperado al comprender que estaba indefensa y los atacantes lo sabían.

En ese momento salió Lucía de entre los matorrales y observó la situación. Enseguida supo lo que tenía que hacer para distraer a los salteadores. Se arremangó las ropas para enseñarles las piernas entre gestos obscenos, lo que llamó su atención. Uno de ellos se mostró decidido.

—Primero voy yo —dijo al instante.

El otro no parecía convencido hasta que observó que el criado sujetaba con fuerza un saco y hacia él se dirigió. Estaba seguro de que la muchacha no suponía un peligro. Llevar una criatura en brazos era la mejor garantía de que se mantendría al margen.

Lidón no sabía qué hacer. Lucía se había ofrecido para reducir a la mitad el número de atacantes y que el resto acabara con el otro. Sin embargo, comprendió que Paul estaba más preocupado por defender su saco y Miguel seguía desvanecido junto al riachuelo. Además, Paul no era un caballero del Temple, sino un religioso cuya función era ayudar a administrar las cuentas de la encomienda de París, al igual que el enjambre de monjes templarios que había contribuido a enriquecer la orden como pequeñas abejas fabricando miel, motivo por el que no dominaba las armas.

Lidón no tuvo que pensarlo dos veces. No iba a permitir que violaran a Lucía y los mataran a todos. Entonces dejó entre unas matas a la niña y subió al carro lo más rápido que le permitieron las piernas para tomar su espada. Cuando el salteador que se estaba ocupando de Lucía intentaba penetrarla, el otro sonrió al observar que Lidón lo amenazaba con el acero.

—Dejad eso, que os vais a cortar, muchacha —le dijo al tiempo que intimidaba a Paul con un cuchillo de notables dimensiones—. Y vos ya podéis soltar el saco u os atravieso de parte a parte.

A Lidón le gustó que el atacante no la tomara en serio. «Ese ha sido tu error», pensó. Bajó del carro, echó una ojeada a Blanche y comprobó que se encontraba bien. Después vio cómo Lucía continuaba resistiendo al otro malandrín y creyó que era el momento de actuar.

Al verla envalentonada, el atacante que se ocupaba de Paul se dirigió a ella y le plantó cara riendo mientras Lidón descargaba el primer mandoble. Al ver que le había pasado rozando el brazo empezó a tomarla en serio. Ella le avisó:

—Dejadnos en paz o el siguiente golpe no lo fallaré.

Habló con tanta seguridad que le borró cualquier rastro de sonrisa en el rostro.

—¡Eh, compañero! —le gritó al otro—. Yo me largo. —Y salió corriendo.

—¡Maldito cobarde! —Se levantó de encima de Lucía. Estaba colérico con su cómplice por haberle impedido gozar de la mujer.

Lucía se había resistido con valor y ahora era el momento de ayudar a su amiga. Al ponerse en pie el bellaco y darle la espalda, solo tuvo que situar la punta del pie delante de la espinilla para que tropezase y hacerlo caer de bruces. Instante que aprovechó Lidón para correr hasta él y amenazarlo con la espada.

—¡Atreveos! —le gritó Lidón desafiante.

El bribón observó cómo sujetaba el acero y se convenció de que no valía la pena arriesgarse. Solo le molestó no haber podido desahogarse con una de las dos muchachas, a cuál más hermosa.

Escupió en el suelo en señal de desagrado y, tras darse media vuelta, se marchó por donde había venido maldiciendo a su compadre.

Lucía, tras desaparecer el peligro, se dirigió al lugar donde había visto a Lidón depositar a la criatura y comprobó que esta reía indiferente a todo lo que había ocurrido a su alrededor mientras Miguel era atendido por su hermana. Por fortuna, solo tenía un chichón, lo peor era la tremenda humillación sufrida al conocer que las mujeres eran quienes lo habían salvado.

Por su parte, Paul seguía amarrado al saco y Lidón no pudo contener el enfado.

—¿Se puede saber qué ocultáis ahí? Ni siquiera os habéis defendido. ¿Tan importante es para vos?

—Solo os puedo decir que jamás se os ocurra tocarlo —dijo amenazante.

Lidón se sorprendió por la respuesta. Nunca había visto tan agresivo a Paul. Pensó que lo único importante que podía llevar en el saco era el libro de cuentas de la Orden del Temple. Y, en verdad, debía protegerlo de los esbirros del rey, pero ella no era un enemigo, por lo que no entendía su comportamiento, y menos que no hubiera movido un dedo por salvar a nadie, a pesar de ser monje y no soldado.

Sin mayores incidentes reanudaron el viaje. En esa ocasión ya iban prevenidos y dejaron a mano las espadas por si hubiera necesidad de usarlas.

Dada la exigencia de llegar cuanto antes a Orleans, solo se detuvieron lo justo para abastecerse de un poco de leche fresca para la niña y ganar tiempo, por lo que el recorrido que debía realizarse en cinco días lo hicieron en cuatro.

Se alegraron al llegar a la ciudad ubicada a orillas del río Loira. No fue difícil localizar la caravana, que se disponía a partir, por la cantidad de personas que la conformaban. Habían contratado los servicios de una escolta de mercenarios, hombres de armas que pagaban entre todos los peregrinos.

Con la tranquilidad de sentirse a salvo, partieron siguiendo la vía Turonensis, una de las cuatro rutas del Camino de Santiago que salían del reino de Francia y que los llevaría a atravesar Tours, Poitiers y Burdeos tras unos veinte días más de viaje. Después, descenderían siguiendo la costa atlántica para cruzar los Pirineos por el paso de Roncesvalles y retomar el Camino de Santiago castellano. Una vez fuera de los dominios del rey francés, podrían estar a salvo y dirigir sus pasos a Soria para desviarse hacia el este y finalmente llegar al cañón del río Lobos.

Ni Lidón ni el resto de sus acompañantes eran conscientes de que también habían llegado a tiempo de incorporarse a la caravana los dos espías del rey, que marchaban sobre sus pasos, quienes no tardaron en formar parte del grupo de mercenarios que ellos mismos habían contribuido a pagar para que los custodiaran durante el viaje.

Los dos soldados del monarca procuraron mantenerse a distancia del carro por el peligro que representaba que Lucía los reconociera. Haberla amenazado con matar a su hija los convertía en apestados para ella. Si los reconocía, tendrían problemas al no poder mantener el anonimato. En ese caso, no les quedaría otro remedio que deshacerse de la cortesana para no poner en peligro su misión.

En cierto modo, a los dos soldados les resultaba gracioso tener que proteger la vida de sus perseguidos hasta encontrar a Pierre de Monteagudo. En general era al contrario, porque pagaban por matarlos. Lo que más les había sorprendido era haber visto cómo se defendían las mujeres de los dos salteadores de caminos con los que se habían tropezado varios días atrás. Ocultos tras la maleza, estaban dispuestos a intervenir si las cosas empeoraban. Todavía reían al recordarlo.

****

La caravana seguía avanzando según el camino previsto sin encontrar demasiados controles establecidos por los soldados del rey. Los siete años transcurridos desde la detención de los templarios en Francia, la muerte en la hoguera o en las prisiones reales de la mayoría de sus caballeros y la desaparición de la orden, proclamada en el Concilio de Vienne en 1312, habían sosegado los ánimos de Felipe IV. Sobre todo, por haber tomado posesión del patrimonio del Temple en Francia pese a la insistencia del papa para que fueran entregados a la Orden de los Hospitalarios de San Juan de Jerusalén. Solo le angustiaba no haber hallado el famoso tesoro templario.

Se habían sentado Lidón y Paul tras la cena en un grueso tronco donde elevados matorrales crecían a sus espaldas, alejados del resto de los miembros de la caravana. Desde el lugar podían observar, en silencio, cómo las familias se preparaban para ir a descansar.

Lidón seguía preocupada por la forma en la que Paul se había dirigido a ella cuando, tras salir indemnes de los salteadores de caminos, le preguntó por el contenido del saco que siempre llevaba sujeto al cuerpo mediante una tira de cuero al hombro, que cruzaba el pecho y la espalda.

Tras los matorrales, sin ser visto, uno de los dos secuaces del rey, el que tenía una cicatriz en el cuello, no perdía detalle de ambos por si mantenían alguna conversación que le aportara un posible rastro del tesoro oculto del Temple. El otro soldado vigilaba a cierta distancia que nadie sorprendiera a su compañero.

Fue Lidón quien rompió el silencio.

—No os entiendo, Paul. Siempre habéis sido amable conmigo y creo que no guardáis ningún secreto que me pueda afectar… ¿O sí?

Paul la observó preocupado. Si la miraba como mujer, empezaba a temblar ante ella. Era tan hermosa que tenerla a su lado le alteraba el carácter y provocaba que le martillease enloquecido el corazón. Lidón había hecho una pregunta complicada. Paul pensó que, dada la inteligencia tan despierta que poseía la muchacha, sería difícil engañarla y este pensamiento le causaba un terrible desasosiego.

—Sabed, mi estimada Lidón, que cualquier cosa que haga nunca será para haceros daño, sino para proteger lo que queda del Temple.

—¿Y qué protegéis con tanto empeño? Han estado a punto de mataros por no entregar ese saco que siempre va con vos.

Paul se había sentido humillado por tener que ser defendido por una mujer.

Mientras esto ocurría el secuaz del rey no perdía detalle desde el lugar donde se ocultaba, resguardado por las matas.

—Os diré que yo también sigo los pasos del tesoro templario —afirmó Paul—. Deseo protegerlo de las garras de ese asesino de caballeros que es el rey de Francia. No consentiré que se apodere del legado del Temple. Aquí dentro —dijo señalando el saco que mantenía en el suelo entre los pies— está el libro de cuentas de la orden de la encomienda de París donde se anotaban todas las transacciones. Todo lo que entraba y salía de la torre quedaba registrado, incluso los dos carros que un par de días antes del arresto de los templarios salieron de París cargados aparentemente de paja y con un destino definido.

—Entonces ¿protegéis con vuestra vida el libro de cuentas?

—Así es.

—Lo entiendo.

El soldado de rey se relamía de placer pensando lo cerca que estaba la solución a sus problemas. Pensó que, en cuanto robara el libro, podría comprobar el destino de aquellos dos carros y descubrir dónde había ido a parar el tesoro. Siguió escuchando con interés.

—Pero no es tan fácil como parece descubrir el lugar exacto. Yo era el ayudante del administrador, pero era él quien hacía las anotaciones y será necesario interpretarlas.

El secuaz que escuchaba torció el gesto. Necesitaría al religioso para entender los registros del libro. Por suerte, él sabía leer, por lo que no podría engañarlo. Pensó que ya encontraría el momento oportuno para hacerse con el ejemplar y que el monje desentrañara su contenido. Estaba dispuesto a utilizar los castigos corporales más sutiles que había aprendido de los inquisidores dominicos para hacerlo hablar. Quizá bastara con untarle los pies de grasa y prenderles fuego para hacerle aligerar la lengua.

Se alejó de los matorrales para unirse a su compañero.

—De momento, es necesario seguir a los hermanos —le dijo—. Aunque ya sé dónde está el libro de cuentas que tanto interesaba a su majestad, tal vez eso no sea suficiente. En cuanto demos con el tío de los Monteagudo, estoy seguro de que tendremos la respuesta.

Mientras tanto, Paul y Lidón, a una señal de Miguel, regresaron al carro para descansar durante unas horas antes de emprender la marcha. Lucía y Blanche dormían plácidamente cerca de una hoguera. Lidón observó la felicidad que mostraban sus rostros y quiso compartir su dicha acostándose junto a ellas. Así también podría protegerlas si hubiera menester.

***

Cinco días antes en París, el padre de Blanche había dejado en manos de Bouvier, el consejero del rey, el asunto del secuestro de la niña y su rescate.

Bouvier confiaba en Roux, el mendigo y espía que vigilaba desde hacía tiempo la casa de los Monteagudo, así que le había encargado devolver a la niña sin un rasguño.

—Haced bien este trabajo y su padre os recompensará con generosidad —le había dicho—. Le debo muchos favores, así que no me defraudéis porque no soy demasiado clemente con los fracasados.

A Roux se le había erizado el vello de la espalda ante la amenaza que se cernía sobre él. Después pensó que no le resultaría difícil encontrarlas y se tranquilizó. Al fin y al cabo, sabía por dónde había huido Lucía con la niña y recordaba las palabras de uno de los dos soldados que habían salido tras los Monteagudo por la puerta de San Antonio: «Será muy fácil dar con ellos. ¿Cómo disimular que los dos hermanos son iguales si además se les distingue por su marca de familia? Por si esto fuera poco, viajan con una mujer y una niña. ¿Cuántos carros creéis que pueden reunir gente tan variopinta?». Y ese pensamiento lo tranquilizó.

En efecto, no tuvo dificultad en seguir los pasos del carro que trasportaba la preciosa carga que iba a reportarle grandes beneficios. Una mujer y su hija eran presa fácil. En cuanto las encontrara, ya buscaría la manera de secuestrar a la niña y salir a galope. El consejero del rey había sido generoso e iba bien pertrechado para el recorrido. Solo necesitaba ser prudente y muy paciente. No quería estropear el negocio porque estaba seguro de que el consejero del rey no le daría otra oportunidad.

Pudo seguir el rastro hasta Orleans con facilidad y ganar tiempo al montar a caballo en lugar de ir en carro. Pero solo consiguió llegar cuando acababa de partir la caravana de peregrinos de la ciudad.

Roux estaba desolado. Los lugares por los que había tenido que pasar eran pequeños y cualquier carro llamaba la atención de los lugareños, pero Orleans era demasiado grande para encontrar a alguna persona que se hubiese fijado en ellos.

Entonces se dio cuenta de que desde París solo podían haber entrado por el camino principal y la cortesana podría haber necesitado leche para alimentar bien a su hija. Así que preguntó en las casas próximas dónde encontrar leche y la suerte le sonrió. Recordaban a una mujer hermosa con una niña pequeña que se dirigía en peregrinación a Santiago y había partido con la caravana que realizaba la ruta. Roux se sintió afortunado. Ya podía continuar el viaje con tranquilidad, pues en pocos días lograría alcanzarlos.

**

La siguiente semana se desarrolló con normalidad y nadie atacó la caravana, que se hallaba bien protegida por mercenarios, una medida suficiente para espantar a posibles salteadores de caminos que jamás se enfrentarían a un grupo numeroso y armado. En realidad, el peligro estaba dentro de la propia caravana, donde, ante un descuido, podía desaparecer alguna faltriquera repleta de monedas. Los soldados del rey prestaban atención por si se daba esa circunstancia y la podían aprovechar. Mientras tanto, protegerían a los Monteagudo hasta que encontraran a su tío. No podían permitirse fracasar. Eran conscientes de que su majestad los decapitaría si fallaban.

Paul, siguiendo su costumbre, no se separaba del saco. Mientras se refrescaba en un arroyo donde habían parado para comer, se lo quitó de encima para dejarlo un instante en el suelo. De rodillas, recogía agua cristalina con las manos para lavarse la cara y eso le producía cierto alivio. Necesitaba calmar el deseo que a diario lo hacía pecar, pues su pensamiento siempre estaba ocupado con Lidón. La imaginaba entre sus brazos y el agua helada le ayudaba a enfriar su pecaminoso instinto.

Estaba tan ensimismado tratando de aplacar su desazón que no se dio cuenta de que un hombre de la caravana, que había observado cómo protegía el saco, se aproximaba a él y se lo arrebataba. Ni siquiera los soldados del rey estaban cerca para intentar evitarlo. En cuanto se sintió más calmado, fue a cogerlo y descubrió que había desaparecido.

Angustiado por la pérdida del libro de cuentas de la orden, salió corriendo hacia los carros más próximos, al tiempo que gritaba desaforado:

—¡Al ladrón! ¡Al ladrón!

Daba voces llorando de desconsuelo. Miguel lo detuvo para sosegarlo y le pidió que le contase lo que había sucedido. Jamás lo había visto tan desesperado.

Entre alaridos de desaliento, clamaba por el saco mirando de un lado a otro como si hubiera perdido el seso. Estaba tan alterado que los que viajaban en la caravana lo observaban asustados creyendo que se había vuelto loco. Y no andaban faltos de razón. Paul tenía una misión que cumplir, necesitaba salvar el libro de cuentas de cualquier indeseable y había consentido que se lo robaran. Estaba fuera de sí.

Lidón acababa de llegar al lugar donde se desarrollaban los hechos y observó como Paul se arrancaba el pelo de la cabeza a tirones para castigarse. Sintió una pena infinita por su amigo. Debía hacer algo para que se calmara. Se acercó a él y le habló con dulzura.

—Por favor, Paul, dejadme ayudaros. —Él la miró y quedó absorto por su belleza y por el amor que le profesaba. Entonces Lidón lo abrazó mientras le hablaba al oído—. No debéis preocuparos. Estamos en una caravana y nadie ha huido. Por Dios que lo vamos a encontrar. Os lo aseguro.

16

Castigo divino

Paul caminaba entre los carros de la caravana con ojos enloquecidos, mirando a unos y a otros, para intentar descubrir quién había sido el responsable de tamaña tropelía. El saco era su vida, en su interior se encontraba lo único que conservaba del Temple, por lo que la desesperación había hecho mella en su carácter afable para convertirlo en un hombre agresivo que no admitía reproche alguno. Los que se cruzaban en su camino lo observaban con animadversión al considerarlo un enajenado y trataban de esquivarlo.

Habían transcurrido dos días desde el robo, sin haber hallado rastro alguno del saco sustraído, y Lidón pensó que seguiría estando en la caravana, ya que nadie la había abandonado ni tampoco habían pasado cerca de ninguna villa. Estaba convencida de que el ladrón, por miedo a ser descubierto, lo habría ocultado sin atreverse a tocarlo hasta estar seguro de que nadie lo vigilaba. Debería tener mucho cuidado porque no había ni un alma en la caravana que no conociera lo sucedido. Incluso los soldados del rey estaban desesperados. Si no encontraban el libro de cuentas, no podrían hallar el tesoro templario, y sus cabezas peligraban porque el rey no sería compasivo con ellos.

La rutina del viaje servía para tranquilizar los ánimos. Lucía gozaba de Blanche con verdadera pasión y no se separaba nunca de su hija. Ya había tenido suficiente cuando la asaltaron en el camino, lo que la hacía desconfiar de cualquiera que se le aproximase.

Por su parte, Miguel trataba de sosegar a Paul sin lograrlo y lo vigilaba por si cometía algún desafuero. La transformación que había sufrido lo inquietaba, pero no se atrevía a comentar ese hecho con él por miedo a provocarlo. Pensó que tal vez no había sido tan buena idea llevarlo con ellos. Enseguida recapacitó al convencerse de que el único que podría ayudarles a llegar a Ucero era él. Así que siguió vigilando al religioso de cerca sin que este se diese cuenta.

En la caravana se respiraba un ambiente pesado, cargado por las sospechas de unos contra otros, y todo ello adobado con las locuras de Paul, quien le gritaba a cualquiera que le pareciese culpable de su desdicha. Daba la sensación de que los viajeros estaban tensos y alerta, como temiendo un truculento desenlace.

Acababa de amanecer y los primeros rayos del sol alumbraban el horizonte cuando el grito desgarrado de una mujer sobrevoló el silencioso cielo de los carros, cuyos dueños despertaron, de repente, sobrecogidos.

—¿Qué ocurre? —preguntó Miguel a un vigilante.

—No lo sé. Ahora voy hacia donde he oído gritar a una mujer.

—Os acompaño.

Se unieron Lidón y Paul. Lucía no quería problemas y permaneció en el carro junto a Blanche.

Una vez alcanzaron el lugar, ya se había congregado un numeroso grupo de viajeros alrededor de algo que los recién llegados no podían ver. Les llamó la atención el expectante silencio y la perplejidad que se había instalado en el rostro de los presentes.

Al fin consiguieron llegar a primera fila al aprovechar los manotazos que el vigilante aplicaba a diestra y siniestra para lograr abrirse paso. Entonces sus semblantes mostraron la misma incertidumbre que la de la mujer que había gritado y que señalaba algo a sus pies.

En la tierra baldía, próxima al terreno donde habían acampado los miembros de la caravana, pero a suficiente distancia para que nadie se diera cuenta, se hallaba un hombre muerto junto al saco de tela basta y prieta que habían robado a Paul. Este se sintió dichoso al percatarse de que el libro de cuentas permanecía cerrado al lado del saco en el suelo.

No pudo contenerse, se aproximó al lugar donde se hallaban sus pertenencias y, gritando alabanzas a Dios y a su Santa Madre, abrió el saco, de un puntapié introdujo el libro en él y se alejó de los curiosos.

El encargado de la vigilancia no tuvo en cuenta el comportamiento tan extraño del religioso, ya se había acostumbrado a él. Lo vio tan satisfecho de haber encontrado lo sustraído que lo dejó marchar para quitárselo de encima y que no enredase más el asunto, pues los ánimos estaban caldeados.

Entonces se dirigió a los presentes, que empezaban a susurrar entre sí comentando el curioso aspecto del cadáver, que mantenía los ojos abiertos y espantados. También estaba pálido y los rasgos faciales se le marcaban en el semblante en una expresión siniestra de angustia o terror.

—Veamos —dijo mirando a los que se habían congregado, tras darle la vuelta y examinar al difunto—. Conozco a este hombre. Era uno de los mercenarios contratados para vigilar la caravana. Soy responsable porque estaba bajo mi mando, pero es más grave todavía que alguien de los presentes haya sido el causante de su muerte.

Meditó un momento antes de seguir hablando. Todos esperaban que esclareciera una muerte tan extraña, pues el día anterior el difunto gozaba de buena salud, y lo que resultaba más curioso era que no había rastro de sangre a su alrededor ni herida provocada por arma.

—Este es un asunto muy delicado. —Se detuvo un instante al comprender que los presentes necesitaban una justificación—. Yo diría que en él ha concurrido la intervención del Todopoderoso. En caso contrario, ¿cómo se explica lo sucedido? No hay sangre ni herida, y el saco robado pertenece a un hombre de Dios. Por su aspecto, da la sensación de que le hubieran arrebatado la vida aspirándole el alma. ¿Lo veis? Tiene las mejillas hundidas. ¡Estoy seguro de que ha muerto víctima de un castigo divino! Así que él se lo ha buscado. Vamos a enterrarlo y sigamos nuestro camino, porque Cristo nos protege de bellacos como este maldito pecador. ¡Que el demonio lo reciba en el infierno!

Entre los presentes se encontraban los dos soldados del rey que seguían a los Monteagudo. Habían necesitado contener el impulso de apoderarse del libro en cuanto lo vieron. La tentación de poseerlo deberían domeñarla hasta encontrar al Monteagudo desaparecido siete años atrás. En ese momento no se andarían con contemplaciones y, además, le harían pagar caros sus desvelos al religioso.

Se alejaban del lugar donde varios hombres cavaban la tierra para dar sepultura al difunto cuando un jinete montado a caballo los alcanzó.

—¡Por todos los demonios, si es Roux! —dijo el de la cicatriz en el cuello—. ¿Qué hacéis por aquí? Os imaginaba mendigando por las calles de París y tenéis un aspecto formidable.

Haber cambiado las ropas de menesteroso por unas decentes le daba el aspecto de un hombre honrado y cabal.

—Trabajo para Bouvier, el consejero del rey —dijo sonriente. Una boca de dientes negros y podridos asomó entre los labios y pensaron que, por muy arreglado que luciera por fuera, por dentro continuaba siendo un pordiosero.

Los soldados del rey se incomodaron. No querían competencia.

—¿Qué os ha encargado? —preguntó uno.

—Recuperar a la niña de la fulana. Así que no voy tras el mismo asunto que vos. Solo quiero que no le pase nada a esa mocosa.

—Está bien. Si no os interponéis en nuestro camino, nosotros no lo haremos en el vuestro.

Roux, el mendigo pelirrojo, se alejó. Iba a solicitar permiso para unirse a la caravana. «Ya he llegado donde quería estar, y secuestrar a la niña no me resultará nada difícil», pensaba satisfecho.

Los dos soldados del rey, mientras veían cómo se alejaba Roux, movieron la cabeza con pesar y el de la cicatriz en el cuello habló.

—No me gusta que este haya venido. Quizá lo de la niña sea una excusa para quitarnos el trabajo. ¡Y qué casualidad!, justo aparece cuando por fin hemos llegado a ver el libro de cuentas. ¿No habrá sido él el asesino? Tal vez no le haya dado tiempo a recoger el ejemplar si ha visto acercarse a la mujer que ha dado la voz de alarma. En fin…, no sé qué pensar.

—Espero que no nos la juegue —dijo el otro— porque sería su último trabajo para el consejero real.

Ambos soldados rieron y se alejaron del lugar donde habían sucedido los hechos. Se turnarían para vigilar. Ahora Roux representaba una más de sus preocupaciones.

***

Por fortuna, los días se sucedieron sin novedad mientras atravesaban Tours, Poitiers y Burdeos siguiendo la vía Turonensis del Camino de Santiago francés. Los peregrinos no olvidaban la muerte del vigilante y sentían miedo.

Lo que durante la primera parte del viaje había sido jolgorio y risas en la caravana, desde el presunto asesinato se habían convertido en silencios y sospechas. Los viajeros hablaban poco y tan bajo que las únicas voces que se oían eran las dirigidas a los caballos para que aligeraran el paso. Todos deseaban que el viaje terminase, pues pensaban que una maldición había caído sobre ellos.

Los dos soldados del rey también creían en las maldiciones, pero las armas que portaban les daban valor. La misión encomendada por el consejero de Felipe IV era su prioridad y no pensaban apartarse de la senda marcada.

Tras más de veinte días vigilando a los Monteagudo, pudieron comprobar que Burdeos no era su destino, como les había confesado Alphonse, el criado de la familia en París, al manifestar que viajaban para asistir al entierro de un fraile muy querido de la familia. Ese cambio suponía que Miguel y Lidón habían ocultado a los criados el lugar definitivo al que se encaminaban. El hecho supuso una agradable sorpresa para los espías del soberano, quienes esperaban impacientes descubrir el lugar donde se escondía su tío.

Por su parte, a Roux, el mendigo pelirrojo, le resultaba difícil aproximarse al carro de los hermanos para secuestrar a la niña porque siempre estaba vigilada por su madre o por Lidón. Temía que lo vieran, ya que lo reconocerían, y no podría concluir con éxito el trabajo. Eso no se lo podía permitir, por lo que seguía paciente entre los carros de la caravana el momento oportuno de actuar.

Según lo previsto, los peregrinos siguieron la costa atlántica para cruzar los Pirineos por el paso de Roncesvalles. Lucía ya se había preocupado de comprar ropa de abrigo para la pequeña y comida. A pesar del frío y las dificultades del camino, no tuvieron problema para llegar a la Península.

Una vez atravesaron el Reino de Navarra, dominado por Luis el Hutín, hijo de Felipe IV, fue una alegría inmensa para los Monteagudo dejar atrás Francia y alejarse de los dominios de su rey. En cuanto encontraran a alguien de confianza, le preguntarían que había pasado con los templarios de los reinos peninsulares. No sabían nada en absoluto y pensaron que en ningún caso podría haber sido peor que lo sucedido al Temple en territorio galo. Más que un pensamiento era un verdadero deseo.

Paul se mostraba huraño desde el incidente del saco y nunca se separaba de él. Ni siquiera se aproximaba a Lidón pese a seguir sintiendo que el alma le ardía de deseo cuando pasaba ante ella. Así que había decidido permanecer apartado y no hablaba con nadie.

Llegar a Burgos representó el fin del viaje hacia Santiago. Al fin dirigirían sus pasos a Ucero, el lugar que el mensaje cifrado les indicaba, tras haber sorteado todos los obstáculos que el camino había puesto ante ellos. De manera que en poco más de una semana alcanzarían el cañón del río Lobos. Lidón estaba emocionada: reencontrarse con su tío la hacía sentirse bien. Observaba con cariño a la pequeña Blanche, a la que el traqueteo del carro le encantaba, y también a su madre. Verla tan dichosa la llenaba de ánimo. Pensaba que Lucía era merecedora de un poco de felicidad, así que intentaría ayudarla en lo que pudiese.

En adelante deberían ser más prudentes. Separarse de la caravana tenía sus dificultades al estar siempre presentes los desaprensivos que en las zonas boscosas o montañosas entre Burgos y Soria trataban de asaltar a los viajeros descuidados. Dos mujeres y una niña podían ser una presa fácil.

Paul, que era el más desconfiado, conocía los peligros que podían acecharles en adelante al viajar solos por esas tierras. Entonces rompió su silencio para decirles que era necesario informarse bien. Además de los salteadores, se solían producir disputas locales entre los propios nobles castellanos, incluso entre señores contra el rey. Insistió en que, por desgracia, abundaban esos desencuentros. También podían tropezar con algún conflicto entre reinos cristianos y musulmanes, aunque era más difícil, gracias a la barrera de castillos que atravesaban la Península de lado a lado, muchos de ellos construidos por templarios.

De nuevo, Miguel agradeció tener a Paul como acompañante pese al carácter retraído y reservado que había adquirido desde el asunto del saco. El resto de los viajeros de la caravana no manifestaron ningún disgusto al ver marchar al religioso, sino sosiego, porque su presencia les causaba cierto malestar.

Paul no quiso abandonar Burgos sin saber a qué se iban a enfrentar durante el camino. El trabajo encomendado por el gran maestre de proteger el libro de cuentas era tan importante como para hacer cuanto estuviese en su mano por evitar que se lo robasen pese a sentirse insignificante al haber sido incapaz de defenderlo. Al menos intentaría llegar a su destino por los lugares más seguros.

Paul y Miguel entraron en una posada de Burgos para averiguar por dónde sería mejor llegar a Ucero. Los Monteagudo habían recibido una completa educación, que incluía las lenguas, y el castellano no era un inconveniente. Mientras, Lidón aguardaba en el carro junto a Lucía y la niña. Se distrajeron viendo pasar a las gentes del lugar y añorando París a pesar de los disgustos que les había provocado la acción criminal del rey contra los templarios.

De pronto Lidón advirtió la presencia de dos hombres a caballo que iban juntos. No llevaban distintivo de ninguna orden, pero pudo intuir su procedencia al observar su porte. Sin duda eran guerreros y casi con seguridad templarios. «¿Y si los caballeros del Temple están libres en Castilla?», pensó emocionada. Sabía que desde que el papa había extinguido la orden, ningún templario podía vestir como tal. Necesitaba hacerles al menos una pregunta para averiguarlo.

—Por favor, caballeros —les dijo desde el carro—, ¿por dónde deberíamos conducirnos para llegar a San Esteban de Gormaz sin peligro para dos mujeres y una niña?

Los dos hombres las miraron de soslayo sin fijar la vista en ninguna de ellas antes de que el más fornido respondiese.

—No es conveniente viajar solas.

Al escucharlos y observar su comportamiento, a la joven le dio un vuelco el corazón. Sin ninguna duda eran templarios. Tenían prohibido observar fijamente a las mujeres y pensó que, aunque hubiese desaparecido la orden, era difícil cambiar sus costumbres.

—Tenéis razón, pero necesito que me respondáis a otra pregunta. Os lo ruego, hacedme el favor. —Los soldados escucharon a Lidón quien se dirigió a ellos en voz baja—: Acabamos de llegar desde París tras casi dos meses de viaje y desconocemos qué ha sido en este reino de los caballeros templarios.

Ambos monjes guerreros se dieron cuenta de que los había reconocido y se sorprendieron, pues no llevaban ninguna ropa ni cruz que los identificase.

—¿Cómo sabéis...?

—Mi tío es templario... Bueno... era templario. Se llama Pierre de Monteagudo. —Los caballeros se mostraron interesados—. En Francia ha sido terrible, los miembros del Temple que no han muerto en la hoguera lo han hecho en las cárceles del rey o están condenados a prisión perpetua. ¿Aquí también ha ocurrido lo mismo? —preguntó Lidón apesadumbrada—. Allí todos los juicios contra ellos han sido una burla. ¿Quién puede soportar la tortura sin fin? Muchos han muerto por culpa de los verdugos y otros se vieron obligados a confesar su culpabilidad para que dejaran de ensañarse con ellos.

En ese instante, Miguel y Paul abandonaban la posada y se unieron a ellos. Los templarios se inquietaron. No querían que nadie los relacionara con el Temple, caído en desgracia. Lidón, al notarlos impacientes, trató de tranquilizarlos.

—Este es mi hermano Miguel —dijo señalándolo—. Como podréis comprobar, somos como dos gotas de agua. —Bajó la voz para seguir hablando—: Él aspiraba a convertirse en templario. Y también nos acompaña Paul. Es monje, pero no soldado, y estaba en la encomienda de París.

Las palabras de Lidón calmaron a los caballeros, que se mostraron sorprendidos y, a la vez, confiados.

—Veréis, desde que el papa Clemente extinguió la Orden del Temple hace dos años, aquí en Castilla han pasado muchas cosas. Nosotros nos ganamos la vida como mercenarios luchando para quien más nos pague —dijo el más corpulento, quien miró a su alrededor receloso y decidió hacer una sugerencia—. Sería mejor que dejáramos las calles principales para seguir hablando.

Todos dieron su aprobación. Era preciso conocer de primera mano lo ocurrido en Castilla para saber a qué atenerse. Lidón estaba preocupada. ¿Qué habría sido de su tío? ¿Andaría por el reino utilizando sus armas como mercenario? «Es imposible —pensó—. Jamás se vendería por dinero». Él luchaba por proteger a los peregrinos contra el infiel en Tierra Santa y reconquistar los Santos Lugares, y no lo hacía para sacar provecho personal del negocio, ya que todo lo conseguido en las victorias era entregado a la Orden del Temple.

Entonces Lidón recordó la increíble experiencia vivida que su tío le había contado cuando en 1298 se integró en las filas de Jacques de Moley para contribuir a derrotar a los sarracenos defendiendo los últimos bastiones cristianos en Tierra Santa. Desde lejos pudieron ver Jerusalén. En aquel momento la Ciudad Santa llevaba más de cien años en poder de los musulmanes desde que Saladino se la había arrebatado a los cristianos en la batalla de los Cuernos de Hattin. Pierre de Monteagudo acompañaba al gran maestre junto a su escudero Goliat y fue tal la emoción que sintió al ver la ciudad sagrada que Lidón pensó que su tío podría vivir como monje, pero jamás como mercenario.

De pronto se le ocurrió una idea. No tardó en discutirla con Miguel mientras el carro cargado de alimentos para una semana y sus pasajeros abandonaban las calles del centro de Burgos junto a los caballeros para trasladarse fuera de las murallas y tomar el camino hacia Ucero. A su hermano no le pareció mal la propuesta, por lo que Lidón siguió hablando con los soldados.

—¿Cuánto cobraríais por protegernos durante una semana?

Los soldados con una mirada tuvieron suficiente para que uno respondiera por ambos.

—No os preocupéis por eso. Siendo como sois familia de un templario y un religioso de la orden, solo necesitamos alimentos para el viaje. Y tampoco resultará muy costoso porque seguimos la misma frugalidad con la comida que cuando existía el Temple.

A Lidón le gustó que sus nuevos acompañantes fueran templarios. No podía haber encontrado mejor protección.

Los soldados del rey que también los seguían en compañía de Roux tuvieron que alejarse del carro. Temían que la escolta contratada por los Monteagudo llegara a percatarse de que los estaban vigilando. Tampoco deseaban enfrentarse a dos hombres corpulentos como ellos en un reino como Castilla donde Felipe IV no podía extender su brazo para ampararlos. Tendrían que ser cautos y mantener la distancia adecuada para no perderlos y, al mismo tiempo, para no ser descubiertos.

En cuanto se alejaron de Burgos, Lidón no pudo reprimir el deseo de preguntar sobre lo que había ocurrido con los templarios en la Península, tanto en Castilla como en Aragón o en Navarra, tres reinos por los que podría haber pasado su tío desde que, en Francia, siete años atrás, habían sido apresados por el rey todos los miembros de la orden. De la respuesta podría deducir la suerte que habría corrido Pierre. Emocionada e inquieta a la vez, esperó la respuesta.

El caballero más fornido fue quien habló para explicarle cómo había comenzado todo a finales de octubre de 1307, apenas dos semanas después de que en Francia se apresara a los templarios, al establecerse un conflicto entre el rey de Navarra y el de Aragón. Al parecer, tres caballeros del Temple aragoneses de viaje por la frontera de Navarra, donde reinaba Luis el Hutín, el hijo de Felipe IV de Francia, fueron detenidos y encarcelados. Lo mismo ocurrió con todos los templarios de Navarra, al emular su rey las órdenes de su padre en territorio galo.

A Jaime II, rey de Aragón, no le gustó que sus templarios fueran encarcelados. Por ello, pidió la inmediata puesta en libertad de los tres aragoneses pese a haber recibido la orden del papa para que procediera a la detención de los templarios y a la confiscación de los bienes de la orden en su territorio, al igual que la habían recibido todos los reyes cristianos. Sin embargo, consiguió que Luis el Hutín se los devolviera.

Esta respuesta le hizo albergar esperanzas a Lidón de que su tío no hubiera sufrido prisión, y siguió escuchando atenta.

—No todos los reyes estaban de acuerdo con el papa —manifestó el caballero—. Al principio, el rey de Aragón se mostró extrañado por las acusaciones que contra nuestra orden se habían vertido. Decía que los templarios siempre habían trabajado por la exaltación de la fe y la erradicación de los enemigos de la cruz. Según tengo entendido, contactó con los reyes de Castilla y Portugal para que apoyasen su posición en defensa de la orden. —De pronto se mostró apesadumbrado cuando recordó lo sucedido a continuación—. No sé por qué cambió de opinión en menos de un mes, ya que ordenó a su representante en Valencia que capturara a los templarios y confiscara sus bienes en la ciudad.

Siguió contando que Jaime II de Aragón no tardó en enviar a las fuerzas reales para que se apoderaran de la importante fortaleza que la orden tenía en Peñíscola, un bastión inexpugnable que, sin embargo, no opuso resistencia al rey. Algunos huyeron. Ellos mismos, que estaban presentes durante la toma del baluarte, pudieron ver cómo muchos de sus compañeros eran capturados.

Dijeron, con pesar, que el maestre de Aragón se encontraba entre los templarios apresados por el rey en Valencia al no haber sabido valorar los rumores que llegaban de Francia sobre lo que estaba ocurriendo con los miembros de la orden en ese reino. Pese a ello, había aconsejado a sus caballeros preparar los castillos para la defensa. El propio maestre de Aragón, antes de que lo capturaran, había comenzado a cambiar propiedades del Temple por oro, mucho más fácil de ocultar.

17

LOS REINOS PENINSULARES

Se habían detenido cerca de un arroyo para estirar las piernas y comer. Lidón no dejaba de darle vueltas a lo que el caballero les había contado. Estaba inquieta. Se preguntaba qué le habría ocurrido a su tío si Jaime II había tomado diversos castillos, como Peñíscola, y hasta había arrestado al maestre de Aragón. Le recordaba demasiado a lo ocurrido en Francia.

También Miguel, Paul y Lucía estaban intrigados por los acontecimientos acaecidos en los reinos de la Península, así que rogaron al templario que les informara de lo que había sucedido siete años atrás, cuando los miembros de su orden fueron detenidos en Francia. El caballero observó de reojo la mirada de preocupación de la joven y quiso restarle importancia al asunto.

—Veréis, el rey aragonés no se atrevió a desafiarnos. Los templarios disponíamos de muchos soldados armados al coincidir las fronteras de su reino con las de los enemigos de Cristo y no deseaba tener dos frentes abiertos. Además, él sabía toda la sangre que habíamos derramado para defender su territorio y el de sus antepasados, motivo por el que los reyes aragoneses nos otorgaron privilegios y nos regalaron propiedades.

También les dijo que el pueblo estaba de su parte al ver cómo los templarios eran los primeros en proteger el territorio en tiempos de guerra. Solo era necesario recordar cuando Francia invadió Aragón y reinaba el padre del rey. Entonces los defensores de Barcelona y alrededores huyeron y únicamente los templarios hicieron frente a los franceses, dispuestos a morir por conservar el reino.

Sobre todo, lo que había conquistado el corazón del pueblo era que en épocas de escasez repartían, a diario, grandes sumas de dinero en limosnas. Y siempre recordaban con agradecimiento cuando dieron de comer a veinte mil personas en Gardeny y a seis mil en Monzón.

—Todo ello demuestra que somos leales, católicos y excelentes cristianos. Así que no entendemos por qué los reyes actúan de forma tan miserable con nosotros. Tal vez me condene por lo que voy a decir. —Miró a Lidón un instante apesadumbrado. Necesitaba que supiera lo que pensaba—. Estoy convencido de que el papa engaña a los reyes al hacerles creer que sirven a Dios castigando a los templarios, cuando en realidad están sirviendo al demonio. En caso contrario, ¿por qué durante tantos años muchos nobles y hombres de alcurnia han ingresado en la orden para asegurar su salvación? Sobre todo si, como dicen en las acusaciones contra el Temple, el método utilizado para admitirlos se basa en una serie de actos pecaminosos.

—Eso mismo creo yo —dijo Miguel—. Tampoco comprendo que hayan seguido incorporándose durante años como freires hombres de indudable prestigio en lugar de abandonarla si las terribles acusaciones contra la orden fueran ciertas.

—Así es —respondió el caballero—. Fueron razones suficientes para que los templarios se atrincheraran en el castillo de Miravet, situado en la colina que domina el Ebro. Allí acogieron a los máximos dignatarios de la orden a la espera de que Jaime II les concediera un juicio justo antes de ser condenados. Estaban dispuestos a morir como mártires porque no podían aceptar que el papa los declarara herejes. En ese caso se defenderían con honor hasta sucumbir en sus castillos.

Paul, que no había pronunciado palabra y conocía mejor que el resto cómo funcionaba la Iglesia, habló:

—Mal asunto. —Movió la cabeza de un lado a otro desde la piedra sobre la que descansaba—. El rey tiene las manos atadas. No puede imponerle condiciones al pontífice, que es el representante de Dios en la tierra y quien gobierna sobre todas las criaturas.

—¡Cuánta razón tenéis! —exclamó el caballero—. Apenas un año después de haber apresado a todos los templarios de Francia, las seis decenas de hombres que todavía permanecían en el castillo de Miravet se rindieron tras muchos meses de asedio. Ya habían caído otros castillos del Temple como el de Cantavieja y el de Castellote. Poco después, a consecuencia de una traición, cayó la encomienda más valiosa, la de Monzón.

Todos escuchaban impresionados la historia de los templarios en Aragón durante los primeros meses tras las detenciones en Francia, pero a los Monteagudo lo que de verdad les importaba era saber qué había ocurrido en Castilla, donde esperaban encontrar a su tío y gobernaba el rey Fernando IV. Lidón estaba muy preocupada por si allí también habían detenido a los templarios, sometido a tortura y, después, un concilio provincial los había condenado a la hoguera como el arzobispo de Sens había hecho en París.

El caballero intuía su desaliento y trató de responder a sus dudas.

—Lo cierto es que el rey castellano no se dio mucha prisa en cumplir la bula emitida por el pontífice, que ordenaba la prisión de los templarios del reino y el secuestro de todos sus bienes, que solo en castillos alcanzaba la cifra de veinte. También se convocaron varios concilios provinciales para someter a juicio a los templarios, al igual que en Francia. El más importante fue el celebrado en Salamanca —afirmó el monje soldado.

—¿A qué conclusiones llegaron? —preguntó Lidón—. ¿Fueron torturados para que confesaran?

El caballero, que se había percatado de la belleza de la joven, intentaba desviar la mirada para que sus ojos no coincidieran y poder seguir complaciendo la curiosidad de la muchacha sin alterar su ánimo.

—Veréis, en el Concilio de Salamanca, de eso hace ya cuatro años, tras realizar las investigaciones sobre la vida de los templarios y de la orden, así como examinar todos los procesos llevados a cabo contra ellos, se declaró que en las archidiócesis de Compostela, Braga y Toledo…

—¿Qué decidieron? —Lidón estaba tan impaciente que casi no podía dejarlo hablar. Necesitaba saber si los concilios celebrados en Castilla habían sido tan injustos como los realizados en Francia.

—Os ruego un poco de calma, mi señora. —A Lidón le gustó que la llamara señora con una voz profunda y suave a la vez que resbalaba por el aire como una caricia—. Dijeron que no hallaban motivo alguno para culpar a estos monjes soldado ni a su orden en los reinos de Castilla y León porque eran muy buenos religiosos y de muy buena fama.

—¡Por Dios Bendito! ¿Estáis diciendo que los declararon inocentes?

Lidón esperó la respuesta impaciente.

—Así es. Los obispos del reino cerraron todas las actuaciones contra los templarios de la Corona de Castilla, tanto en los procesos que afectaban a la Orden del Temple como a sus miembros.

Miguel y Lidón estaban exultantes, incluso Paul se alegró. La pequeña Blanche los veía a todos tan felices que, en brazos de su madre, saltaba y sonreía.

—¡Qué regalo me habéis hecho, caballero! —dijo Lidón—. Es posible que mi tío haya conseguido salvar la vida.

—A eso no puedo responderos. Lo que sí puedo deciros es que el rey de Castilla acabó por apoderarse de los bienes del Temple y muchos de ellos han sido vendidos durante estos años.

Lidón ya no escuchaba, su pensamiento estaba centrado en una sola idea. El caballero le había proporcionado el entusiasmo que había perdido en Francia ante la terrible muerte de los templarios. Una nueva esperanza se abría ante ella. Pensaba que, si Ucero se hallaba en Castilla y Pierre se encontraba allí, estaría a salvo de cualquier peligro porque el rey Fernando IV había sido justo con ellos en su reino al declarar a los freires «inocentes». Entonces recordó el destino que el papa había determinado para los templarios que habían sido señalados como libres de culpa. Todos ellos recibirían una pensión procedente de los bienes de la orden y, además, residirían en algún monasterio donde debían guardar sus votos religiosos. Pensó lo difícil que resultaría tomar una decisión para unos monjes que, sobre todo, eran guerreros. Ahora comprendía por qué los caballeros que los acompañaban se habían convertido en mercenarios.

No le importó en qué se hubiera convertido su tío, solo necesitaba verlo vivo para que su corazón dejara de sufrir. Estaba tan emocionada que se levantó y empezó a recoger para continuar la marcha. Deseaba tanto llegar a Ucero que los minutos le parecían horas.

Durante los siguientes días, Lidón estaba siempre dispuesta para hacer cualquier trabajo que agilizara la partida hacia su destino. Todos observaban el cambio que había sufrido, pero nadie se atrevió a preguntar. Incluso Lucía estaba encantada con la apasionada afabilidad y dulzura con la que atendía a Blanche. Su único deseo era vivir junto a la niña o, al menos, que su pequeña no tuviese que sufrir todas las miserias que ella había tenido que soportar. Si la Virgen María le concedía esa petición, no le importaría entregar su vida a Dios.

Los soldados del rey y Roux, cada uno con su misión, los seguían a distancia. Por nada del mundo se aproximarían demasiado porque no querían ser descubiertos. Sin embargo, la desconfianza entre ellos hacía que se vigilaran de cerca por si alguno intentaba estropear el trabajo del otro. Del que más recelaban era de Roux. No les parecía que una niña tuviera tanta importancia como para dejar de lado el tesoro templario. «Si se da la ocasión, tal vez nos interese deshacernos de él», pensaba el de la cicatriz en el cuello.

Tras una semana de viaje, una lluvia persistente había sorprendido a los Monteagudo y al resto al llegar al cañón del río Lobos. La cortina de agua desdibujaba los contornos de las impresionantes rocas que, desde lo alto de dos imponentes montañas, parecían vigilar su paso. Cuevas oscuras y piedras horadadas sembraban de misterio aquel paso estrecho y tortuoso donde se escuchaban sonidos aterradores que parecían gritos fantasmales de espíritus inquietos.

Blanche lloraba desconsolada en brazos de Lucía al notar el miedo que su madre experimentaba. Incluso los caballeros templarios estaban alarmados por el aspecto desolador y misterioso del lugar.

Ya habían recorrido parte del camino cuando un rayo descargó su potencia destructora tras ellos y todos se santiguaron para agradecer que no les hubiera caído encima. A los que cogió desprevenidos fue a los secuaces del rey, que a punto estuvieron de ser arrojados de sus monturas. Eso llevó al de la cicatriz en el cuello a plantearse si debían detenerse para cruzar el estrecho paso. Entre el rayo y los extraños ruidos que se producían en el enigmático lugar, Roux pensó que los demonios del infierno estaban enfurecidos con ellos y empezó a temblar. En sus oídos sonaron a música celestial las palabras del soldado del rey marcado en el cuello:

—Esperaremos hasta que amaine —dijo convencido y ninguno discutió su decisión.

Mientras tanto, el carro seguía el cauce del río Lobos entre guijarros, charcos y sonidos que erizaban el vello a Paul y mantenían en tensión al resto. Avanzaban despacio, sin prisa. No querían perder una rueda en aquel horrible lugar, ya que el cauce del río empezaba a crecer de forma alarmante.

Nadie se atrevía a decir nada. Era cuestión de supervivencia. Incluso la alegría que Lidón había manifestado durante el viaje había desaparecido de repente. Pensaba con ironía que, después de un viaje tan accidentado, podían perder la vida a escasa distancia de su destino, y ese pensamiento la desesperaba.

Entre la cortina de agua, cada vez más intensa, pudo intuir al fondo del cañón un macizo montañoso de aspecto semicircular que la dejó extasiada. De pronto, le pareció que estaba soñando porque todos habían desaparecido y solo ella era capaz de observar lo que ocurría detrás de la lluvia.

Entonces se dio cuenta de que alguien iba huyendo por lo alto de la montaña a lomos de un brioso corcel seguido de cerca por los sarracenos, quienes estaban a punto de darle alcance. Lidón sintió cómo su corazón se constreñía presa de la tensión, pues el jinete había llegado hasta una roca que no le permitía el paso. Sin duda lo iban a capturar o darle muerte.

Angustiada, no podía dejar de mirar lo que estaba sucediendo. Quería gritar y pedir ayuda para que alguien lo socorriese, pero no había nadie a su alrededor que pudiera hacer nada por salvarlo y empezó a rezar a Dios por su vida.

El corcel había llegado en su carrera desesperada al borde del barranco sin posibilidad de bajar ni retroceder. Sin duda, estaba perdido.

Horrorizada, Lidón observó cómo el jinete, en un acto de enajenación, espoleaba su cabalgadura para saltar al vacío.

—¡No lo hagáis, Bartolomé! —salió como un grito de su garganta sin saber qué decía.

Apenas pudo contener el aliento cuando vio arrojarse juntos caballo y jinete desde una altura descomunal. Lo que la enmudeció fue contemplar que habían caído sobre una roca junto al río, donde las herraduras del animal habían dejado labradas sus huellas, y para asombro de Lidón, el jinete al que había llamado Bartolomé seguía ileso.

También pudo apreciar que la espada del hombre se encontraba a cierta distancia del lugar de caída. Fue entonces cuando ocurrió algo todavía más inesperado: la espada empezó a transformarse en un edificio que, pese a tratarse de una humilde construcción, albergaba un gran poder, lo sentía. Era como si la estuviese llamando.

—¡Lidón, despertad!

Miguel la agitaba con cierta violencia. Al abrir los ojos pudo comprobar la angustia que reflejaba la mirada de su hermano. Y quiso saber qué había ocurrido.

Lucía la abrazó. Parecía tan afectada como Miguel.

—Habéis estado ausente —le dijo con lágrimas en los ojos—. Estábamos muy preocupados por vos. Uno de los rayos casi nos da de lleno y en ese momento os quedasteis como muerta. No sabíamos qué hacer. Lo más extraño es que, de pronto, salió el sol y el cielo se quedó despejado para dejarnos ver esta curiosa ermita. —Lucía la señaló con un dedo.

Lidón se quedó boquiabierta al encontrar ante sí la ermita de su sueño, o lo que fuese que le había ocurrido. Notaba la fuerza que desprendía aquel lugar y la maravillaba. Un viejo de barbas blancas los observaba desde la puerta de la construcción.

—¡Bienvenidos a la casa de Dios! —utilizó como saludo.

—Creo que hemos llegado —comentó uno de los caballeros—. Parece la ermita de Ucero que algunos llaman de San Bartolomé.

Lidón no salía de su asombro. El rostro del anciano se parecía demasiado al del jinete que había saltado desde lo alto, con la diferencia de que este era mucho más joven. Se sintió abrumada por la experiencia vivida sin entender qué le estaba sucediendo. ¿Seguía soñando o lo que veía era real?

El viejo se aproximó hasta el carro y dirigió unas palabras a Miguel y Lidón:

—Soy feliz, hermanos Monteagudo, de recibiros en mi humilde casa.

—¿Cómo sabéis nuestro apellido? —preguntó Miguel extrañado.

Para Lidón solo podía significar una cosa, que Pierre le había hablado de ellos.

—Es muy fácil. No tiene misterio. Ambos os parecéis como dos gotas de agua, y el lunar en forma de corazón sobre el labio no deja lugar a duda.

Lidón no pudo contenerse.

—¿Dónde está nuestro tío Pierre?

El anciano sonrió.

—Veo que sentís el mismo cariño por vuestro pariente que él siente por vosotros.

El semblante de la muchacha brilló por la emoción.

—¿Está vivo?

—Eso creo.

—No entiendo. —Lidón se mostró decepcionada por las palabras del anciano.

—Pero bajad y venid conmigo porque estáis mojados. En mi gruta he encendido una hoguera que servirá para secar vuestras ropas y calentaros. Luego ya hablaremos de Pierre de Monteagudo.

Lidón tuvo que hacer un esfuerzo para esperar paciente a que el anciano se decidiera a contarles qué había ocurrido con su tío.

Todos agradecieron el calor del fuego en la enorme cueva donde los llevó tras atravesar el río por un pequeño puente de piedra. Los dos caballeros del desaparecido Temple que los habían custodiado desde Burgos pensaron que ya habían cumplido con la misión de llevarlos a salvo a Ucero y creyeron que los asuntos familiares no eran de su incumbencia.

Tras recuperar el aliento y comer un poco, dijeron que su próximo trabajo los llevaba a Ares en tierras del Maestrazgo. Si necesitaban de nuevo sus servicios, estarían encantados de ayudarles. Montaron en sus cabalgaduras y el caballero más corpulento dirigió una sutil mirada de despedida a Lidón antes de animar a su caballo a avivar el paso.

Lucía jugaba con la niña junto a la ermita donde el sol acariciaba sus rostros mientras Paul, que seguía custodiando su saco con verdadera pasión, observaba curioso los canecillos del alero de la ermita donde había, labradas en la piedra, varias cabezas templarias.

Cuando Lidón hubo agotado su paciencia junto al fuego de la cueva, se dirigió al anciano, que todavía no había contestado a las preguntas que intentaba formularle.

—Por favor, decidme: ¿dónde está mi tío?

—¿Os referís al caballero Monteagudo?

—¿A quién si no? —manifestó perpleja Lidón.

—Pero sentaos a mi lado…, vos también, Miguel —sugirió con amabilidad—. Veréis, el caballero Monteagudo ha pasado en esta cueva siete años. Los mismos que han transcurrido desde que el rey de Francia inició la persecución de los templarios.

Lidón no podía creer que su tío hubiese estado a salvo y durante tanto tiempo no les hubiera dicho dónde se encontraba.

—¿Por qué no nos ha esperado aquí? Recibimos el mensaje cifrado que nos envió y solo hemos tardado dos meses en llegar mientras él ha permanecido en este sitio durante… ¡siete años! No lo comprendo —protestó Miguel.

—No os impacientéis; todo tiene una explicación. Este es un lugar muy especial y Pierre tenía miedo de arrastrar con vosotros a los esbirros del rey. Nadie debe saber lo que esconde este cañón.

—Lo he notado —confesó Lidón y el anciano sonrió.

—Llamadme Bartolomé —dijo el viejo—. Soy un estudioso de Dios y un ermitaño que busca el conocimiento. Supongo que habéis sentido el influjo de este lugar porque me habéis transmitido vuestra presencia. Por eso sabía que estabais llegando.

Lidón se quedó impresionada al oír sus palabras y, sobre todo su nombre. Todo aquello era muy extraño y sentía curiosidad, pero lo que más le importaba era saber dónde estaba su tío.

El ermitaño intuyó su preocupación y, antes de que preguntara, habló:

—Veréis, hace unos días recibió un mensaje del caballero Goliat. Estaba retenido en Culla acusado de un grave delito. Aunque ya no exista la Orden del Temple, ellos siguen siendo un par de hermanos templarios que cabalgan juntos como refleja el anillo de la orden. Pierre no podía dejarlo abandonado. Sabía que yo me encargaría de vosotros hasta que resolviese el asunto y regresara.

—Pues yo no pienso quedarme a esperarlo —dijo Miguel.

—Ni yo tampoco —manifestó Lidón—. Nos vamos a Culla. No hemos venido hasta aquí para seguir aguardando su regreso. Ya no me queda paciencia.

—Lo imaginaba —les respondió el ermitaño, quien no había modificado el gesto afable del rostro—. Pero, cuando terminéis, volved. Tengo demasiadas cosas que contaros y el tiempo se me acaba.

18

Los soldados del rey

Los secuaces enviados por el monarca francés, escondidos tras unas rocas elevadas a una prudente distancia de sus perseguidos, no perdían detalle de los movimientos que se producían en aquel recóndito lugar. Incluso ellos se habían sentido sobrecogidos al descubrir entre los macizos montañosos del cañón del río Lobos la edificación de la ermita de San Bartolomé o de Ucero. Un enclave tan inhóspito que albergara una construcción religiosa como aquella no era algo muy usual.

Habían visto marcharse a los dos soldados templarios tras dejar a los Monteagudo y a sus dos acompañantes con la niña y esperaban hallar a Pierre. Empezaron a impacientarse cuando al único que encontraron fue al viejo ermitaño.

—El demonio se lleve a esos dos hermanos —decía uno—. Nos han arrastrado hasta aquí y no hay ni rastro del templario que buscamos.

Estaba indignado. Hacía tiempo que la juventud lo había abandonado y buscaba con ansiedad una vejez digna, por lo que codiciaba el tesoro del Temple más que el mismo monarca. Ya se encargaría de separar una buena parte para él en cuanto lo hallaran. Ese nuevo revés hacía que le ardiera la sangre que corría por sus venas y le costaba respetar los deseos de su compañero de fatigas, el de la cicatriz en el cuello, quien lo obligaba a seguir esperando.

De pronto, un pensamiento recurrente se adueñó de su voluntad: tal vez podría acercarse al libro y obligar a su portador a traducirlo por la fuerza. En cuanto supiese dónde buscar, dejaría a su compañero y partiría sin decir nada a nadie.

Por su parte, Roux veía a la niña y deseaba raptarla al mínimo descuido. También estaba harto. Pensó que, al haberse marchado los templarios que custodiaban el carro, tendría una nueva oportunidad, sobre todo si le echaban una mano los soldados del rey. En ese caso, podría capturarla con mayor facilidad. No quería seguir tragando leguas por un territorio que desconocía mientras soportaba las miradas de desconfianza de sus compañeros de viaje. Entonces se dirigió al de la cicatriz en el cuello.

—Os veo un poco alterado y, antes de que os desahoguéis conmigo, quiero marcharme. Si me ayudáis a coger a la niña, os dejaré tranquilos. Mi objetivo no es el tesoro, así que me la llevo y os olvidáis de mí. ¿Estáis de acuerdo?

Ambos soldados se miraron y asintieron.

—¿Qué debemos hacer?

***

Mientras Miguel y Lidón permanecían en la cueva con Bartolomé, y Paul se deleitaba con las imágenes de los canecillos de la ermita, Lucía jugaba con la pequeña cerca del río sentada junto a un árbol sobre el que reposaba la espalda.

No podía ser más feliz. Pensó que momentos como el que estaba viviendo valían por una vida. Con el tibio sol calentando su rostro y el de la sonriente niña, no necesitaba nada más.

Desde donde se encontraba no podía ver a nadie. Era como si estuviera sola en el mundo en un lugar mágico que las protegía de cualquier peligro, y pensó que el cielo no podría ser un sitio mejor.

Sin embargo, no se dio cuenta de que dos hombres se le estaban aproximando por detrás. Era Roux y el de la cicatriz en el cuello. Habían acordado que uno la distrajera mientras el otro raptaba a la niña.

El soldado del rey que quedaba a la espera aprovechó que sus cómplices estaban ocupados tratando de llegar hasta Lucía para llevar a término sus propios planes. Se aproximó a Paul con sigilo, quien miraba distraído los curiosos canecillos de la ermita. Como siempre, transportaba consigo el saco que contenía su preciado libro de cuentas de la encomienda de la torre del Temple de París, una caja pequeña y unos guantes encerados.

El soldado se fue aproximando por la tupida vegetación. Había sacado una daga y, tras observar que el religioso estaba de espaldas, corrió el último tramo. Al alcanzarlo, le propinó un empujón sin ningún miramiento que lanzó a Paul contra la pared de la ermita y lo hizo caer al suelo. De inmediato, el soldado le colocó la daga en el cuello. Paul lo miraba con ojos desorbitados al creer que iba a matarlo. Tembloroso, no le salían las palabras. Solo pudo pronunciar a trompicones:

—¿Qué… queréis? —dijo convencido de que pensaba darle muerte.

—Entregadme el libro de cuentas de la orden si queréis vivir.

Paul no pudo evitarlo. Pese a querer resistirse, el miedo lo paralizaba. Con dificultad se quitó la tira de cuero que sujetaba el saco a su cuerpo a modo de bandolera y lo abrió para cumplir los deseos del ladrón. Entonces se lo ofreció para que lo cogiera. El soldado, que seguía amenazándolo con la daga, metió la mano en el saco y lo tomó.

A continuación, abrió el libro por el final y lo obligó a leer en voz alta lo que estaba escrito mientras lo instigaba con la daga. Al instante, una sonrisa aviesa se manifestó en su rostro. Ya sabía dónde habían ido a parar los dos carros que salieron de la torre del Temple dos días antes de la detención de los templarios de París.

—Ya tenéis lo que queríais —manifestó Paul—. Dejad el libro. No hay nada más que os pueda interesar.

De pronto, el soldado pensó que tal vez el religioso lo estaba engañando porque él no sabía leer. Así que tendría que comprobar que lo indicado era cierto.

—De eso nada. —Le arrebató con brusquedad el libro, que permanecía abierto en las manos de Paul—. Me lo llevo yo. Si me habéis mentido, volveré para mataros. Y os aseguro que no será una muerte rápida.

Se dio media vuelta y lo cerró de golpe ante sí, feliz de haber conseguido su propósito para, a continuación, salir corriendo hacia los peñascos y perderse entre ellos.

En cuanto Paul lo vio desaparecer de su vista, gritó con todas sus fuerzas.

—¡Al ladrón! ¡Ayuda! —vociferaba con tanto ímpetu que sus palabras de auxilio al tropezar en las rocas se repetían a lo largo del cañón.

Mientras esto ocurría, Roux y el soldado de la cicatriz, que se aproximaban a Lucía con precaución y casi habían llegado a su lado, fueron sorprendidos por el grito desesperado de Paul, que también alertó a Lucía. Esta se levantó de repente asustada y al girar la vista tuvo tiempo de advertir la presencia del soldado que se alejaba para desaparecer entre unos matorrales junto a otro hombre.

Era tal el pánico que sintió que no dijo nada. Solo tomó a Blanche en brazos y corrió hacia la gruta. Antes de llegar, Miguel y Lidón bajaban corriendo, espada en mano, para defender a sus amigos. La joven Monteagudo se preguntaba qué les habría ocurrido a Lucía y a la niña, por lo que descendía inquieta con el corazón oprimido. Al verlas aparecer, se tranquilizó.

—Miguel, yo me quedo con Lucía. Vos, id a ver que le ha ocurrido a Paul. Si necesitáis ayuda, dadme una voz y acudo enseguida.

En cuanto Lidón llegó al lado de Lucía, esta se abrazó a ella entre lágrimas.

—¡Por Dios! Me han seguido hasta aquí. Vienen a matar a mi hija.

—¿Qué queréis decir?

—Me ha parecido ver a uno de los soldados del rey que me obligaron a decirles lo que ponía en el mensaje que os envió vuestro tío Pierre. —Temblaba de miedo. Lidón recordó cómo había llegado a su casa en París tras haber sido golpeada para obligarla a hablar—. No me quedó otro remedio que sacar a Blanche del convento… para evitar que la mataran. ¿Lo entendéis? —Lucía miraba a Lidón con los ojos desorbitados por el pánico.

—Tranquilizaos, por favor. Estáis a salvo.

—¡No puedo! —Lloraba desconsolada—. Dijo que la trocearían y se la darían de comer a los perros de su majestad si no iba a vuestra casa a averiguar lo que significaba el mensaje. Por eso he huido. No quería que mi hija muriese, pero tampoco quería traicionaros a vos.

Lidón la volvió a abrazar con un cariño inmenso. Sentía la bondad en sus palabras y le dolía que estuviera sufriendo un calvario por culpa del mensaje de su tío Pierre.

—No debéis preocuparos porque yo os protejo. Nadie se atreverá a tocaros ni a vos ni a Blanche. Esta espada templaria os librará de cualquier malnacido que se os acerque. ¡Lo juro por Dios! —le dijo convencida.

Mientras tanto, Miguel acababa de llegar a donde estaba Paul y lo vio encogido y atemorizado. Seguía recostado en la pared de la ermita y solo repetía la misma frase, una y otra vez, como si fuese una letanía:

—Se lo han llevado, se lo han llevado…

—¿Qué se han llevado? —preguntó Miguel.

Entonces levantó la cabeza para mirarlo y a Miguel sus ojos le recordaron al Paul demente de la caravana que había enloquecido por culpa del libro de cuentas de la orden.

Miguel empezaba a estar harto de aquel libro: solo les traía problemas.

—¿Quién ha sido?

—Me ha amenazado… Parecía un esbirro del rey. ¿Quién, si no, puede tener tanto interés por el libro de cuentas de la orden?

Miguel no quiso contestar, pero estaba seguro de que había muchos interesados en ese ejemplar al estar convencidos de que la localización del tesoro templario se encontraba registrada en su interior. Movió la cabeza de un lado a otro en señal de descontento. Desde que habían partido de París todo eran inconvenientes. Le tranquilizó pensar que habían conseguido llegar a su destino a pesar de las dificultades. No obstante, le había defraudado, tanto como a Lidón, no haber encontrado a Pierre.

Bartolomé los reunió a todos en la cueva para hablar. Era necesario tomar medidas. Lo que estaba ocurriendo no era bueno, ya que el lugar estaba despertando el interés de demasiadas personas.

Tuvo que contarles que se encontraban en un enclave mágico cuyo centro era la ermita. No debían romper el equilibrio y la paz que se respiraba en ese lugar sagrado. La presencia de villanos armados que se escondían en aquellas montañas envilecía la santidad del lugar. Aunque desconocía el número de indeseables que los habían seguido hasta allí, era indudable que había más de uno y que sabían lo que buscaban o no hubieran robado el libro que custodiaba Paul. Era necesario alejar cuanto antes a sus perseguidores del cañón del río Lobos. Entonces lamentó que los templarios que los habían protegido hasta Ucero se hubieran marchado. No sabía cómo iba a resolver la situación y fue Lidón quien ofreció un remedio.

—Considero que durante un par de días deberíamos vigilar y estar preparados por si nos atacan. Desde la cueva nos podemos defender bien. Si no lo hacen es porque son pocos, ya que una madre, una niña pequeña, dos jóvenes y un anciano…, disculpadme por lo de anciano —dijo mirando a Bartolomé—, no representan ninguna amenaza para nadie, sobre todo al desconocer que mi hermano y yo manejamos bien la espada.

—¿Y después? —preguntó Miguel.

—Después nos iremos todos a Culla a buscar a nuestro tío. Si han atacado a Lucía es que ella también está en peligro.

—¿Y qué pasa con mi libro? —protestó Paul.

—No podemos hacer nada —respondió Miguel—. Es posible que el ladrón haya huido y ya esté lejos de Ucero.

Entonces Lidón, inquieta, le preguntó a Paul:

—¿Debe ser motivo de preocupación para los templarios que alguien haya robado el libro? Porque solo vos conocéis lo que contiene. ¿No es así?

Paul, al recordar lo sucedido, dibujó en su rostro una sonrisa irónica.

—El ladrón no sabía de letras y me obligó, con una daga apuntándome al cuello, a que se lo leyese. —Paul no tuvo que decir nada más para que todos comprendieran que le había mentido.

El ermitaño tomó la palabra a continuación.

—De acuerdo. Creo que la alternativa sugerida por Lidón es la adecuada. Sin embargo, recordad vosotros, los Monteagudo, que os espero aquí porque tenéis una misión divina que cumplir. Para ello, primero es necesario que resolváis los asuntos pendientes en la tierra para después adentraros en el mundo del conocimiento y del saber al que estáis destinados. —Palabras tan enigmáticas sorprendieron a los hermanos—. Solo quiero que me prometáis que volveréis. Necesito que estéis conmigo durante algún tiempo para que os prepare. Incluso las piedras de la ermita han predicho vuestra llegada. Si tenéis alguna duda, podéis veros en los canecillos representados.

Pese a no entender muy bien a qué se estaba refiriendo el ermitaño, los Monteagudo se comprometieron a regresar cuando hubieran encontrado a su tío y no fueran necesarios sus servicios en otro lugar.

***

El soldado de la cicatriz en el cuello y Roux, el mendigo, habían regresado a su refugio entre las rocas tras abandonar el llano que albergaba la ermita. Disgustados, se preguntaban qué había ocurrido. Al ver que el otro soldado del rey no aparecía, no tuvieron ninguna duda: estaban seguros de que Paul, el religioso que transportaba el libro de cuentas, era al que habían oído gritar. Conocían de sobra su voz, al haber estado soportando sus quejas a distancia en la caravana cuando un vigilante le robó su preciado tesoro.

El de la cicatriz maldijo a su compañero y no dejó de lanzar improperios contra él durante un buen rato hasta que se calmó para imaginar qué habría hecho o adónde se habría dirigido. Lo consideraba un necio por robar un libro cuando no sabía leer. Así que necesitaría a alguien que se lo leyese. Pensó que, aunque hubiera forzado al religioso a decirle lo que estaba escrito, este podría haberle mentido, por lo que no andaría muy lejos y, tal vez, cuando recapacitase, regresaría porque él sí que dominaba las letras. Ese pensamiento lo tranquilizó.

Por su parte, Roux no dejaba de pensar en lo difícil que le estaba resultando secuestrar a una pequeña. Ni siquiera con la ayuda del soldado había conseguido su objetivo y se sentía descontento y hastiado, pero no le quedaba otro remedio que aguantar. Así que esperaría el momento propicio para intentarlo de nuevo, con o sin la ayuda del soldado de la cicatriz. Ese era un hombre que le daba muy mala espina por su carácter pendenciero y maldiciente, todavía más desde que no contaba con el apoyo de su compañero huido.

***

Habían transcurrido los dos días previstos por Lidón para observar si eran atacados y, sin embargo, nadie había osado aparecer por delante de la cueva, lo que demostraba que eran pocos los agresores, si bien era necesario andarse con prudencia porque habían tenido la desfachatez de dividir sus fuerzas para acometer dos objetivos a la vez; era evidente que estaban confiados.

Cargaron el carro y engancharon el caballo, que había permanecido en las proximidades de la cueva donde el río le proporcionaba agua y se alimentaba con la hierba del campo, siempre a la vista de los hermanos, quienes no se podían permitir perderlo, pues era el medio necesario para trasladar a Lucía y a la niña, además de alojar los pertrechos necesarios para el viaje.

Se despidieron de Bartolomé, que les deseó un viaje tranquilo, aunque antes de dejarlos marchar los obsequió con unas palabras inquietantes.

—A veces el demonio está más cerca de lo que pensáis y puede manifestarse con un rostro amable. Tened cuidado porque son las personas en las que más confiáis las que os pueden traicionar.

—¿Podríais decir a quién os estáis refiriendo? —preguntó Lidón. El ermitaño le sonrió.

—Por desgracia, sois vos quien las tendréis que descubrir. Estáis suficientemente preparada para ello. De todas formas, nunca tengáis miedo porque Dios castiga a quienes perturban su paz.

Se alejaron por el cañón del río Lobos Miguel y Lidón junto a Paul, Lucía y su hija. Estaban dispuestos a afrontar cualquier peligro, por lo que estaban alerta. Sabían que entre aquellos peñascos del macizo montañoso se escondían ojos que los contemplaban esperando el momento de atacar.

Lucía no soltaba a Blanche. Se había provisto de un palo largo y grueso que estaba dispuesta a utilizar si alguien se atrevía de nuevo a acercarse a ella.

El carro avanzaba entre las dos paredes montañosas siguiendo el cauce del río guiado por Paul. La tensión se respiraba en el ambiente. Sabían que tarde o temprano caerían sobre ellos y vigilaban inquietos su lenta marcha.

Ya habían recorrido un trecho cuando algo extraño los hizo detenerse. Fue Paul el que dio la voz de alarma al observar junto a la orilla del agua un libro. Aguzó la vista para intentar apreciar de qué se trataba. Al instante lo reconoció. Sorprendido por el hallazgo, detuvo al animal y bajó deprisa del carro para llegar hasta donde se encontraba. Se sintió dichoso al ver que estaba cerrado y seguía intacto en el suelo. Entonces abrió el saco que llevaba consigo y con delicadeza lo tomó para depositarlo en su interior.

—¡Vuelve a estar conmigo! —exclamó dichoso delante de los Monteagudo. Y ellos lo celebraron.

Lucía había descendido con Blanche y paseaba por la orilla a unos pasos de donde se había hallado el libro. Entonces horrorizada, descubrió semioculto entre los matorrales el cuerpo inerte de un hombre. Se tapó la boca para no gritar. El cadáver mantenía los ojos abiertos y espantados. También estaba pálido y los rasgos faciales marcaban su semblante con una expresión siniestra que podía ser de angustia o de terror. Fue cuando recordó el aspecto del hombre que había muerto en la caravana y palideció.

—¡Dios mío! —exclamó aturdida—. ¡Castigo divino! Ya lo advirtió el responsable de conducir a los peregrinos a Santiago. La desgracia nos persigue.

Lo que no dijo Lucía era que aquel hombre le recordaba mucho, pese a su cara macilenta, a uno de los soldados que la golpeó en París. Y tampoco era el mismo que había visto huir tras el grito desesperado de Paul.

Lidón y Miguel pudieron comprobar que en el suelo no había sangre, ni herida en el cuerpo. También por su aspecto daba la sensación de que le hubieran arrebatado la vida aspirándole el alma: las mejillas hundidas eran muestra de ello. Entonces Lidón recordó una de las frases que había pronunciado el ermitaño antes de su partida y se estremeció: «Dios castiga a quienes perturban su paz».

19

GOLIAT CAMINO DEL MAESTRAZGO

Siete años antes de la muerte en la hoguera del gran maestre, 1307

Goliat acababa de abandonar el cañón del río Lobos con la mula cargada de comida y la espada de Pierre. No deseaba contradecir los deseos de su compañero, quien había decidido estudiar el lenguaje de las piedras de la ermita de San Bartolomé, algo que él era incapaz de comprender. Se había dado cuenta de la influencia que ejercía aquel lugar sobre su amigo y jamás impediría que consiguiese alcanzar sus deseos.

Estaba triste porque eran muchos los años que había compartido con él, primero siendo su escudero y luego como caballero templario, ambos inseparables, al igual que los dos freires montando el mismo caballo representados en el sello de la orden. Sin embargo, aunque la separación fuera justificada, se sentía desvalido como si el sello se hubiera partido en dos para arrancarlos de cuajo. Pensó que se trataba de un mal presagio y se puso a rezar. Solo Cristo podía calmar su desazón.

Tardó en recorrer la distancia que lo separaba de Culla más de una semana sin sufrir ningún contratiempo y pensó que sus rezos lo habían protegido del mal. La villa de Culla era tan extensa como inhóspita, con pocos ríos regulares y muchas ramblas que solo se llenaban tras una lluvia abundante, y no parecía haber llovido en mucho tiempo. La profusión de barrancos profundos había enlentecido la marcha a pesar de seguir el trazado de las torrenteras. Al ver la escasez de tierras de labor, se preguntó por el desmedido interés templario en aquellas posesiones que apenas producían lo necesario para subsistir.

De pronto, sintió que el corazón se le alegraba cuando vio a lo lejos la recóndita villa de Culla, enclavada entre montañas y escarpadas sierras que los templarios gobernaban desde el castillo: una imponente fortaleza que coronaba un cerro escarpado y plano en lo más alto.

Mientras se aproximaba a la villa, el sol iba descendiendo para ocultarse tras la línea montañosa que sembraba el horizonte de colinas y peñascos. Entonces recordó que a los templarios les había costado casi cien años hacerla suya, además de tener que pagar por ella una fortuna. Había sido durante el reinado de Pedro II el Católico, en 1213, quien, a instancias del gran maestre de Aragón, había concedido a la Orden del Temple el privilegio de poseer la fortaleza de Culla si la conquistaban a los musulmanes, que por entonces la poseían.

Sin embargo, Culla no había sido ocupada hasta veintiún años después por las tropas reales de su hijo Jaime I, llamado el Conquistador, en su campaña para tomar Valencia. Y los templarios no pudieron quedarse con ella al vender el rey la fortaleza con los castillos y aldeas que formaban parte de su patrimonio a un noble.

No por ello los templarios habían desistido y fueron adquiriendo los territorios que la rodeaban, como Cuevas de Avinromá, Albocácer y Ares, hasta casi asfixiar la villa para finalmente comprarla a su dueño en 1303; eso sí, para que no tuviera queja, por la enorme suma de medio millón de sueldos jaqueses. Goliat todavía recordaba su paso por las calles del anterior señorío de Culla con Pierre de Monteagudo y otros caballeros para tomar posesión de la villa que al fin era templaria no por medio de las armas sino del dinero.

Goliat, tras su paso por la ermita de San Bartolomé, había llegado a comprender el interés que despertaba el lugar para la orden al considerarlo un enclave mágico. Solo tuvo que rememorar la insistencia del ermitaño en señalarlo en el mapa de la Península para alegrarse de tener la oportunidad de esperar a su compañero en un sitio tan especial. Él no notaba el influjo beneficioso de la tierra que pisaba porque se consideraba un hombre corriente, pero sabía que quienes gozaban del poder del conocimiento eran capaces de sentirlo. Y Pierre era uno de esos afortunados.

El castillo, enclavado sobre la atalaya de rocas, envolvía la villa como un abrazo de piedra para proteger a los que allí vivían y rezaban a Cristo. La población mudéjar era casi inexistente en aquel territorio al haber sido, durante largo tiempo, tierra de frontera con los cristianos y, por lo tanto, expuesta a sus ataques y saqueos.

Caminaba despacio con la mula del ramal cuando entró en la pequeña villa. Le extrañó no encontrar a nadie vigilando la entrada. Ya había anochecido y tampoco se veía ni un alma en la calle. La luna llena iluminaba las murallas del castillo y la fachada de las casas con una luz pálida y fría que las nubes, arrastradas por el viento, oscurecían durante breves instantes para dar la sensación de que las sombras trepaban por la superficie de las piedras. Le sorprendió que todas las viviendas tuvieran las puertas y ventanas cerradas. Conocía bien el lugar. Había estado con Pierre cuatro años atrás, cuando los templarios la habían adquirido, y no recordaba que estuviese desierta. Lo tranquilizó ver ondear la bandera con la cruz patada en las almenas del castillo, una muestra de que allí se encontraban los monjes-soldado.

No quiso molestarlos a horas tan intempestivas y decidió buscar acomodo. Le inquietaba que en los reinos peninsulares hubieran adoptado las mismas medidas que el rey francés en su territorio, pues no había hablado con nadie durante su viaje por Castilla y ahora se encontraba en Aragón.

Recorrió las estrechas y serpenteantes calles colmadas de casas que se apiñaban como una familia bajo la protección del castillo hasta llegar a la principal, la calle Plana. Era tal el silencio que dominaba la noche que, durante el trayecto, Goliat solo escuchaba sus propios pasos y los del animal resonando en los soportales.

Únicamente encontró un establo abierto y en él se cobijó junto a la mula. Aún no había descargado los aparejos del animal cuando un sonido extraño lo alarmó. La campana de la capilla templaria acababa de dar las doce. Pensó que los enemigos de Cristo podían haber entrado en la villa al encontrar sus puertas desprotegidas. Él mismo no había tenido dificultad para acceder. Enseguida lo descartó, los templarios lo hubieran impedido. «Entonces ¿dónde están?», se preguntaba confuso. Debía tratarse de algo importante, ya que no era habitual ese comportamiento entre los caballeros del Temple.

Se asomó a la puerta del establo y, sorprendido, vio algunas figuras sombrías que se deslizaban entre las calles. Hizo el intento de llamarlas para que le contaran lo que estaba sucediendo en la villa, pero, antes de terminar la frase, se quedó atónito cuando una de ellas, la más pequeña, se giró para mirarlo y sus ojos brillaban como el fuego.

Aterrado, regresó al interior del establo y cerró la puerta por dentro para apoyar la espalda en ella por si la figura había decidido seguirlo para hostigarlo. Goliat tenía dificultad para respirar, la ansiedad lo paralizaba. Era muy valiente manejando el acero en la batalla, pero los espíritus formaban parte de un mundo que no entendía y tampoco estaba interesado en conocer.

Trató de tranquilizarse. Para ello, respiró profundamente y se puso a rezar a Dios con un fervor inusitado. Era la mejor receta para que nada le ocurriese. Ya lo había comprobado en su viaje desde Castilla y necesitaba la protección del Santísimo para combatir a los espíritus. No obstante, de las piedras con las que habían construido sus casas los habitantes de Culla, desde antes de la dominación musulmana, emergían susurros ininteligibles, a modo de discusiones, que parecían enfadados con él. Como si lo culparan de sus desgracias.

Se aproximó a la mula, que permanecía tumbada en el suelo, y se recostó sobre ella con la espada de Pierre en las manos. No estaba dispuesto a dejarse vencer ni siquiera por los espíritus, su fe lo ayudaba y el arma le proporcionaba sosiego. Durante la noche siguió escuchando ruidos extraños y susurros hasta que se durmió agotado por el nerviosismo que lo dominaba al calor que desprendía el cuerpo del animal.

Al despuntar el día, aún se encontraba la espada de Pierre sujeta en su mano. Era pronto y la villa comenzaba a despertar. Recogió sus cosas y, cuando intentaba salir, se encontró a un hombre de aspecto hosco que lo amenazaba con una hoz.

—¿Qué hacéis aquí en mi casa? —preguntó aterrado—. No tenemos nada para vos. Marchaos, espíritu demoníaco. No me engañáis, aunque llevéis ropas de franciscano, porque se os ha olvidado la tonsura.

Goliat se acordó de que a Robert no le había dado tiempo de afeitarles la coronilla en París. Durante el viaje hasta Castilla, tanto Pierre como él habían tenido la precaución de llevar la capucha siempre puesta, pero se acababa de levantar después de una noche terrible y había olvidado hacerlo.

—Siento… —quiso disculparse Goliat.

—¡Fuera! —gritó mientras seguía amenazándolo con la hoz.

Obedeció sus palabras, pero necesitaba saber qué estaba ocurriendo en Culla, así que insistió:

—Veréis, soy templario y vengo huyendo de Francia. Por eso me vestí de franciscano. Anoche, cuando entré en Culla, no encontré a nadie y necesitaba un lugar en el que descansar. Os puedo pagar.

El labrador lo miraba atónito.

—¿Entonces no sois un espíritu?

—¿Acaso los espíritus vagan de día?

—Pensé que os habíais quedado atrapado en mi establo.

Goliat sonrió.

—Lo que hacía era protegerme de las sombras y de los susurros de las piedras, pero no he conseguido evitarlos. Incluso me armé con la espada templaria para acometerlos, pero todo ha sido en vano.

El hombre se tranquilizó.

—¡Me lo diréis a mí! Cada luna llena ocurre lo mismo. Ni siquiera los caballeros del castillo han logrado que los espíritus se marchen de Culla. Nos tienen a todos atemorizados.

El hombre no le quiso cobrar por la noche en el establo; haber superado la indeseable visita estando solo le parecía suficiente pago.

Goliat se despidió para recorrer una calle muy recta y plana que lo conducía hasta las puertas del castillo. La vida había vuelto a las calles y las gentes trataban de olvidar lo sucedido porque el sol limpiaba de maleficios cualquier lugar hasta que la luna llena asomaba de nuevo en el cielo para hacer regresar a los implacables espíritus.

Se alegró al observar que los templarios seguían siendo los dueños del castillo. Ninguna otra bandera ondeaba en las almenas. Ofrecería sus servicios como templario y esperaría la llegada de Pierre.

Una vez en el interior de la fortaleza, contó una historia similar a la referida al labrador sin dar detalles sobre lo que había transportado hasta Ucero porque ni lo sabía ni tenía interés por averiguarlo; molestar a los espíritus era lo que menos deseaba. Tan solo dijo que había huido para no ser capturado por los soldados de Felipe IV de Francia.

Los caballeros del castillo aguardaban noticias del maestre de Aragón, que se encontraba de viaje en Valencia para hablar con el rey aragonés sobre las acusaciones vertidas contra los templarios y la orden. Prevenido el maestre, antes de partir, había aconsejado preparar los castillos para la defensa a consecuencia de los rumores que llegaban sobre lo que estaba ocurriendo en Francia.

Goliat no llegaba a entenderlo. Había cierta desorganización en la fortaleza y supuso que esperaban órdenes para actuar, lo que le vino bien para no dar demasiadas explicaciones. Enseguida se le ocurrió preguntar por los hechos acaecidos durante la noche. El templario que lo había recibido cambio la amable expresión de su rostro por una intensa inquietud antes de responder.

—Nadie entiende lo que sucede durante las noches de luna llena. Se trata de algo inexplicable. Aquí en el castillo, los más sabios tratan de buscar remedio. Al menos, la suficiente protección para que los espíritus no entren en las casas. Tienen a toda la villa aterrorizada.

—¿Aquí en la fortaleza también entran?

—Sí. No sabemos los resquicios que utilizan para escapar del infierno, pero los susurros atraviesan las piedras. Nadie se atreve a estar fuera de casa por miedo a que se lo lleven con ellos. Es algo sobrenatural.

Asombrado, recordó lo que había aprendido en Ucero. Se hallaba en un enclave mágico donde todo era posible. Por el ermitaño sabía que allí las fuerzas de la naturaleza se concentraban de tal manera que quizás habían abierto un resquicio por el que podían escapar los muertos. Solo pensarlo lo sobrecogía. Estaba seguro de que, si el sabio Bartolomé estuviera allí, ya habría terminado con el problema, pero no era asunto suyo y se propuso no intervenir. Esperaría paciente la llegada de Pierre aunque tuviera que soportar la vigilia de las noches de luna llena.

***

No tardaron en recibir la noticia de que el maestre de Aragón había sido arrestado por el rey aragonés Jaime II, quien había ordenado a sus oficiales detener a los templarios del reino para ponerlos a disposición del inquisidor general. Los del castillo de Miravet se habían negado a abandonarlo y el rey había comenzado su asedio. Sabía que la paciencia era su baza. Cuando se quedaran sin comida ni agua y las enfermedades empezaran a hacer su aparición, el desánimo los rendiría. Así esperaba obtener todas las fortalezas del Temple, una a una.

Más de un año después, caía Miravet y le siguieron otros castillos como Ascó, Chalamera y Monzón.

***

Cinco años más tarde, 1312

Tras los cinco años transcurridos desde su huida de Francia en 1307, Goliat seguía esperando en Culla a Pierre de Monteagudo mientras sufría los avatares del destino como designios divinos imposibles de juzgar. No entendía por qué el papa se había revuelto contra los templarios y otorgaba los bienes procedentes del Reino de Aragón a la Orden del Hospital de San Juan de Jerusalén mientras los bienes del Reino de Valencia, que también pertenecían a la Corona de Aragón, seguían en manos del rey a la espera de su destino, y Culla era uno de ellos.

Sin embargo, había sido un alivio que el concilio provincial celebrado en Tarragona declarara inocentes y libres de culpa a los templarios del Reino de Aragón. Nada parecido a lo ocurrido en Francia. Incluso se les habían otorgado pensiones vitalicias bien remuneradas y podían vivir en las casas de las encomiendas de la orden del Hospital, pero no en sus castillos.

Esperaba que en el Reino de Valencia pronto se adoptara un arreglo similar con los templarios y desesperaba porque Pierre no iba a buscarlo como le había prometido.

Aunque casi se había acostumbrado a las sombras que susurraban a través de las paredes de piedra durante la luna llena, muchos de sus habitantes se habían marchado de la villa al no poder soportar su presencia, y Culla languidecía abandonada a su suerte. Ni los monjes más sabios habían encontrado solución al fenómeno que cada mes se producía.

Durante los dos años siguientes solo aconteció una novedad: era octubre de 1314 cuando el señor de Ares, tras ganar el favor del rey, había adquirido por una suma razonable algunas tierras de Culla e iba a instalarse en la villa. Sabía que los templarios no habrían adquirido el territorio por una fortuna si no tuviesen un motivo oculto, que estaba dispuesto a averiguar. Pero había una causa mucho más profunda: el resentimiento y el odio que no había dejado de crecer en su corazón contra un templario. Ahora que la orden había desaparecido, y con ella su poder, tenía la oportunidad de resarcirse.

Don Sancho de Ares[5] era un hombre de rígidas maneras que siempre estaba molesto por todo. Ambicioso y astuto, la verdadera razón que lo había llevado a comprar esas tierras no era simplemente fortalecer sus dominios, sino ejecutar un plan para hacer realidad una venganza que llevaba años madurando.

Todo ocurrió una mañana que el señor de Ares salió de Culla para ver hasta dónde llegaban las tierras adquiridas. Cuando apenas llevaba una legua a caballo, tres salteadores surgieron de entre las rocas y lo sorprendieron. El animal, asustado, se encabritó y lanzó a don Sancho al suelo. Entonces se dio cuenta de que había sido una insensatez salir sin escolta, pero ya era tarde.

Se incorporó con rapidez y tomó su espada mientras el caballo huía al galope. Las posibilidades de salir victorioso de aquella trampa eran escasas: tres hombres armados eran muchos para su espada, así que intentó apaciguar los ánimos al indicarles que no llevaba nada de valor, palabras que produjeron el efecto contrario al esperado. Al parecer, sabían de quién se trataba y estaban dispuestos a pedir un rescate por él.

Don Sancho, al imaginar lo que pretendían, tomó el acero en las manos. Les haría pagar caro el atrevimiento. Era rápido y los primeros mandobles sorprendieron a los atacantes. No esperaban una defensa tan desesperada y no deseaban matar a su presa. Sin embargo, en un momento determinado, don Sancho descargó su espada sobre el hombro izquierdo de uno de los salteadores. El dolor producido por la herida dibujó en el rostro del agredido un gesto de odio.

---

5   Con posterioridad la villa de Ares recibiría el nombre de Ares del Maestre.

—A este lo mando al infierno. ¡¿Qué se habrá creído?!

Los otros trataron de apaciguarlo sin conseguirlo. Don Sancho se dio cuenta de que ahora luchaba por su vida, ya que los tres lo amenazaban con matarlo si osaba continuar.

Goliat había salido de Culla a recoger algunas hierbas para calmar el malestar de estómago que tenía. Recordaba las que había obtenido el ermitaño en el río Lobos cuando tuvo problemas similares y se hallaba muy próximo al lugar donde se estaba produciendo el asalto a don Sancho. Al oír el cruce de espadas, soltó lo que llevaba en las manos, sacó la de Pierre, sujeta al cinto, y corrió hacia ellos. No tardó en llegar hasta donde se encontraban.

Al ver a Goliat, don Sancho pensó que se trataba de otro enemigo que venía a unirse al resto. Cuando el templario, cuya envergadura ya impresionaba, empezó a manejar la espada contra los asaltantes, el señor de Ares volvió a animarse y combatió con fiereza.

Pronto los atacantes comprendieron que estaban en minoría. Uno de ellos malherido y, además, el que acababa de llegar valía por dos. Bastó una mirada entre los tres bandoleros para salir de allí a toda prisa. Ninguno quería dejarse la vida en un combate dispar que parecía tener ya determinado al ganador.

Don Sancho, al verlos huir, se sintió dichoso. En su juventud, tal vez los hubiera despachado él solo a los tres, pero los años pesaban como una losa en sus pies y había perdido buena parte de su habilidad con el afilado acero. Se volvió hacia su salvador para agradecerle la ayuda y entonces, atónito, vio la espada que Goliat llevaba en las manos. Se la pidió para observarla de cerca. No era muy distinta de la que cualquier caballero templario blandía en batalla, pero esta tenía una inscripción en la hoja que leyó primero para él mismo: «Posthac amor solum Deo», y después tradujo en voz alta:

—'De ahora en adelante mi amor es solo para Cristo' —pronunció con un profundo resentimiento y, a continuación, dijo unas palabras que sorprendieron a Goliat—. Esta espada pertenece a Pierre de Monteagudo.

—¿Cómo lo sabéis?

—Eso no importa. Supongo que ha muerto, o no la llevaríais vos.

—No sabría decir con certeza, pero es difícil que haya muerto porque tiene que volver para recuperarla —dijo convencido pese al tiempo que llevaba sin recibir noticias suyas—. El caballero Monteagudo y yo hemos sido compañeros del Temple durante muchos años. Si el rey de Francia no hubiera perseguido a la orden hasta hacer que el papa la suprimiera, todavía seguiríamos juntos luchando por Cristo.

Las palabras de Goliat le revolvieron las entrañas e hicieron renacer el odio y el rencor en el corazón del señor de aquellas tierras al mismo tiempo que sus ansias de venganza. Había encontrado al hombre que haría realidad sus deseos, repararía el daño causado y le permitiría marcharse a la tumba con la tranquilidad del deber cumplido.

20

DON SANCHO DE ARES

En cuanto don Sancho regresó a Culla, puso en marcha su plan. Llamó a uno de sus hombres de confianza, un escribano hábil en la falsificación de documentos, para solicitar sus servicios. Lo sentó frente a él junto al fuego y le ofreció algo de comer y beber. Era preciso tenerlo de su parte.

En la habitación se respiraba la tensión de don Sancho, y el recién llegado sabía que iba a proponerle algo deshonesto. Pese a no gustarle la idea, no podía negarse. Había pagado los enormes gastos que solicitaba el galeno del rey, de paso por Ares, cuando atendió a su hija, que estaba a punto de morir tras un parto complicado, y eso no lo podía olvidar. Siempre estaría en deuda con él.

—Necesito que escribáis un par de cartas dirigidas a dos mercaderes musulmanes de al-Ándalus. —Al ver el rostro petrificado del escribano, lo tranquilizó—. Serán falsas. Debe parecer correspondencia secreta entre los mercaderes y Goliat.

—¿No es el templario que os salvó la vida? —preguntó alarmado.

—Así es. Aunque no debéis preocuparos por él porque no le pasará nada, pero debo utilizarlo para conseguir mis propósitos. Se trata de una empresa que nadie deberá conocer. Ni siquiera vos. Por eso os ruego la máxima discreción.

El escribano estaba molesto e intuía que no le iba a gustar lo que debía hacer.

—Cuando dispongáis, empezamos, don Sancho.

—Además, quiero un documento que contenga detalles precisos sobre un supuesto plan para abrir las puertas del castillo de Culla a un pequeño contingente de mercenarios musulmanes con la finalidad de infiltrarse en la fortaleza para conquistarla. A cambio de este favor, otorgado a los enemigos de Cristo, deberéis poner que Goliat recibirá una suma considerable de oro y tierras al sur del reino.

El escribano estaba inquieto. Si lo había entendido bien, iba a participar en un fingido complot hereje que buscaba apoderarse del castillo y entregar el territorio a los musulmanes del sur, con los que Goliat habría estado negociando en secreto.

—¿Seguro que no es verdad? —preguntó receloso—. No me gustaría ser el autor de los documentos que…

No lo dejó terminar la frase. Entendía sus dudas.

—Por supuesto que es todo inventado y no representa ningún peligro para vos. Solo necesito que encarcelen a Goliat. No necesitáis saber nada más. Haced bien vuestro trabajo y seréis recompensado.

En parte, por temor a don Sancho y, en parte, por el aliciente del dinero, se puso a trabajar para ofrecerle todo lo que le había pedido. Vencida la tarde, finalizó las dos cartas y el documento con la habilidad que le caracterizaba y salió de la casa asqueado consigo mismo por hacer daño a quien no se lo merecía. Para evitar el remordimiento, enseguida pensó que si a Goliat, que le había salvado la vida, era capaz de culparlo de un complot hereje contra Dios y contra el soberano, no quería ni imaginar qué haría con un pobre escribano si lo traicionaba. Así que salió de casa de su señor con el alma turbada.

Don Sancho se movía por la habitación ansioso por seguir adelante con su plan. Ya tenía los documentos que lo harían posible. Así que no tardó en llamar a otras personas que respaldaran su historia para darle veracidad. Para ello, seleccionó a algunos aldeanos de la villa, personas humildes, cuya lealtad podía ser comprada fácilmente. Uno de ellos era un pastor que a menudo pasaba por los alrededores del castillo; el otro, un mercader ambulante. Ninguno de los dos tuvo escrúpulos en ceder a las intenciones del señor por una bolsa de monedas. El hambre era mala consejera.

Tras el encuentro con don Sancho, no dejaron de esparcir por Culla terribles falsedades. En pocos días todos estaban convencidos de que Goliat se había reunido en secreto con hombres de aspecto extraño en las montañas a altas horas de la noche. Decían que lo más insólito era que hablaban en una lengua que no entendían, similar a la que utilizaban los infieles.

Cada día que pasaba, Goliat se sentía más observado. Algunos lo miraban con miedo y otros con desprecio. No sabía qué estaba ocurriendo en Culla, pero no le gustaba. Desde que había salvado la vida a don Sancho, las cosas le iban de mal en peor. No esperaba recibir ninguna recompensa, aunque tampoco el desdén ajeno.

Vivía fuera de las murallas de Culla, al igual que el resto de los templarios, que habían sido expulsados de la fortaleza para evitar que se hicieran fuertes en el castillo. El rey no deseaba realizar más asedios y quería que se mantuviesen alejados de cualquier fortificación. Además, los freires declarados inocentes podían vivir en casas de la antigua encomienda templaria practicando la vida religiosa siempre que abandonaran las armas.

Goliat ni había sido juzgado ni había abandonado las armas. Seguía siendo un templario de corazón fiel a sus principios y no llegaba a comprender qué les había pasado a los habitantes de Culla que a menudo lo esquivaban.

Ya había vendido la mula para comer, pues cada día era más difícil encontrar algún trabajo con el que alimentarse porque la caza no era suficiente. Mientras caminaba por la calle principal en busca de algo que llevarse a la boca, oyó a dos mujeres. Se encontraban en el mercado entre los vendedores que trataban de atraer, voz en grito, a los clientes para que adquirieran sus productos. Supo enseguida que hablaban de él y su charla lo sobrecogió.

—¿Os acordáis del templario vestido de franciscano que llegó a Culla hace varios años?

—¡Cómo olvidarlo! Se llama Goliat.

—Pues dicen que es un traidor. Quiere entregar esta villa a los enemigos de Cristo. Ha pactado con ellos.

—¡Bendito sea Dios! —Se persignó asustada la otra vecina.

—No me extraña. Yo creo que con quien ha pactado es con el diablo. Desde que llegó a Culla, los espíritus no dejan de aumentar sus fechorías y pronto tendremos luna llena.

—¡Jesús, María y José! —Volvió a persignarse—. ¿Estáis segura?

—Y tanto. Fue el único que surgió del establo de nuestro vecino Andrés a la mañana siguiente. Nadie lo había visto antes. Estoy segura de que se quedó atrapado en este mundo.

—¡Qué horror!

Al darse la vuelta, vieron a Goliat y palidecieron. Él pasó de largo sin darle importancia al comentario, pero la que había instigado a la otra a creer que el templario era un espíritu se puso a gritar.

—¡Aquí está el culpable de nuestras desdichas! ¿Lo veis? —dijo señalándolo con el dedo—. Un espíritu maligno que escapó del infierno de los sarracenos con la misión de recuperar Culla para los herejes. ¿Lo vamos a permitir?

Los vecinos de la villa empezaban a reunirse alrededor de Goliat. Muchos pensaban como la mujer. Tenían que culpar a alguien de sus desdichas, y quién mejor que un representante de una orden caída en desgracia. Aquel templario bonachón que conocían desde hacía siete años tenía las espaldas suficientemente anchas para cargar con las penas de toda la villa, porque estaban seguros de que no se iba a rebelar. Ni siquiera podía defenderse con su espada, ya que tenían prohibido entrar con ella en la población, por lo que estaba en manos de otro compañero del Temple para que la custodiara.

En cuanto la noticia llegó a oídos de don Sancho, se frotó las manos de satisfacción. Todo estaba saliendo tal y como lo había planeado. Incluso, al aumentar las acusaciones contra

Goliat, al considerarlo un espíritu, la causa contra el templario no tendría ningún resquicio por donde pudiera escapar.

Salió de la noble casa en la que vivía y se dirigió al mercado. Los soldados del rey, que dominaban la fortaleza tras arrebatársela al Temple, ya lo habían prendido. Esperaban órdenes para saber qué hacer con un hombre acusado de traición, porque nadie había aportado pruebas.

Don Sancho se abrió paso entre la gente y se dirigió a los soldados que custodiaban a Goliat. Este permanecía impasible y desconcertado ante el aluvión de circunstancias que se estaban produciendo y que habían caído sobre él tan de improviso como una granizada.

—Este hombre es culpable. Tengo pruebas que lo demuestran —aseveró al mismo tiempo que sacaba de entre las ropas el documento que previamente había elaborado el escribano—. Aquí están. —Las agitó en el aire—. Ese hombre debe ser conducido a las mazmorras del castillo para ser juzgado. Si es inocente, que lo demuestre y, si no lo es, que se atenga a las consecuencias.

Todos los habitantes de Culla presentes respaldaban las palabras de don Sancho y empezaron a opinar.

—¡Que lo lleven a las mazmorras! —gritaba uno.

—Eso es poco. Que lo maten —pedía otro—. Es un espíritu del mal. Seguro que muerto se lo llevan al infierno sus amigos los sarracenos y desaparecen los espíritus los días de luna llena.

—¡Cuánta razón tenéis! Muerte, muerte... —coreaban los habitantes de la villa.

Entre ellos se encontraba el escribano que había plasmado todas las falsedades en el papel y sudaba angustiado. Se hizo hueco entre quienes rodeaban a Goliat para llegar hasta su señor. Al alcanzarlo lo miró a los ojos sin decir una palabra. Le había prometido que no matarían al templario y no parecía interesado en impedirlo.

Don Sancho observó el rostro afligido del escribano y le sonrió. Era una sonrisa irónica que le heló la sangre. Estaba seguro de que iba a permitir que lo mataran y su muerte recaería sobre su conciencia. ¿Cómo iba a presentarse ante Dios cuando muriese con ese pecado mordiéndole el alma?

De pronto, don Sancho alzó la voz y todos callaron.

—No podemos permitirnos ser tan salvajes como los amigos de los sarracenos, pero... —se detuvo para ver si le estaban prestando atención y, al observar que había ganado la confianza de los oyentes, siguió hablando— nosotros somos mejores que los enemigos de Cristo. Por ello, le vamos a permitir que se defienda. Que lo encierren en las mazmorras del castillo, que yo le enviaré a mi escribano, aquí presente, para que el acusado redacte una carta pidiendo apoyo a quien considere oportuno, bien un testigo o alguien que lo conozca bien y pueda probar su inocencia.

Algunos protestaron, si bien otros estuvieron de acuerdo y los soldados de Jaime II siguieron las indicaciones de don Sancho. Era un hombre de peso en la villa de Ares y no querían ganarse su enemistad.

A trompicones llevaron a Goliat al castillo para encerrarlo en una lóbrega celda. Cuando lo dejaron allí, todavía no creía lo que le estaba ocurriendo. «¿Qué he podido hacer para que esta gente me odie?», se preguntaba intrigado.

Aún no había transcurrido ni media hora cuando un hombre que aparentaba ser muy poca cosa por su aspecto pequeño y asustado entró en la mazmorra.

—No me vais a hacer daño, ¿verdad? —preguntó encogido como queriendo esconderse dentro del sayo.

Era el escribiente. Sabía que Goliat estaba encerrado por su culpa al haber falsificado el documento que lo implicaba en una traición al rey y a Cristo. Su señor no había perdido un segundo en enviarlo para mantener sus planes de venganza, y ese era su siguiente paso.

—No os apuréis. No tengo intención de castigaros por lo que han hecho otros conmigo.

Todavía le produjo mayor desazón al escribano descubrir que él era su verdugo y el templario ni siquiera lo imaginaba.

Con el corazón destrozado por no comportarse como un buen cristiano, el escribano le pidió que le dictara las cartas que considerase oportuno para pedir ayuda a alguien que pudiera responder por él.

Goliat lo miró comprensivo.

—Creo que acabaremos pronto. Solo tengo una carta que enviar.

Se sentó en el suelo húmedo y el escribano pidió mesa y un escabel para escribir con comodidad. En cuanto se lo trajeron, sacó la tinta y la pluma, y copió al dictado:

Estimado Pierre de Monteagudo, son muchos los años que llevo esperando en Culla vuestra llegada para devolveros la espada que tanto representa para vos. No me he separado de ella nunca, salvo hoy, y por circunstancias que no llego a entender, pues me hallo preso en las mazmorras de la fortaleza que antes fue templaria y que ahora pertenece al rey. Dicen que soy un traidor por haber negociado la entrada al castillo de los sarracenos del sur por dinero y tierras. No sé de dónde han podido sacar tal necedad. En fin, que sea lo que Dios quiera.

Bueno, me gustaría que, cuando vengáis a recoger la espada, que guarda un templario en la casa en la que vivo fuera de las murallas de la villa, traigáis algún remedio contra los espíritus que andan sueltos por estas tierras de Culla aterrorizando a las gentes. Preguntadle a Bartolomé, el sabrá lo que necesitáis.

Tampoco entiendo por qué creen que yo soy uno de esos espíritus que aparecen las noches de luna llena.

Si me matan, que es lo más probable dadas las circunstancias, al menos que las gentes puedan descansar tranquilas sin sufrir la visita de las sombras que siempre están descontentas. No sé qué les pasó en su otra vida para quedar atrapadas en esta. En ocasiones parecen sarracenos heridos y, a veces, cristianos moribundos. Todos susurran penas. Es muy triste. He tratado de hablar con ellos durante estos años, pero no he conseguido que me entiendan. Van a lo suyo sin hacer caso de nadie. He llegado a acostumbrarme a su presencia. Igual es que voy a convertirme en uno de ellos. ¡Quién sabe!

Espero que hayáis encontrado lo que buscabais en Castilla. Deseo de corazón que así sea.

Esta carta os la remite Goliat, el hermano templario que siempre os recordará como el mejor compañero y amigo. Un escribano está copiando lo que le digo, ya que, como sabéis, no entiendo de letras.

En cuanto el escribano abandonó la mazmorra con el deber cumplido, fue a entregarle la carta a su señor. Le dolía en el alma ver a Goliat tan conforme con su destino y estaba destrozado por no poder hacer nada por ayudarlo. Se enfadaba consigo mismo. Le hubiera gustado mirarlo a la cara y decirle que solo él era el responsable de todo lo que le estaba sucediendo, y desesperaba por su cobardía. Le parecía tan honorable aquel templario enorme, que de un manotazo lo hubiera podido estampar contra la pared mohosa de la celda, que haber actuado como lo había hecho aún le producía un mayor desasosiego. Se consideraba un miserable que no merecía ni mirar a Goliat a los ojos. Y odiaba a su señor por haberlo obligado a pecar. Creía que, si mataban al templario, llevaría manchada el alma para siempre.

Pese a los remordimientos que le causaba su terrible acción, le proporcionó la carta a don Sancho.

—Hay que llevarla a Ucero y entregarla en la ermita de San Bartolomé —dijo el escribano y se marchó para llorar en casa, a solas, por su reprobable proceder.

Sin embargo, al llegar y ver a su hija en la vivienda con el nieto en brazos, a quien el galeno del rey había salvado con los dineros de don Sancho, los remordimientos que pudiera tener se amortiguaron.

***

El señor de Ares no perdió un instante. Entregó la carta a tres pendencieros bien pagados con el encargo de que se la hicieran llegar a Pierre de Monteagudo. Deberían observar si el destinatario se dirigía a Culla, tal y como había previsto don Sancho. En caso contrario, deberían capturarlo y llevarlo a rastras, si fuera necesario. Eso sí, sin matarlo; era muy importante que llegara vivo. Si se cumplían exactamente sus instrucciones, al regreso les duplicaría el pago.

Fue tan convincente la bolsa ofrecida que los tres bellacos no pudieron resistirse por tan escaso esfuerzo. Antes de marcharse, los animó con otra oferta:

—Si hacéis el trabajo como os he dicho y «no os importa mentir», podríais marcharos de Culla con las alforjas bien llenas… no solo de comida.

Salieron de casa de don Sancho con la carta para Pierre de Monteagudo y una sonrisa de satisfacción dibujada en el rostro. «Por dinero, lo que haga falta», pensaron.

***

Cañón del río Lobos, 1314, tras haber quemado en París al gran maestre de la Orden del Temple.

Pierre de Monteagudo se encontraba junto al ermitaño en la cueva del cañón del río Lobos. Durante los siete años transcurridos desde su huida de Francia con Goliat, no se había movido de allí. Estaba tan impresionado por todo lo que había descubierto en las piedras de la ermita de San Bartolomé, gracias a las explicaciones del anciano, que no podía abandonar el lugar. Se sentía embriagado de conocimiento y nunca se hartaba de aprender, quería saber más. Ahora era tan fácil leer los mensajes que figuraban en las piedras que apenas tenían misterios para él.

Sin embargo, estaba atrapado sin saberlo en un laberinto sin fin donde la sabiduría intentaba sorprenderlo con nuevos conocimientos para que nunca abandonara la ermita. Tan solo una noticia lo hizo despertar.

Por la mañana se había encontrado a un cabrero que conducía su pequeño rebaño por el cañón y le contó la nueva que repetían en cualquier lugar por donde pasaba.

—Dicen que han quemado en París al gran maestre templario.

—¿A Jacques de Moley?

—No sé su nombre… Era el que más mandaba en la Orden del Temple.

—¿Sabéis cuándo?

—En marzo.

A Pierre se le encogió el corazón. En Francia ya no quedaban caballeros templarios. Estaban muertos o prisioneros del rey en terribles condiciones, sin posibilidad de aliviar esa carga hasta que la muerte los liberase de tamaña crueldad. Acabar con el gran maestre después de siete años preso era la mayor vileza que un monarca podía cometer.

—Gracias, amigo, por la información.

Estaba a punto de marcharse cuando el cabrero habló. No solía tener mucha compañía, salvo la de sus animales, por lo que disfrutaba con cualquier encuentro fortuito que le permitiese hablar y alejarse por un momento de la soledad que lo acompañaba a diario.

—Pero no sabéis lo mejor…: el templario quemado en la hoguera por el Felipe ese de Francia hizo una profecía antes de morir. Dijo que en un mes moriría el papa y en menos de un año el rey. ¡Pues ya se ha cumplido uno de los vaticinios! Clemente V ha fallecido en abril, ¡en un mes! Me imagino en la piel del rey y estoy seguro de que debe andar bastante preocupado —comentó irónico—. Ya lo dice el refrán: «Cuando las barbas de tu vecino veas pelar, echa las tuyas a remojar».

—Y rio por la ocurrencia.

Pierre estaba demasiado impresionado para seguir conversando con el cabrero y regresó a la cueva, donde Bartolomé lo esperaba.

—Por el aspecto de vuestro rostro deduzco que no traéis buenas noticias —dijo.

Pierre le contó lo ocurrido y el ermitaño comprendió su pesar. Se dio cuenta de que había transcurrido demasiado tiempo sin que el Monteagudo hubiera escrito o visto a su familia, con la intención de protegerlos. Además, pensó que ya había concluido el aprendizaje. Le había enseñado lo necesario para que el saber no se perdiera en el tiempo cuando su marchito y centenario cuerpo despidiese el alma.

Pierre consideró que había llegado el momento de llamar a Lidón y a Miguel, por lo que esa misma tarde les escribió el mensaje que debía atraer a su familia a Ucero, el mensaje que decía: «Cuando el lucero del alba alumbra a los mortales es que Dios les está sonriendo». Estaba seguro de que lo entenderían.

Solo tuvo que acercarse al castillo de Ucero para solicitar el favor de que alguien que partiese en breve hacia París lo llevara. Aunque no lo conocieran en persona, habían oído hablar del ayudante del anciano Bartolomé. Esto fue suficiente para que le prestasen toda la ayuda que precisara porque el ermitaño era admirado no solo por sus conocimientos, sino porque también gozaba del prestigio que da la santidad.

Pierre recordó que Lucía la cortesana era amiga de Lidón y decidió que el mensaje se lo entregaran a ella. Pensó que quizás sirviera para proteger a los dos hermanos.

21

LA TRAMPA

Cuando los tres pendencieros llegaron al cañón del río Lobos para entregarle a Pierre la carta de Goliat, este se encontraba con Bartolomé cerca de la ermita, lugar donde era más intensa la influencia de los «objetos» depositados bajo la losa que había delante del altar, fruto del exitoso traslado desde la torre del Temple de París.

Estaban a la espera de que llegaran Lidón y Miguel. Maestro y ayudante presentían que se hallaban en camino y que la muerte no dejaba de acecharlos, escondida bajo un rostro amable. El anciano observaba la preocupación en el semblante de Pierre y trató de animarlo.

—Si les hubiese ocurrido alguna desgracia, tened por seguro que lo habríamos percibido.

De pronto, sintieron que se aproximaba la maldad vestida de sicario. Eran los tres pendencieros que iban a entregarle la carta. Acababan de acceder al terreno llano próximo a la ermita.

—Descansad, hermanos —dijo Pierre—. ¿Queréis tomar un poco de sopa? Es lo único que tenemos.

El hábito marrón deshilachado de franciscano apenas le cubría el cuerpo, pues algunos agujeros ventilaban demasiado sus carnes. Durante el tiempo que había permanecido en la cueva, no había cambiado de indumentaria. La pobreza era signo de humildad. Lo que le llamaba mucho la atención a Pierre era que Bartolomé llevaba muchos más años el mismo hábito blanco y nunca estaba sucio ni deshilachado a pesar de lo polvoriento que era el lugar en el que habitaban. Pensó que, en adelante, debería ser más cuidadoso con sus ropas.

Los tres pendencieros no quisieron comer nada. En cuanto les dijo su nombre, le entregaron la carta de Goliat y esperaron a ver la reacción del templario.

Tras leer el mensaje aumentó su preocupación.

—Goliat se encuentra en apuros y ni siquiera pide ayuda. Escribe para que vaya a recoger mi espada. Como lo dejé responsable de ella, no quiere que la pierda. —Le emocionó la bondad de su compañero hasta el punto de humedecérsele los ojos.

Los bribones que había enviado don Sancho se sintieron satisfechos al intuir que no iba a ocasionarles problemas.

—Entonces id —dijo Bartolomé—. Un alma tan generosa merece ser reconfortada. Pero vayamos a la gruta para recoger aquello que podáis necesitar para el viaje.

Mientras los tres mensajeros esperaban en el llano, Pierre y el ermitaño seleccionaban en la cueva algunas hierbas.

—¿Os importaría que cogiera un poco de ese polvo azul que trajeron en secreto mis hermanos los templarios de Tierra Santa? Es posible que necesite utilizarlo.

—Por supuesto, Pierre. Todo lo que hay aquí os pertenece tanto como a mí. Coged lo que queráis. —Pierre hizo un hatillo con lo que consideró más oportuno.

—Hay otra cosa que debo pediros: decidle a Lidón y a Miguel que los quiero con toda mi alma y lamento no poder estar aquí para recibirlos. Sé que se disgustarán, pero vos sabréis disculparme.

—Sois un hombre de honor como corresponde a un templario y por ellos corre vuestra sangre, así que no tendrán dificultad en comprender vuestras prioridades. Sin embargo, me temo que pronto vuestro secreto mejor guardado saldrá a la luz. No temáis las consecuencias.

Pierre de Monteagudo se sintió turbado por las palabras de Bartolomé, aunque no dijo nada.

Se abrazaron con afecto fruto de una comprensión mutua fraguada en la soledad del cañón del río Lobos. El antiguo aprendiz ya intuía muchos de los misterios del conocimiento, un aprendizaje que lo había hecho feliz durante los siete años que había acompañado al maestro en tan recóndito lugar. Y el ermitaño sentía que llegaba el momento del relevo y Pierre era el mejor candidato. Pese a ello, lo dejó marchar.

Pierre no tardó en regresar al llano, donde le esperaban los tres acompañantes que debían conducirlo hasta Culla. Se sintieron afortunados por realizar un trabajo tan sencillo y bien pagado. Si al llegar, don Sancho les indicaba que mintieran, mentirían y, si les decía que mataran al templario, también cumplirían sus deseos sin remordimientos.

Como Pierre no tenía ningún medio con el que desplazarse, salvo ir a pie, porque una de las mulas se la había llevado Goliat siete años atrás a Culla y la otra había muerto en el cañón del río Lobos por vejez, uno lo subió a su caballo. Se irían turnando los tres. Querían llegar cuanto antes a casa de don Sancho para recibir el pago que habían pactado.

Los caballos que montaban los secuaces del señor de Ares eran buenos animales y en pocos días ya cruzaban las puertas de Culla. Había sido un viaje sin incidentes. Solo en una ocasión se habían tropezado con varios asaltantes que, al ver a tres hombres, dos de ellos bien armados, desistieron de su intención de atacarles. Fue entonces cuando Pierre comprendió que alguien había pagado a sus acompañantes para que lo protegieran y se preguntaba quién haría eso por él. No tardó en averiguarlo.

Habían entrado dentro de una casa noble y dedujo que allí vivía su benefactor. Don Sancho lo recibió sentado en una mesa elevada y lo obligó a sentarse en el suelo para humillarlo. Desde lo alto lo observaba complacido.

—Esperad fuera por si os necesito —les dijo a sus esbirros—. Ya he dado órdenes para que os paguen lo prometido.

Los tres obedecieron sin rechistar mientras Pierre esperaba conocer la identidad de quien lo había favorecido.

—Vuestro amigo Goliat está encarcelado por traidor y me temo que poco puedo hacer por él. Hay testigos y un documento que demuestra a las claras sus intenciones de ayudar a los sarracenos del sur para entrar en Culla y reconquistarla. A cambio, él recibirá oro y tierras.

—Eso es imposible —protestó Pierre—. Goliat es un caballero templario y tanto el honor como el servicio a Cristo son inquebrantables. Jamás haría algo semejante. Eso es una falsedad.

Don Sancho empezaba a indignarse.

—¡Querréis decir «era» un caballero templario! El Temple no existe. El papa se encargó de ello. Ahora solo es un desarrapado como vos.

—Entonces ¿por qué os habéis preocupado de traerme hasta Culla?

—Pronto lo sabréis.

Llamó a sus secuaces.

—Conducid a este traidor a las mazmorras del castillo. Enseguida llevaré las pruebas para que lo juzguen junto al otro preso.

Entre dos cogieron a Pierre por debajo de los brazos para arrastrarlo sin miramientos hasta la puerta de la vivienda. Pierre mantenía el hatillo en una mano sujeto con fuerza. Una vez fuera, en la calle Plana, fue conducido al castillo. La gente lo miraba con extrañeza y se preguntaba quién sería. Iba tan pobremente vestido que hasta les causaba pena su aspecto, sobre todo a las mujeres, por tratarse de un hombre joven bien formado de hermoso rostro. Verlo casi desnudo aumentaba su atracción y se santiguaban para no pecar de pensamiento.

En el castillo, nadie se atrevió a discutir la decisión del señor de Ares por las excelentes relaciones que mantenía con el rey Jaime II de Aragón. Así que lo condujeron a las mazmorras como había solicitado el potentado.

Por orden de don Sancho debían colocarlos juntos en la misma celda. Quería que Pierre supiera, de primera mano, que iba a morir ajusticiado como traidor por unos hechos falsos que no había cometido.

En cuanto entró en la celda y vio a Goliat, una alegría inmensa le humedeció los ojos. Se aproximó emocionado y se fundieron en un abrazo fraternal que desató un torrente de lágrimas en el rostro de su compañero y amigo.

—No puedo creer que estéis aquí, Pierre —dijo mientras la emoción lo embargaba. De repente, se separó de él, disgustado—. Pero ¿por qué os han traído a mi celda? ¿También os van a juzgar?

—Me temo que sí. No sé qué está ocurriendo. Un señor que ni siquiera me ha dicho su nombre afirma que soy un traidor.

—¿Don Sancho? —preguntó Goliat.

—¿Estáis hablando de don Sancho el señor de Ares?

—Exacto.

Pierre palideció. Después de tantos años ni siquiera lo había reconocido.

Se quedó ensimismado un instante mientras regresaban a la memoria momentos del pasado que ni el tiempo transcurrido había logrado borrar.

—¿Qué os ocurre? —preguntó Goliat extrañado—. ¿Lo conocéis?

Pierre no sabía qué contestar.

—Lo conozco muy poco, pero él me odia a muerte por algo que pasó hace veinte años.

—Pero si en aquel momento no tendríais más de quince.

—Así es. Lo conocí cuando viajaba con los templarios con la intención de que me admitieran como escudero. Aprendía de ellos todo cuanto podía. Nos instalamos en Ares a la espera de poder adquirir Culla, pero el noble que se la había comprado al rey se negaba a venderla. Fue entonces cuando ocurrió algo inesperado. Como tenemos tiempo, os lo puedo contar. Tal vez descargar mi conciencia por primera vez me haga mucho bien.

Siguió relatando que un día vio en Ares a una joven de belleza inigualable cuando un ladronzuelo, en un descuido, le robó un pañuelo que llevaba en la mano. Quedó tan arrebatado por su belleza que no podía permitir que aquella dama perdiera una prenda. Salió tras el muchacho hasta atraparlo. Después, tomó el pañuelo y el perfume que desprendía lo sedujo de tal manera que deseó quedárselo para él. No obstante, pese a su deseo, fue capaz de devolvérselo a la joven.

Aquel fue un instante mágico. Los ojos de ambos clavaron su mirada para prenderse de ella y algo surgió en el interior de sus almas que los unió para siempre. Pierre lo presintió al momento.

Nadie podía prever lo que sucedería a continuación. Los días transcurrían a la velocidad de un viento tempestuoso que los unía con mayor intensidad. Él tenía quince años y ella veinte, pero la edad no constituía un problema para dos almas unidas por una imperiosa necesidad de estar juntos.

Ella escapaba de casa con la excusa de dar un paseo a caballo por la villa y en las ruinas de una ermita alejada del centro tenían sus encuentros, que empezaron siendo delicadas charlas de enamorados hasta acabar con caricias y abrazos que se prodigaban con placer. Desde que se habían visto por primera vez, la impaciencia por compartir sus vidas superaba cualquier obstáculo, o al menos eso creían.

No tardó el padre de la joven, un señor viudo, en atender los rumores que sobre su hija circulaban por la villa. Era su más preciado tesoro, su única heredera, a la que había cuidado con esmero desde el día de su nacimiento. No podía permitir que un don nadie le arrebatara su joya.

A partir de aquel momento, le prohibió a Isabel, su hija, que saliera de casa. No podía enfrentarse a los templarios porque ni los superaba en armas ni en fiereza para combatir. Además, aquel petimetre, pese a no ser ni siquiera escudero, estaba protegido por ellos.

Isabel se rebelaba contra su padre y no atendía a razones, por lo que la encerró en su habitación custodiada por dos hombres armados. El encierro que pasó durante meses no impidió que la vida se abriera paso en el vientre de la joven.

Sus sentimientos se debatían entre el deber de obediencia, junto al amor que sentía por su padre, y la pasión por Pierre, además de la vida que crecía dentro de ella. Estaba confusa.

Todavía fue más terrible cuando su padre tuvo constancia de un hecho consumado: su hija estaba preñada. Él, que había buscado al mejor esposo para Isabel, se sentía traicionado. Había tenido que humillarse, pedir favores y otorgar una dote excesiva para emparentar con la alta nobleza y ese asunto le quitaba el sueño.

Después de meditarlo durante varios días, encontró la solución. Nadie debía conocer su embarazo porque no salía de la habitación donde estaba confinada. Por ello, cuando llegara el momento, pagaría a una mujer para que la ayudara a parir y mantuviera la boca cerrada. Esa mujer era una hechicera que muchos consideraban una bruja que vivía alejada de la comunidad. Sin duda, podría coserle los destrozos para dejarla como nueva y hacerla pasar por una joven virginal.

Cuando Isabel conoció las intenciones de su padre, casi enloquece de pesar. «¿Qué ocurrirá con mi hijo?», se preguntaba destrozada. «Tiene que desaparecer», le había dicho su padre. Pero ella no podía permitirlo.

Le entregó a una criada un mensaje para que se lo llevara a Pierre con instrucciones donde explicaba cómo podría sacarla de allí sin que nadie los viera. Se había acostumbrado a la rutina de sus carceleros y sabía que dormían a pierna suelta a la menor ocasión en cuanto todos se retiraban a descansar. Ese sería el momento de escapar con Pierre.

Para garantizarse la ayuda de la sirvienta, le entregó su mejor collar. Solo tendría que abrirle la puerta de la casa a Pierre cuando todos durmieran. Sería cuando la campana de la capilla del castillo diera la medianoche.

La criada hizo bien su trabajo: el día convenido estuvo esperando en la puerta hasta que vio llegar a Pierre y lo dejó entrar al tiempo que escapaba de la casa de su señora para dejar Ares atrás por si la culpaban del robo. Con el collar tendría para vivir sin trabajar en cuanto lo pudiera vender.

Pierre subió por las escaleras como Isabel le había indicado en el mensaje sin hacer ruido, atento a cualquier movimiento que se produjera en las habitaciones. El silencio era total salvo por los ronquidos que brotaban de las gargantas de los vigilantes, que, como cada noche, dormían a placer.

Entonces abrió la puerta de la habitación que vigilaban y encontró a Isabel preparada para marcharse con él. Solo tuvo que preguntarle:

—¿Estáis segura de lo que vais hacer?

Ella afirmó con la cabeza, lo besó en los labios y salieron de la estancia como sombras protegidas por los broncos sonidos del agitado resuello de los vigilantes.

Pierre había pedido a un amigo templario un carro sin decirle el propósito para llevar a Isabel con la promesa de devolverlo en cuanto terminara un asunto que tenía pendiente.

Solo tuvieron que girar una esquina para encontrar el transporte que los llevaría lejos de Ares. Pierre no tenía ninguna duda de lo que estaba haciendo. Lo que más deseaba en el mundo era vivir con ella. La amaba tanto que moriría por protegerla si hiciera falta, pero le preocupaba que fuese a pasar calamidades por su culpa. Así que se volvió para mirarla a los ojos y volver a preguntarle, antes de que subiera al carro.

—¿De verdad estáis segura de lo que vais a hacer? No tengo nada.

Ella le dirigió una sonrisa que transmitía un cariño infinito antes de hablar.

—Aquí están todas mis joyas —dijo mientras señalaba la faltriquera que sujetaba a la cintura a juego con el vestido—. Con esto tendremos bastante para vivir, os lo aseguro. Y nuestro hijo también.

Subieron al carro y, con una lenta marcha para evitar hacer demasiado ruido, abandonaron Ares. Vieron cómo el imponente castillo, situado en la cima de un peñón escarpado, vigilaba desde lo alto el territorio y se iba haciendo más pequeño a medida que se alejaban. Nadie dio la voz de alarma y continuaron recorriendo el agreste camino circundado de montañas y frondosos bosques de encinas y pinos con abundantes barrancos profundos y amplias zonas de pasto. Más que un camino parecía un sendero de tierra y piedra, que solía ser complicado y peligroso, sobre todo en invierno o durante las lluvias. La ventaja era que estaba bien surtido por fuentes y manantiales, por lo que agua no les faltaría.

Pierre pensó que los caminos hacia el sur desde Ares eran rutas de pastores y comerciantes que enlazaban con otras villas importantes del Maestrazgo y hacia el interior de la Península. Descartó esa posibilidad. Era consciente de que las condiciones para vivir eran mucho más favorables cerca del mar, donde encontrarían un tiempo más benévolo para criar a un pequeño, aunque no en la propia costa por miedo a las razias que los piratas berberiscos realizaban desde el mar para capturar esclavos cristianos pese a las atalayas que recorrían la costa de norte a sur del Mediterráneo.

El joven aprendiz de escudero templario había tenido tiempo para meditar cada paso. Se aprovecharían de las frecuentes cuevas que existían en la zona si una lluvia intensa los sorprendía. En general, eran utilizadas como refugio temporal para viajeros, pastores y sus rebaños.

Llevaban varias horas de viaje y la luna llena les alumbraba el camino. Estaban convencidos de que Cristo los protegía al haberles ofrecido la oportunidad de estar juntos. Entonces un hoyo del camino hizo tambalearse una rueda. Con el golpe, Isabel se notó mojadas las piernas de un líquido caliente que resbalaba por ellas y de inmediato sintió un fuerte dolor.

—Creo que ya viene nuestro hijo —comentó aterrorizada.

Pierre debía ser fuerte por los dos y no quería manifestar el miedo que se estaba apoderando de él. En aquellas condiciones sería imposible seguir viajando.

La bajó en brazos para trasladarla a una cueva cercana por si algún salteador de caminos veía el carro. Estarían más protegidos.

—Isabel, no quiero que os preocupéis. He visto muchas veces parir a los animales y no es tan difícil —le dijo para tranquilizarla.

Puso en el suelo una manta que llevaba en el carro y la sentó en ella mientras le apoyaba la espalda contra la pared de la cueva. Cerca había agua suficiente para lavarla si fuera menester.

A cada momento los dolores eran más frecuentes y el rostro de Isabel mostraba desesperación. Nunca había sufrido como entonces y creía que iba a morir. Pierre la tranquilizaba, aunque estaba más asustado que ella.

De pronto, Isabel sintió que algo quería salir de entre sus piernas y, con la ayuda del muchacho, se puso en cuclillas. Esa posición le alivió los dolores, ahora más intensos, si bien más productivos. Notó que algo progresaba y pronto animó a Pierre a cogerlo para que no cayera al suelo. De forma instintiva, el joven giró el cuerpo de la criatura que ya tenía la cabeza fuera para ayudarla a desencajarse y esta cayó en sus manos.

—¡Por Dios bendito, es un niño precioso! —dijo Pierre al tiempo que anudaba el cordón umbilical con dos tiras de tela limpia y lo cortaba con un cuchillo.

Estaba a punto de entregárselo a Isabel cuando ella dio un grito que erizó el vello de la espalda de Pierre.

—¡Creo que viene otro!

—Pero ¡¿qué decís?!

—Sí, Pierre. Noto la cabeza.

Dejó a la criatura sobre la manta y la tapó con otra pequeña para que no se enfriara. Después volvió a realizar la misma maniobra que la vez anterior y una nueva vida cayó en sus manos.

Pierre no daba crédito a lo que estaba ocurriendo. Le anudó el cordón umbilical de igual manera que había hecho momentos antes con la anterior criatura y la dejó junto a su hermano mientras atendía a la madre, que estaba exhausta. Aturdido por un final tan inesperado, le preguntó a Isabel.

—¿Esperas a alguien más?

Ella soltó una carcajada y enseguida se contuvo por el dolor que le provocó.

—¿Acaso creéis que tengo en mi vientre un molde para producir niños sin fin?

Pierre sonrió.

—Para producir niños solo no. También produce niñas. —Y le enseñó a la pequeña que acababa de salir de su interior.

—¡Qué dulzura! Dádmela que…

Antes de terminar la frase otro dolor le hizo expulsar una masa sanguinolenta que cayó a sus pies.

—No os preocupéis, Isabel. Es la placenta. Los animales también la tienen y es necesario que salga entera. En caso contrario, el animal suele morir. Y esta está completa. —Le sonrió feliz—. Tenemos dos preciosos herederos: un varón y una mujer. Podemos estar satisfechos. Ahora voy a por agua y a esconder el carro. En cuanto os recuperéis, nos marcharemos. Sois una mujer muy valiente.

Acababa de salir de la cueva para dirigirse al camino cuando una partida de hombres a caballo lo detuvo. Uno de ellos, de aspecto robusto y malcarado, descendió del animal.

—¿Qué has hecho con la señora Isabel, desgraciado?

Del primer guantazo rodó por un pequeño terraplén y se golpeó en la cabeza perdiendo el sentido. El que parecía al mando se indignó con el agresor. Necesitaba saber dónde estaba la muchacha. No podía regresar a Ares sin ella. A continuación, ordenó que registraran todos los lugares cercanos y cuevas próximas donde podría haberse escondido.

22

EL SECRETO

Los enviados de don Sancho no tardaron en encontrar a Isabel en la cueva. Estaba amamantando a los pequeños cuando dos hombres entraron. Ella al verlos los reconoció de inmediato. Eran sus vigilantes. Supuso que su padre los había enviado con la obligación de devolverla a casa amenazándolos con los peores castigos que pudieran imaginar. Como conocía bien a esos hombres, sabía que no iban a hacerle caso, pero debía intentarlo. Entonces les ordenó que la dejaran allí y se marcharan porque Pierre se encargaría de cuidarla.

Ni siquiera atendieron a sus ruegos. Tras arrebatarle las criaturas, la tomaron con brusquedad para arrastrarla hasta donde estaba el carro y dejarla en el suelo mientras reparaban la rueda.

Isabel miró a su alrededor en busca de Pierre. Se preguntaba angustiada dónde estaría. Al mirar hacia un pequeño terraplén que se encontraba al lado del camino, el corazón se le empezó a desbocar. Su amado se encontraba tirado entre la maleza y parecía muerto. Una piedra próxima a su cabeza estaba manchada de sangre. Intentó arrastrarse hasta él e inmediatamente la sujetaron entre dos hombres.

—¿Qué hacemos con ese? —preguntó el que le había propinado el guantazo a Pierre.

—Dejadlo ahí. Las alimañas se encargarán de repelar sus huesos. Espero que se den un buen banquete —respondió el que iba al mando—. Además, lo protegen los templarios, así que no podemos hacer nada contra él.

Isabel sollozaba afligida, sin consuelo, mientras se alejaba de Pierre. Todas sus esperanzas quedaban enterradas con él entre las abruptas montañas y barrancos que rodeaban Ares.

Una vez reparada la rueda del carro, iniciaron el camino de regreso a la villa. Ni siquiera los dos pequeños lograban calmar sus lágrimas. Si se creía desamparada por su desdicha, solo tuvo que entrar en Ares para sentirse desfallecer. Colgada de un árbol se encontraba la criada a quien había regalado su mejor collar por facilitarle la huida. Su padre no tenía compasión y sabía que tampoco a ella iba perdonarla.

Don Sancho la esperaba en la noble casa e Isabel tomó a los dos pequeños en brazos antes de entrar pese a que las fuerzas le fallaban. Quería demostrar que se sentía orgullosa de ser madre ante su progenitor. Estaba satisfecha de que la semilla de su amado permaneciera dentro de aquellas pequeñas criaturas.

El rostro de su padre enrojeció de ira al verla. No esperaba que su hija lo desafiara, y menos con dos mocosos. Tendría que deshacerse de ambos. Era necesario borrar cualquier rastro del pecado de su hija para mantener el compromiso de matrimonio con el noble que lo acercaba a la realeza.

No le importó, seguiría el plan previsto: dos bastardos no iban a perturbar el propósito de elevar su poder con el casamiento convenido. Tendría que esforzarse para comprar el silencio de la villa, aunque estaba seguro de que el cuerpo tambaleante de la criada ladrona era suficiente aviso. Ya se encargaría de que la hechicera que le habían recomendado reparara los destrozos del parto para dejar como nueva a su hija, a la que consideraba una ramera por su doble pecado, declarado a voces por la presencia de dos mocosos.

Se aproximó a los pequeños con desprecio y se dio cuenta de que eran idénticos. Incluso ambos tenían sobre el labio superior un diminuto lunar en forma de corazón, al igual que el aprendiz de escudero templario. Un arrebato de cólera le hizo maldecir a toda la estirpe de bastardos que poblaban la tierra. Los miró y el odio nubló su pensamiento. Le producían aversión por haber intentado truncar sus planes, pero no lo iba a permitir. Entonces llamó a Rosa, la doncella de su hija.

—Ya sabéis lo que hay que hacer.

La muchacha temblaba. Ver colgada de un árbol a la criada de la casa no animaba a desobedecer a su señor, así que se acercó a Isabel para pedirle a sus hijos. La madre protestó, pero no le quedaban fuerzas para oponerse, por lo que se los arrebató sin dificultad entre lágrimas de impotencia. Entonces Isabel se dejó llevar por su extrema debilidad y cayó desmayada al suelo.

Despertó sobresaltada por un dolor intenso entre las piernas. Se encontraba en su habitación tumbada en la cama y una mujer le clavaba una aguja de vez en cuando mientras varias criadas la sujetaban para que no se moviese. Para evitar que nadie oyera los gritos, le pusieron un trapo en la boca.

—Tranquilizaos, que no es para tanto. Ya casi está —decía la vieja que trabajaba cosiendo sus partes más íntimas—. En cuanto curéis, nadie sabrá que por aquí ha entrado una cosa y han salido dos. —Y reía con una boca de dientes desparejos y sucios que producía repulsión.

Cuando hubo terminado, la dejaron sola. Solo permitió don Sancho que permaneciera a su lado Rosa, la doncella que le había arrebatado a sus hijos. Al haber cumplido al pie de la letra las órdenes del señor de Ares, este confiaba en ella.

Isabel la miró para, a continuación, suplicarle que averiguara qué le había ocurrido a Pierre y dónde estaban sus hijos.

Rosa, que no sabía nada del aprendiz de escudero templario, tenía prohibido hablar del destino de las dos criaturas.

—Por favor, averiguad si Pierre está muerto o ha salvado la vida.

—No os prometo nada, señora. —Y salió de la habitación.

Tan solo habían transcurrido un par de días cuando a la palidez de Isabel se le unieron los escalofríos y una fiebre elevada que le impidieron abandonar el lecho. Un líquido abundante y maloliente salía de entre sus piernas. Durante varios días el padre fue reticente en llamar a un galeno y, cuando lo hizo, este no le dio esperanzas. Si Dios no lo remediaba, Isabel moriría.

A pesar de los delirios que la fiebre le producía, tenía algunos momentos de lucidez. En uno de ellos, que estaba a solas con Rosa le habló.

—Sé que voy a morir.

—No digáis eso, señora.

—No me interrumpáis. Tengo poco tiempo para conseguir que mi alma descanse en paz y necesito vuestra ayuda. —Rosa la miró compasiva, aunque el temor por las represalias de don Sancho la aterrorizaban—. Veréis, mi corazón me dice que Pierre de Monteagudo está vivo y, como padre, no querrá que sus hijos mueran. Decidme, por favor, que los pequeños están a salvo —dijo suplicante.

—Están bien, pero no sé por cuánto tiempo. Vuestro padre todavía no ha decidido su destino.

—Pues escuchad atenta, os lo ruego. Preguntad a los templarios, ellos no os mentirán ni os denunciarán a mi padre. Si lográis hablar con Pierre, aunque yo ya haya muerto, decidle que lo amo con toda el alma y seguiré amándolo por toda la eternidad. Lo esperaré allí a que venga a buscarme. No olvidéis también mencionar que nuestro amor vive dentro de nuestros hijos.

La voz se le apagaba por momentos. No obstante, aún le quedaron fuerzas para manifestar su última voluntad. Le dijo que quería que la niña se llamara Lidón porque sus antepasados habían encontrado la imagen de una virgen muy antigua debajo de un almez. Y desde entonces la habían llamado la Virgen de Lidón. Su madre se la había regalado. A continuación, la animó a sacar de una caja bellamente ornamentada que se hallaba en un arcón, a los pies de la cama, una figura de alabastro de unos cuatro dedos de altura. Una vez la tuvo en sus manos, la besó con fervor. Enseguida cogió a Rosa de la mano para suplicarle que la volviera a enterrar debajo de otro árbol lidonero para que nadie pudiera encontrarla y destruirla. Así creía proteger a su hija de cualquier peligro.

También le dijo que el varón debería recibir el nombre de Miguel, como el arcángel, el jefe de los ejércitos de Dios, segura de que sería un excelente templario y defendería la injusticia.

Después, se quedó serena mirando el techo de la habitación con una sonrisa en los labios como si alguien estuviera hablando con ella. Sus últimas palabras, casi ininteligibles para Rosa le pareció que decían: «Ya voy, aquí he terminado».

***

Pierre de Monteagudo seguía abriendo su corazón en las mazmorras del castillo de Culla, veinte años después de aquellos horribles acontecimientos, mientras Goliat lo escuchaba atónito. No podía ni imaginar que don Sancho fuera el padre de Isabel, la amada de Pierre, y tanto Lidón como Miguel, a los que consideraba sus sobrinos, en realidad fueran hijos suyos.

—No entiendo nada —manifestó Goliat—. Sé que no acabasteis muerto a los quince años por el golpe en la cabeza porque estáis aquí. Pero ¿qué ocurrió?

—Estoy muy agradecido al pastor que me encontró y estuvo cuidando de mí hasta que sané. —Se sintió apesadumbrado al recordar—. Cuando regresé a Ares con los templarios, mi amada Isabel ya había muerto. Entonces casi enloquecí. Estaba desesperado. Lo que todavía me hirió más fue no tener noticias de mis hijos. No sabía qué había hecho ese monstruo con ellos y temí lo peor. Los caballeros templarios no querían enfrentamientos con el señor de Ares y me prohibieron aproximarme a él o a la casa. Estuve andando por la villa como alma en pena hasta que un día una muchacha me llamó desde un portal. Me dijo que había sido la doncella de Isabel. Se llamaba Rosa. Me había visto sufrir tanto por las calles que se había apiadado de mí y entonces me contó lo que os he dicho.

—¿Y Lidón y Miguel?

—Rosa estaba tan preocupada por ellos que decidió buscarme. Durante la mañana, don Sancho había hablado con un hombre al que le encargó que fuera a recoger a las criaturas a una casucha que había en el campo a una legua de Ares. Debía tirarlas a un barranco para que se ahogaran, porque, debido a las abundantes lluvias, bajaba un buen caudal.

Goliat no salía de su asombro.

—Seguid, por favor. ¿Qué ocurrió?

—Desesperado, corrí en la dirección que Rosa me indicó para llegar antes de que el asesino de infantes se me adelantase. Como el recorrido atravesaba el lugar por donde los templarios solían cabalgar vigilando los caminos, tuve la suerte de encontrarme a dos de ellos. Les indiqué mi propósito y accedieron a llevarme hasta la casa. Subí a la montura detrás de uno de los caballeros mientras notaba cómo mi corazón latía enloquecido.

Siguió contando que, al alcanzar el lugar indicado, el asesino salía con un sacó abultado y el matrimonio que había protegido a los pequeños se abrazaba entre sollozos en la puerta de la humilde vivienda.

De pronto, un vigoroso llanto de enojo resonó entre los peñascos y al instante otro le acompañó. El sonido provenía del saco.

Pierre descabalgó de un salto al intuir lo que había dentro y se enfrentó al robusto asesino. A este le sorprendió que aquel jovenzuelo le plantara cara. Dejó el saco en el suelo y se aproximó a él para darle su merecido. Los dos templarios se mantuvieron vigilantes sin intervenir. Solo lo harían si fuese necesario.

El miserable sacó un cuchillo dispuesto a terminar pronto su trabajo y Pierre no se amilanó. Había una buena tranca en el suelo y se agachó para cogerla al tiempo que tomaba un puñado de tierra para lanzársela a los ojos con tan buena puntería que durante unos instantes su contrincante tuvo que cerrarlos. Pierre aprovechó ese momento para descargar el grueso palo sobre la cabeza de quien se proponía matar a sus hijos. Se sirvió de toda la potencia de los brazos para asestarle un segundo golpe que acabó por abrirle una enorme brecha por donde la sangre empezó a salir. Aturdido, cayó sobre la maleza.

Pierre corrió hacia el saco cerrado. Al percibir que sus hijos ya no lloraban se asustó. Creía que habían muerto. Tras unos instantes de lucha con el nudo descubrió dos pequeñas caritas que lo miraban curiosos, y los abrazó emocionado.

Los templarios, al observar el valor del aprendiz de escudero para defender a sus criaturas inocentes, le dieron un consejo.

—Regresad a París, donde se halla vuestra familia, y llevaos a los pequeños.

El otro caballero le ofreció su montura.

—Tomad mi caballo y mi espada por si necesitáis defenderos. Los palos son efectivos, pero la espada no tiene parangón. He visto alguna vez cómo la manejáis y seguro que os ayudará a llegar a Francia. Lleva una inscripción en la hoja: «Posthac amor solum Deo» ('De ahora en adelante mi amor es solo para Cristo'). No lo olvidéis.

Le pidieron a la dueña de la humilde casa que les facilitara unas telas para sujetar a los niños al cuerpo de Pierre sobre el caballo. Le dieron algún dinero del que llevaban para un encargo con la finalidad de comprar leche. Ya justificarían en el Temple las monedas donadas por una buena acción.

Mientras Pierre se marchaba del territorio de Ares con cada hijo sujeto a un ijar, los templarios esperaron a que el esbirro de don Sancho despertara. Le dijeron que el señor de Ares jamás volvería a saber de los pequeños, por lo que no tenía que perseguir a Pierre, que ya marchaba de camino hacia otro reino. Nadie sabría que seguían vivos. También le indicaron que Pierre pronto sería nombrado caballero del Temple. Por lo que llevaba consigo su espada con la inscripción «Posthac amor solum Deo». Era muy hábil en el manejo del acero y mataría por Cristo a cualquiera que se cruzase en su camino para proteger a los pequeños.

El secuaz de don Sancho no estaba para perseguir al ayudante de escudero. La cabeza le dolía tanto que pensaba que le iba a reventar. Decidió esperar por los campos unos días hasta recuperase para volver a Ares. Diría que había cumplido su trabajo para recibir lo convenido y después dejaría a su señor, al que consideraba un hombre insoportable y vanidoso que le pedía pequeñas atrocidades como la que había estado a punto de cometer sin siquiera ser de su agrado.

Como satisfacción personal por las penurias que le había causado ese trabajo, el secuaz no olvidaría indicarle a don Sancho que Pierre de Monteagudo estaba vivo y lo responsabilizaba de la muerte de Isabel. Además, pronto lo harían templario, por lo que debería protegerse de él, ya que disponía de una espada con la inscripción: «Posthac amor solum Deo», que había prometido utilizar para descuartizarlo. Esa falsedad sería su pequeña venganza por los inconvenientes.

***

Pierre de Monteagudo se había levantado un momento del suelo de la celda del castillo de Culla para estirar las piernas mientras Goliat seguía atento a cada una de sus palabras. Era como si viese por primera vez a su amigo. No lo conocía. Tanto tiempo compartiendo penalidades y nunca le había referido lo más importante de su vida. Siguió mudo a la espera de que concluyera.

—Así es como llegué a París e inventé la historia de que Lidón y Miguel eran los hijos de mi hermana. Ella estaba casada y Dios no la había bendecido con descendientes, así que los adoptó como propios.

—Ellos no lo saben, ¿verdad?

—No.

—Pues ya va siendo hora de que se lo digáis. Tienen derecho a saber quién era su madre y el amor que sentía por ellos.

—¡Cuánta razón tenéis! Pero primero hemos de salir de aquí.

***

Llevaban un par de noches encerrados en las mazmorras del castillo y llegaban los días de luna llena para colmar las calles de la villa de sombras susurrantes que aterrorizaban a los habitantes de Culla. Goliat se lo había referido en su carta, si bien Pierre necesitaba experimentarlo para saber a qué atenerse.

Tal y como había expresado su amigo en el mensaje, en cuanto llegó la medianoche, anunciada por la campana de la capilla de la fortaleza, ningún habitante de la villa se atrevió a permanecer fuera de su casa. Las puertas de Culla seguían abiertas con la intención de que los espíritus que susurraban a través de las paredes pudieran marcharse y no volver, pero, a pesar del tiempo transcurrido, permanecían en el mismo lugar sin intención de alejarse. Daba igual que las gentes cerraran todos los pestillos y cerrojos para impedir que entraran en sus hogares porque no podían evitar su presencia. Al menos creían que encerrándose en sus casas no se los llevarían al otro mundo.

Pierre empezó a oír un rumor lejano que, transformado en murmullo, iba creciendo a medida que las sombras recorrían la celda vigilada por la luna, que penetraba por una pequeña abertura de la pared cerca del techo que servía para ventilar la sucia estancia. Solo tuvo que cerrar los ojos para verlas con mayor claridad en su pensamiento.

Entonces las llamó con voz suave para preguntarles por qué seguían viniendo a Culla cada mes y se ofreció a ayudarlas. Comprobó que las sombras se quedaban sorprendidas y se sintió complacido. Habían notado su presencia.

Por un momento, esas apariciones fantasmagóricas dejaron de ser sombras para adquirir una mayor consistencia. Goliat miraba absorto el desarrollo de los acontecimientos y temblaba de miedo. Le hubiera gustado huir aunque la confianza en su amigo fuese absoluta. El problema era que no tenía ningún otro lugar donde cobijarse.

Pierre enseguida pudo comprobar que estaban muy tristes y la mayoría desmembradas. También se dio cuenta de que andaban mezcladas figuras de moros y cristianos con la misma apariencia y sufrimiento. Todo aquello era muy extraño.

No necesitó hablar con palabras para entender enseguida los motivos de su padecimiento. Los años transcurridos con el ermitaño en el cañón del río Lobos le habían abierto la mente al conocimiento y era capaz de sentir los pesares de las sombras.

Goliat presenciaba la representación de cuerpos destrozados delante de Pierre sin oír absolutamente nada, por lo que permanecía asustado junto a la pared sin atreverse a mover un dedo y casi ni siquiera a respirar. No sabía lo que estaba haciendo su amigo, pero sin duda se comunicaba con aquellos espectros, que habían cobrado forma y gesticulaban mostrando sus miserias. Le sorprendió que parecieran despojos humanos que alguna vez existieron sobre la faz de la tierra al igual que él, nada que ver con las negras sombras de ojos de fuego que había visto cuando llegó a Culla. Estas aparentaban ser humanas o quizás alguna vez lo habían sido.

Para Goliat la noche se hizo eterna. No sabía si era mejor que solo fueran sombras o verlas como personas afligidas y apesadumbradas. Eso le provocaba un mayor desasosiego. Al rayar el alba los espectros se fueron desvaneciendo por las grietas de las paredes y Pierre cayó desmayado en el suelo. Estaba agotado de haber compartido durante horas la pesadumbre de almas en pena.

Cuando recobró el sentido, Goliat lo miraba espantado.

—¡Menudo susto me habéis dado! No volváis a hacerme esto, amigo. Creía que habíais muerto y las sombras os llevaban con ellas.

Pierre sonrió.

—Ha sido agotador. Querían contarme sus desdichas… y eran demasiadas.

—¿Qué es lo que quieren? ¿Por qué no se van de Culla de una vez? Es horrible que cada mes nos tengan a todos en vilo.

—Lo horrible es lo que describen.

—¡Por Dios, contad de una vez! Necesito saberlo.

—Está bien.

Pierre se incorporó y, recostado en la pared, empezó a referirle que eran ánimas errantes, espíritus que vagaban sin descanso por las sendas de Culla buscando la paz que se les había negado en vida, almas que pertenecían a aquellos perecidos durante la Reconquista, caídos en la disputa entre moros y cristianos, cuyos cuerpos habían sido abandonados sin rito ni oración. La ira y el desamparo los mantenían anclados a la tierra, incapaces de hallar el descanso eterno. Por eso, cada noche, su presencia se hacía más palpable, incluso agresiva, especialmente en las horas en que la luna llena bañaba las piedras del castillo con su luz fría.

—¿Y qué podemos hacer los pobres mortales? —preguntó Goliat sobrecogido.

—Es posible, Goliat, que pueda ayudar a esas almas afligidas.

—¿Cómo?

—Veréis, durante los siete años que he permanecido con Bartolomé he aprendido cosas extraordinarias, entre ellas, a escuchar las fuerzas sobrenaturales, cómo se manifiestan y cómo se puede proceder ante ellas. Aquí podemos actuar de dos maneras…

—¿Podemos? Yo no quiero nada con esos espectros. —Pierre sonrió.

—No os preocupéis. Una forma de actuar es mediante las artes ocultas que pueden brindar protección a los habitantes de Culla y otra, ofrecer remedios espirituales.

—Pues, si es así, ahora mismo me pongo a rezar por esas almas errantes.

—Querido amigo, ya os diré cuándo deberemos rezar para que sea más efectivo.

—¿Y lo de las artes ocultas? —A su compañero le preocupaba que lo tomaran por hereje y Pierre intuyó su inquietud y volvió a sonreírle, lo que transmitió serenidad a su compañero.

—¿Me acercáis el hatillo, por favor? —Goliat obedeció. Fue hasta el rincón de la celda donde Pierre tenía sus cosas y lo tomó para entregárselo. Enseguida hurgó en el interior y extrajo un recipiente que abrió para enseñárselo—. ¿Veis este polvo azul? Procede de Tierra Santa y puede ayudarnos a resolver el problema.

Goliat lo miraba asombrado.

—¿Cómo un polvo azul puede resolver el problema? No lo entiendo.

—¿A qué os recuerda este color?

—Al cielo —respondió Goliat sin dudar.

—Así es. Culla es un lugar mágico y es posible que ocurran cosas sobrenaturales como las que estáis viendo. Pues recordad que el cielo es el hogar de las almas puras, pero estas que nos visitan no han alcanzado la pureza, están atrapadas en su tormento. Solo mediante el rezo de hombres como nosotros podrán alcanzar su destino y dejar de vagar por las casas de esta villa. El azul celeste es el color del cielo y de lo divino. Por ello, prepararé la cantidad suficiente de pintura para que los habitantes de Culla puedan pintar puertas y ventanas.

—¿Habrá bastante con lo que lleváis ahí?

—Por supuesto. Una pequeña cantidad es suficiente cuando se mezcla con cal y barro. Cuando las sombras vean el azul celeste en puertas y ventanas, les hará recordar lo que les fue arrebatado y los mantendrá alejados de las casas, incapaces de soportar la visión de lo que nunca tendrán. —Calló un momento antes de pronunciar la frase definitiva—: Salvo que por medio de la oración sean perdonados.

—Entonces ya debo rezar.

—Todavía no. Es preciso que estén pintadas de azul puertas y ventanas[6] para que sea efectivo.

—¿Y cómo vais a convencer a los que nos tienen encerrados?

—No os preocupéis por eso, Dios proveerá.

---

6 Hay una leyenda que dice que los antiguos habitantes de Culla pintaban las puertas y ventanas de azul para ahuyentar a los malos espíritus y a las ánimas errantes.

23

LOS ESPÍRITUS ERRANTES

Lidón y Miguel siguieron camino de Culla en busca de Pierre tras abandonar el cañón del río Lobos. En el carro, guiado por Paul, Lucía cuidaba de la pequeña y se mantenía alerta al igual que los Monteagudo. A todos les había impresionado encontrar muerto de forma tan extraña al ladrón del libro de cuentas de la orden. Tras comprobar que nada se podía hacer por él, habían reanudado el viaje mientras en la cabeza de Lidón resonaban las palabras del ermitaño: «Dios castiga a quienes perturban su paz». Pensó que, en cuanto lo encontraran sus cómplices, ya le darían sepultura. Serviría para atemorizarlos, lo que jugaba a su favor.

Lucía no quería preocupar aún más a Lidón y omitió comentarle el parecido del difunto encontrado con uno de los esbirros del rey francés que la habían golpeado en París. El otro debería ir tras ellos, pues era quien había intentado sorprenderla en el cañón del río Lobos mientras jugaba con Blanche. Lo recordaba por la cicatriz que tenía en el cuello. Se alegró de que solo quedara uno, aunque le inquietaba el acompañante que iba con él. A ese no lo había visto antes, ¿o sí? No lo recordaba con claridad, pero no iba a consentir que nadie le arrebatara o le hiciera daño a su hija.

Durante los siguientes días nadie molestó a los Monteagudo y pudieron avanzar sin peligro por caminos polvorientos y mal acondicionados. Por ello, la travesía era lenta y se convertía en un suplicio, a consecuencia del traqueteo del carro y también al encontrar grandes baches en el camino que era necesario sortear para no romper las ruedas.

Permanecían alerta en todo momento, pendientes de que alguien los atacara. Ni siquiera hablaban de lo sucedido a pesar de la angustia que les producía que ya hubieran ocurrido dos muertes en similares condiciones sin encontrar una causa que pudiese justificarlas.

Las peores horas eran las nocturnas porque ocultos en la oscuridad podían sorprenderlos asaltantes de cualquier ralea, no solo quienes iban tras ellos. Se turnaban para vigilar Lidón, Miguel y Paul.

Faltaban solo un par de jornadas para llegar a Culla, y Paul, que realizaba el último relevo de la guardia, se había dormido. Estaba a punto de clarear cuando varios hombres, al observar lo desprotegidos que estaban, decidieron abalanzarse sobre el carro.

Lidón, que tenía el sueño poco profundo, fue la primera en oír el chasquido de una rama al romperse. Su instinto le hizo tomar la espada con la que dormía y permanecer quieta por si se trataba de un animal. Pronto pudo notar otro pequeño ruido, se incorporó lentamente para no llamar la atención y dirigió la mirada hacia el lugar del que provenía el sonido. No tuvo que esperar demasiado para comprobar que cuatro hombres armados se dirigían hacia el carro.

—¡Rápido, despertad! Nos atacan —gritó al tiempo que empuñaba el acero y se incorporaba por completo para hacerles frente.

No tardó Miguel en unirse a ella. Los recién llegados se rieron al ver a dos personas idénticas empuñando una espada, sobre todo porque una era mujer.

El que los dirigía comentó divertido:

—Esto me va a gustar. En cuanto acabemos con los hombres, nos folgaremos a la de la espada y a la otra. La niña la podemos vender, seguro que nos dan algo por ella. Venga, vamos a entretenernos un rato. —Y se aproximó a Miguel espada en mano. Una mujer era poco para él.

A Lidón le correspondió batallar con el más endeble, pues este pensaba que no tendría problema en capturarla. Paul se enfrentó al tercero y el cuarto subió al carro para sujetar a Lucía. Tanto el religioso como la joven tomaron cada uno la tranca que habían encontrado en el camino. Después de tantas penalidades, ninguno estaba dispuesto a dejarse vencer.

La primera sorpresa vino de la mano de Lidón. Manejaba el acero con verdadera destreza y el atacante no era digno de enfrentarse a ella. Le avisó con varios mandobles para que huyera y los dejara en paz. Él miró al cabecilla, que se batía con Miguel, para recabar ayuda.

—Matadla si no se deja apresar, tarugo —fue lo que obtuvo como única respuesta al comprobar la habilidad de la muchacha.

El atacante decidió cumplir las órdenes sin rechistar. No tenía carácter para contradecirlas. Y ese fue su último error. Lidón le clavaba el acero en pleno vientre hasta atravesarlo de parte a parte. Al momento, el asaltante más endeble caía sobre las piedras del camino para morir en pocos instantes.

En lugar de hacer huir al resto, estos se mostraron más agresivos. Los tres que quedaban estaban iracundos por perder a uno de los suyos.

—Hagamos pagar caro a estos desgraciados la muerte del Cejas. —Así era como llamaban al caído por el espesor de estas. Y empezaron a batirse con fiereza.

El cabecilla se empleó a fondo con Miguel. Necesitaba quitárselo de en medio para conseguir sus objetivos y no estaba dispuesto a huir espantado por una mujer. Nadie lo respetaría. Entonces se dio cuenta de que el muchacho luchaba de forma honesta sin utilizar las artimañas de pendenciero que él conocía y decidió aplicarlas a su contrincante.

Era bueno con la espada, pero no lo suficiente como para conocer los métodos más rastreros. Así que aumentó su rabia para guiar el acero de la forma más certera y engañó a Miguel, que esperaba recibir el filo de la espada y, por el contrario, se encontró con un golpe en la cabeza con el arma plana que no pudo esquivar y le hizo caer como fulminado.

Lidón no tuvo tiempo de impedirlo ni atender a su hermano. Había matado una vez y estaba dispuesta a volver a hacerlo, sobre todo porque no sabía si Miguel vivía o estaba muerto. Y ese pensamiento la hacía actuar a la desesperada. Ahora no tenía ante sí un contrincante endeble, sino uno experimentado que sabía cómo sorprenderla. Sin embargo, eso no le importó. Se sentía responsable también de Lucía y la niña, así que se enfrentó a su enemigo con toda la rabia que cabía en su cuerpo.

El asaltante, subido al carro, ya había conseguido quitarle el palo a Lucía y la tenía inmovilizada en el suelo cogida por las muñecas mientras Blanche lloraba a su lado.

Por su parte, el salteador de caminos que se había enfrentado a Paul también había logrado quitarle la tranca y golpearlo con ella en la cabeza. Como resultado, estaba inconsciente en el suelo.

De pronto, Lidón se encontró no solo con su contendiente, sino con otro más que se dirigía hacia ella para apoyar a su cabecilla. Oía gritar a Lucía, que trataba de quitarse de encima al asaltante que la sujetaba, pero no acababa de conseguirlo.

A Lidón se le estaban poniendo mal las cosas y lo sabía. Se enfrentó a los dos dispuesta a entregar su vida y, cuando las espadas se cruzaron, los atacantes supieron que habían encontrado un avezado contendiente que, para su sorpresa, era una mujer.

Durante varios minutos, que a Lidón le parecieron horas, estuvo esquivando los lances que los atacantes le dedicaban para vencerla.

Lucía estaba dominada y tanto Paul como Miguel inconscientes o muertos. Por lo que Lidón luchaba con todas sus fuerzas, pero en cada lance estas se iban reduciendo. Los atacantes se dieron cuenta de que era difícil acabar con ella e intentaban cansarla mientras se turnaban para agotar la poca energía que todavía le quedaba.

A punto de caer exhausta, Lidón observó que dos hombres más se habían incorporado a la batalla campal. Pensó que ya estaban vencidos y rezó a Dios. Esa era su única esperanza. Entonces se desplomó.

Poco después, al recobrar el conocimiento, Lucía le estaba refrescando la frente con un paño mojado en agua.

—¿Qué ha pasado? —preguntó Lidón todavía desorientada—. ¿Y mi hermano?

—Dios nos protege. Todos estamos bien.

—¿Qué queréis decir?

Entonces Lucía le narró lo que acababa de suceder. Le contó que la situación era desesperada cuando dos hombres aparecieron de entre la maleza y se enfrentaron a los atacantes. Lucía dijo que, ante la sorpresa del pendenciero que tenía encima, con un oportuno empujón logró librarse de él. Recogió la tranca y empezó a golpearlo sin parar hasta dejarlo baldado. Luego los recién llegados utilizaron un ardid para engañar a los asaltantes. Gritaron al viento: «¡Ayuda! Venid aquí. Nos están atacando». Y el engaño surtió efecto. Asustados por si eran soldados del rey los que se encontraban en las proximidades, abandonaron la lucha y corrieron a esconderse entre los barrancos y las cuevas para evitar ser apresados, ya que posiblemente ofrecían un buen precio por sus cabezas.

Lucía siguió contándole a Lidón que, cuando vio quiénes eran los dos hombres que les habían salvado la vida, se santiguó. Uno de ellos era el esbirro del rey que la había amenazado en París con matar a Blanche. Al verlo, se había puesto a gritar como una loca, por lo que este huyó para ocultarse en el campo. El otro se había quedado y quería hablar con Lidón.

Lidón estaba perpleja ante los acontecimientos. «¿Quién será?», se preguntaba todavía confusa. Enseguida se levantó para averiguarlo y al verlo se sorprendió.

—¡Pero si sois Roux, el mendigo que siempre está en la puerta de casa! ¿Qué hacéis aquí? No lo entiendo…, y menos que nos hayáis ayudado.

El pelirrojo respondió sonriente.

—Os agradezco que siempre os hayáis preocupado por darme alguna limosna.

—Pues no parecéis muy necesitado —dijo Lidón al verlo tan bien vestido.

—Las apariencias engañan. He recibido mucho dinero por rescatar a Blanche y llevarla a París sin un rasguño. Su padre está angustiado. Toda su vida es esa niña.

—¿No queréis matarla?

—¿Qué barbaridad es esa? Nadie quiere matarla, al contrario. Como os he dicho, Louis Beaumont, mercader rico y padre de Blanche, está desesperado por recuperarla. Me han amenazado con la peor de las muertes si le ocurre cualquier cosa. No quería llevármela a la fuerza y sabía que su madre no se separaría de ella.

—No me fío de vos. Me engañasteis haciéndoos pasar por mendigo.

—No os engañé. Soy un mendigo que quiere salir de la pobreza. Ese es mi pecado.

Lidón pensó que Lucía jamás se separaría de Blanche, pero la niña tendría una mejor educación si regresaba a París. Necesitaba hablar con la madre. Se separó de Roux y se acercó a Lucía.

—¿Tú crees lo que dice Roux? —le preguntó Lidón.

—Tal vez. No sé qué pensar. Es posible que su padre quiera educarla como a una dama. Por eso la llevó al convento de Sainte-Catherine de París, al que solo se permite entrar a la nobleza y a gente muy rica, con monjas preceptoras muy preparadas para enseñar y guiar a las niñas. La verdad, daba gusto ver cómo las trataban.

—¿Os gustaría que Blanche recibiera esa educación?

—Por supuesto.

—Pues no se hable más —zanjó Lidón—. Vos y vuestra hija regresaréis a París cuando pueda conseguiros la protección adecuada. Ya no tenéis excusa para no regresar, nadie le hará daño a vuestra hija y, además, yo os entregaré una carta para mi administrador, debidamente autorizada y firmada por mi hermano, con la finalidad de que os ofrezca una cantidad de dinero para subsistir. No os preocupéis porque Miguel nunca se opone a mis decisiones.

Lucía no encontraba las palabras de agradecimiento que buscaba. Las lágrimas de cariño sustituyeron su voz y abrazó a Lidón entre sollozos. Cuando pudo hablar, desde el fondo de su alma surgió una frase que emocionó a Lidón.

—Estoy segura de que Dios os reserva un lugar mágico en el cielo porque nunca he conocido a una persona tan buena como vos.

Miró a su hija y se dio cuenta de que con su padre nunca le faltaría de nada. Tampoco el cariño de su madre, que pensaba mantenerse vigilante, aunque tuviera que permanecer a distancia porque Louis Beaumont no le permitiría acercarse a ella.

Lidón le comunicó a Roux que, en cuanto encontrara una escolta de confianza, regresarían Lucía, Blanche y él a París. Lo que le produjo cierta tranquilidad. Aquella niña representaba para él un futuro libre de penalidades y no estaba dispuesto a que le ocurriera ningún percance.

Después, Lidón le preguntó a Roux por el objetivo del secuaz del rey que tras ayudarlos había huido. Respondió que a aquel solo le interesaba el tesoro templario y no la niña. Creyó la información que el mendigo le transmitía. No tenía motivo para dudar. No obstante, no permitiría que tanto Lucía como Blanche regresaran a París solas con Roux. La confianza tenía un límite.

**

En un par de días llegaron a Culla sin novedad junto a Roux, el nuevo compañero de viaje que se había unido a ellos. Lidón pensaba que los amigos debía tenerlos cerca, pero los posibles enemigos aún más. Así podría vigilarlo pese a estar convencida de que no le había mentido.

Llegaron al atardecer mientras el cielo descubría la luna llena que durante tres días invitaba a las almas errantes a susurrar por las esquinas. Observaron que en las casas sus dueños iban cerrando puertas y ventanas.

—No lo entiendo —dijo Lidón—. Parecen asustados al vernos.

Encontraron a dos soldados del rey aragonés animando a los habitantes de la villa a volver a sus casas y Miguel les preguntó:

—Disculpad mi curiosidad, pero ¿podéis decirnos que está pasando?

Los soldados se dieron cuenta de que eran forasteros.

—Ya podéis buscar refugio, que pronto las sombras se adueñarán de Culla y no os conviene que os encuentren en la calle. Más de uno que no estaba a resguardo ha desaparecido.

Paul se puso a temblar y Roux palideció de temor.

—Y ¿dónde podríamos ir si todos han cerrado sus casas?

Los soldados se miraron y uno habló.

—En la fortaleza tenemos algunas mazmorras libres. No encontraréis mejor lugar desde donde aguardar el nuevo día, y no pensamos cobraros. —Rio.

—Mientras no cerréis la puerta… —dijo Miguel, que trataba de continuar la chanza.

Los soldados los acompañaron hasta el castillo. Una vez dentro, dejaron el carro en el patio y condujeron al caballo hasta el establo, un lugar hediondo donde estaban hacinados los caballos.

—Estos también tienen miedo —dijo el soldado—. Es mejor permanecer en las mazmorras porque aquí se asustan y dan coces contra las paredes. Incluso alguno se ha vuelto loco y lo hemos tenido que sacrificar. Este es un lugar poco seguro. No os llevarán las sombras, pero os matarán los caballos.

Aceptaron la sugerencia. No era agradable pasar la noche en una celda, sin embargo, resultaba menos atrayente ser pateado por jamelgos.

Una vez en las mazmorras, se distribuyeron a placer. Estaban casi todas vacías, según les indicaron los soldados, excepto una con dos presos. Les aconsejaron que no se acercaran a ellos porque eran peligrosos.

Lucía, con Blanche en brazos, puso una manta en el suelo y se acostó sobre ella. Estaba agotada. En otra celda, descansaron los tres hombres, Roux, Paul y Miguel. Lidón, que era la más curiosa, se aproximó a la celda prohibida para comprobar quiénes eran sus vecinos.

Entonces saludó sin acercarse demasiado por si tenían razón los soldados y se trataba de hombres peligrosos:

—Disculpad, caballeros, ¿podríais explicarme qué ocurre en Culla las noches de luna llena?

—Mejor esperad y lo sabréis por vos misma —respondió un hombre tumbado en el suelo. La escasa luz impedía verlo.

Lidón se quedó perpleja. No podía ser. La voz que había oído era idéntica a la de su tío. Casi se atraganta con su propia saliva. Ni siquiera le salían las palabras.

—¿Tío Pierre? —preguntó con la emoción inundándole el alma.

—¿Lidón? —Se hizo el silencio durante un instante, el tiempo que tardó en levantarse del suelo y acudir a la puerta de la celda—. ¡No puedo creer que seáis vos!

La miraba a través de la reja y casi no la reconocía. Habían transcurrido siete años desde la última vez que la vio en París y era una mujer de veinte años en todo su esplendor. Observó su rostro y la emoción le brilló en los ojos. Le parecía estar viendo a Isabel.

Sacó los brazos por las rejas para rodearla con ellos y Lidón se dejó abrazar con delirio. Había deseado tanto que llegara ese momento que casi no lo podía creer. Pierre estaba ante ella después de tanto tiempo y la sujetaba entre los brazos mientras el corazón le latía con la fiereza de un caballo desbocado.

A Lidón le costaba reconocer que estaba enamorada de Pierre, si bien todos los signos eran evidentes de la pasión que sentía por su tío. Era tan feliz que olvidó enseguida sus reticencias y pensó que, si él la amaba, con una dispensa papal sería suficiente, ahora que ya no era templario, dado que el papa se había encargado de suprimir la orden dos años atrás.

De pronto, Pierre se separó preocupado.

—¿Qué hacéis aquí en las mazmorras? No estaréis presa, ¿verdad?

Lidón le contó lo sucedido y Pierre se sintió triste. Era la primera vez que había abrazado a su hija con un amor infinito, el que le profesaba a su madre. No obstante, no se decidió a contarle la verdad de su origen. Había otro asunto que resolver con mayor urgencia.

—No os asustéis por lo que ocurra esta noche, Lidón. Debo hacer una prueba para saber si es posible acabar con el martirio de mucha gente que busca un remedio para...

—¿Un remedio para qué? —No le gustó que interrumpiera su abrazo.

—Para encontrar el cielo. —Entonces le contó lo que tenía pensado hacer.

***

Eran las doce de la noche cuando la campana de la capilla de la fortaleza lo anunció. Sonaba con un tañido lastimero alumbrada por la luz inquietante de la luna llena. Lidón había regresado junto a Lucía, que rodeaba con su cuerpo a Blanche, ambas tumbadas en el suelo mientras la pequeña dormía.

Los primeros rumores fueron muy sutiles, casi como el suave oleaje del mar que, a medida que transcurría el tiempo, iba creciendo hasta transformase en voces cada vez más claras que suplicaban ayuda.

—¿Las oís? —preguntó Lidón a Lucía.

—Claro que las oigo, pero no entiendo lo que susurran.

Entonces varias sombras recorrieron la pared de la celda iluminada por la luna. Lucía se inquietó. Lidón le puso la mano en el hombro para sosegarla.

—Tranquila, voy a averiguarlo.

Se puso en pie, cerró los ojos y se concentró en lo que decían. Pronto escuchó a dos almas errantes que buscaban consuelo: «Yo luché aquí para defender mi tierra», afirmaba un moro. «Y yo luché para conquistarla», decía un cristiano. Ambos estaban mutilados y vagaban por el lugar donde habían muerto. «Nadie nos dio tierra ni nos ofreció una oración para alcanzar el cielo, y no podemos descansar en paz».

Lidón respondió, pero no hablando, sino a través del corazón.

«Deseo ayudaros a encontrar esa paz que lleváis tanto tiempo buscando. Pronto veréis el cielo donde se os está prohibido entrar en las puertas y ventanas de Culla. Aunque os asuste, os prometo que vamos a rezar a Dios para que él abra sus puertas y os reciba. —Lidón había escuchado atenta el remedio propuesto por Pierre y quería asegurarse de que cualquier espíritu errante lo comprendiera—. Pero no debéis entrar en los hogares de los vecinos de Culla porque, si los atemorizáis, no podrán rezar por vuestras almas».

«¿A qué Dios le van a rezar, al moro o al cristiano?», preguntó un espíritu inquieto.

«Es indiferente el nombre que reciba la deidad a la que recemos. Será el ser divino, en el que cada hombre cree, el que reciba la ofrenda de nuestras oraciones. Intentaré que se cumpla vuestro destino antes de que la luna llena nos abandone. La señal serán las puertas y ventanas pintadas de azul celeste».

Hubo mucho revuelo entre las sombras. Estaban turbadas por si les estaba mintiendo.

«Si nos engañáis, volveremos rabiosas y os haremos pagar a vos y a cualquier habitante de Culla vuestra falsedad. No se salvarán ni los perros de ser perseguidos y atormentados».

24

LA PINTURA AZUL

Lidón comprendió la desesperación que sentían los espíritus errantes atrapados en un limbo sin fin. Era como si ella misma viviera la desazón que los embargaba. Aunque no le asustaban sus amenazas, debería ser muy cautelosa porque el remedio ofrecido por Pierre podía tener sus inconvenientes.

En la celda contigua, Miguel, Roux y Paul permanecían boquiabiertos y espantados ante un hecho tan extraño. Miguel era el único que conseguía entender el pesar que arrastraban aquellos espectros que en forma de sombras alarmaban a Paul y, sobre todo, a Roux, quien estaba aterrorizado. Temía a los vivos, pues no era mucho su valor, pero especialmente a los muertos, y los espíritus que albergaban las sombras parecían coléricos a juzgar por la forma violenta de desplazarse por las paredes y la intensidad de sus susurros, que iban en aumento.

En la celda de Goliat se estaba desarrollando la prueba que Pierre quería llevar a cabo para comprobar su efectividad y, sin duda, esto provocaba que los espíritus errantes estuviesen más alterados.

Pierre había abierto el recipiente que contenía el polvo azul que procedía de Tierra Santa y se lo mostraba a las sombras. Estas querían aproximarse, la añoranza del cielo era tan potente que deseaban fundirse con el color divino. No obstante, cuando intentaban llegar hasta el receptáculo, una fuerza extraña lo impedía y esto les provocaba un mayor sufrimiento y encono.

Pierre no quiso aumentar la angustia de los espíritus y cerró el recipiente, si bien no pudo impedir que siguieran moviéndose desasosegados. Goliat, apoyado en la pared contraria al reflejo de la luz de la luna, donde las sombras parecían diluirse con la oscuridad, rezaba ansioso para que desaparecieran.

La noche se hizo eterna para los habitantes de Culla, quienes notaron mayor agresividad en las sombras, que surgían por cualquier resquicio de la pared de sus casas. Atormentados, al día siguiente todos hablaban del cambio sufrido en el comportamiento de sus extraños visitantes nocturnos y muchos se plantearon abandonar la villa para no volver jamás. Incluso un nutrido grupo de vecinos se presentó ante la autoridad real del castillo para reclamar justicia ante el rey. No estaban dispuestos a sufrir la continua presencia de las inquietantes sombras que, cada luna llena, se presentaban como indeseables invitadas.

Lidón oyó desde la celda en la que había descansado el desconcierto que reinaba en el patio de armas de la fortaleza y quiso saber qué estaba ocurriendo. Mientras los otros recogían sus cosas, se asomó a la plaza. Un hombre que parecía dirigir al resto protestaba ante el responsable del castillo.

—¡Esto tiene que terminar! No aguantamos más. Cada noche es peor que la anterior. Esas sombras del demonio nos tienen presos de sus caprichos. Haced algo de una vez —exigía en nombre de la villa—. Sois soldados, luchad con ellas y echadlas.

El hombre que los escuchaba permanecía impasible ante las demandas de los vecinos de Culla. Era consciente de que no tenía ninguna posibilidad de acabar con aquel castigo, por lo que solo le quedaba el orgullo de mantenerse firme ante la avalancha de protestas que se empezaron a oír al comprobar que no pensaba hacer nada por evitarlo.

Cada vez eran más elevadas las voces que animaban a la rebelión contra los soldados del rey Jaime II presentes en el castillo, quienes, a un gesto de su adalid, desenvainaron las espadas.

Lidón, que veía cómo se estaban desarrollando los acontecimientos, intervino.

—Por favor, escuchadme. Puede que tenga una solución.
—Tuvo que insistir hasta que el soldado le dio voz y obligó a callar al resto—. Si queréis que las sombras dejen de molestaros, tenéis que ayudarme.

Los habitantes de Culla la miraban perplejos. Una mujer dando soluciones.

—¿Cómo vais a espantar a las sombras, «gritando» o pensáis dormirlas cantándoles una nana?

Empezaron a reírse y a burlarse de ella. El único que permanecía serio era el soldado, quien pensaba que cualquier solución era mejor que ninguna para calmar a los vecinos de Culla.

—Dejadla hablar —dijo con autoridad. Cuando consiguió calmar a la turba, cedió la palabra a Lidón.

—Atended porque sola no lo voy a conseguir. Veréis, en esta cárcel hay encerrados dos hombres honestos que antes eran templarios. Sus hermanos, los caballeros de la Orden del Temple, trajeron de Tierra Santa un remedio que puede ser efectivo.

Entonces empezaron a prestarle atención. Los templarios tenían muy buena fama de honestos y devotos de Cristo y ni siquiera las blasfemias surgidas contra ellos habían logrado reducir su notoriedad ni en el Reino de Aragón ni en el de Valencia.

—Se trata de unos polvos azulados que, si se mezclan con cal y barro, servirán para alejar a las sombras de vuestras casas. Solo tenéis que pintar las puertas y ventanas para impedirles el paso.

—¡Solo eso! Poca cosa me parece para mandar a los demonios al infierno, ¿no creéis? —protestó un vecino.

—No solo eso —respondió Lidón—. No son demonios, sino ánimas en pena que vagan por Culla al haber perdido la vida en las batallas de la Reconquista sin que nadie se haya preocupado de enterrarlos ni haya ofrecido una oración por sus almas. —La joven no quiso informar de que no solo eran cristianos los espíritus errantes, también eran moros. Ese pequeño detalle podía dar al traste con sus expectativas, así que lo omitió—. Además de pintar puertas y ventanas del color del cielo, al que aspiran entrar estas atormentadas ánimas, necesitan de vuestras oraciones. Hasta ahora, seguro que esas oraciones las poníais en práctica para protegeros de las sombras. Pues deberéis ser más generosos y rezar por ellas.

Empezaron a murmurar entre ellos. No parecía descabellada la solución que les proponía la bella muchacha. Se la veía muy convencida de sus palabras y pensaron que valía la pena probar.

—Vamos a hacer lo que dice. No perdemos nada —propuso el cabecilla de los vecinos de Culla.

El soldado tampoco tenía mejor solución y aceptó la propuesta. Entonces Lidón, al ver que había ganado la partida, exigió que los dos templarios que estaban presos salieran para ayudarle con la tarea. Ella no sabía la concentración que debía aplicar para elaborar la pintura. Así es como consiguió que Pierre y Goliat subieran al patio de armas, eso sí, vigilados de cerca por los soldados del rey aragonés.

Durante la mañana toda la villa se afanó en llevar cal, barro y agua mientras Pierre hacía mezclar a sus ayudantes los tres ingredientes en un gran caldero hasta que adquiría la consistencia adecuada. Entonces abría el recipiente que contenía el polvo celeste y una pequeña porción transformaba el líquido espeso preparado en pintura de color azul puro, reflejo del cielo.

Cuando llegó la tarde, ya estaban pintadas la mayoría de las puertas y ventanas pese a que algunos vecinos se mostraban reticentes a hacerlo, entre ellos el señor de Ares, quien no creía lo que le habían contado al no estar presente en el castillo cuando Lidón sugirió el remedio. Tampoco hubiera hecho caso por ser una mujer la que lo proponía.

Solo les quedaban dos días a los habitantes de Culla para que desapareciera la luna llena y Lidón deseaba comprobar que el plan de Pierre funcionaba. Hasta los soldados del castillo pintaron de azul las entradas a la fortaleza porque tenían que dar ejemplo. Solo les preocupaba ser motivo de burla al día siguiente y el centro de las protestas de los vecinos si no era efectivo el remedio aplicado. Si eso ocurría, castigarían a la joven para calmar los ánimos.

Al fin llegó la medianoche y con ella los susurros que surgían de las piedras. En algunas casas se habían reunido en la cocina para rezar junto al fuego por las ánimas de los espíritus. De pronto, notaron golpes en la pared de la fachada de la casa como si alguien quisiera atravesarla. Sintieron miedo. Para superarlo, se cogieron de la mano y rezaron con un fervor inusitado. Pedían por las almas atormentadas que vagaban perdidas en Culla para que Dios les abriera los brazos y las recibiera en el cielo.

Los intentos por entrar en las casas de los vecinos que rogaban por ellas fueron infructuosos. Ningún espíritu logró acceder a las viviendas protegidas hasta que ya cerca de la madrugada, cuando la luz del sol pugnaba por salir, se oyó un tremendo golpe en las puertas y ventanas pintadas de celeste y las sombras desaparecieron. Eso no ocurrió en las casas que no habían coloreado de azul los accesos a sus viviendas ni habían rezado por ellas.

Al día siguiente en el mercado, lo sucedido durante la noche era la comidilla de los vecinos de Culla. No podían creer el extraordinario prodigio. Ningún espíritu había penetrado en las casas que habían seguido las instrucciones indicadas por Lidón. Sin embargo, aquellos que no se habían molestado en hacerlo estaban aterrorizados por lo agresivas que las sombras se habían mostrado al visitarlos.

Volvieron a acudir al patio de armas del castillo, unos felices y otros arrepentidos por no haber hecho caso de la joven. Al haber protegido los accesos a la fortaleza de azul y rezado con fervor, tampoco los soldados habían sufrido las consecuencias de la incómoda visita.

Pierre, que había visto cómo surtía efecto su plan, les habló a los vecinos de la villa. Tenía que convencerlos a todos de colaborar.

—Lo habéis visto con vuestros propios ojos. Las sombras solo querían el descanso eterno y vuestros rezos han aplacado su furia. Esta será la última noche de espíritus errantes si las casas que quedan sin pintar lo hacen y sus habitantes rezan fervorosamente por esas ánimas en pena.

Ninguno deseaba vivir una noche tan horrible como la que acababan de pasar por no colorear de azul sus casas y se empujaban en la cola para solicitar la pintura mágica que ahuyentaba a los espíritus.

Entonces apareció por la entrada de la fortaleza don Sancho. Estaba pálido por la noche en vela a consecuencia de padecer los caprichos de los enojados espíritus. Al ver a Pierre en la plaza de armas, el odio y el rencor lo inundó para derramarse por su boca.

—¿Qué hace el Monteagudo ese… libre en el castillo? Es un traidor. ¿A qué esperáis? ¡Apresadlo! —gritaba desaforado el señor de Ares.

El soldado que había vivido el intenso cambio que se había producido en la fortaleza sin tener que soportar a las inquietantes sombras lo miraba perplejo.

—Este hombre —dijo señalando a Pierre— ha contribuido a que desaparezcan los espíritus errantes que nos hacían las noches insoportables. Más de uno se ha vuelto loco por culpa de esas almas, que solo aspiraban a conseguir lo mismo que todos nosotros: querían alcanzar la paz y el descanso eterno.

—Pues a mi casa siguen viniendo —protestó iracundo.

El soldado no tardó en responder mientras se aproximaba al caldero de pintura y llenaba un recipiente con el líquido azul.

—Os aconsejo que pintéis con esto las entradas a vuestra noble casa y recéis mucho esta noche por las almas que os visitan, porque mañana estaréis libre de ellas.

Entonces fue cuando el señor de Ares reparó en la muchacha que repartía la pintura entre los que el día anterior se habían mostrado reacios a seguir su consejo. Ya nadie dudaba de la efectividad del remedio.

Con la sorpresa reflejada en el rostro se dirigió a ella. No podía creer lo que veían sus ojos. ¿Era una alucinación? Delante de él se encontraba su hija Isabel. Fue tal el impacto de la visión que no tuvo tiempo de reaccionar y se desmayó a consecuencia de la impresión recibida.

Al volver en sí, observó de nuevo el semblante de su hija Isabel ante él mientras le ponía un paño húmedo en la frente como tantas veces había hecho cuando estaba enfermo. Entonces le acarició la mejilla.

—Perdonadme, Isabel.

Lidón pensó que estaba delirando y esbozó una sonrisa de agrado. La estaba confundiendo con otra persona, pero, si eso lo hacía feliz, no le importaba. Para don Sancho era un milagro tener de nuevo a su hija y le tocaba la mano para comprobar que era de carne y hueso.

De pronto pensó que, si su hija estuviese viva, tendría cuarenta años, y no veinte, porque aquella Isabel estaba igual que cuando murió. No le importaba. Estaba viva y con eso tenía suficiente. ¡Cuánto la había añorado! Volvió a rozarle la mejilla con la mano y entonces observó el pequeño lunar en forma de corazón que presentaba sobre el labio superior.

—No puede ser. No puede ser… —repetía horrorizado.

—¿Qué es lo que no puede ser? —sonreía Lidón.

—Deberíais estar muerta. —La mirada que le dirigió era de rencor.

Lidón no entendía nada y se separó de él temblando. Aquel hombre la intimidaba. Había reconocido en el fondo de su podrido corazón el odio que manaba a través de sus ojos.

Miguel, que también ayudaba a repartir la pintura, se aproximó a Lidón al verla tan asustada.

El señor de Ares se quedó boquiabierto al contemplar el semblante de Miguel. Era idéntico a la joven y también lucía el pequeño lunar en el labio.

Se llevó las manos a la boca para no gritar. Su hija se levantaba de la tumba para regresar en forma de nietos. No le quedaba ninguna duda de que así fuera. El desgraciado truhan al que había encargado que se deshiciera de ellos no había cumplido con su trabajo y lo maldijo. De pronto, don Sancho se tranquilizó.

Un pensamiento sibilino llegó a su mente como un fogonazo: «Si la reconociera como nieta mía, podría casarla y emparentar con la realeza. No pude hacerlo con Isabel, pero podría hacerlo con esta».

La volvió a mirar a la cara y no pudo resistirlo. El lunar le recordaba a Pierre de Monteagudo, al que odiaba. Se levantó espantado y salió del castillo a toda prisa para regresar a casa. Una vez en el interior, fue a su habitación para arrodillarse delante de un crucifijo y pedir perdón a Dios.

Pierre, que había visto lo ocurrido, se aproximó a Lidón y a Miguel, y les pidió que lo acompañaran mientras Roux y Paul se quedaban repartiendo la pintura.

En un rincón del patio de armas poco frecuentado, Pierre decidió contarles la verdad. Lidón sospechó que no sería de su agrado lo que iba a decir su tío y lo abrazó. No quería saber nada. Era feliz amándolo y sintiendo cómo él le correspondía. Estaba enfadada por haber tenido que controlar toda su vida la pasión que se desataba en su interior y, ahora que no era templario, podía tenerlo en sus brazos. Nadie se lo iba a arrebatar.

Con delicadeza, Pierre la separó de sí y le empezó a hablar a ella y a Miguel del encuentro que tuvo veinte años atrás con una joven de Ares, cuando él solo tenía quince, y del amor que surgió entre ellos. Conforme relataba la extraordinaria pasión que sentía por esa muchacha, Lidón se deshacía por dentro presa de la desilusión y de la angustia que sufría en silencio desde niña. El golpe definitivo se produjo cuando Pierre pronunció una frase que jamás hubiera querido escuchar.

—Nunca he vuelto a sentir ese amor por una mujer. Ella es la única que ha ocupado siempre mi pensamiento.

Lidón quería morir. Era tal la zozobra que sentía que estaba a punto de gritar. Lo amaba con desesperación. ¿Podía existir algo peor que el hombre a quien deseaba hablase así de otra en su presencia?

Lidón se aproximó a Pierre con la intención de besarlo en los labios mientras, desairada, le reprochó:

—Pues anoche cuando me abrazasteis noté que me queríais. ¿Acaso era falsa esa sensación? No puedo olvidarla.

Pierre sonrió para enseguida rodearla con los brazos. Lidón se sintió reconfortada.

—Por supuesto que os quiero con toda mi alma. —Esas palabras todavía la confundieron más. No entendía nada. Entonces Pierre la miró a los ojos para descubrir la verdad que tantos años le había ocultado—. La mujer a la que amé se llamaba Isabel y tanto vos como Miguel sois hijos suyos; y yo vuestro padre.

Si la impresión que sufrió Miguel fue importante, Lidón se quedó atónita por la noticia. ¡Era imposible! ¡No podía creerlo! Se separó de Pierre como si le quemara su piel.

—Entonces ¿ese hombre que quería acabar con vos es nuestro abuelo?

—Así es, Lidón.

Tuvo que explicarles a ambos las circunstancias que se habían desarrollado en torno a su historia y el triste final de Isabel. No obstante, no quiso contarles que su abuelo había contratado a un sicario para matarlos. Solo les dijo que se los llevó a Francia para que su hermana pudiera recibir el regalo divino de criar a dos hermanos. Así cuidaría a los hijos que Dios no le había concedido a su vientre.

Los rostros de Lidón y Miguel mostraban tanta sorpresa que permanecían pasmados, como si Pierre les estuviera contando la vida de personas ajenas y no de sus propios orígenes.

—Sé que es duro enterarse a los veinte años de quiénes son vuestros verdaderos padres, pero recordad que no habéis tenido mejor madre que mi hermana, quien siempre os amó hasta la muerte. Isabel no pudo hacerse cargo de vosotros porque murió pocos días después del parto. Entonces tenía vuestra misma edad. —Se le llenaron los ojos de lágrimas—. Me dijo, a través de su doncella Rosa, que nuestro amor permanecería dentro de vosotros dos para siempre. Y es cierto. Desde aquel día os he amado en silencio y hoy puedo permitirme abrazaros. Venid aquí que os acoja entre mis brazos.

Ambos se acercaron para recibir el abrazo paterno. Lidón empezó a llorar desconsolada. Le costaría asumir que Pierre no era su tío, sino su padre, pero era tanto el amor que sentía por él que se esforzaría en dirigir sus sentimientos en la buena dirección. Se juró que Pierre jamás sabría de sus tribulaciones. Rezaría al Todopoderoso para que la ayudara a seguir adelante.

Pierre, al verla tan vulnerable, la separó para secarle las lágrimas y la besó en la frente.

—Ahora ya no quedan secretos entre nosotros. Así que vayamos a ayudar a los vecinos de Culla a proteger sus casas de los espíritus errantes para que consigan paz y sosiego.

Durante el resto del día estuvieron ocupados en dirigir los trabajos de pintura de puertas y ventanas. Ni una casa quedó sin protección. De esa manera Lidón consiguió dejar de pensar en su desgracia. Había ganado un padre y una madre, de eso estaba satisfecha. No obstante, el precio que tenía que pagar era muy doloroso.

Cuando la luna llena fue recibida con el tañido de la campana de la fortaleza, todas las casas lucían puertas y ventanas pintadas de azul. Incluso la de don Sancho, a quien el temor a vivir otra noche de tormento le obligó a seguir los criterios que se habían impuesto en la villa. Él no rezó al oír los primeros susurros, pero el resto de los criados y sirvientas de la noble casa lo hicieron en su lugar. Estaban tan asustados que juntos pronunciaron oración tras oración para desear a las ánimas en pena que encontraran el camino del cielo.

Como la noche anterior, los espíritus errantes se estrellaban ante las entradas pintadas de azul y esto hacía que quienes estaban dentro retomaran los rezos con mayor devoción.

A punto de asomar la luz del sol en el horizonte montañoso, un golpe intenso y seco sobre puertas y ventanas hizo desaparecer las sombras de Culla.

Las gentes salieron a la calle, querían saber si los espíritus habían penetrado en alguna casa y la respuesta fue negativa. Empezaron a saltar de contento y lanzar alabanzas al creador por haber permitido que las sombras descansaran en paz. Sabían que estarían protegidos mientras sus casas lucieran el color del cielo, y eso les daba tranquilidad. Pese a su supuesto triunfo, ninguno estaba dispuesto a eliminar de puertas y ventanas la pintura que los protegía.

El señor de Ares salió también de su vivienda para seguir a los vecinos hasta el patio de armas del castillo. Todos celebraban la victoria contra las sombras, pero don Sancho tenía otro propósito.

Cuando estuvieron reunidos y los soldados daban la enhorabuena a Pierre y a Lidón, don Sancho dijo unas palabras que dejaron preocupados a los presentes.

—Estáis muy satisfechos con lo que ha ocurrido en Culla. Sin embargo, solo habéis obedecido al demonio. A través de las manos de una joven que os ha engatusado con su belleza os habéis dejado engañar. Es una bruja que merece la hoguera. Y el templario Monteagudo también. Él es un hechicero que ha formulado un embrujo para convencernos de que los espíritus se han marchado, pero, cuando quede libre, los volverá a traer para castigarnos por quitarle la libertad. Esperad y ya veréis.

Don Sancho tenía mucho prestigio y sus palabras debían tenerse en cuenta. Los rostros de los vecinos de Culla mostraban desazón. Por una parte, eran felices por lo que habían conseguido Pierre y Lidón, pero, por otra, temían estar sirviendo al diablo y que eso repercutiera en adelante en sus vidas.

25

PRISIÓN PARA LOS MONTEAGUDO

Por desgracia, la opinión del señor de Ares caló entre los vecinos de la villa y nadie impidió que Pierre y Lidón fueran encarcelados a la espera de un juicio. El resto quedó libre, incluso Goliat, porque don Sancho no tenía nada contra él. Solo era un cebo para atraer al Monteagudo y fraguar su venganza y, sin duda, estaba satisfecho porque iba a conseguirlo. Aunque Lidón no le importaba, era otra manera de hacer daño a Pierre.

También se produjo una visita inesperada a la villa. El soldado del rey marcado por una cicatriz en el cuello que buscaba a Pierre para descubrir dónde estaba el contenido del ataúd con el que había escapado de París siete años atrás llegaba a Culla con la intención de averiguarlo. También de indagar qué ocultaba el libro de cuentas de la Orden del Temple que llevaba Paul en el saco. Estaba cansado de recorrer lugares inhóspitos y solo pensaba en encontrar el tesoro templario. «Este será mi último trabajo», pensaba convencido. Después se dedicaría a gastar los beneficios que ese asunto le reportara.

Recordó cómo junto a Roux, el mendigo, había contribuido a salvar a los Monteagudo del ataque de cuatro asaltantes de camino a Culla. No por gusto, sino porque no deseaba perder el rastro que le conducía hasta Pierre. No le había quedado otro remedio que ocultarse en cuanto Lucía se puso a gritar al reconocerlo.

Tantos días de viaje habían acabado con el contenido de su faltriquera, lo único que le quedaba era paciencia y estaba llegando al límite. Durante tres días había permanecido en una cueva para ocultarse al llegar la noche por consejo de un arriero que había encontrado en el camino, quien aseguraba que los días de luna llena no eran propicios para dormir en Culla por la presencia de demonios. Y él en asuntos de demonios no quería participar, así que, pasadas las tres noches de peligro, estaba dispuesto a descubrir la verdad del tesoro templario. Ya nadie lo iba a detener.

Entró en la villa al mismo tiempo que dos mercaderes que iban en idéntica dirección compartiendo una conversación muy amena.

—Vengo de Francia y por allí dicen que se ha cumplido la venganza del gran maestre de la Orden del Temple. ¿Sabéis a quién me refiero? —preguntaba uno.

—¿Al templario que quemó en la hoguera el rey de Francia en marzo de este año? —comentaba el otro.

—Ese mismo. Vaticinó que en un mes moriría el papa... y murió Clemente V dentro del plazo.

—También dijo que en menos de un año moriría el rey, ¿no es así?

—Cierto. Pues ya se han cumplido las dos profecías. El rey ha fallecido en noviembre, días después de haber caído del caballo cuando iba de caza. La verdad, no creo que tuviese el alma en paz, porque sé de muy buena tinta que sus restos los han enterrado en la basílica de Saint-Denis, mientras que su corazón descansa en el monasterio de Poissy... ¡en compañía de la Gran Cruz de los Templarios! —Se carcajeó—. ¿Qué os parece ese asesino de freires?

—¿Lo del corazón lo han hecho para castigarlo?

—¡De eso nada! Ha sido a petición suya. —Sonrió—. Parece que al ver las orejas al diablo se ha querido congraciar con el Temple. —Y echaron unas risotadas burlándose del difunto Felipe IV de Francia.

El soldado de la cicatriz en el cuello no salía de su asombro. De repente, se había quedado sin señor a quien servir y su heredero no sabría nada del asunto que lo había llevado hasta Culla. Se quedó pensativo sin saber qué hacer. ¿Para quién estaba buscando el tesoro templario? Nadie lo compensaría por sus desvelos. Se rascó la barbilla para calmar la ansiedad que lo dominaba y pronto decidió su destino. Si ya no tenía señor, podía hacer lo que quisiera porque nadie le pagaría lo convenido. Así que determinó seguir adelante en la búsqueda del tesoro del Temple. Ahora ya no tenía que repartir con nadie, ni siquiera con el rey, y este pensamiento le alegró la mañana.

Siguió el paso de los comerciantes por si le ofrecían alguna información sustanciosa hasta llegar al mercado. Una vez allí, observó cierto revuelo. Preguntó y no tardaron en darle cuenta de todo lo ocurrido. Solo retuvo en la memoria lo esencial para su negocio: que Pierre de Monteagudo estaba preso, y Lidón también, ambos acusados por el señor de Ares de herejes. Lo alarmó que pudieran acabar con el templario antes de conseguir la información que tanto tiempo llevaba esperando. No le quedaba otro remedio que hablar con don Sancho. Indagó dónde vivía y hacia su casa se dirigió.

***

Paul no podía entender por qué habían prendido a Lidón, y estaba angustiado. Tras haber recuperado el saco con el libro de cuentas de la orden, sus desvelos se dirigían hacia la protección de la muchacha, ya que volvía a sentir esa desazón que le causaba su sola presencia. Era tan hermosa que verla presa lo indignaba. Sobre todo, después de haber contribuido a que desaparecieran los espíritus errantes. Pensaba que no era un pago justo. Algo se le ocurriría para ayudarla.

Paul, Miguel, Lucía y Blanche habían encontrado acomodo en la casa de Andrés, donde Goliat se había alojado, siete años atrás, la primera noche de luna llena que llegó a Culla. En esta ocasión el dueño no quiso ubicarlos en el establo, sino en dos habitaciones separadas, una para Lucía y su hija, y otra para los tres hombres. Viudo y sin hijos, la casa le quedaba grande.

Goliat no había podido alojarlos en la vivienda donde habitaban sus hermanos del suprimido Temple porque no admitían mujeres. Aunque ya no existiese la orden, los antiguos caballeros templarios cumplían escrupulosamente lo establecido en la Corona de Aragón. Recibían una cantidad para el sustento por dedicarse a la oración como verdaderos monjes en una casa de la encomienda, nunca en un castillo porque el rey tenía miedo de que allí se hicieran fuertes y pudieran rebelarse. En esas circunstancias, Goliat había querido permanecer con ellos, pero, sobre todo, con el hijo de Pierre para protegerlo si hubiese necesidad. No porque se sintiera obligado, tan solo porque quería hacerlo.

A Andrés ya no le asustaba Goliat, pese a las advertencias que recibía de algunos vecinos al considerarlo un espíritu que había escapado del infierno la noche de luna llena y, por eso, había aparecido en su establo al día siguiente sin que nadie lo hubiese visto entrar. Incluso se preguntaban cómo era posible que, habiéndose aliado con los moros del sur para reconquistar Culla, anduviera suelto. Prueba de ello era la carta mostrada por el señor de Ares donde se descubría su traición.

A Andrés esas murmuraciones le parecían patrañas. Le bastaba para demostrar su inocencia que aquel hombre grande y bonachón le hubiera ayudado a pintar puertas y ventanas de su vivienda del color del cielo para ahuyentar a los espíritus errantes. «¿Quién, si no, habría contribuido a echar de la villa a sus iguales?», pensaba convencido.

Los invitados se habían reunido en la cocina con Andrés mientras una sirvienta les ofrecía un poco de queso de cabra, algo de pan y vino de las vides que cultivaba el dueño de la casa para agradecerles la paz que se respiraba en Culla desde que los muros habían dejado de murmurar.

—¿Qué podemos hacer para sacar a Pierre y a Lidón de las mazmorras del castillo? —preguntó Paul—. Ese señor de Ares parece dispuesto a acabar con ellos. No entiendo cómo puede odiar a Lidón… ¡si ni siquiera la conoce!

Andrés, que notaba el malestar que sentía Paul, le respondió.

—Don Sancho es un hombre amargado. Se dice que solo tenía una hija en la que había puesto todas sus esperanzas y murió. La necesitaba para casarla con un joven de la alta nobleza, así conseguiría acercarse al rey. Al fallecer, desapareció cualquier posibilidad de medrar y desde entonces parece que se ha vuelto más huraño y vengativo. En fin… solo vive para aumentar sus riquezas… Aunque todo eso ocurrió hace muchos años, cuando vivía en Ares.

—¿Y ese asunto qué tiene que ver con Lidón? —preguntó Paul que desconocía su origen.

—No lo sé. Se habrá vuelto loco —dijo Andrés—. En la plaza de armas, cuando don Sancho la ha visto, la ha confundido con su hija.

Miguel fue el que habló a continuación. No podía hacer nada por su padre ni por su hermana si sus propios amigos desconocían el secreto tantos años guardado por Pierre. Pensó que entre todos podrían hallar un remedio.

—Al parecer Lidón es la fiel imagen de su hija Isabel —dijo.

—¿Cómo lo sabéis? —preguntó Paul.

—Porque el señor de Ares es nuestro abuelo.

En la cocina se instauró un espeso silencio sin que nadie se atreviera a decir palabra ante el desconcierto que habían provocado las palabras de Miguel. Al observar que ninguno se atrevía a hablar, continuó:

—Lo que nadie sabe es que Isabel murió días después de traernos al mundo y Pierre nos llevó a París a casa de su hermana, que se comportó como una verdadera madre, aunque en realidad fuese nuestra tía.

Lucía no salía de su asombro. Ni siquiera observaba a Blanche, que se entretenía en sus brazos mordisqueando un pequeño pedazo de pan. De pronto, una idea surgió en su mente como si un fogonazo hubiera iluminado sus pasos en la noche más oscura.

—Don Sancho no tiene corazón. ¿Cómo es posible que quiera quemar en la hoguera a su nieta por bruja? —Enseguida recapacitó—. ¿Y cómo no ha hecho nada contra vos, Miguel? ¡También sois su nieto! —Al decir esa palabra lo entendió—. ¡Por Dios bendito! Ese hombre es un monstruo.

—¿Qué os ocurre? —preguntó Miguel, que la había visto palidecer por momentos.

—Es terrible. Quiere castigar a Pierre y a Lidón para llevar a cabo su venganza… por algo que desconozco. Estoy segura. Pero al mismo tiempo desea un heredero. ¿Lo entendéis, Miguel? ¡Vos sois su único descendiente y, además, varón!

—No creo que nadie pueda ser tan cruel —protestó Miguel.

—Pues entonces explicadme por qué no os ha encarcelado a vos.

***

El hombre de la cicatriz en el cuello había solicitado ser recibido por el señor de Ares. Estaba convencido de que el mensaje comunicado a la criada que le había abierto la puerta impresionaría a don Sancho. Así que esperó paciente la respuesta en el zaguán.

Tal y como había previsto, fue llamado sin tardanza, lo que le produjo cierta satisfacción. Había tenido tiempo de informarse del señor de la casa y pensó que podría incorporarlo a su plan.

El señor de Ares lo esperaba impaciente.

—Buenos días, ¿qué se os ofrece? —preguntó don Sancho.

—Tan solo deseo haceros inmensamente rico —respondió el soldado.

—¿Cómo podría ocurrir tal cosa?

—Si no os importa, me gustaría antes comer bien. Llevo mucho tiempo de viaje y añoro una buena comida.

Don Sancho lo miraba poco convencido.

—¿Qué me podéis adelantar para saber que esa información, al menos, vale unas buenas viandas?

—Puedo conduciros hasta hallar el tesoro templario —dijo en voz baja.

El señor de Ares frunció el ceño. ¿Aquel hombre le estaría diciendo la verdad o solo trataba de llenar su estómago sin gastar una moneda?

—¿Qué garantía me ofrecéis de que no me estáis mintiendo? —Se dirigió a él con voz amenazante—. Por menos de eso he colgado a gente de una soga. ¿Os queréis arriesgar?

—Yo os necesito, pero vos a mí también. Pierre de Monteagudo es la clave para descubrirlo. No debe morir hasta que hable con él y consiga obtener la información que busco. Después, haced lo que queráis con sus huesos.

—Pues daos prisa en averiguar lo que sea porque en un par de días va a ser juzgado y condenado junto a la bruja por traición al pactar con los moros del sur la reconquista de Culla.

—¿Cómo estáis tan seguro?

—Porque soy el señor de Ares. —Le clavó la mirada para que percibiera su indiscutible poder—. Y vos andaos con ojo porque os vigilo. No escaparéis sin cumplir vuestra parte.

—Por supuesto, pero yo me quedaré con la mitad del tesoro que encontremos. ¿Estáis de acuerdo? —Una sonrisa aviesa acompañó sus palabras—. ¿Ahora ya puedo comer?

Don Sancho llamó a la criada y le ordenó que preparara un festín para su invitado. Mientras este se deleitaba comiendo, el señor de Ares buscó a dos miserables a los que no les importaba mandar almas al infierno. Eran el Leñoso y el Tahúr, la unión perfecta. El primero hacía honor a su apodo por la corpulencia y la dureza de su consistente musculatura. Parecía invencible. El segundo, amante de los juegos y poco fibroso, era el que derrochaba ingenio para salvar las peores situaciones. Aquel hombre de la cicatriz en el cuello no se la iba a jugar, de eso estaba seguro. Solo deberían vigilarlo y evitar que abandonara Culla si antes no se había presentado ante él. A la menor sospecha de traición les ordenó a sus secuaces que lo mataran. No les dijo ni media palabra del tesoro templario. Era demasiado tentador, así que no precisaban estar al corriente.

El señor de Ares estaba embriagado de contento. Ahora intuía por qué los templarios habían comprado aquel territorio por una fortuna, ya que nada explicaba su empeño. Debían tener motivos ocultos. Tal vez en aquellas abruptas tierras era donde mantenían escondido el tesoro del Temple. Entonces se convenció de que el verdadero motivo de que Pierre estuviese en Culla no era ayudar a su amigo Goliat, sino su preocupación por las riquezas templarias allí ocultas. En caso contrario, no lo habría seguido hasta la villa el hombre de la cicatriz en el cuello.

**

Pierre y Lidón compartían celdas contiguas y habían pasado la noche hablando sin miedo a ser escuchados al encontrarse sin vigilancia. A pesar del descrédito manifestado por don Sancho hacia los presos, los soldados no veían peligro alguno en dejarlos a solas. Aunque el muro que separaba ambas estancias era grueso, las palabras pronunciadas a través de la puerta rebotaban en las paredes del sótano y resultaban perfectamente audibles para padre e hija.

Tenían tantas cosas que contarse que el sol los encontró despiertos. Durante las horas de oscuridad, Pierre le había referido las maravillas descubiertas en la ermita de San Bartolomé del cañón del río Lobos y cómo había llegado a comprender los mensajes que las piedras le transmitían en un enclave mágico tan singular. También recordó un hecho que lo había sorprendido mucho, al averiguar que desde la ermita se podían trazar, sobre la superficie de un mapa, líneas a otros puntos mágicos de la península ibérica que formaban una cruz templaria perfecta, lo que constituía algo inusual. Por eso los templarios se habían afanado en comprar todos los territorios que poseían enclaves mágicos, y uno de ellos era Culla.

—¿Cómo es posible que los templarios hayan descubierto esos lugares? —le había preguntado Lidón.

Él le respondió que, antes de contestar a su pregunta, debía hablarle de su experiencia en el cañón del río Lobos. Dijo que a él también le parecía todo muy extraño y no entendía nada hasta que, siete años atrás, llegó a la ermita y conoció al anciano Bartolomé. Desde entonces su vida había cambiado, sobre todo tras un sueño donde las piedras labradas de un edificio se resquebrajaban y perdían parte de las imágenes que durante siglos se habían mantenido inmutables. Estas eran como libros abiertos que transmitían un conocimiento aprendido por los caballeros templarios desde su estancia en Jerusalén, donde habían rastreado la memoria dormida de los tiempos al estudiar los escritos dejados por otros pueblos, y que luego se habían dedicado a labrar en la piedra.

Lo que más le había sorprendido era que el ermitaño hubiera podido descifrar su sueño, al manifestar que solo podía significar que los templarios iban a desaparecer. Si eso sucedía, nadie podría trasladar el conocimiento representado en las piedras y este se perdería en el tiempo, como ya había ocurrido con el saber de otros pueblos a la espera de que futuras generaciones lo encontraran y supieran interpretarlo. Le puso como ejemplo la cantidad de cuevas en cuyas piedras aparecían imágenes pintadas donde se habían plasmado mensajes ancestrales sin poder atisbar el secreto exacto de los dibujos mostrados.

Pierre no deseaba que el saber desapareciera, pero él no podía sustituir al ermitaño y mantenerse durante años inactivo. La espada lo había conducido a la victoria contra los enemigos de Cristo y le confesó a Lidón que deseaba proteger a los peregrinos más que llevar una vida de recogimiento aislado en una ermita. También recordó cómo, al interpretar su sueño, Bartolomé había acertado que la Orden del Temple desaparecería, incluso varios años antes de que ocurriera.

—Tal vez, Pierre, no tengáis que preocuparos por reemplazar al ermitaño —dijo Lidón—. Quizás en pocos días estemos muertos. Don Sancho parece que tiene mucho poder y domina a las gentes de Culla. Nadie se atreverá a contradecir su opinión. Ya habéis visto: hemos conseguido devolver la tranquilidad a la villa al aplacar a los espíritus errantes y, como recompensa, nos tienen aquí encerrados.

—Confiad en Cristo, él nos ayudará a descubrir la verdad, mi querida hija.

Al fin, Pierre se había atrevido a llamarla así. Llevaba años queriéndoselo decir y se consideraba un cobarde por no haberlo hecho. Tampoco resultaba edificante para la Orden del Temple que un escudero fuera padre. Era algo que había mantenido oculto gracias al respeto que sentían por su tío, el gran maestre fallecido. Los pocos caballeros templarios que lo sabían apreciaban tanto a Pierre que ninguno lo había propalado.

Cuando Lidón oyó a Pierre llamarla hija, una lágrima le resbaló por la mejilla. Lo amaba tanto que en otras circunstancias habría sido su mayor felicidad. Sin embargo, su amor era mucho más profundo y sentía que ser hija no era suficiente para calmar su desazón. Se limpió los ojos con el dorso de la mano antes de hablar.

—Seguís sin contarme cómo es posible que los templarios descubrieran esos lugares mágicos —dijo para olvidar la sensación agridulce que le había producido que la llamara «hija».

—Tenéis razón. Me emociona tanto hablar de la ermita de San Bartolomé o de Ucero que se me había olvidado por completo.

Le dijo que los templarios habían encontrado los primeros enclaves mágicos por casualidad al oír narrar a los habitantes de un lugar hechos acaecidos de difícil explicación, a modo de leyendas, que se habían transmitido de generación en generación, hechos que parecían sobrenaturales y que los hombres más sabios de la Orden del Temple trataron de esclarecer.

Poco a poco, encontraron más lugares con las mismas características y decidieron comprarlos para estudiar sus posibles virtudes. Se trataba de enclaves donde se podía hallar el conocimiento con la magia de los números. Esto les hizo comprobar que todos ellos guardaban una relación geográfica directa con la ermita de San Bartolomé. Desde allí, por ejemplo, se irradiaba ese poder hacia Tomar o Culla.

—Así nos lo explicó el ermitaño cuando estuvimos en el río Lobos —aseveró Lidón—. El anciano Bartolomé utilizó un Cristo con los brazos formando la letra V para marcar sobre el mapa todas las líneas que conducían a esos lugares. Y después cerró con una raya en el mapa la distancia entre los brazos. Entonces fue cuando vimos dibujada la cruz templaria sobre la superficie de la Península.

—Pues ya habéis comprobado que es cierto cuanto os he dicho… Solo hace falta ver lo que ha ocurrido en esta villa con los espíritus errantes. Estamos sobre un territorio que reúne unas fuerzas de la naturaleza muy poderosas que yo todavía no entiendo muy bien. Y la ermita de San Bartolomé es su centro.

—Lo noté cuando estuve en el cañón del río Lobos —afirmó Lidón—. Me produjo una impresión difícil de explicar. Era como si ya hubiera estado allí porque tenía la sensación de reconocer todo lo que me rodeaba.

—Os creo.

Fue entonces cuando Pierre le dijo las palabras que había soñado y que luego Bartolomé le había repetido: «Vuestra estirpe es la elegida para ayudar a este mundo a eludir el pecado. Aprended el lenguaje de las piedras, ellas guiarán a los peregrinos en un viaje hacia la salvación».

—¿Qué significa?

—Que alguien de nuestra estirpe es el sucesor del ermitaño —dijo Pierre—. Puesto que tú eres mujer, no creo que puedas serlo, así que solo quedamos Miguel o yo.

26

El juicio contra los Monteagudo

Durante la mañana se presentó en el castillo el hombre de la cicatriz en el cuello. Pese a no tener ya al rey como señor, seguía siendo un soldado sin escrúpulos; en ese aspecto no había cambiado su comportamiento. Se dirigió al vigilante portando una carta de don Sancho en la mano y no tuvo dificultad para acceder a la fortaleza. Pronto descendía hasta las mazmorras para hablar con Pierre. Se aproximó a su celda y lo miró de arriba abajo con desprecio antes de empezar. Lidón escuchaba desde la suya sin decir nada, sentía curiosidad. Era el mismo soldado que la había defendido junto a Roux cuando unos asaltantes atacaron a sus amigos en el camino hacia Culla, pero también quien había amenazado a Lucía en París con matar a Blanche.

—¡Ya era hora de encontraros! —dijo el soldado a Pierre—. Llevo siguiendo a esos hermanos idénticos desde París para hablar con vos. Atended bien lo que os voy a decir porque tenéis las horas contadas. En estos momentos tengo un salvoconducto para que salgáis vos de la cárcel junto a vuestra sobrina y podáis marcharos de la villa sin que nadie os lo impida ni os cause daño alguno. —Desconocía su verdadero parentesco con Lidón y Miguel.

—Me sorprendéis —respondió Pierre—. ¿Qué tendría que hacer para conseguir ese magnífico regalo? —preguntó con ironía.

—Recordad que no responder satisfactoriamente a mi pregunta significa para ambos la muerte en la hoguera. Así que pensad bien vuestra respuesta. —Esperó un momento antes de formularla para que Pierre asimilara la amenaza—. ¿Dónde se encuentra el tesoro templario?

Pierre lo miraba atónito.

—¿Habéis hecho tan largo viaje para esto? —Sonrió—. Porque no sé dónde está.

El soldado apretó los dientes para calmar su cólera.

—Sé que transportabais un ataúd de madera cuando escapasteis de París. Quiero saber el lugar donde está escondido.

—¿De qué me estáis hablando? —protestó Pierre.

—También sé que el religioso que acompaña a vuestros sobrinos lleva consigo el libro de cuentas de la Orden del Temple.

A Pierre le extrañó que estuviese tan bien informado.

—Aunque lo supiera hace más de siete años que salí de París. Los muertos se entierran y los tesoros templarios son una ilusión. Ya se encargó el rey de Francia de apropiarse de los únicos bienes de la orden. ¿O acaso lo habéis olvidado?

—No tratéis de engañarme porque se lo sacaré a golpes a vuestro sobrino y después lo mataré. Otro tanto haré con el que trasporta el libro de cuentas.

Lidón, que escuchaba atenta, no pudo contenerse. Se cogió de los barrotes para imprimir más potencia a su voz.

—¡Ese libro está maldito! Quien se acerca a él muere. Hacedlo vos si os atrevéis.

El soldado de la cicatriz respondió con una risotada antes de hablar.

—Pues vos no vais a necesitar acercaros al libro para morir. O hacéis entrar en razón a vuestro tío o mañana en el juicio seréis condenada a la hoguera por hereje, y Pierre de Monteagudo también. Él, además, por traidor, al negociar con los moros la conquista de Culla. Hay pruebas de ello. —Se dio media vuelta, pero antes de salir les advirtió—: Esta tarde volveré para obtener la respuesta que busco o mañana será vuestro último día en la tierra.

Cuando se quedaron a solas, Lidón se dirigió a Pierre. Estaba preocupada por cómo se estaban desarrollando los acontecimientos y tampoco encontraba remedio para salir con bien del asunto.

—¿Creéis que le hará daño a Miguel?

—Miguel sabe defenderse.

—Pero no de gente que lucha usando trucos poco honorables para vencer.

***

El soldado de la cicatriz en el cuello estaba impaciente. Sabía que Pierre no escaparía de la celda, así que podía permitirse, mientras llegaba la tarde y volvía a visitarlo, seguir el rastro del libro de cuentas de la orden.

No tardó en averiguar dónde se habían alojado Paul y Miguel. La mujer y la niña no le interesaban ni tampoco Goliat, aunque este último representaba un problema por su corpulencia. Debería evitar enfrentarse a él porque los años no perdonaban y no quería derrochar su escasa fortaleza con alguien tan fornido.

Vigiló la casa de Andrés durante buena parte de la mañana sin observar movimiento alguno, salvo una criada que salió para dirigirse hacia el mercado. Se estaba impacientando harto de seguir y vigilar a los hermanos sin haber obtenido ningún beneficio. Era el momento de saber qué contenía el libro de cuentas que tanto ansiaba el difunto rey francés. Sin duda, podría hallar anotado todo lo que había salido y entrado en la encomienda de París, la más rica de Francia porque acumulaba los bienes procedentes del resto del reino, así como saber dónde se podría encontrar cada pieza de oro. Si se apoderaba del libro, iba a seguir cada anotación sin descanso para completar la búsqueda del tesoro templario.

Las gentes hablaban de riquezas extraordinarias que incluían las reliquias más valiosas de la Orden del Temple, desde el arca de la alianza hasta el santo grial, pasando por todo tipo de inestimables fragmentos de la vera cruz, clavos de la crucifixión de Cristo, la lanza sagrada, el santo sudario y un sinfín de objetos preciosos. Sin embargo, el soldado no era tan exigente y se conformaba con el oro. Eso sí, mucho oro, por lo que pensaba que, si le fallaba Pierre, al menos, con el libro de cuentas de la orden tendría un mapa de los lugares en los que buscar.

De pronto vio salir a Paul con su inseparable saco de casa de Andrés, el anfitrión que les había proporcionado alojamiento, y pensó que era el momento de actuar. Lo siguió con sigilo para evitar que supiera que lo estaba vigilando. Había demasiados vecinos para robarle limpiamente su más preciada pertenencia sin llamar la atención. Buscaría la mejor oportunidad, así que continuó tras él para observar la dirección que tomaba.

Al ver que se dirigía hacia el castillo, actuó. Estaba convencido de que Paul iba a visitar a Pierre o a Lidón, y el soldado no quería que supiese que los había amenazado. Lo mejor sería sorprenderlo. De manera que aceleró el paso y lo abordó antes de que llegara a la puerta de entrada del patio de armas del castillo.

—Lidón me ha enviado un mensaje para vos. —Paul se asustó al verlo y al mismo tiempo se sintió intrigado—. ¿Acaso no os acordáis de mí? Os salvé la vida de camino a Culla. Tuve que huir porque la fulana esa empezó a gritar.

—¿Cómo sabéis que Lidón...?

El soldado no le dejó terminar la frase.

—He estado hablando de buena mañana con Pierre y he conseguido sacar a Lidón de las mazmorras. Os espera en una casa que hay a las afueras de Culla. Me ha costado una fortuna convencer a los vigilantes para que la dejaran escapar.

Paul estaba tan emocionado de que Lidón estuviera libre que ni siquiera razonó las palabras del soldado de la cicatriz en el cuello.

—¡Vayamos rápido! —exclamó Paul nervioso.

Al fin podría estar a solas con ella y contarle todo lo que le había ocultado desde París, convencido de que lo perdonaría. Era cierto que le había mentido, pero por una buena causa. Pensaba que aún le quedaba alguna posibilidad de conseguir su favor. Él la amaba de tal manera que le costaba contener el aliento para no confesarlo delante de cualquier mortal.

Sin saberlo, el soldado había dado en la diana. Se dio cuenta de que Paul sentía algo muy especial por la muchacha y aprovechó la ocasión. Lo condujo hacia la salida de Culla y, cuando se quedaron solos en el camino, le indicó que lo siguiera hasta una gran carrasca situada junto a una casa abandonada. Lo hizo entrar mientras cogía una piedra de buen tamaño y, antes de que Paul descubriera la trampa, le atizó un golpe en el cogote que lo dejó inconsciente tirado en el suelo. Después, abrió el saco para registrar su interior y pronto encontró el libro. Entonces sonrió satisfecho.

Cuando intentaba introducirlo entre sus ropas, un golpe seco en la cabeza oscureció todo el mundo a su alrededor. Alguien lo había sorprendido a él por detrás.

Al despertar, vio que Paul le estaba dando puñetazos en la cara y se protegió con las manos.

—¿Qué ocurre? —Se revolvió con agilidad para lanzar al religioso de una patada a un rincón de la casa deshabitada—. ¿Se puede saber por qué me pegáis?

—¿Dónde está Lidón? ¿Y el libro? —le preguntó desde el suelo. Paul estaba iracundo.

—Siento haberos mentido, templario. Lidón sigue en la cárcel y alguien se ha apoderado del libro de cuentas de vuestra orden.

Paul, incrédulo, se recostó en la pared para meditar cuál sería su siguiente paso. Aquel soldado malcarado le había mentido, engañado y robado. Lo único que le satisfacía era que el ladrón del libro hubiese hecho lo mismo con él.

—¿Y ahora qué? —dijo Paul.

—Solo me pregunto: ¿por qué protegéis con vuestra vida ese libro? La Orden del Temple ha desaparecido y el rey francés ha muerto. Nadie os busca… salvo yo.

Al oír que Felipe IV había muerto abrió tanto los ojos que parecía que se le fueran a escapar de las órbitas. No podía creerlo.

De repente, Paul sintió que volvía a disfrutar de la tranquilidad que había perdido hacía meses.

—No podéis imaginar la alegría que supone para mí que ese asesino de templarios esté en el infierno. Ya no tendré que dar cuentas a nadie. ¡Al fin soy libre! —exclamó feliz.

—¿Libre? —El soldado no entendía nada—. Si os han robado el libro.

—No importa, el libro regresará a mí. Soy su dueño y protector. Ya lo veréis.

El soldado de la cicatriz en el cuello no salía de su asombro. ¿De qué se habría liberado Paul? Parecía tan dichoso…

—Nadie lo sabe, pero el rey quiso obligarme a entregar el libro de cuentas el día que capturaron a los templarios de París hace siete años. Yo lo había llevado a reparar porque tenía algunas hojas sueltas, me lo había ordenado Jacques de Moley, el gran maestre. Lo dejé en casa del artesano para que hiciera su trabajo y al salir me detuvieron los soldados. Llevaba el hábito religioso con la cruz del Temple, así que fue muy fácil que me reconocieran como miembro de la orden. Solo se me ocurrió pedir audiencia para hablar con el rey y salvar mi vida. —Sonrió triste al recordar—. Ya sé que soy un cobarde, pero así me hizo Dios.

—Seguid, por favor, que me tenéis en ascuas —dijo el soldado.

—Traicioné a Pierre de Monteagudo. Le dije al rey que el templario había escapado con el libro de cuentas. Le prometí que vigilaría a sus sobrinos por si se ponía en contacto con ellos para saber adónde lo había llevado. Era la única manera de desviar su atención sobre mi persona. En cuanto me dejó libre, recuperé el libro y yo mismo lo custodié con mi vida…, como he estado haciendo hasta ahora para alejarlo del rey. La verdad es que nunca estuvo en manos de Pierre. —Sonrió—. Ahora que ha muerto el monarca…, si no me matáis, ya no debo dar cuentas a nadie.

El soldado pensó que Paul podría ser un buen aliado para sus propósitos.

—Ya que se ha suprimido la orden, nadie os puede pedir responsabilidades, así que podríamos repartir el oro que guardaban vuestros antiguos compañeros del Temple en los lugares indicados en ese libro.

Paul se quedó pensativo. No sonaba mal. Siempre había querido ser alguien importante y el oro proporcionaba el prestigio que no había conseguido por la cuna. Pensó que, si podía ofrecerle a Lidón una vida de lujo, tendría mayores posibilidades de conquistar su corazón.

—Está bien. Protegedme de cualquier peligro y repartiremos el botín. ¿Qué opináis?

El soldado pareció complacido. Ya vería la manera de eludir a los vigilantes de don Sancho, porque estaba seguro de que el ataque perpetrado a traición solo podía provenir del señor de Ares.

—¿Y el libro?

—Ya os he dicho que no os preocupéis porque aparecerá. Estoy seguro.

Se dieron la mano y abandonaron la casa deshabitada para dirigirse a Culla.

Por la tarde, el soldado de la cicatriz en el cuello visitó, de nuevo, a Pierre. Haber hallado un valioso aliado como Paul le resultaba muy conveniente y le daba una mayor confianza para presionar al templario preso.

—Buenas tardes, Monteagudo. ¿Ya habéis reflexionado? Decidme dónde está enterrado el ataúd que trajisteis de París hace siete años y saldréis de la cárcel con este salvoconducto. —Se lo enseñó para dar credibilidad a su propuesta—. Detendrán el juicio hasta que yo diga, pero, si me mentís, espero que os hagan sufrir tanto que pidáis que alguien os mate por misericordia.

Pierre se quedó pensativo un momento antes de hablar.

—Me sorprende vuestro interés por un ataúd que ni siquiera yo sé lo que contenía. Según todos los indicios era algún muerto. Quizás un difunto más o menos célebre, pero se trataba de un cadáver, tal vez momificado, porque ya no olía. Además, se enterró en una cripta para siempre. No entiendo el interés que puede despertar para vos unos restos. Ni siquiera era demasiado pesado. Eso es todo lo que os puedo decir de este asunto, que solo interesaba a los templarios. Me temo que ni oro ni plata ni joyas contenía, ya que, de ser así, lo hubieran abierto para sacar esos tesoros antes de darle tierra.

—¿Y dónde está?

—Protegido por Dios para que nadie turbe su descanso. En caso contrario, desataría la muerte sobre la tierra. Así que olvidaos del ataúd —respondió Pierre con una seguridad que heló la sangre al soldado.

Cuando este reaccionó, casi titubeante, dijo:

—Pues nadie os salvará a vos ni tampoco a la muchacha.

Se dio media vuelta y salió de las mazmorras.

***

Al día siguiente, estaba todo preparado para la celebración del juicio dentro del propio castillo. Se había realizado con tanta rapidez que no se cumplían ni los mínimos requisitos que garantizaban que fuera justo. El señor de Ares tenía prisa en gozar de la venganza que tantos años había estado esperando y apremiaba a un improvisado juez a decidir cuanto antes.

Se trataba de un buen hombre que no estaba dispuesto a que sobre su conciencia recayera la muerte de una muchacha tan bella y de un antiguo templario por simples rencillas con don Sancho, pero la influencia del señor de Ares le hacía crujir de pánico hasta el aliento.

En medio de la plaza de armas había situado el escenario que le iba a proporcionar la satisfacción tanto tiempo anhelada. Los habitantes de Culla se habían dispuesto al frente, tras una barrera de varios soldados que impedirían cualquier desafuero por parte de los asistentes. Entre ellos estaba Paul junto al soldado de la cicatriz en el cuello, mientras que Miguel, Roux, Goliat y Lucía se hallaban en el otro extremo. Blanche se había quedado con la criada en casa de Andrés; Pierre y Lidón, atados con cadenas, esperaban en la plaza para ser juzgados.

Don Sancho hizo que un escribano estuviera presente para tomar nota de las declaraciones. No quería que nadie discutiese las decisiones condenatorias que esperaba obtener.

Se aproximó al juez para que empezara cuanto antes. Enseguida llamó a Pierre de Monteagudo. Tras jurar sobre los santos Evangelios, procedió a responder a las preguntas que el procurador designado por el señor de Ares tenía preparadas.

—Aquí tengo en mis manos —dijo— la prueba fehaciente de que Pierre de Monteagudo es un traidor. Ha estado confabulando con los enemigos de Cristo para que retomaran Culla con su ayuda. Sí, atended bien, porque esos sarracenos del sur que echamos de aquí quieren recuperarla. Para ello, en este documento le prometen, a cambio, tierras y oro en abundancia. ¿Lo vais a permitir?

Empezaron a murmurar. Casi ninguno sabía leer. Por lo que debían aceptar la palabra del procurador.

—¿Y qué culpa tiene la muchacha? —protestó uno de los presentes—. Con esa cara de ángel es imposible que haya cometido traición.

—¡Silencio! —ordenó el señor de Ares—. Ella es una bruja.

—¿Quién lo dice? —preguntó una mujer—. Nos ha ayudado a limpiar de almas errantes las calles de esta villa. Y, si me apuráis…, el templario también.

El esposo de la mujer, que era muy respetado, insistió en recordar que quien había estado preso por traición era Goliat, no el templario que se estaba juzgando.

A don Sancho se le estaba complicando el asunto. No esperaba tal oposición por parte de los habitantes de la villa, así que retomó la palabra:

—Goliat solo era un mensajero. No sabe leer y desconocía el contenido del documento. Lo encarcelé para tenderle una trampa al Monteagudo y este vino enseguida a cumplir el pacto firmado con los moros del sur.

—Eso es mentira —gritó Pierre.

—Pues demostrad vuestra inocencia. Aquí lo dice bien claro. —Volvió a señalar el pergamino.

Lidón miraba a Pierre y el corazón le latía precipitado como si se le fuera a escapar por la boca. Tantas emociones alteraban su buen juicio y aturdían sus sentidos. No comprendía cómo, de repente, Pierre se había convertido en su padre y ese pensamiento la turbaba. No sabía cómo ayudarlo, pero estaba dispuesta a hacerlo, aunque le costara la vida. Sin él nada tenía sentido.

Pierre vio al escribano del señor de Ares entre la gente. Mostraba un gesto de preocupación y se le ocurrió una idea que tal vez funcionara.

—¿Podría ver ese documento, por favor?

Don Sancho no puso inconveniente. Sabía que era perfecto y decía lo necesario para conseguir que al menos el templario fuese colgado de una soga.

Pierre de Monteagudo lo leyó y luego lo observó con atención. Después extrajo la carta que había recibido de Goliat cuando se encontraba en el cañón del río Lobos y sonrió.

Entonces creyó tener una salida airosa de aquella farsa que había articulado el padre de su amada Isabel. A continuación, miró a Lidón. Era su querida hija y no permitiría que nada le sucediera, y menos por una estúpida venganza de un hombre que había perdido la ilusión de vivir y solo se alimentaba del mal ajeno.

—Antes de defenderme contra estas falsas acusaciones es necesario que os hable de mis hermanos los templarios y de cómo obtuvieron en Jerusalén ese polvo azul que ha servido para alejar de Culla a los espíritus errantes. Se trata de un polvo que recogieron de la tierra donde se encontraba el santo sepulcro de Cristo, un polvo cuyo color recuerda el cielo donde nos espera Nuestro Señor para juzgar a vivos y muertos. Recordad esto que acabo de decir: «también a los vivos». —Y miró a don Sancho—. Sobre todo, a aquellos que a sabiendas están haciendo daño a otros, sin merecerlo estos, y se empecinan en seguir adelante. Solo yo he sido el culpable de que ese color figure en puertas y ventanas. Lidón, la muchacha que también se juzga por bruja, solo se limitó a hacer lo que yo le dije que hiciera: mezclar barro, agua y cal con el polvo azulado. Si ella es culpable, lo son todos los habitantes de Culla por pintar con esa mezcla sus casas.

Los murmullos de las gentes se levantaron sobre las voces del juez, que trataba de poner orden.

—¡Callad de una vez! Esto es un juicio —replicó—. Seguid, caballero Monteagudo, siento interés por conocer cómo pensáis salir airoso de las acusaciones.

A Pierre le gustó que lo llamara caballero aunque ya no perteneciera a la Orden del Temple al haberla suprimido el papa. Para él significaba que valoraba su opinión. Así que pensó que era el momento oportuno de concluir el último acto.

—Siento poner en entredicho las acusaciones del señor de Ares.

Todos lo observaban sin decir palabra. Nadie se había atrevido hasta entonces a discutir sus opiniones. Sacó la carta de Goliat y la puso al lado del documento que lo acusaba de traición por pactar con el infiel.

—La carta que me llegó de Goliat la escribió el escribano de don Sancho, que se halla entre los presentes. ¿Puede acercarse hasta aquí, por favor? —le pidió Pierre al juez y este autorizó la petición.

Tras verla el escribano, afirmó su autoría sin dudar. Después, Pierre le pidió que permaneciera un momento a su lado.

—¿Qué queréis que haga? —preguntó el juez.

—Me gustaría que os fijarais un poco en ambos documentos, la carta de Goliat y el pergamino que me acusa. ¿Hay algo que os llame la atención?

—No entiendo.

Pierre se impacientaba.

—Comparad la letra de ambos documentos. Os lo ruego.

Durante unos instantes, que a Pierre le parecieron eternos, el juez estuvo observando con cuidado los dos escritos.

—¡Ahora lo veo claro! —exclamó sorprendido—. Ambos documentos han sido escritos por la misma pluma. —El rostro de sorpresa del juez pronto se transformó en ira al mirar al escribiente del señor de Ares, quien temblaba ante él.

—Lo siento. —Sollozaba—. Yo no quería hacerlo... pero ¿quién se puede negar a una exigencia de don Sancho? Perdonadme —suplicó de rodillas ante Pierre.

El juez miró a don Sancho con el semblante iracundo.

—Se ha terminado esta burla grotesca contra la justicia. Las pruebas son falsas y queda libre Pierre de Monteagudo por el delito de traición a la Corona. Por la acusación de herejía que recae sobre el mismo reo y sobre la joven Lidón solo tengo palabras de agradecimiento para ellos. Así que doy por finalizado este juicio que solo pretendía inculpar a personas inocentes.

El señor de Ares se levantó furioso para abandonar el castillo y dirigirse a su casa malhumorado, apretando puños y dientes de pura ira. Mientras, el escribano salía sigiloso del castillo y, a toda prisa, preparaba a su familia para alejarse de Culla y eludir el castigo que pudiera imponerle el señor de Ares por haberlo humillado.

27

EL TESORO TEMPLARIO

El Leñoso y el Tahúr, enviados por don Sancho para vigilar al soldado de la cicatriz en el cuello, habían hecho mal su trabajo. En ningún caso el señor de Ares les había ordenado que intervinieran, tan solo que lo vigilaran, pero sus intereses eran otros. Si les pedía explicaciones, lo convencerían de que el soldado pretendía huir.

Ambos se habían entretenido en un recodo del camino para averiguar qué contenía el libro robado, pues se había extendido un rumor entre los habitantes de Culla que aseguraba que la localización del tesoro templario se hallaba en un libro maldito. Se trataba de una información que habían arrastrado hasta allí varios mercaderes al difundirse la noticia de la extraña muerte de un cristiano en una caravana que se dirigía de peregrinaje a Santiago por culpa de un libro. No habían tardado en atar cabos al ver el interés que el soldado de la cicatriz mostraba por un ejemplar en apariencia sin ningún valor.

—A ver qué tiene de maldito este libro —rio el Leñoso, cuya corpulencia impresionaba. No había querido atizarle demasiado fuerte al soldado para no aplastarle los sesos.

—De eso nada —le espetó el Tahúr—. Ni siquiera sabéis leer.

Entonces se lo arrebató de las manos y lo abrió para comprobar su contenido. Se había sentado en una roca para manejar mejor el ejemplar. A continuación, observó las anotaciones de las páginas y supo que se trataba de un libro de cuentas.

El Leñoso estaba impaciente.

—Decid, ¿qué pone?, ¿dónde está el tesoro?

El Tahúr no tenía prisa. Pasaba página a página para abarcar la mayor información posible.

—Esto es una mina, amigo mío —le decía con satisfacción—. Aquí constan todos los lugares a donde han ido a parar los bienes de la Orden del Temple. ¡Casi no me lo puedo creer! Con este libro vamos a ser ricos.

El Leñoso brincaba de contento mientras el Tahúr buscaba la última anotación. Conocía los rumores que durante los últimos siete años habían corrido por cualquier reino sobre los dos carros cargados con los tesoros más valiosos de la orden, que habían partido de París un par de días antes de la detención de los templarios en Francia.

—¿Ya lo habéis averiguado? —preguntaba impaciente el Leñoso.

El Tahúr se levantó con el libro en las manos y se lo enseñó.

—Mirad —dijo exultante mientras le señalaba la última anotación en el libro de cuentas—. Aquí pone el lugar hacia donde se dirigieron los dos carros. ¡No me lo puedo creer! —decía entre risas.

Entonces el Tahúr cerró de golpe el libro ante las narices de su amigo.

—¡Quiero verlo! —protestó.

—¿Para qué si no sabéis leer? —Y ambos rieron felices—. Ya no necesitamos a don Sancho. Sigamos algún tiempo en Culla, el suficiente para convencer al señor de Ares de que seguimos vigilando a ese Paul. Luego le decimos que nos vamos a buscar el sustento a otra parte y asunto zanjado. ¿Qué os parece?

—Haré lo que me digáis, pero tened en cuenta que no voy a consentir que me engañéis, porque os costaría la vida. —Hizo patente su amenaza con un tono de voz menos festivo—. No sé leer, pero eso no quiere decir que no os conozca. Sois un verdadero truhan que solo busca su interés, así que no juguéis conmigo porque acabaré con vos.

El Tahúr se sintió molesto. Le había ocultado una información muy valiosa y sabía que la amenaza de su compañero de correrías no era en vano.

—Venga, Leñoso, animad esa cara. Vayamos a celebrarlo con un vino, que pronto nos lo servirán en copa de oro. —Y rio al tiempo que le palmeaba la espalda en señal de complicidad.

**

Al finalizar el juicio, Lucía no pudo reprimir las lágrimas y se aproximó a Lidón para abrazarla.

—Al fin se ha hecho justicia. —Lloraba emocionada mientras rodeaba su cuello.

—Pierre tenía razón. Siempre dice que Dios proveerá —afirmó Lidón.

—Sí, pero tened en cuenta que el Creador ayuda a quienes se ayudan. Y Pierre ha sabido darle la vuelta al asunto para conseguir mostrar a todos la verdad: que ese señor de Ares es capaz de hacer cualquier cosa para conseguir lo que quiere.

—Mi querida Lucía, olvidaos de mi abuelo. ¿Puede haber alguien más desgraciado que el hombre que intenta deshacerse de su propia familia? Nunca será feliz. Solo siento pena por él. Acabará sus días solo y odiado por todos. Eso ya es suficiente castigo.

Pierre y Lidón se despidieron de los soldados de la fortaleza y, por último, del improvisado juez, quien se dirigió al templario.

—Sabed, Pierre, que siempre me tendréis a vuestra disposición.

—Os lo agradezco, pero no quisiera utilizar vuestros servicios por mucho que os aprecie. —Y ambos rieron.

Goliat, que había estado rezando durante el juicio para ayudar a su compañero, le atizó a Pierre una contundente palmada de afecto en la espalda para descargar la tensión acumulada.

—Cuidado, amigo. No me vayáis a matar de tanto aprecio. —Entonces lo abrazó sonriente y Goliat se emocionó.

Abandonaron el castillo Pierre y Lidón en compañía de sus amigos para dirigirse a casa de Andrés. Este se sentía satisfecho de poder albergar en su casa a personas tan principales, no por su nobleza de cuna, que no era demasiada, sino por haberlos liberado de los espíritus errantes. Lidón dormiría con Lucía y Blanche, mientras Pierre lo haría con los hombres.

***

El soldado de la cicatriz en el cuello no se había alejado mucho de Paul. No lo veía como una amenaza, pero tampoco se fiaba de él, así que había decidido seguirlo en todo momento.

Transcurridos dos días desde el robo del libro de cuentas por parte del Leñoso y el Tahúr, ni Paul ni el soldado habían vuelto a ver el ejemplar. El segundo empezaba a creer que el ladrón habría abandonado Culla para dirigirse adonde el libro indicase que se hallaba el tesoro, y ese pensamiento lo mantenía inquieto. Si no encontraba pronto su rastro, quizás se desquitase rebanándole el cuello a Paul.

De pronto, observó que un hombre corpulento al que había visto en alguna ocasión se dirigía a la casa del señor de Ares. Estaba muy desmejorado y parecía enfermo. Le dio la sensación de haberse topado con un espectro al percibir su semblante macilento y las enormes ojeras de sus hundidos ojos. Lo que más le llamó la atención fue que en sus manos llevaba el libro de cuentas.

Aunque él no sabía que se trataba del Leñoso, lo siguió a distancia y, antes de que entrara en la casa de don Sancho, vio que Paul le cortaba el paso. Sin duda este también había reconocido el ejemplar.

El soldado se dio cuenta, por los gestos agresivos de Paul, que le exigía su devolución. La respuesta del Leñoso fue un formidable empujón para quitárselo de encima y enseguida acceder a la vivienda mientras el religioso formulaba imprecaciones sobre de qué mal tenía que morir.

La sirvienta que abrió la puerta no pudo impedir que Paul siguiese al Leñoso hasta la sala en la que se hallaba don Sancho.

—¡Qué forma es esta de irrumpir en mi casa! —protestó el señor de Ares—. Ya podéis quedaros ahí donde estáis o llamaré a mis guardias.

Había observado el deplorable aspecto de su secuaz y no quería que se aproximase a él por si presentaba alguna enfermedad que pudiera contagiarle.

—Don Sancho, aquí le traigo este libro. Es muy importante…, pero está maldito. —Intentó dar un paso para ofrecérselo y el señor de Ares retrocedió asustado—. Lo comprendo. Quien lo toca está condenado. El Tahúr murió anoche y yo llevo su mismo camino.

—¡Llamad a la guardia enseguida! —gritó desaforado y se refugió detrás de la mesa que presidía la habitación para mantener al Leñoso alejado.

—Es muy importante lo que tengo que deciros. Ayudadme a sobrevivir y seréis inmensamente rico. Según comentó el Tahúr, aquí está —dijo señalando el libro— el lugar exacto donde…

Tosió de forma ininterrumpida durante largo tiempo antes de pedir un poco de agua. Por momentos, su rostro se volvía más pálido y sus labios se tornaban azulados.

—¿El lugar exacto de qué? —preguntó con curiosidad al tiempo que se alejaba al observar el cambio de aspecto del indigno Leñoso cada vez más deteriorado.

—Un galeno, por favor —exigió mientras las rodillas se le doblaban y caía de bruces sobre el suelo. El libro salió lanzado hacia los pies del señor de Ares.

Al verlo tan cerca, dio un brinco hacia atrás como impulsado por un resorte para apartarse de él como si fuese el mismo demonio.

—¡Sacad ese libro de aquí inmediatamente! —gritaba atemorizado—. Esa basura también —dijo señalando al Leñoso—. ¡Ya!

Paul vio que era la ocasión que estaba esperando. Se acercó al lugar donde permanecía el libro para abrir el saco y, ayudándose de la tela, sin tocarlo, introducirlo dentro.

—No os preocupéis, señor de Ares —dijo Paul—. Voy a alejar este libro maldito de su casa para impedir que pueda ejercer su influencia maligna sobre vuestra persona.

—Sí, por favor. ¡Lo quiero fuera ya! —insistió.

Paul respiró aliviado y sonrió al abandonar la casa de don Sancho. Mientras creyera que el libro estaba maldito, no querría saber nada de él y eso era muy provechoso para sus intereses.

El soldado de la cicatriz en el cuello, que esperaba su llegada, le salió al paso.

—¿Qué ha ocurrido ahí dentro?

Paul recompuso el gesto para mostrar pesadumbre.

—El libro está maldito. Lo ha dicho el grandullón ese que ahora está tirado en el suelo de la casa y visitando el infierno. Al parecer eran dos los que os robaron el libro y uno de ellos os dio en la cabeza. Ambos están muertos.

El soldado sospechó de Paul.

—¿Cómo sabíais que el libro volvería a vos? —preguntó receloso.

—Ya os dije que aparecería. Soy su dueño y protector. El libro siempre regresa a mí.

Al soldado le impresionó la seguridad que manifestaba Paul. No parecía tener miedo, aunque acababan de morir dos bellacos por culpa de ese ejemplar. No lograba entenderlo.

Paul abrió el saco de tupida tela y se lo enseñó.

—Cogedlo si queréis. —Esperó un momento hasta advertir la indecisión del soldado. Luego lo cerró—. Hacéis bien si queréis conservar la vida.

El de la cicatriz no quiso arriesgarse. Le pareció más seguro para sus intereses que Paul se encargara de transportarlo. Culla era pequeño, y muy fácil seguir sus pasos. Ya lo había hecho desde Francia.

***

A la mañana siguiente, Paul se levantó temprano. Quería dirigirse a la casa abandonada que estaba presidida por una gran carrasca. Se tocó el cogote, aún le dolía y maldijo al soldado por haberle golpeado el día anterior. Odiaba tener que cargar con un socio poco recomendable, pero al menos estaban muertos los dos ladrones y ya no tendría que preocuparse por ellos. Además, la casa desierta era un lugar seguro para realizar ciertas manipulaciones que no podía hacer en casa de Andrés. Así que salió de la vivienda sin decir nada a nadie.

El sol lo sorprendió con una suave caricia, sin poseer la suficiente fuerza para fundir la escarcha del rocío que tapizaba las hierbas que bordeaban el camino. También sentía en los huesos el mordisco del frío de la noche, que no acababa de desaparecer pese a llevar una capucha de lana sobre una capa que le cubría cabeza, cuello y hombros. Aceleró el paso para llegar pronto y realizar el trabajo previsto lejos de cualquier mirada indiscreta.

Pese a tener la seguridad de que nadie lo seguía, se volvió en varias ocasiones para verificarlo. Estaba confuso. No le gustaba haber mentido a Lidón porque la amaba. Enseguida pensó que precisamente por eso debía mantener el engaño, era la única manera de que no descubriese lo miserable que podía llegar a ser y le correspondiera con su cariño. Lidón era tan dulce y amable que le resultaba seductora hasta su respiración. Además, no le importaría vivir allí con la hermosa Monteagudo, ya que le agradaba el campo y el terreno agreste que rodeaba Culla.

En esos pensamientos estaba cuando vio la enorme carrasca y supo que había llegado a la casa. Se adentró en sus peladas paredes que soportaban un techo acribillado de agujeros para abrir el saco de tela prieta donde guardaba sus tesoros.

Lo primero que hizo fue sentarse en el suelo, vaciar el contenido sobre el solado de piedra y ponerse con cuidado los guantes encerados que guardaba en su interior. Después, recogió la pequeña caja de madera, sin ningún tipo de ornamentación, que acompañaba a los guantes y la abrió. En su interior se encontraban ordenadas y separadas entre sí pequeñas bolsas de papel de forma cónica, cada una plegada sobre sí misma formando un fuelle que acababa rematado por una base circular adaptada a los pliegues.

Tomó el libro de cuentas y lo abrió por la última página. En la parte superior del lomo se hallaba un pequeño receptáculo, bien disimulado, del que extrajo unos restos de papel. Tuvo la precaución de hacerlo en las proximidades de la puerta, cuya corriente de aire se dirigía hacia un gran agujero en la pared que alguna vez fue una ventana. Pese al frío, aguantó el viento helado que arrastraba la corriente. Era necesario.

Después, introdujo una de las pequeñas bolsas de papel plegado que había en la caja por el orificio del receptáculo del lomo del libro teniendo cuidado de poner la punta del cono hacia arriba. Cerró el ejemplar muy despacio y al finalizar sonrió satisfecho. Ya tenía preparada la trampa para el siguiente incauto que intentara robarle el libro. Sabía que cualquiera que abriese el ejemplar rompería la punta del cono con un mecanismo muy sencillo, expandiría el fuelle de papel y haría que el aire penetrara en el interior y se mezclara con el polvo que contenía. Hasta ese momento el libro era inocuo. Solo al cerrarlo de nuevo se volverían a comprimir los pliegues del papel expulsando por el orificio superior el oropimente[7] mortal contenido en la bolsita cónica. Al esparcirse por el aire sería respirado por cualquiera que se hallara en las proximidades. No notaría las consecuencias de inmediato, quizá cierta picazón en las fosas nasales, pero sí a las pocas horas. Según la cantidad aspirada los efectos serían más o menos rápidos.

Como el oropimente también podía producir efectos nocivos por el contacto a través de la piel, las bolsitas de papel estaban enceradas por fuera, por lo que se podían tocar sin peligro. El problema era que, al haber utilizado este sistema en varias ocasiones, el oropimente liberado también impregnaba algunas

---

7 El oropimente es un mineral que contiene un elevado porcentaje de arsénico, utilizado por los romanos y los chinos con propósitos medicinales y, en ocasiones, como veneno inhalado. También era apreciado por los alquimistas para obtener oro.

partes del borde y lomo del libro, incluso pequeños trozos de la cubierta de pergamino. Paul llevaba un par de guantes encerados por fuera para evitar que el veneno penetrara el tejido y acabara en sus manos. Incluso el saco de tupida tela donde trasladaba el libro, la caja y los guantes estaba encerado por dentro para impedir que saliera cualquier cantidad de aquel tósigo infernal.

Mientras volvía a introducir la caja en el saco, se dio cuenta de que él era la única persona «viva» en el mundo que había leído la última anotación del libro de cuentas y sabía dónde hallar el tesoro templario. Ese pensamiento le hizo sentirse bien y sonrió.

Cuando estaba a punto de introducir el ejemplar en el saco, una voz lo sorprendió.

—¡Qué interesante es todo lo que acabáis de hacer! Me preguntaba por el misterioso libro maldito y resulta que vos sois el responsable. ¡Quién lo iba a imaginar! Un hombre de Dios y además templario. Parece mentira.

Era Miguel, quien llevaba sospechando de Paul desde que lo habían acogido en su casa de París. En aquel momento, ya no le pareció un religioso de confianza a pesar de ser templario, aunque no quiso negarle la ayuda, sobre todo porque Lidón insistió.

Hasta ese instante no tenía pruebas contra él que justificaran las muertes de los hombres que habían osado robarle el ejemplar porque el religioso nunca se encontraba cerca de los fallecidos. Ahora lo entendía. Se dedicaba a envenenarlos con un ingenioso y sencillo mecanismo; él mismo acababa de ver cómo lo ajustaba entre esas cuatro paredes.

—Miguel, este libro es mi responsabilidad, al igual que la información que contiene —dijo con resentimiento.

—¿Y a quién se lo pensáis dar? La Orden del Temple no existe y el gran maestre Jacques de Moley tampoco. Bien lo sabéis porque estuvisteis en su ejecución cuando fue quemado en la hoguera, al igual que muchos de vuestros hermanos templarios a lo largo de toda Francia.

Paul se quedó pensativo. No sabía qué responder, ya que sus intereses habían cambiado desde los hechos que Miguel se había encargado de recordarle. Si entonces trataba de proteger el tesoro templario, ahora ya no tenía sentido para él. «¿A quién se lo entregaré?», se preguntaba indeciso.

Lo meditó un instante y se imaginó comprando un pequeño castillo para vivir con Lidón sirviéndose del oro templario; y ese pensamiento lo satisfizo. Sin embargo, no iba a confesar a nadie sus intenciones, aunque ante Miguel trató de justificar su conducta. Este permanecía de pie en la puerta esperando su explicación mientras Paul seguía sentado en el suelo junto a su trampa mortal.

—Veréis. La noche que el rey envió a sus soldados a detener a los templarios de toda Francia, Jacques de Moley me indicó que protegiera el libro, incluso con mi vida, si hiciese falta. Era muy importante que nadie conociera los lugares hacia donde se habían enviado determinados objetos para evitar que se hiciera un mal uso de ellos. Luego me indicó que me marchara y poco después los soldados entraron en la encomienda del Temple de París. Fue la misma noche que el gran maestre le ordenó a Pierre y a Goliat que huyeran con un ataúd. Por eso no me encontraron los soldados del rey en la torre del Temple cuando accedieron a ella.

Siguió contando que se dirigió a la casa de un artesano con la excusa de reparar el libro de cuentas, que tenía unas hojas separadas. Lo que no le confesó a Miguel fue que era un plan que llevaba meditando desde que conoció los rumores sobre las intenciones del rey de Francia contra la orden.

En realidad, el artesano que debía realizar los trabajos era también un alquimista de la encomienda templaria que vivía fuera de sus límites, además de excelente encuadernador, a quien Paul había ordenado la elaboración de un receptáculo para introducir el veneno en el lomo del libro. Y el artesano ya tenía preparada la caja con los conos de papel plisado donde había depositado las dosis mortales de oropimente, un polvo que, bien machacado, se difundiría en el aire con facilidad cuando el libro se cerrara. Si se hacía de golpe, llegaría más lejos. La dosis era suficiente para matar a tres personas de mediana corpulencia si estaban próximas al libro en el momento de ser cerrado.

Paul pensó que él jamás podría haber realizado ese trabajo de manipulación del tósigo sin morir envenenado. Debía agradecer al alquimista que lo hubiera aleccionado sobre cómo debía protegerse del polvo ponzoñoso.

—No lo entiendo —dijo Miguel—. ¿Me estáis diciendo que el gran maestre os ordenó envenenar a cualquiera que abriese el libro de cuentas? No os creo.

—Bueno…, en realidad, el plan se me ocurrió a mí. Ni el administrador ni el gran maestre estuvieron nunca al tanto de mis propósitos porque no lo hubiesen permitido. Incluso el encuadernador y alquimista creía actuar en nombre de Jacques de Moley, en caso contrario, no lo hubiera hecho. —Miró a Miguel fijamente a los ojos para comprobar por su expresión si aceptaba su razonamiento—. ¡¿Lo entendéis?! El gran maestre me confió el libro y me dijo que lo defendiera con mi vida si fuera preciso.

—Pero no asesinando a otros —murmuró horrorizado.

Paul comprendió que Miguel no iba a mantener el secreto, y la indignación se apoderó de él. Entonces, sentado como estaba en el suelo, abrió el libro por la última página, alejó los brazos todo lo que pudo, y lo cerró de golpe dirigiendo el veneno hacia Miguel.

28

EL TÓSIGO

Después de dos días sin tener noticias de Miguel, tanto Pierre como Lidón habían recorrido Culla de arriba abajo sin hallarlo. Paul, por su parte, empezaba a tranquilizarse al pensar que ya estaría muerto. Era el periodo habitual para que incluso el hombre más fornido fuera vencido por el tósigo inhalado.

Paul no pudo evitar que Miguel se alejara corriendo de la casa donde había sufrido los efectos del mecanismo mortal que manejaba el religioso, quien no lo siguió porque debía rellenar el receptáculo con una nueva carga y así mantener el libro protegido. Pese a dejarlo marchar, supuso que no llegaría lejos. Pronto los efectos serían manifiestos y le impedirían caminar. Vómitos, diarrea, calambres abdominales y dolor agudo se conjugarían para dejarlo tirado en cualquier lugar. Prueba de ello era la desaparición de Miguel. Lo que Paul no llegaba a entender era que todavía no hubieran encontrado sus restos.

Se habían reunido en la cocina los huéspedes de Andrés para comer algo. Cabizbajos, sentían impotencia por la desaparición de Miguel.

—No sabemos nada —se quejaba Lidón presa de la desesperanza—. He preguntado en todas partes y nadie lo ha visto.

—Es cierto que resulta extraña su ausencia porque él nunca se marcharía sin avisar —respondió Pierre. Estaba muy preocupado.

—Además, el día que se fue salió muy temprano —dijo Lidón.

—Yo lo vi —aseveró Andrés—, pero solo me comentó que tenía un asunto importante que resolver.

Paul, que estaba presente, palideció. Tal vez, también lo había visto a él salir de la casa. Así que se puso alerta y preguntó:

—¿Sabéis hacia dónde se dirigía Miguel?

—No sabría deciros —respondió Andrés, y Paul se tranquilizó.

Lucía con su hija y Goliat con Roux, el mendigo contratado para buscar a Blanche, ni siquiera hablaban del asunto para no producir un mayor dolor a los Monteagudo.

***

Al tercer día desde la desaparición de Miguel, un religioso que había sido templario y vivía en una de las casas de la antigua encomienda de Culla se aproximó a Lidón en el mercado. Ella se hallaba comprando algunos alimentos para contribuir a su sustento y el de sus amigos en casa de Andrés. Entonces, con disimulo, el fraile le indicó que lo siguiera a distancia.

Lidón estaba intrigada por tanta precaución. ¿Qué podría facilitarle aquel religioso al que no conocía?, se preguntaba inquieta al considerar que podía ser una trampa de su abuelo, el señor de Ares. La curiosidad pudo más que su prevención y pensó que sabría defenderse si había necesidad, por lo que siguió sus pasos.

En los aledaños de Culla se hallaba la casa de la antigua encomienda templaria, donde no habían querido alojarla a ella ni a Lucía ni a Blanche los religiosos que la habitaban porque no admitían mujeres, al mantener las costumbres del Temple.

Llegaron ambos separados por una distancia prudencial hasta reunirse en la puerta. Entonces Lidón le preguntó al religioso por qué la había llevado hasta allí si no podía entrar en la casa.

El monje, sin decir palabra, la condujo a su interior. Una vez dentro, cerró la puerta con llave y la llevó a una habitación. Lo que menos imaginaba era lo que se iba a encontrar.

Miguel, tumbado en un camastro, la miraba sonriente. Lidón se aproximó para abrazarlo y él la detuvo.

—No os acerquéis a mí por si todavía quedan rastros de oropimente a mi alrededor. —Lidón se quedó perpleja porque conocía ese veneno. El preceptor que la había instruido no dejaba al azar ninguna de las enseñanzas que ofrecía a los templarios. Al educarse junto a su hermano, en nada se diferenciaba la formación que les había ofrecido a ambos—. Sentaos en una silla y os cuento lo ocurrido.

Miguel le narró cómo habían ocurrido los hechos y que el responsable de todas las muertes provocadas por el libro de cuentas era Paul. Lidón no podía comprender que hubiese actuado de una manera tan horrible y estaba escandalizada. Lo que más le dolía era haber acogido en su casa de París al religioso que había estado a punto de acabar con la vida de su hermano.

—¿Cómo habéis conseguido sobrevivir cuando todos los demás que han tocado el libro han muerto?

—Tened por seguro, Lidón, que Cristo estaba conmigo. Cuando Paul cerró el libro de golpe y lanzó el tósigo en mi dirección, el viento soplaba fuerte. Entraba por la puerta de aquella edificación casi derruida y salía por un enorme agujero en la pared. Yo estaba de pie frente a él, que se hallaba sentado en el suelo. Por ello, creo que la cantidad que llegó a impregnar mis ropas fue mínima. Intenté no respirarlo y eso también me salvó.

Siguió contando que salió corriendo para dirigirse a la casa de la encomienda, donde sabía que habitaban los antiguos templarios del castillo, quienes poseían grandes conocimientos, incluso había algún alquimista que podría aportarle alguna solución. Era su única esperanza.

Tuvo que informar del aspecto que tenían los difuntos que habían sido envenenados para que valoraran qué acciones llevar a cabo para reducir los daños provocados por el polvo ponzoñoso. Además, el alquimista detectó restos de color amarillo dorado en las ropas.

Tras deducir el tipo de veneno que se había empleado, le hicieron desnudarse y lavarse a conciencia con agua y jabón de grasa animal, también usar vinagre en la piel para reducir todavía más lo que hubiera podido quedar. Las ropas fueron quemadas.

Lidón agradecía que su hermano estuviese vivo y no dejaba de darle vueltas a una idea que le rondaba por la cabeza desde que había descubierto la traición de Paul.

—Hermano, necesito que me digáis todo lo que sabéis sobre ese asesino. Lo que os contó de su modo de recargar el receptáculo con el veneno o cualquier cosa que recordéis.

—Está bien, Lidón. Aunque quiero deciros también algo que tal vez os haya pasado desapercibido. Los hombres tenemos un instinto más agudo para esas cosas.

—Decid de qué se trata. Me estáis preocupando.

—Creo que Paul os ama. Os mira de una manera muy especial. Id con cuidado. No sé de qué sería capaz si lo rechazáis.

—Gracias por el consejo, hermano. Quizás me sea útil. Aunque lo que me preocupa, Miguel, es que el juez os crea. Es vuestra palabra contra la suya porque no hay testigos. Además, Paul es un religioso, por lo que cuenta con mayor credibilidad ante la ley que un simple muchacho. —Se quedó pensativa un instante y enseguida continuó—: En realidad, lo que me gustaría es desenmascararlo ante todos.

—Aún no tengo muchas fuerzas, pero ¿en qué puedo ayudaros?

—Nosotros también estamos dispuestos —dijo el religioso que había hecho que Lidón lo siguiera en representación del resto de los frailes de la antigua encomienda—. Aunque la orden ya no exista, no podemos permitir que un antiguo templario sea un asesino porque nos deshonra.

Lidón les expuso sus intenciones y llevó a cabo los preparativos con su colaboración. Después le pidió al religioso que avisara a Pierre de Monteagudo para que reuniera a todos en la cocina de Andrés, al mediodía, con la excusa de proporcionarles noticias sobre Miguel. Por otra parte, para que su plan tuviera éxito, debería dar un recado muy especial al dueño de la casa.

El fraile cumplió su cometido, de manera que a la hora prevista se encontraban Roux, Goliat, Lucía, Paul y Pierre en la cocina junto a Andrés, quien también quería saber qué había sido del muchacho. Incluso las sirvientas estaban presentes, salvo una, que se había quedado con Blanche. Era tanta la expectación que permanecían atentos y nerviosos.

No tardó en aparecer Lidón. Mostraba preocupación y tristeza en el semblante.

—¿Qué os ocurre? —preguntó Paul.

—Miguel ha muerto. Se lo encontraron ayer dos religiosos. Dicen que tenía un aspecto terrible. La cara demacrada y los ojos espantados como si hubiese visto al diablo. Pensaron que podía tratarse de una enfermedad contagiosa porque habían hablado con él un par de días atrás y gozaba de buena salud. No pudieron hacer nada por él, así que lo quemaron y después le dieron tierra para evitar complicaciones. Están espantados.

—¿Les dijo algo? —preguntó Paul inquieto.

—Sí. Que un demonio andaba suelto por Culla repartiendo la muerte entre sus habitantes a través de un libro maldito —afirmó Lidón.

—Estaría delirando —respondió Paul nervioso—. ¿Algo más?

—¡Os parece poco! Acaba de morir mi hermano y ¿eso es lo único que se os ocurre? —Parecía que Lidón se había calmado cuando dijo—: También afirmó que regresaría de la tumba para acabar con ese demonio.

Paul palideció. No dudó en ningún momento de la palabra de Lidón. Ya había vivido la visita de los espíritus errantes y lo último que deseaba era encontrarse con el de Miguel en Culla.

—No me encuentro bien —afirmó Paul.

Lidón lo ayudó a sentarse en una silla, le quitó el saco que llevaba en bandolera para depositarlo en el suelo y lo recostó sobre su hombro. Una sirvienta le sirvió un poco de vino en cuanto el dueño de la casa se lo sugirió. Estaban todos expectantes ante la reacción del religioso.

—Tal vez vuestro libro esté maldito, Paul —prosiguió Lidón—. ¿No lo habéis pensado? Ya han ocurrido cinco muertes relacionadas con él: en la caravana a Santiago, una; en el cañón del río Lobos otra. Además, según ha corrido la voz, dos hombres del señor de Ares también y, ahora, Miguel. Decidme, ¿qué tiene ese libro para matar a todo el que se acerca a él?

—Si eso fuera verdad, yo también estaría muerto —protestó—. Lo llevo encima y no me produce ningún mal. —Levantó la cabeza que reclinaba sobre el hombro de Lidón para dar una mayor convicción a sus palabras y la miró con fijeza a los ojos—. Comprended, el libro me protege como yo lo protejo a él. La información que contiene es muy valiosa y no puede caer en manos de cualquiera.

—¿Y quién es el destinatario del libro?

Paul no supo qué responder.

—Estoy cansado y me gustaría retirarme.

Lidón se dio cuenta de que empezaba a hacerle efecto la sustancia que la sirvienta había depositado en el vino siguiendo sus instrucciones con el consentimiento de Andrés.

Paul tomó el saco y se marchó a su habitación, donde al poco tiempo se quedó dormido.

Pierre de Monteagudo estaba convencido de que Lidón se proponía algo, pero no sabía el qué. Se sentía tan destrozado por la muerte de Miguel que la miraba afligido.

En cuanto Paul se marchó, Lidón pudo decirle a su padre que Miguel estaba vivo y sano.

—¡Bendito sea Dios! —exclamó aliviado—. Decidme, ¿qué estáis planeando?

***

Lidón pidió un trozo de tela muy tupida y unos guantes, que le fueron facilitados por el dueño de la casa, y se dirigió a la habitación de Paul junto a Pierre. Pensó que, si se despertaba, ya se le ocurriría alguna excusa para justificar su presencia.

Una vez en la estancia, buscaron el saco de Paul y entonces Lidón, con cuidado, lo abrió para sacar el libro, protegida por los guantes. Después, lo envolvió en la tela y se lo entregó a Pierre.

—Llevadlo cuanto antes a la casa de la encomienda, ellos saben lo que deben hacer. Esperad hasta que os lo devuelvan para colocarlo de nuevo en su lugar antes de que Paul despierte. Ya os explicaré mi plan en cuanto regreséis. Ahora corre prisa dejarlo todo preparado.

Pierre confiaba en la capacidad de Lidón porque siempre había sido muy despierta y no dudó en ningún momento de su habilidad para elaborar una manera de descubrir al despreciable Paul, que se había colado en sus vidas y hasta había intentado matar a su hijo.

Pierre de Monteagudo no perdió un instante y llevó el libro a los religiosos de la casa de la encomienda, quienes lo esperaban impacientes. Al llegar le dejaron que viera a Miguel, pero este le sugirió que ayudara a los frailes a concluir el plan de Lidón porque, después, ya tendrían tiempo de conversar. Entonces lo condujeron a una pequeña estancia llena de recipientes con hierbas, polvos y todo tipo de materiales, incluso gran cantidad de libros y mapas amontonados en el suelo y, con cuidado, Pierre depósito la tela sobre una mesa. Por precaución, le sugirieron que se moviera lentamente para no levantar el polvo del suelo al andar ni provocar que el veneno del libro, al quitarle la protección del lienzo, se esparciese en el aire.

En la estancia, a Pierre lo acompañaban solo dos religiosos, el alquimista y el que había avisado a Lidón en el mercado, que se llamaba Albert, aunque todos estaban al tanto y aprobaban la decisión de colaborar para descubrir al asesino.

Sabían que era Paul, pero solo tenían la palabra de Miguel contra la suya. No había pruebas, ya que nunca estaba cerca de los fallecidos.

El alquimista levantó despacio la tela que cubría el libro hasta destaparlo y observar si había rastros del tósigo utilizado. Enseguida descubrió que, en la parte superior del lomo, una capa áurea rodeaba el orificio por donde pensó que debía escapar el polvo ponzoñoso en cuanto se pusiera en marcha el mecanismo que lo activaba.

—Aquí se guarda el veneno —afirmó.

—Pues no abráis el libro porque así es como se rompe la punta de la bolsita de papel que permanece en su interior —señaló Pierre.

—Lo sé, nos lo ha contado Miguel, es un método muy sencillo. Al abrirlo, se rasga el extremo, se expanden los pliegues, entra el aire y todos quedamos expuestos al tósigo. Pero, cuando se cierra el libro es el momento más peligroso porque sale el aire al volverse a plisar la bolsita, que actúa como un fuelle, y el polvo se dispersa. Así que no pienso abrirlo, solo extraeré la bolsa de papel íntegra.

Tras unas maniobras muy cuidadosas, sin quitarse los guantes, logró sacar el papel con el veneno. Lo introdujo en una caja y la cerró. Ya con mayor tranquilidad, se dirigió a otra mesa. En ella estuvo elaborando una bolsita similar para rellenarla de un polvo inocuo que sustituyera a la que acababa de sacar. No tenía que ser idéntica, solo que cupiese en el receptáculo del lomo del libro y ofreciese un aspecto parecido a la vista para que Paul no se diera cuenta de que lo habían manipulado.

Al mismo tiempo, Albert buscaba en un anaquel un libro con un aspecto lo más parecido posible al de Paul. Allí habían llevado todo lo que merecía guardarse cuando obligaron a los templarios a abandonar el castillo de Culla. Observó varios ejemplares hasta detenerse en uno. Lo abrió para mirar su contenido y concluyó:

—Este es perfecto. Aquí tengo un libro de cuentas en blanco. Solo hay un par de páginas escritas, pero eso tiene fácil solución. —Las recortó para dejarlo completamente en blanco—. Ahora ya podéis continuar con el plan de Lidón.

Se lo entregó a Pierre y este regresó a casa de Andrés con los dos libros para seguir adelante.

Al llegar, el ejemplar que estaba en blanco se lo dio a su hija. Después entró en la habitación donde Paul dormía a placer y devolvió con cuidado el original al saco. Ya estaba todo dispuesto. Habían transcurrido varias horas y pensó que el asesino no tardaría en despertar. Le hizo un gesto a Goliat, que vigilaba a Paul haciéndose el dormido junto a Roux, y se recostó a su lado. Los tres simulaban dormir. Serían testigos de los acontecimientos que estaban a punto de suceder.

Momentos después, unos insistentes golpes en la puerta de la habitación despertaron a Paul, quien seguía algo desorientado por la sustancia que había ingerido con el vino. Se levantó al oír de nuevo golpear la puerta. Ni siquiera Roux, que también participaba del engaño, parecía percibirlo, porque no se movió. Paul desconocía la hora que era, tampoco recordaba cuándo había subido a dormir.

De pronto, la puerta se abrió y quedó horrorizado al observar de quién se trataba. Tal y como le había prometido, creyó reconocer a Miguel, que regresaba, en forma de espectro, al mundo de los vivos para reclamar venganza. Una capucha le cubría los cabellos y solo podía observar parte del rostro, pero estaba seguro de que era él. Vestía una túnica marrón, similar a la que llevaba cuando le dirigió al rostro el veneno del libro con la intención de matarlo.

Se apartó temeroso y el supuesto espíritu de Miguel entró en la habitación. La escasa luz del interior procedía de un ventanuco situado en el techo que, al recaer sobre la persona recién llegada proyectaba una imagen todavía más espectral.

Si Paul estaba aterrado, lo que más le sorprendió fue creer que llevaba su libro de cuentas en la mano.

—¿Qué queréis? —preguntó entelerido.

—Ya no podréis hacer daño a ningún mortal ni os aprovecharéis del contenido del libro de la Orden del Temple. —Lo abrió para enseñarle que las páginas estaban en blanco y Paul dio un paso atrás. Tenía miedo de que lo cerrara de golpe y esparciera en sus propias narices el tósigo mortal—. En adelante, nadie podrá saber el lugar donde se halla el tesoro templario.

Paul se sintió reconfortado por esas palabras. Él sí que lo sabía porque había leído la última anotación y era el único que podría encontrarlo. Pensó que ningún espectro se lo iba a impedir.

Entonces observó el saco que siempre llevaba encima y una corazonada lo hizo mirar en su interior. ¡Allí estaba su libro de cuentas! Alguien trataba de burlarse de él. Casi sin pensarlo, retiró de un golpe la capucha del recién llegado y descubrió debajo a Lidón. No podía creer que ella lo hubiese traicionado. ¡Nada menos que su amada! Enseguida extrajo el libro para comprobar que no estaba en blanco y todo seguía en su lugar.

Mientras tanto, Pierre, Goliat y Roux se habían incorporado para proteger a Lidón por si fuese necesario. Esperaban la reacción de Paul. Este, llevado por una ira incontenible, abrió el ejemplar. Herido en su orgullo al evidenciar que todo era un engaño, cerró el libro de golpe dirigiendo el veneno contra la muchacha al tiempo que exclamaba:

—¡Id a hacerle compañía a vuestro hermano en el infierno! Sois una bruja. En la hoguera deberíais estar. —Al instante se arrepintió de sus palabras y empezó a llorar desconsolado.

Lidón lo miró displicente.

—Ya podéis tranquilizaros porque jamás, escuchadme bien, jamás nadie volverá a ser asesinado por culpa de ese libro.

Paul la miraba sin comprender. Desesperado, volvió a abrir el ejemplar mientras dirigía la parte superior del lomo, por donde se difundía el veneno, hacia su propio rostro y después lo cerraba con furia al tiempo que, entre lágrimas, aspiraba profundamente.

Se dejó caer de rodillas frente a Lidón y suplicó convencido de que estaba a punto de morir.

—Perdonadme el daño que os he hecho. Ambos vamos a morir. Espero que podamos encontrarnos en la otra vida. Os amo y no puedo vivir sin vuestra compañía.

Lidón se dirigió a su padre, a Goliat y a Roux.

—Creo que no hacen falta más pruebas. Somos testigos de su declaración de culpabilidad. Llevároslo al castillo para que lo encierren.

—Me da igual lo que hagáis conmigo porque no viviré ni dos días —afirmó Paul.

—Tened por seguro que os equivocáis. El polvo escondido en el lomo del libro no es oropimente, sino un polvo inofensivo que solo puede haceros estornudar —respondió Lidón—. Id con Dios…, si es que todavía os escucha.

29

EL ESCONDITE

Tras entregar a Paul en el castillo del rey para que fuera juzgado por asesinar a cuatro personas, tanto Lidón como Pierre y Goliat se dirigieron a la casa de la encomienda para ver a Miguel. Este los esperaba ansioso y rezando a Cristo para que todo saliera bien. Temía que al asesino se le hubiese ocurrido cualquier triquiñuela para eludir el castigo y vengarse de su familia.

Miguel, acompañado de Albert, al verlos entrar sanos y salvos no pudo resistir la emoción y se abrazó a Lidón y a Pierre.

—Si no he muerto después de tres días, no creo que os pueda transmitir el veneno tras la terrible limpieza a la que me sometió Albert. —A quien miró de soslayo con una sonrisa de afecto. Enseguida abrazó a Goliat.

Exultante, pidió que le contaran lo sucedido y así lo hicieron, con todo lujo de detalles. Al fin, Paul estaba donde debía: en las mazmorras de la fortaleza a la espera de un juicio justo del que solo Dios lo podría salvar.

La casa de la antigua encomienda del Temple había reunido a todos los religiosos que se habían refugiado allí expulsados del castillo tras la supresión de la orden. El rey Jaime II lo había autorizado además de otorgarles una cantidad para poder vivir dedicando su vida a Dios si abandonaban las armas. De los monjes-soldado de antaño solo quedaba su trabajo como frailes. Esa circunstancia no impedía que siguieran estudiando entre aquellas paredes tanto la Biblia como otros textos religiosos, mantuvieran las ceremonias litúrgicas y conservaran el interés por un conocimiento que recogía el desarrollo y uso de mapas de navegación siguiendo las estrellas. Además, mantenía a salvo todo lo aprendido en el uso de sustancias curativas a través de la alquimia, un saber que anhelaban preservar.

Se habían unido el alquimista y Albert con los tres Monteagudo y Goliat en una estancia de la casa de la encomienda. El libro de cuentas de la orden de Paul estaba situado sobre la mesa.

—¿Y ahora qué hacemos con él? —preguntó Pierre.

Todos lo miraban indecisos, en silencio, hasta que Lidón habló:

—Sugiero que abramos el libro, veamos dónde fue a parar el tesoro templario para saber si está a salvo y, a continuación, destruyamos el ejemplar. Ya ha provocado demasiadas muertes.

—¿Estáis segura de que vale la pena conocer el lugar donde se oculta el tesoro del Temple? —preguntó Goliat, que deseaba que el libro desapareciera para siempre. Incluso tenerlo cerca le provocaba malestar.

Pierre de Monteagudo fue quien respondió a todos convencido de sus palabras.

—Veamos, si Jacques de Moley se tomó tantas molestias para protegerlo, de manera que hasta permaneció en París cuando podía haber escapado con Goliat y conmigo, no podemos deshacernos de él sin asegurarnos de que nadie podrá encontrarlo nunca.

Los religiosos esperaban en silencio conocer las conclusiones a las que llegaban sus invitados. Al ver que nadie hablaba, Pierre continuó:

—Pues averigüemos adónde se dirigieron los dos carros cargados supuestamente con paja —manifestó—. Salieron de la torre del Temple de París un par de días antes de que los templarios fueran detenidos en toda Francia.

Se mantenía una gran expectación alrededor de la mesa donde habían depositado el libro. Sabían que se podía manipular con guantes, sin peligro de envenenamiento al haber eliminado la recarga ponzoñosa, y esperaban que alguien tomara la decisión de abrirlo por la última página. Eran ya cuatro las muertes que había provocado el libro, por lo que constituía una gran responsabilidad lo que hicieran a continuación.

Fue Lidón quien decidió actuar. No estaba dispuesta a prolongar la angustia que a todos les provocaba tener el ejemplar maldito ante sus ojos sin saber qué hacer con él. Se puso los guantes y con delicadeza separó la tapa posterior del libro para buscar la anotación final.

Nada más leerla, sonrió.

—¿Qué ocurre? —protestó Goliat extrañado por la sonrisa.

—Estoy segura de que todo lo que nos ha ocurrido tiene un motivo. Y ese motivo no es otro…

—Hablad, por favor —insistió Goliat.

—Traernos hasta Culla.

—¿Eso que significa? —protestó Miguel.

Quien respondió fue el alquimista de la orden.

—Eso significa que el contenido de uno de los carros está en Culla.

Todos se quedaron atónitos y Lidón no pudo contener su curiosidad.

—¿Vos lo sabíais y no habéis dicho nada?

—Así es. Estaba convencido de que alguien que en verdad comprendiera el sentido de ser templario vendría en algún momento en su búsqueda. Jamás hubiera permitido que nadie lo encontrara. Sin embargo, vosotros…, los Monteagudo, sois tierra de esta tierra. Vuestra sangre hunde sus raíces en ella. Además, he presentido vuestra llegada mucho antes de que se produjera.

Pierre estaba confuso. Fue entonces cuando volvió a recordar las palabras que había soñado y que después Bartolomé, el ermitaño del cañón del río Lobos, le había repetido: «Vuestra estirpe es la elegida para ayudar a este mundo a eludir el pecado. Aprended el lenguaje de las piedras, ellas guiarán a los peregrinos en un viaje hacia la salvación». «¿Y si en verdad nuestra estirpe es la elegida para mantener vivo el mensaje templario?», se preguntaba Pierre. Le parecía increíble que hubiera llegado hasta allí sin saber que el tesoro del Temple descansaba en la villa.

—Si eso es cierto, ¿en qué lugar de Culla está escondido? —le preguntó al alquimista mientras señalaba la frase del libro que indicaba el lugar—. Aquí solo dice: «Sigue el bostezo de la tierra que está protegido bajo el manto templario».

—Exacto, Pierre —afirmó.

Les dijo que no era fácil encontrarlo. El bostezo de la tierra se refería a una cueva cercana al castillo protegida por la propia fortaleza como si fuese un manto. Al maestre del Temple de Aragón le había parecido el lugar idóneo para construir debajo del castillo, en forma de laberinto, una serie de túneles que llevaban a la sala del tesoro para que nadie que no conociera el camino pudiese volver a salir. La cueva había servido a los templarios para orientar la construcción del laberinto, pero por ella era imposible entrar, pues una barrera de piedra lo impedía. Después se dirigió a Goliat para indicarle que solo los Monteagudo podían acompañarlo.

Goliat, que los escuchaba en silencio sin perder detalle, se sintió aliviado. No le hubiese gustado perderse bajo tierra en un laberinto del que no pudiera salir. Ya había sufrido lo indecible cuando tuvo que correr por el túnel que lo conducía al Sena en París para escapar del rey. Confiaba en los Monteagudo y sabía que serían justos si debían tomar alguna decisión respecto al tesoro. No quería saber nada de ninguna riqueza porque la del Temple ya le había causado demasiados problemas desde que abandonó París siete años atrás. Lo único que deseaba era volver a la vida de caballero templario que tanto le atraía. Batallar con la espada contra los enemigos de Cristo para defender peregrinos, «eso sí qué era vida», recordaba añorante. ¡Cuánto le hubiera gustado retroceder en el tiempo y que desaparecieran las terribles vivencias que habían acabado con la Orden del Temple! No sabía qué sería de él en adelante si no podía seguir haciendo lo único que sabía hacer.

—¿Cuándo vamos al castillo? —preguntó Pierre.

—Si queréis, ahora mismo. Conozco muy bien a un soldado que nos dejará pasar. Le salvé la vida cuando enfermó de unas fiebres, que nadie sabía curar, y está en deuda conmigo.

—Pues a qué esperamos.

***

El soldado de la cicatriz en el cuello no había perdido detalle de todo lo ocurrido con Paul. Se había pegado a él como si fuese su sombra y sabía que los Monteagudo lo habían encarcelado en las mazmorras del castillo. También pudo comprobar que no llevaba consigo el saco que guardaba el libro de cuentas. Supuso que el ejemplar había cambiado de manos y eso lo encolerizó.

No perdió un instante para acudir a la casa del señor de Ares. Estaba indignado. Después de tanto esfuerzo, podía perder el tesoro y no estaba dispuesto a ello aunque tuviese que aliarse con el mismísimo demonio.

Que los Monteagudo estuvieran en el castillo le hacía sospechar que el tesoro no andaría lejos. Entonces le dijo a don Sancho que, con toda probabilidad, Pierre iba a por él al estar convencido de que se había apoderado del libro que tenía anotado el lugar donde encontrarlo.

Sin dudar un momento, don Sancho partió con el soldado de la cicatriz hacia la fortaleza. A él nadie le impediría entrar ni tampoco dirigirse a donde le apeteciera.

Al llegar le preguntó al soldado que custodiaba el acceso a la plaza de armas adónde habían ido los visitantes que acababan de llegar. El soldado, que los había dejado entrar sin permiso, se puso a temblar. Lo habían descubierto y no deseaba enemistarse con el señor de Ares.

—Han bajado a las mazmorras —respondió titubeante.

Don Sancho no se entretuvo y siguió en dirección a las celdas. Bajó unos pocos escalones para llegar al sótano, donde se encontraron con Paul. El soldado de la cicatriz se aproximó a la puerta de la celda y le preguntó irascible:

—¿Por dónde se han ido, miserable?

—Sacadme de aquí, por favor —suplicaba Paul asustado.

—¿Por dónde se han ido? —repitió. En su tono de voz se notaba la tensión que lo dominaba. No había llegado hasta allí para perder la posibilidad de ser rico. Lo cogió con una mano del hábito a la altura del cuello y le aproximó el rostro a la reja.

Paul, al ver la mirada punzante repleta de odio del soldado, señaló con el dedo.

—Por aquella puerta. —El de la cicatriz aprovechó el momento para, con la otra mano, clavarle una daga en el vientre a través de los barrotes.

—Este es mi regalo por tardar en responder. —Y volvió a introducirla en el cuerpo del religioso en varias ocasiones.

Cuando lo soltó, Paul ya estaba muerto. Caído en el sucio suelo de la celda, la sangre seguía derramándose a su alrededor. En el rostro mostraba la sorpresa de quien no espera ser compensado por sus servicios con el frío acero desgarrando sus entrañas.

Sin perder un instante, el de la cicatriz animó a don Sancho a seguir sus pasos y entrar por la puerta que el difunto les había señalado. Oyeron hablar y se detuvieron para que no los descubrieran. En cuanto las voces se alejaron por aquel túnel, ambos iniciaron la persecución.

Los tres Monteagudo, junto al alquimista, avanzaban con la luz que iluminaba el pasaje subterráneo hasta que llegaron al final, donde no había salida. Lo único que encontraron, en una pared lateral, fue una hornacina con un Cristo idéntico al que Lidón había visto en la cueva del ermitaño en el cañón del río Lobos, una talla cuyos brazos situados sobre el mapa de la Península proyectaban líneas que al cerrase dibujaban la cruz templaria.

Se acordó de que el ermitaño le había dicho que, para encontrar los enclaves mágicos en otros lugares del mapa, debía colocar el Cristo invertido y ese recuerdo le hizo aproximarse a la talla y, casi de forma involuntaria, rotarla con la mano hasta ponerla boca abajo.

En ese momento se oyeron ruidos de engranajes y la pared se desplazó para convertirse en una puerta que daba acceso a otro túnel.

—¿Cómo lo sabíais? —preguntó Miguel asombrado, pero fue el alquimista quien respondió.

—Esta era otra prueba para los Monteagudo y la habéis superado. Sin duda, puedo confiaros todos los secretos del Temple.

Se introdujo en el nuevo túnel con un hacha en la mano porque no existía ningún tipo de iluminación en su interior y les indicó que lo siguieran con cuidado. Habían llegado al laberinto de túneles de piedra y el único que conocía el verdadero camino era él. Se adentró por el intrincado pasadizo de oscuros pasillos para tomar desvíos a derecha e izquierda cada pocos pasos. No tardaron en llegar de nuevo a otra pared sin salida.

—¿Y ahora qué? —preguntó Miguel. Pensaba que el alquimista había confundido el camino.

Sin responderle, este le pidió que tomara en sus manos el hacha e iluminase la pared. Entonces Miguel pudo descubrir la existencia de un pequeño grabado del tamaño de un medallón en una piedra enclavada en el muro. La imagen ofrecida era idéntica al sello templario: presentaba a dos caballeros del Temple montando la misma cabalgadura.

A continuación, el alquimista extrajo del pecho, oculto por el hábito, un medallón que encajaba perfectamente en la piedra labrada en la pared. Tras aplicarla, una nueva puerta abrió paso a los Monteagudo.

Detrás, a poca distancia, se encontraban sus perseguidores. Tanto don Sancho como el soldado procuraban no hacer ruido. Se iluminaban con un hacha más pequeña que solo servía para ver el camino mientras se desplazaban, pero que no iluminaba demasiado para no ser descubiertos.

Tras cruzar la puerta del Cristo invertido, se habían emocionado al comprender que entraban en terreno desconocido. Casi nadie debía saber de la existencia de los túneles y se convencieron de que se estaban aproximando al lugar donde el Temple había escondido su tesoro.

Seguían la luz que alumbraba a sus perseguidos a suficiente distancia para no ser descubiertos. Al llegar a la puerta del sello del Temple, don Sancho retuvo al soldado. Necesitaba ver con sus propios ojos las asombrosas riquezas que se atribuían a los templarios, por lo que esperaría a que salieran los visitantes para entrar. Pensó que no podía enfrentarse a ellos porque ni un milagro los haría salir victoriosos, así que aguardaron impacientes en uno de los pasillos laterales del laberinto. Eso les permitiría escuchar las voces de sus incómodos enemigos sin ser vistos.

Para los Monteagudo, entrar en aquella sala fue una visión reconfortante. Sintieron que una especie de quietud y paz se instalaba en su interior. Les daba la sensación de estar en un espacio suspendido entre lo terrenal y lo divino por encontrarse más cerca de Dios, hasta el punto de no tener palabras para expresar su deleite. Habían hallado el enclave mágico señalado en el mapa por el ermitaño Bartolomé.

Allí se encontraban variadas reliquias de valor incalculable que habían sido salvadas de caer en las manos del rey francés y esperaban su destino en iglesias y lugares de culto para que ejercieran su poder milagroso sobre los fieles que acudieran a venerarlas. La supresión de la Orden del Temple había impedido su distribución en los suntuosos relicarios que las protegían.

—Ahora vosotros sois sus custodios —dijo el alquimista—. Al menos uno de los tres deberá quedarse en Culla para proteger este tesoro. Además, deberéis esforzaros en adquirir el conocimiento porque los que todavía tenemos el corazón templario estamos obligados a trasmitirlo a los fieles. Todos no lo comprenderán de la misma manera al existir varios niveles de conocimiento. Es posible que unos, al ver una reliquia, piensen que solo se trata de un hueso; otros creerán que detrás de ese hueso había una vida santa y milagrosa que nos ha dejado su rastro para que la sigamos. Incluso algunos considerarán que Dios nos ha regalado un pedazo de sí mismo cuando vivió en la tierra. Hay tantos grados de conocimiento que, cuando más se profundiza en él, uno se da cuenta de que apenas sabe nada y que le falta mucho por aprender.

Los Monteagudo se miraban emocionados. Era cierto que en aquel lugar se respiraba un ambiente acogedor y cargado de espiritualidad. Las reliquias eran como tesoros silentes, cada una de ellas dotada de su propia aura e historia que los rodeaba con un abrazo fraternal. Incluso les pareció oír el murmullo de antiguas oraciones y sintieron la presencia de aquellos a quienes, en otros tiempos, pertenecieron esas valiosas reliquias.

Impregnados de reverencia hacia los relicarios, abandonaron la cámara; debían recorrer el camino inverso y regresar a las mazmorras del castillo. Al salir de la sala del tesoro, Pierre observó que el alquimista no cerraba la puerta de acceso.

—¿Vais a dejarla abierta?

—Se cierra sola cuando volvamos a situar el Cristo en su posición para impedir la entrada al laberinto.

En cuanto don Sancho y el soldado oyeron esas palabras, empezaron a preocuparse. Deberían darse prisa para echar una ojeada al tesoro, salir corriendo y así escapar antes de que sellaran de nuevo la entrada.

A don Sancho ya no le importaba que los Monteagudo supieran que los había seguido por el laberinto. Era el señor de Ares y podría volver a bajar en cualquier momento en cuanto se apoderase del medallón que abría la puerta de la cámara. Así que él y el soldado se asomaron a la estancia que contenía las reliquias y, a pesar de la escasa luz de su hacha, al observar la cantidad de relicarios de oro y piedras preciosas que se hallaban a sus pies quedaron maravillados. Jamás podían haber imaginado tanta riqueza reunida en un solo lugar.

El soldado tomó un cáliz de oro que reposaba en una hornacina y urgió a don Sancho a que saliera porque el tiempo apremiaba. Debían llegar a la puerta lo más rápido que pudiesen para alcanzar a los Monteagudo antes de que abandonaran el laberinto.

Pese a la insistencia del soldado, don Sancho permanecía extasiado contemplando las riquezas. Entonces el de la cicatriz en el cuello lo cogió del brazo y estiró de él.

—O venís conmigo o me llevo el hacha y os dejo a oscuras.

Entonces don Sancho reaccionó:

—Tenéis razón. Salgamos de aquí cuanto antes.

Corrieron hacia la salida siguiendo el rumor de los pasos de sus perseguidos, pero el laberinto los confundía. Giraron a derecha e izquierda en varias ocasiones. De nuevo a la izquierda y se percataron de que habían regresado a la cámara.

El soldado empezó a sudar presa del pánico. Salió corriendo y dejó abandonado en la más absoluta oscuridad a don Sancho para intentar encontrar la salida mientras el viejo señor de Ares lo maldecía iracundo.

El soldado recorrió los entresijos del laberinto sin éxito. Hasta el sonido de los pasos se iba diluyendo en el silencio de los túneles de piedra que los rodeaban. Los Monteagudo, en compañía del alquimista, habían llegado a la puerta de entrada y, una vez fuera, giraron el Cristo para ponerlo en su posición correcta.

El artilugio gruñó para comenzar a cerrarse mientras el aterrado soldado gritaba pidiendo socorro y don Sancho lloraba desconsolado soltando por la boca imprecaciones contra todos por no haber salido antes.

—¿No habéis oído algo? —preguntó Lidón—. Me ha parecido que alguien pedía auxilio.

Nadie más había oído el grito de pavor del soldado que, junto al señor de Ares, permanecía enterrado en las entrañas de la tierra.

Al llegar a las mazmorras, con sorpresa, comprobaron que Paul yacía muerto en su celda.

—Teníais razón, hija —dijo Pierre—. Aquí está la prueba de que alguien gritaba para que lo auxiliasen. Lamento haber llegado tarde… aunque no se lo mereciera.

30

LA DECISIÓN

Tras abandonar el castillo, los Monteagudo se reunieron en la casa de la encomienda alrededor del libro de cuentas. Fue entonces cuando Lidón preguntó algo que Pierre y Miguel estaban pensando:

—Hemos visto las valiosas reliquias que esconde la fortaleza en sus entrañas y me pregunto dónde han ido a parar las que salieron en el segundo carro dos días antes de que los templarios fueran detenidos. En el libro no pone nada.

—Así es, Lidón —afirmó el alquimista—. De París partieron dos carros para proteger el tesoro templario. Sin embargo, uno de ellos era un señuelo. A mí me ordenaron que me encargara del que trasladaba las reliquias. Durante la primera noche, en la hospedería donde nos alojamos, dispuse del carro de un mercader de la Orden de Temple, que nos estaba esperando, para sustituir sus mercancías por las mías. —Sonrió—. Escondimos en él los preciados tesoros y al día siguiente iniciaron la marcha los dos carros, que salieron de París sin nada de valor en su interior. Aunque debo deciros que hay otros lugares en los que el Temple ha ocultado algunos bienes de menor importancia y que, además, están custodiados por antiguos templarios que siguen siéndolo de corazón. Sin duda, lo protegerán con su propia existencia. Bien lo sabéis, porque lo habréis percibido en el río Lobos. ¿No es así?

Los Monteagudo afirmaron con un gesto de la cabeza. Lidón comprendía ahora las sensaciones tan extrañas que había sentido en aquel lugar.

—Eso me tranquiliza —dijo Miguel—. Pensaba que podía haber por ahí otro ejemplar asesino… y estaba espantado.

—En realidad, Miguel, el libro no ha sido el culpable de las cuatro muertes, sino Paul —afirmó el alquimista—, quien ha actuado sin tener en cuenta que los templarios no somos asesinos. Tal vez su intención era proteger el tesoro, pero actuó de una forma despreciable en contra de los principios del Temple.

—¿Y qué hacemos con este manuscrito que ha causado tantas desgracias?

—Lo que queráis, Miguel —respondió—. Pero considero que no deberíamos darle ninguna oportunidad para que pueda segar otras vidas.

—Pues habrá que quemarlo —afirmó Lidón sin dudar, y todos estuvieron de acuerdo.

El alquimista sugirió que fuera ella misma la que realizara la tarea. No tuvo que pensarlo: decidida, se santiguó antes de coger el libro y enseguida lo arrojó a la lumbre de la chimenea donde el fuego crepitaba como celebrando su presencia.

Lo observaron en silencio mientras ardía y se carbonizaba la cubierta de pergamino, cuyo olor impregnó la estancia. Poco a poco, las llamas empezaron a retorcer la piel para penetrar en el corazón del libro hasta arrancarle sus últimos lamentos.

No se movieron. Debían estar seguros de que nadie podría obtener ningún beneficio del ejemplar moribundo que yacía entre las brasas incandescentes. Después, el alquimista les planteó una cuestión que lo mantenía preocupado.

—Me pregunto quién permanecerá en Culla para proteger el tesoro. Tiene que ser un Monteagudo porque he soñado que vuestra estirpe es la elegida.

Entonces habló Pierre:

—Parece que somos los indicados —afirmó sonriente—. Pero, antes de responderos, me gustaría saber si habéis oído hablar de las intenciones del rey de Aragón. Dicen que pretende crear una nueva orden militar. A lo mejor, podríamos tener cabida los antiguos templarios. Si así fuera, me gustaría formar parte de ella.

El alquimista comprendió que los intereses de Pierre estaban lejos de las tierras de Culla. Era un hombre de acción que había permanecido durante siete años en el cañón del río Lobos aprendiendo las enseñanzas del ermitaño sobre el lenguaje de las piedras y ahondando en el saber. Sería difícil que aguantara mucho más tiempo en Culla teniendo como única misión custodiar el tesoro. No era trabajo para él.

Sabía que Jaime II quería evitar que en la Corona de Aragón aumentaran los dominios de la Orden del Hospital de San Juan de Jerusalén, cada día más poderosa, por lo que se rumoreaba que tenía la intención de crear una nueva orden en el Reino de Valencia que contrarrestara el peso de los hospitalarios.

También pensó que Pierre ya había aprendido lo suficiente para transmitirlo a los fieles, a quienes podría trasladar el mensaje de las piedras para guiar sus pasos en un viaje hacia la salvación. La nueva orden que naciera de las cenizas del Temple le permitiría visitar diferentes lugares donde predicar el conocimiento mientras defendía a los fieles del posible azote de los nazaríes, que andaban revueltos en 1314 por Ismaíl I de Granada, quien acababa de destronar a su tío y cuyas relaciones con Castilla no eran buenas. ¡Qué mejor lugar que en la frontera sur de Valencia, donde quizás el cambio producido en el Reino de Granada favoreciera las incursiones sarracenas, alentadas por la reconquista de las tierras perdidas!

Aunque la respuesta del alquimista iba en otra dirección porque creyó que también serían necesarios sus servicios en la franja de tierra perteneciente a Castilla que separaba el Reino de Valencia del de Granada.

—No os preocupéis, Pierre. Si la orden llega a fraguar, dirigíos al sur hacia la frontera porque allí tendréis dónde distraeros. Siempre hay disputas entre Aragón y Castilla para proteger sus intereses en Murcia —Sonrió—. Aquí lo habéis dejado todo demasiado tranquilo sin la presencia de los espíritus errantes. —Volvió a sonreír.

—Es cierto. Creo que batallando en la frontera seré más efectivo, además de poder realizar una labor de enseñanza con los fieles al instruirles sobre el significado de las imágenes representadas en las piedras de nuestras iglesias.

—Y yo os acompañaré, Pierre —afirmó Goliat—. Aunque no sé nada de piedras, seguro que aprendo mucho con vos. Además, he guardado vuestra espada por si volvíais a necesitarla.

Pierre se lo agradeció con un gesto afirmativo de la cabeza.

—Está bien, esto nos lleva a la pregunta del principio —dijo el alquimista—: ¿quién se quedará en Culla custodiando el tesoro? Yo ya soy mayor y necesito que alguien vele por preservar de manos egoístas una riqueza espiritual que no tiene precio.

—Yo lo haré —respondió Miguel.

Sabía que no era demasiado diestro con la espada, hasta su hermana lo superaba. Además, no podría convertirse en templario, como era su pretensión, porque la Orden del Temple ya no existía, por lo que sus esperanzas se habían truncado para siempre. Pensó que sería útil para salvaguardar lo único que todavía conservaba la orden, por lo que no podía negarse.

El alquimista estaba satisfecho, convencido de que, en verdad, los Monteagudo eran la estirpe elegida. Después miró a Lidón, quien permanecía con un semblante serio. Se sentía excluida de todo aquel mundo templario que se encontraba ante ella y que, por el simple hecho de ser mujer, lo tenía prohibido.

—Ahora descansad, Lidón —le dijo—, y dentro de unos días, cuando estéis más tranquila, volved a visitarme. Tengo algunas cosas que contaros que tal vez os ayuden a comprender vuestro destino.

Aquellas palabras tan enigmáticas la sorprendieron, pero, por mucho que desease averiguar a qué se refería, el alquimista no quiso hablar delante del resto. Así que no le quedó otro remedio que marcharse y aguardar para conocer su ventura.

***

Mientras regresaban a casa de Andrés recorriendo las calles de Culla, Lidón se sentía triste. De repente, su padre y su hermano tenían un futuro y una ocupación, y ella navegaba en la nada. Enseguida reparó en lo que acababa de cruzar por su mente. No había pensado en «Pierre», sino en su «padre». Le sonaba tan extraño referirse a él como progenitor que casi no se atrevía a repetirlo. Era una sensación contradictoria de sentimientos que se mezclaban en un abismo de angustia.

Por una parte, seguía enamorada de Pierre. Estar a su lado era lo mejor de cada día, aunque ni siquiera pudiera confesarle el desasosiego que se desataba en su interior en su presencia. Verlo expandía su alma con el mayor amor que nadie pudiera concebir. Se preguntaba cómo iba a controlar esos sentimientos que le anulaban la razón.

Por otra parte, se despreciaba a sí misma por amar a Pierre con una pasión que no era filial, una sensación que aborrecía, consciente de la imposibilidad de ser su esposa.

Angustiada y perdida en sus pensamientos, no se dio cuenta de que dos caballeros montados a caballo se dirigían hacia ella. Saludaron con cortesía a los Monteagudo, y Lidón pareció regresar del infierno de emociones que la aturdían.

En cuanto los vio, supo quiénes eran: se trataba de los dos antiguos templarios que la habían protegido a ella y a su hermano, a Lucía, a su hija y al fallecido Paul cuando dejaron la seguridad de la caravana que se dirigía a Santiago, desde Burgos hasta el cañón del río Lobos.

Esa visita le alegró el corazón. De los dos caballeros, el más fornido le resultaba agradable y le conmovía el respetuoso trato que le había procurado durante el viaje, casi sin atreverse a mirarla a los ojos. Al menos tendría alguien diferente con quien conversar. Supuso que no habían llegado a Culla para marcharse de inmediato.

De pronto, una idea surgió en su pensamiento. Aquellos antiguos templarios ahora se ganaban la vida como mercenarios. Tal vez podría utilizar sus servicios para que llevaran a Lucía y a Blanche hasta París. Confiaba en ellos porque se lo habían ganado durante el viaje a Ucero.

—Me alegro de volver a veros —se dirigió al caballero más corpulento.

—Para mí también es un placer encontraros aquí…, pero llamadme Bruno, por favor —dijo ruborizado.

Enseguida Pierre mostró interés por los caballeros porque en su porte reconoció la educación templaria. Le dijeron que venían de Ares tras haber cumplido con un encargo y buscaban a don Sancho para cobrarle el servicio. No había sido nada importante, custodiar el producto de una cosecha hasta que se la llevaran los compradores, pero se habían cansado de esperar su regreso. A Pierre le agradó encontrarse con dos compañeros de la suprimida orden y los convenció para que se alojaran en casa de Andrés.

Al llegar, no hubo inconveniente por parte del dueño de la vivienda en alquilar otra habitación a Bruno y a su compañero mientras esperaban para hablar con don Sancho. Así que se alojaron junto a los Monteagudo.

Los días pasaron sin que nadie diera cuenta del lugar donde se hallaba el señor de Ares. La ausencia de don Sancho era demasiado evidente para pasar desapercibida. Sin embargo, por el soldado de la cicatriz en el cuello nadie preguntó.

Lidón conversaba frecuentemente con Bruno, lo que le producía cierta satisfacción. Era como un soplo de aire fresco en un ambiente tan cargado de pesadumbre que la asfixiaba. Estaba inquieta porque no sabía cuánto tiempo podría permanecer allí ociosa sin volverse loca. Gracias a Dios, el templario hacía sus días más placenteros.

El caballero poseía una gran fortaleza que contrastaba con un rostro que derramaba bondad junto a un carácter tímido, al menos con ella, lo que la hacía sentirse cómoda en su presencia.

Lidón, aprovechando la estancia de los caballeros, decidió resolver un asunto que tenía pendiente, por lo que se reunió con Lucía en el patio de la casa. Era su amiga y velaba por ella.

Tal y como le había prometido, le ofreció la posibilidad de regresar a París bajo la protección de los dos templarios, quienes habían aceptado el trabajo, para que Blanche pudiera continuar su formación en el convento de las Damas de Sainte-Catherine.

Lucía se sintió remisa a aceptar el ofrecimiento pese a estar convencida de que era la mejor opción para Blanche. Sabía que en el convento recibiría la formación que proporcionaban a las niñas de la nobleza y jamás tendría que vender su cuerpo para sobrevivir. Louis Beaumont, mercader rico y padre de Blanche, según Roux, estaba desesperado por recuperarla, para eso lo había contratado. Lucía estaba segura de que Beaumont se encargaría de pagar los gastos, como ya lo había hecho hasta que el miserable soldado de la cicatriz en el cuello la amenazó con matar a Blanche y tuvo que huir de París con la niña. Entonces recordó todo lo que había sufrido por su culpa, lo maldijo y deseó con todas sus fuerzas que se pudriera en el infierno. Lo que no sabía era que ya se encontraba en él.

A Lucía le conmovía la tristeza de Lidón y no estaba dispuesta a marcharse hasta que la volviera a ver feliz. No sabía cuál era, en realidad, la causa del sufrimiento que la mantenía angustiada, pero no se iría hasta hallar la solución.

Le gustaba verla junto a Bruno conversando sobre batallas y formas más efectivas de manejar la espada. No entendía que esas charlas le produjeran alguna satisfacción, pero solo la veía radiante en esas ocasiones, así que aceptó que la espera pudiese ser larga.

Blanche había crecido mucho desde que salieron de París y hacía esfuerzos por dar sus primeros pasos. Era una niña que siempre sonreía y Lucía la adoraba. Lidón se había comprometido a facilitarle a su amiga una cantidad suficiente de dinero para subsistir sin tener que prostituirse. Para ello, había escrito una carta dirigida al administrador de sus bienes en París, a quien ordenaba el pago, como marcaban las leyes, previa autorización de Miguel. Este no puso ningún obstáculo, ya que siempre estaba de acuerdo con las decisiones de su hermana.

Pero Lucía rehusaba marcharse. Reunida con Lidón en el patio de la casa de Andrés no se ponían de acuerdo.

—Mi querida Lidón —Sentadas junto al pozo, Lucía le puso la mano en el hombro en señal de cariño para que la mirara a los ojos—. No puedo soportar veros tan triste. Siempre habéis sido quien ha mantenido unida la casa de los Monteagudo. Hasta cuando todos creían que Pierre había muerto, vos seguíais esperanzada. —Entonces se fijó en la reacción de la mirada de Lidón al nombrar a Pierre y se quedó muda. Había descubierto en el fondo de sus ojos cuál era el problema. Pronto reaccionó—. ¡Por Dios bendito! ¿Tanto lo amáis?

—Con toda mi alma. —Lidón se abrazó a Lucía para llorar en su hombro con desconsuelo.

—¿Qué pensáis hacer?

—Nada —dijo entre lágrimas—. Me costará mucho esfuerzo, pero os ruego que no se lo digáis a nadie. Sufriré en silencio mi pena hasta que la herida cicatrice. Pierre jamás debe conocer mis sentimientos o yo no podría nunca mirarlo a la cara. Debo aprender a quererlo como a un padre y, cuando lo consiga, la paz regresará a mí. Hasta entonces es mejor no tenerlo cerca porque constituye un suplicio. Ya veré la forma de alejarme de él sin que lo considere un desaire.

Lucía comprendió el sufrimiento de Lidón.

—Sabéis que haré todo lo que esté en mi mano por ayudaros, aunque solo sea para escuchar vuestras penas, que jamás contaré a nadie. Lo juro por Dios y por mi hija.

Ambas se abrazaron en un sentimiento mutuo de cariño.

**

Habían transcurrido muchos días desde la visita a la cámara subterránea del castillo donde se hallaba oculto el tesoro y Lidón casi había olvidado que el alquimista deseaba hablar con ella. De pronto lo recordó y sintió la necesidad de acudir para averiguar qué era lo que quería.

Inmersa en sus atormentados sentimientos, nada le interesaba, salvo las charlas con Bruno, que la sacaban de su aislamiento. Se preguntaba por qué había nacido mujer, ya que tenía limitadas sus posibilidades. Y esos pensamientos aún la angustiaban más.

Se dirigió a la casa de la encomienda sin mirar a nadie. Había construido un mundo interior que la separaba de la realidad. Por fortuna, nadie había detectado la causa de su sufrimiento, aunque Pierre estaba preocupado. Ya no era la mujer feliz que todo lo resolvía, sino una muchacha callada de interior insondable.

Al llegar a la casa de la encomienda, no tardó en ser recibida por el alquimista, quien se dio cuenta enseguida de que Lidón había cambiado. Su tristeza era difícil de disimular.

—¿Por qué os encuentro tan falta de ánimo? Parece que nada os reconforte. ¿Qué os ocurre? —Al ver que no tenía previsto contestar, el alquimista comprendió que era algo demasiado profundo para sacarlo a la luz y prefirió cambiar de estrategia—. Decidme qué queréis hacer en adelante. Si puedo, os ayudaré.

Lidón lo miraba sin saber qué responder. Por nada del mundo pensaba contarle su secreto. Tras meditar unos instantes, habló.

—¿Qué podría hacer? —protestó—. Solo soy una mujer a la que casi todo lo que le gusta le está prohibido. Únicamente puedo permitirme leer libros porque, aunque me defiendo muy bien con la espada, nunca podré batallar. Mi hermano cuidará del tesoro templario de Culla y Pierre de defender las fronteras de los sarracenos. Pero yo ¿que haré? Nadie ha contado conmigo.

—¿Estáis segura?

—¿Qué queréis decir?

—Vuestro hermano me contó la emoción que sentisteis al llegar al cañón del río Lobos y ver la ermita.

Lidón lo recordó y se le alegró el corazón.

—Es cierto, allí fui feliz con Bartolomé y sus enseñanzas. Sin embargo, no es un lugar para mí. Ya lo dijo Pierre: solo él o Miguel pueden suceder al ermitaño porque yo soy mujer.

El alquimista le sonrió.

—Está bien, acompañadme.

La condujo a una estancia que ella ya conocía: el lugar donde guardaban los libros acarreados desde el castillo y donde habían decidido la forma de desenmascarar a Paul. Entonces el alquimista cogió un ejemplar de los que permanecían apilados en el suelo y le pidió que se sentara. A continuación, lo dejó abierto sobre la mesa por una página concreta para que lo leyese.

Ella no prestó demasiada atención hasta que asimiló lo que estaba viendo. Anotado en el libro constaba el nombre de una mujer.

—¿Esto que significa? —preguntó con curiosidad. Se trataba de un libro donde doña Proença donaba a Dios y al Temple su cuerpo y su alma, además de muchos bienes.

—Lidón, al contrario de lo que creéis, las mujeres no tenían vetado pertenecer a la Orden del Temple hasta que se aprobó la regla primitiva en el Concilio de Troyes en 1129, años después de que la orden fuese fundada, tras la llegada de nueve caballeros a Jerusalén. A partir de entonces, ninguna dama podía ser admitida como hermana en la casa del Temple porque lo consideraban un peligro para la castidad de los hermanos templarios. Por ello evitaron esa costumbre.

—Me estáis diciendo que alguna vez hubo mujeres templarias.

—Exacto.

Lidón no salía de su asombro y necesitaba más información. Así que el alquimista le contó que antes de 1129 había muchas mujeres en comunidades de hermanas templarias que se dedicaban a la caridad y al cuidado de los más necesitados. En el libro constaban varios nombres. Le dijo que incluso más tarde, aun después de prohibirlo el Concilio de Troyes, en el convento templario de Tortosa habían ingresado mujeres como, por ejemplo, doña Titborgis en 1197 y doña Proença en 1226, el nombre que constaba en el libro.

Lidón se sentía confusa, por lo que el alquimista le aclaró que la mayor parte de las mujeres accedían por ser esposas, hijas, viudas o hermanas de un varón templario.

—Entonces ¿puedo ser templaria? Soy hija... —Se dio cuenta de su error y calló.

—No. Nadie puede ser templario porque ya no existe la orden, ya sabéis que el papa la suprimió hace dos años. Eso no significa que el espíritu templario haya desaparecido. Seguimos conservando nuestro saber y conocimiento al mismo tiempo que protegemos las valiosas reliquias que conseguimos en Jerusalén. También continuamos siendo templarios, aunque aparentemente no llevemos la cruz del Temple en el pecho, pero la llevamos en el corazón, de donde nadie nos la puede arrebatar.

Lidón entendió el mensaje del alquimista y sonrió por primera vez desde hacía días.

—¿Creéis que el ermitaño de Ucero aceptaría mi ayuda? Ni Miguel ni Pierre pueden acudir porque mi hermano se queda en Culla y Pierre se dedicará a defender el Reino de Valencia, bien de los nazaríes o del propio rey castellano.

—No puedo garantizaros nada. Solo podéis ir hasta allí y comprobarlo por vos misma.

A Lidón el encuentro con el alquimista le había servido para apaciguarle el alma. Volvía a tener la oportunidad de sentirse útil. Ya vería la manera de convencer a Bartolomé de que podía serle de ayuda.

31

EL DESENLACE

Pese a las dudas que suponía para Lidón acudir a Ucero al no saber si sería aceptada por Bartolomé, la conversación con el alquimista había representado una liberación. Regresar a la ermita le permitiría deshacerse del lastre que hundía su vida en el desaliento para encontrar el sosiego que andaba buscando lejos de Pierre.

Durante la noche no había podido dormir pensando en la estrategia para conseguirlo hasta que se le ocurrió una artimaña que debía poner a prueba. Se levantó temprano y le pidió ayuda a Lucía, que dormía en la misma habitación junto a su hija. Tardaron poco más de media hora en urdir el plan que llevar a cabo. Sería durante el desayuno cuando probaran su efectividad. Para conseguirlo, Lucía le pidió a Miguel que se retrasase y llegara el último a la cocina y él aceptó. Sentía curiosidad por saber qué nuevo ardid se le había ocurrido a su hermana en esa ocasión.

Lucía le había cortado el pelo a su amiga hasta dejarlo tan corto como el de Miguel. Además, se había puesto las ropas que llevaba cuando engañó a Paul fingiendo ser un espíritu. Esa experiencia le había servido para experimentar y ahora quería probar con otra estratagema. Por suerte, Miguel era barbilampiño, lo que no representaba un inconveniente para Lidón sino una ventaja.

Ya se habían reunido Roux y Pierre en la cocina en compañía de Andrés cuando llegó Lidón con su nueva apariencia. Saludó y después se sentó para comer mientras nadie notaba nada extraño en su comportamiento. Cuando casi habían terminado, entró Lucía seguida de Miguel.

Tanto Roux y Andrés como Pierre se quedaron pasmados. Miraron al recién llegado y luego fijaron su mirada en Lidón, que comía con ellos. Fue Andrés el primero en hablar:

—¡Jesús, María y José! Tenemos dos Migueles.

Lidón empezó a reír y casi se atraganta. Su padre se molestó.

—¿Se puede saber qué clase de burla es esta?

Lidón, para ver si los distinguían, siguió con la prueba. Se dirigió a Miguel haciendo creer a los presentes que era ella. Y, desde la mesa, lo animó a sentarse.

—Anda, Lidón, acercaos a comer algo. Os echábamos de menos.

Pierre aumentaba su enojo.

—¿Se puede saber quién es quién?

—Adivinadlo —sugirió Lidón.

Era casi imposible distinguirlos. Entonces Pierre se fijó en las ropas que vestía el Miguel que estaba desayunando en la mesa y se dio cuenta de que llevaba puestas las que había utilizado su hija para asustar a Paul. Entonces la miró irritado.

Ella supo que la había descubierto.

—Lo siento, Pierre. Quería saber si sería capaz de confundiros porque, tal vez, también engañe con este aspecto al ermitaño del río Lobos. Necesito regresar —habló con voz casi suplicante—. Comprended que el único lugar que durante todo este tiempo me ha trasmitido una sensación de paz ha sido la ermita de Ucero… Y aquí no puedo seguir.

Pierre notó su desesperación. Desconocía que el motivo era él, pero no podía prohibirle nada. Siempre había sabido resolver cualquier problema sin ayuda y tampoco dudaba de su sagacidad para convencer a Bartolomé. Si había una mujer capaz de hacerlo, esa era Lidón.

—Hija mía, marchad cuando lo consideréis oportuno porque os doy mi bendición.

Se sintió aliviada por las palabras de Pierre. Ni siquiera haberla llamado «hija» había conseguido turbarla. Pensó que, si había logrado engañar a los suyos, también lo haría con el anciano Bartolomé.

***

Dos semanas después, Lidón partía hacia el cañón del río Lobos junto a Lucía, Blanche y Roux en un carro cargado de provisiones y mantas para el camino. El caballero Bruno y su compañero los custodiaban. Había conseguido su propósito. Llegaría hasta Ucero, donde se despediría del resto para que siguieran el camino hacia París.

La despedida de Pierre y Miguel no fue tan triste como esperaba. Los había abrazado sin llorar, pese a haberle costado mucho esfuerzo contener las lágrimas porque presentía que sus vidas estaban a punto de separarse, quizá para siempre. Incluso durante el abrazo paternal que Pierre le dedicó, ella pudo percibir el amor infinito que le transmitía. Fue en ese instante cuando supo que Pierre ya no sería su amado. Se había convertido en su padre y ese sentimiento la salvaría de caer en la locura.

Muchos de los habitantes de Culla fueron a despedirla al considerarla su salvadora junto a Pierre de los espíritus errantes, que ya no habían vuelto a molestarlos desde que sus puertas y ventanas lucían el color del cielo. El único que faltó a esa cita fue su abuelo, el señor de Ares. Nadie lo había visto ni tenía noticias de él. Era como si se lo hubiese tragado la tierra, y no andaban faltos de razón porque su cuerpo yacía en un túnel muy próximo al tesoro que tanto había anhelado.

Ni siquiera el soldado que había dado paso al castillo a don Sancho y al de la cicatriz en el cuello dijo nada al temer las represalias. Le pareció más prudente callar. Un prisionero muerto en su celda y dos desaparecidos era demasiada responsabilidad para dar cuentas a nadie.

Durante el camino hacia Ucero, Lidón tuvo ocasión de apreciar en profundidad la bondad de Bruno, quien se desvivía por atenderla. Su corte de pelo varonil no había supuesto un problema para el antiguo templario, con quien mantenía conversaciones que le alegraban el alma. Era la primera vez en mucho tiempo que se sentía aliviada.

No obstante, pese a su bondad, Bruno y su compañero, mientras custodiaban el carro, mantenían el aspecto imponente propio de los caballeros del Temple. Era una forma de intimidar a cualquier salteador de caminos para advertirle de las consecuencias de un ataque. Montados en sus cabalgaduras con sus amenazadoras espadas, no ofrecían lugar a duda.

Los días pasaron sin complicaciones para los viajeros, quienes iban a recorrer el mismo camino de regreso a Francia que el utilizado para llegar a Culla. Solo el frío se convertía en una molestia al acrecentarse conforme se aproximaban al cañón del río Lobos, una pequeña contrariedad que Lidón soportaba con gusto. Su meta estaba próxima y pensó que debería centrar sus esfuerzos en convencer a Bartolomé de que ningún otro Monteagudo acudiría a su llamada.

Pronto recorrieron el trayecto que los separaba de su destino y penetraron en el paraje mágico que para Lidón era sagrado: el cañón del río Lobos y la ermita de San Bartolomé o de Ucero. Sabía que desde el principio de los tiempos quedaban rastros de otros pueblos en sus piedras. Por un lado, un enorme monolito rocoso se alzaba hacia el cielo muy cerca de la ermita como un homenaje a alguna divinidad o para honrar a los muertos. Por otro, se podía apreciar un grupo de rocas orientadas al sol donde realizar sacrificios o cultos paganos. Incluso el propio río Lobos, durante un buen recorrido por el cañón, se sumergía en la tierra para aparecer de nuevo cerca de la ermita. Lidón creía que todas esas circunstancias tenían un motivo espiritual. Para ella, que el río emergiera cerca del santuario de Ucero representaba el renacer a una vida alejada de las penas mundanas donde poder encontrar la paz. Justo lo que ella andaba buscando.

Lidón observó la construcción de piedra que se alzaba ante sus ojos, delante de la gran gruta en la que habitaba Bartolomé, mientras el carro llegaba a ella y su semblante mostró los sentimientos que aquel enclave mágico le producía.

Blanche miraba con curiosidad todo a su alrededor y Lucía observaba el rostro de Lidón y sonreía.

—Sin duda, este es el lugar en el que debéis permanecer. No os había visto nunca tan extasiada contemplando un montón de piedras.

Y ambas rieron.

—Cuánta razón tenéis, Lucía. Necesitaba respirar este aire limpio de traiciones y venganzas para encontrar la paz.

Entonces Bruno se aproximó a Lidón para preguntarle qué le ocurría porque también había visto, nada más entrar en el cañón del río Lobos, el cambio experimentado. Ella lo invitó a seguirla. Se dirigió a la entrada de la ermita para admirar la doble hilera de canecillos que salpicaban la puerta mientras Roux y el otro caballero descargaban lo necesario para comer.

—Amigo Bruno, aquí está el secreto de mi contento. Debéis saber que estas piedras cuentan historias —le dijo en voz baja, como si fuese un misterio, al tiempo que le señalaba la ermita—. Para mí este pequeño templo es como la imagen reducida del universo: un lazo que une lo terrenal y lo celestial. Si os fijáis con atención, veréis que nada en esta construcción está dispuesto al azar. Por ejemplo, el ábside está orientado al este, la dirección de donde proviene el conocimiento. Además, observad. —Entonces le señaló los seis canecillos de la hilera superior de la portada. En cuanto captó su atención, empezó a hablarle del primero por la derecha—. ¿Qué hay representado?

—Está vacío —respondió Bruno.

—Cierto. En un principio solo existió la nada.

Bruno estaba intrigado.

—¿Y en el segundo canecillo? —preguntó con curiosidad—. Es un rostro barbado de orejas despejadas.

—¿No os recuerda a un caballero templario? —preguntó Lidón y Bruno asintió con la cabeza—. Es el inicio del camino de un caballero del Temple, siempre dispuesto a escuchar. En el tercer canecillo veréis una cara grotesca que saca la lengua. Se trata de las burlas y dificultades que el hombre debe sufrir si aspira a alcanzar el conocimiento, oculto para la mayoría. De ahí la cuarta figura: el flautista, que traslada la idea de un saber secreto e inaccesible.

—Pero el quinto es una pareja…, como los caballeros templarios —afirmó Bruno, quien empezaba a vislumbrar el mensaje.

—Así es, porque solo a través de la colaboración entre las personas, cada una de ellas se podrá transformar en un ser superior y llegar al conocimiento. Por eso, el último canecillo es solo una cabeza con un lujoso casco bien trabajado y una cuidada decoración.

—¡Vaya! —exclamó Bruno—. Casi no puedo creerlo… Es el camino que debe seguir un templario para adquirir el conocimiento.

—Estáis en lo cierto —dijo una voz a espaldas de Lidón y Bruno. Era Bartolomé, que al verlos llegar se había acercado a la ermita para recibirlos de forma tan sigilosa que nadie se había percatado de su presencia—. Me asombra, Lidón, que sepáis interpretar con tanto acierto el lenguaje de las piedras teniendo en cuenta que apenas me dio tiempo de enseñaros nada cuando pasasteis por aquí.

Lidón se quedó perpleja. Ni por un momento había engañado al ermitaño.

—¿Cómo habéis sabido que yo no era Miguel?

—Porque os esperaba a vos. —Lidón no acababa de entenderlo—. Vos sois la mejor dotada de los Monteagudo para cumplir el destino de vuestra familia. Supongo que lo habréis oído en alguna ocasión: «Vuestra estirpe es la elegida para ayudar a este mundo a eludir el pecado. Aprended el lenguaje de las piedras, ellas guiarán a los peregrinos en un viaje hacia la salvación».

Lidón no salía de su asombro, tanto preocuparse por si el ermitaño la rechazaba y ¡la estaba esperando!

—Veréis, Pierre…, mi padre —dijo sintiendo respeto y amor filial por primera vez. Algo en ella estaba cambiando y lo percibía—, permaneció aquí siete años para aprender todo sobre las piedras y adquirir el conocimiento, ¿cuántos años necesitaré yo?

—No os preocupéis. Con la rapidez que intuís el mensaje grabado en la piedra, vuestro aprendizaje será muy breve.

***

Tanto los dos caballeros como Roux, Lucía y Blanche solo se detuvieron para despedirse de Lidón tras la comida. Bartolomé los deleitó con una miel que obtenía de unas abejas vecinas a las que cuidaba con esmero.

Lo más duro para Lidón fue despedirse de su amiga. Era evidente que nunca más se volverían a ver porque Blanche era lo primero y Lucía iba a dedicarle su existencia. Se lo había prometido a Dios, si la salvaba, cuando creyó que Roux y el soldado de la cicatriz en el cuello pensaban asesinarla.

Con un intenso abrazo, Lidón le deseó a su querida amiga que no desperdiciara ni un instante y gozara viendo crecer a Blanche mientras la pequeña se transformaba en una dama. Era el mejor regalo que una madre podía recibir porque representaba un futuro prometedor para la niña. Le insistió en que, si se producía alguna contrariedad grave, debería escribirle y hacérselo saber, pues ella trataría de ayudarla.

Lucía lloró de emoción en sus brazos. Todavía no se habían separado y Lidón ya estaba previniendo cualquier situación que diera al traste con sus vidas al llegar a París.

—Sois un ángel. Estoy segura de que Dios os reserva un lugar muy especial en el cielo. Además, tengo la certeza de que el cañón del río Lobos os hará feliz, se nota en vuestra mirada.

Después, Lidón abrazó a Blanche con un cariño infinito y la niña le sonrió. Era tan emocionante verlas partir juntas hacia un destino favorable después de tantas penurias que se sentía conmovida.

A continuación, le correspondió a Roux. Lidón lo separó del resto para hablar con él en voz baja.

—Os aconsejo que protejáis bien a Lucía y a su hija. No puede pasarles nada. Si eso ocurriera, lo sabré. En ese caso, preparaos porque os enviaré a los espíritus errantes de Culla allá donde vayáis para que os atormenten el resto de los tiempos. Así que prometed protegerlas con vuestra vida. Sabéis que tengo poder para hacerlo. —Lidón observó el rostro espantado de Roux, que asentía insistentemente, y supo que no traicionaría a su amiga. Le costó reprimir una sonrisa al advertir tanta ingenuidad. Con esa advertencia se aseguraba su colaboración para protegerlas.

Ya casi estaba todo dispuesto cuando Lidón se aproximó a Bruno, de quien también quería despedirse, pero fue Bartolomé quien se le adelantó.

—Estimado caballero, he visto que vuestro interés por los grabados de la ermita es sincero y, como antiguo templario, tenéis derecho a conocer su significado. Si en algún momento os sentís atraído por descubrir el conocimiento, regresad. Seréis bien recibido, lo mismo que vuestro compañero.

A continuación, Bartolomé se alejó para dejar que se despidieran. Necesitaba que Lidón comprendiese que no era la única que debía aprender el lenguaje de las piedras.

En cuanto el ermitaño los dejó a solas, Lidón no pudo reprimir el abrazo sincero que le transmitió a Bruno. Pensó que, si no existía el Temple, tampoco sus normas. Sin embargo, al antiguo templario ese afectuoso abrazo lo turbó. Le hubiera gustado seguir allí con ella, pero tenía la obligación de llegar hasta París para cumplir la palabra dada. En cualquier caso, protegería a Lucía y Blanche con su vida aunque Lidón no se lo hubiese pedido.

Cuando el carro se alejó por el cañón entre aquel desfiladero de rocas horadadas, Lidón derramó unas lágrimas que no eran de abatimiento, sino de consuelo porque tenía la certeza de que nada podría irles mal.

***

Los días transcurrían en el cañón del río Lobos tal y como Lidón había imaginado, inmersa en las enseñanzas de Bartolomé. Aprendía muy rápido y pronto estuvo preparada para comprender la grandeza de los números, esos números que, bien trabajados, permitían conocer el universo y arrancar sus secretos. Otra forma de aproximarse a Dios.

Cada vez necesitaba aprender más para satisfacer su sed de conocimiento y llegó el día en que, estando los dos en la cueva, Lidón le hizo la pregunta que Bartolomé llevaba tiempo esperando.

—En la ermita, cuando me coloco frente al altar mayor, a mano izquierda en el suelo, hay una losa[8] con una talla de la cruz templaria cuyo interior alberga una flor de seis pétalos, la flor de la vida[9], un símbolo de origen ancestral. No logro entender su significado.

Bartolomé se mostró satisfecho. Cada vez se encontraba más débil y se daba cuenta de que su vida, como el agua, se le escapaba entre los dedos. Necesitaba que Lidón entendiera su última enseñanza.

—Ahora mismo vais a conocer qué hace ahí esa losa grabada.

Le indicó que lo acompañase a la ermita. Era un día bastante luminoso, pese a estar a comienzos del invierno, que invitaba a sentir el frío entre el arbolado del cañón donde algunos lobos aullaban haciendo honor al topónimo del enclave.

Una vez en el interior del santuario, la animó a observar cómo el sol penetraba por el pequeño rosetón de la capilla del mediodía que estaba situado a la derecha del altar mayor. A Lidón siempre le había impresionado aquel óculo engalanado por su delicada ejecución, ya que formaba una preciosa celosía con corazones en los extremos que adornaban una estrella de cinco puntas, el pentáculo del rey Salomón, el símbolo de la verdad que representaba los vínculos con Dios.

8 Tradicionalmente llamada «losa de la salud de San Bartolomé».
9 Esta flor está coronada por una serie de muescas, como las que señalan los grados de la circunferencia en los astrolabios, instrumento astronómico usado antiguamente para determinar la posición de los astros.

Allí estuvieron varias horas observando en el suelo el recorrido de la luz que entraba por el rosetón mientras Bartolomé le hablaba de otros signos más burdos tallados en la piedra que poblaban las paredes, al igual que mapas, para descubrir sus secretos.

Lidón estaba tan atenta a las explicaciones del ermitaño que no se dio cuenta de la trayectoria que había llevado el rayo de luz.

Fue entonces cuando Bartolomé le indicó que mirara el suelo y le dijera hasta dónde había penetrado el sol.

Con una mirada de asombro, Lidón observó que la luz descansaba en el suelo marcando exactamente la losa que tenía labrada la cruz del Temple.

—Esto es extraordinario. ¿Cómo es posible? —Enseguida recapacitó—. ¡Dios mío, todavía es más increíble! Estamos en diciembre y acaba de comenzar el solsticio de invierno. La luz sobre la losa lo indica: ¡marca el camino del sol!

—Así es. El lugar que ocupa esa losa es muy especial. Ha servido para descubrir los enclaves mágicos de la Península, tal y como os enseñé, utilizando el Cristo de brazos abiertos de la gruta. Pero tened en cuenta que el Cristo fue realizado con las medidas facilitadas por los números y no de una forma milagrosa, sino bien meditada. Como ya os indiqué, si hiciéramos una línea imaginaria en un mapa de arriba abajo que atravesase la Península, la ermita estaría justo en el centro porque hay la misma distancia desde la losa al cabo de Creus, a oriente, que desde la losa al cabo de Finisterre, a poniente. Como veis, esta piedra es el centro de todos los cálculos. Ahora entenderéis que en ella se refleje la luz al comienzo del solsticio de invierno, de la misma manera que en los equinoccios, con la diferencia de que, en estos, la luz penetra por una de las saeteras ubicadas en el ábside. Aquella de allá, ¿la veis? —dijo señalando con el dedo—. Se construyó siguiendo el camino del sol.

Lidón comprendió la dificultad que habría supuesto edificar el santuario al tiempo que se calculaba su posición correcta respecto del sol para que se produjeran todas aquellas maravillas en determinadas fechas del año. Estaba deslumbrada por tanto ingenio. Entonces sintió que su vida era excepcional. El conocimiento la había hecho renacer al igual que el río Lobos, cuyas aguas asomaban de nuevo en el cañón cerca de la ermita. Se dio cuenta de que valía la pena vivirla en un lugar tan extraordinario y seguir aprendiendo el secreto de los números y la forma de utilizarlos para encontrar el camino hacia la sabiduría.

32

EL ADIÓS

Lidón estaba emocionada observando las maravillas que Bartolomé le contaba del interior de la ermita cuando, de pronto, se fijó en que la gran losa situada frente al altar había sido levantada. No encontraba explicación porque al entrar estaba en su sitio y era evidente, por la extrema delgadez del ermitaño, que este no tenía suficiente fuerza para moverla. Tampoco se había separado de Lidón en ningún momento. Enseguida pudo apreciar que, en la oquedad abierta, unos cuantos escalones descendían en dirección al altar. Intrigada le preguntó:

—¿Qué es este lugar?

—Bajad y lo veréis.

La luz que penetraba por el pequeño rosetón e iluminaba la piedra con la cruz del Temple en el suelo también ofrecía la suficiente claridad para alumbrar los escalones e incluso parte del interior de lo que parecía una pequeña cripta. Lidón bajó emocionada pensando qué nuevos prodigios descubriría.

Vio un ataúd. No sabía que se trataba del que Pierre y Goliat habían trasladado desde París. Puso la mano encima y se le erizaron los cabellos al sentir la fuerza que se desataba en su interior. La apartó de inmediato asustada. Ni siquiera quiso seguir allí pese a adivinar una gran cantidad de relicarios a su alrededor que parecían custodiar el féretro. Era tan potente su influjo que le dolían hasta los ojos y decidió subir los escalones para volver con Bartolomé.

—¿Qué hay ahí dentro? —preguntó con inquietud.

—No debéis temer el soplo de Dios. Desde este lugar nos protege y difunde su fuerza hacia todos los enclaves mágicos.

—¿No os preocupa que alguien pueda entrar y robar los tesoros que se ocultan en esa cripta?

—Pronto será imposible que nadie los encuentre, aunque sigan permaneciendo aquí.

Las palabras de Bartolomé fueron enigmáticas para Lidón y, pese a intentar que le ofreciese una explicación, no logró arrancarle respuesta alguna.

***

Durante el resto del día, Lidón apenas habló con el ermitaño porque este se mostraba ensimismado en sus propios pensamientos. Ni siquiera llegó a percibir la lenta extinción de la luz que iluminaba la vida de Bartolomé.

Al día siguiente, al despertar le llamó la atención el aspecto blanquecino y apergaminado del rostro del ermitaño, que la miraba comprensivo. Al ver próximo su final se dirigió a ella para hablarle con afecto.

—Mi estimada Lidón, he de deciros lo último que necesitáis saber sobre vuestras obligaciones para que no tengáis duda alguna. —Se había sentado en la roca en la que solía dormir dentro de la cueva y Lidón lo miraba preocupada—. Recordad que la orden del Temple dejó de existir y las reglas ya no rigen para los antiguos templarios aunque conserven el corazón de freire.

—¿Qué queréis decir? —preguntó Lidón inquieta, ya que no la trataba como todos los días.

—Mi tiempo llega a su fin. Buscaba a la persona adecuada que me sustituyese para poder marcharme y sabía que erais vos desde el primer día que os vi. Sé que también lo notasteis. Además, os he enseñado todo lo que necesitáis saber, el resto deberéis aprenderlo sola.

Lidón no esperaba separarse tan pronto de su maestro y le sorprendió la noticia.

—Pero...

Bartolomé no la dejó acabar.

—Confiad solo en vos cuando tengáis que tomar una decisión y recordad que «vuestra estirpe es la elegida». —Le sonrió—. Podéis tener hijos, al igual que Miguel o Pierre, que heredarán vuestras capacidades. Además, al ser mujer os convertís en el receptáculo de la sabiduría que podéis transmitir a vuestra descendencia. No os neguéis a contraer matrimonio si se diera la ocasión. El algún momento, alguien os sustituirá al igual que pronto haréis conmigo. Y recordad que lo aprendido no debe morir con vos, ¡transmitidlo... o no tendrá sentido el esfuerzo!

Todo lo indicado por el ermitaño le hizo pensar mucho a Lidón. Al ocultarse el sol, ambos se calentaron en la hoguera encendida en la gruta para después descansar hasta que el nuevo día anunciara su llegada con las primeras luces.

Lidón había tenido una noche de ensoñaciones en las que pudo observar atónita un hecho extraño: Bartolomé iba desapareciendo a medida que pasaban las horas. Era como si se desvaneciese lentamente en el aire. Ese cambio lo observaba aterrada e incapaz de moverse para tratar de impedirlo.

Se despertó inquieta para buscarlo con la mirada, pero no lo encontró. Salió hacia la ermita y tampoco dio con él. Empezó a preocuparse. Recorrió los lugares habituales donde solía ir y no halló rastro alguno. Desesperada por si lo confesado el día anterior era un adiós, miró al cielo, que estaba cubierto de escasas nubes. Lo curioso era que las pocas que había dibujaban un pentáculo encima del circo rocoso del cañón, justo donde Lidón, tras descargar un rayo, había visto por primera vez a alguien que iba huyendo por lo alto de la montaña a lomos de un brioso corcel perseguido por sarracenos, alguien que se parecía mucho a Bartolomé, aunque más joven. Después, el caballero en su montura había saltado desde una altura descomunal y había salido ileso.

Entonces vio al ermitaño en lo más alto de las rocas montando el mismo corcel, a galope, pese a que nadie lo perseguía. Apenas se notaban los ciento diez años que arrastraba su osamenta. De pronto, detuvo el caballo en las alturas frente a Lidón, debajo del pentáculo, y con gentileza le hizo una reverencia. Enseguida incitó al corcel a continuar cabalgando, pero esta vez ascendiendo hacia la nube, de manera que la levedad de su figura se fue fundiendo con el pentáculo hasta difuminarse en el cielo.

Lidón pensó que se trataba de la despedida de un santo, san Bartolomé, y estaba convencida de que en esta ocasión no era un sueño.

En ese mismo instante, la tierra tembló debajo de la ermita con gran estruendo, y la agitación la arrojó al suelo. Duró pocos segundos, los suficientes para sentir el rugir de las rocas del santuario que abrigaban sus secretos. Corrió hacia su interior cuando todo estuvo en calma y descubrió que la cripta destapada a los pies del altar mayor había reducido su tamaño hasta casi desaparecer. Nada podía observarse en el estrecho interior salvo la piedra.

Lidón recordó las palabras del ermitaño, a quien no le preocupaba que alguien pudiera entrar en la cripta para robar los relicarios: «Pronto será imposible que nadie los encuentre, aunque sigan permaneciendo aquí». Eso significaba que las rocas se habían tragado las reliquias para proteger aquel magnífico tesoro espiritual de manos impuras. Y entonces sonrió.

**

Al tiempo que eso ocurría en el cañón del río Lobos, en Culla se producía otro hecho extraño. A Miguel le había costado mucho conciliar el sueño y, cuando se durmió, las pesadillas poblaron su descanso. Contemplaba un temblor que brotaba del centro de la tierra para sacudir el laberinto de túneles que conducían al tesoro del Temple en el castillo de Culla. Sus paredes se derrumbaban y no dejaban rastro de las preciosas reliquias, pese a permanecer en el mismo lugar.

Cuando despertó, para él era difícil dilucidar si lo vivido durante la noche era un presagio o, por el contrario, solo se trataba de una simple ensoñación.

Sin embargo, Miguel estaba inquieto, presentía que algo iba a suceder porque la visión le parecía auténtica. Para comprobar si era cierta, se dirigió hacia el patio de armas de la fortaleza sin saber muy bien el motivo. Una fuerza lo atrajo.

Fue entonces cuando, al entrar en el recinto, tembló la tierra bajo sus pies y comprendió que se estaba reproduciendo el sueño.

Las gentes salieron a la calle aterrorizadas creyendo que iban a morir. El sonido de la tierra devorando lo que encontraba a su paso era estremecedor. Sin embargo, nadie en Culla salió perjudicado al haber acaecido en un terreno alejado de las viviendas.

No ocurrió lo mismo en los sótanos de la fortaleza. La sacudida violenta de la corteza de la tierra cegaba los túneles del laberinto con varios desprendimientos que dejaban el tesoro sepultado bajo el manto de piedra que formaba el castillo. Sin embargo, el fallecido señor de Ares y el soldado de la cicatriz en el cuello, si hubieran podido verlo, se hubiesen sentido orgullosos de que el tesoro que tanto habían deseado se convirtiera en su improvisado mausoleo. Pero, lejos de conseguirlo, estaban condenados a no poder gozar jamás de sus beneficios, ni siquiera de los espirituales, porque ninguno lo merecía. La tierra ya se había encargado de ello al expulsarlos por la cueva próxima al castillo. No los quería en sus entrañas.

Cuando Miguel abandonó la fortaleza, comprendió que era una señal. Nadie debería encontrar los bienes del Temple ocultos en Culla, la tierra se los había tragado. No obstante, el influjo favorable de las reliquias seguiría ejerciendo su función benéfica sobre los habitantes de la villa. Miguel pensó que era necesario seguir vigilante para asegurarse de que los secretos escondidos en aquellas tierras estaban a salvo de curiosos.

De pronto, recordó la cueva que había servido de orientación para construir el laberinto y una sensación de angustia se apoderó de él. «¿Y si por allí se pudiera acceder al tesoro?», pensó preocupado. Aceleró el paso para dirigirse hasta el lugar y comprobar lo que había sucedido. No tardó en evidenciar que la cueva ya no existía al derrumbarse sus paredes. Entonces se tranquilizó.

De repente, se dio cuenta de que un pedazo de buen paño asomaba por entre los escombros y con premura se puso a retirarlos para descubrir, asombrado, que se trataba de su abuelo, el señor de Ares. Siguió destapando a toda prisa el cadáver para encontrar muy próximo otro cuerpo en descomposición. Solo podía tratarse del soldado de la cicatriz en el cuello, la única persona que junto a don Sancho nadie había vuelto a ver. No entendía qué les podía haber ocurrido para acabar muertos.

Tras observarlos durante breves momentos, decidió cumplir estrictamente con su obligación de buen cristiano, ya que no sentía ningún afecto por ellos, por lo que regresó a la villa y dio aviso para que rescataran los cuerpos y estos fueran enterrados en lugar sagrado. No quería imaginarse viviendo en Culla y teniendo que soportar a su abuelo y a su acompañante transformados en coléricos espíritus errantes.

***

Transcurrieron los meses y Lidón llegó a acostumbrarse a la soledad de la ermita. Su corazón era puro y Bartolomé la había designado para trasladar el conocimiento aprendido. La paz y la serenidad dominaban sus días, el problema era que no tenía a quién enseñar y sufría porque su saber se malgastaba en soledad.

De vez en cuando soñaba con el ermitaño, quien le daba consejos y la animaba a no desfallecer. Esa misma noche había vaticinado la inminente llegada de una visita y se pasó el día observando el sendero. Estaba a punto de anochecer cuando los cascos de un caballo resonaron en el desfiladero y el corazón de la Monteagudo dio un brinco.

No sabía de quién se trataba, pero percibía su generosidad. Pronto vio una figura erguida y valerosa aparecer entre los árboles del cañón. El sol, que se ocultaba tras las montañas, no le dejaba distinguir el rostro del caballero que se aproximaba hasta que estuvo muy cerca. Primero había pensado en Pierre y enseguida lo descartó.

Para su sorpresa era Bruno, quien se había comprometido a llevarle a Lidón una carta de Lucía. Ella, al verlo, se conmovió. Pasaba por momentos de debilidad y la visita cubría todas sus expectativas. Así que lo recibió con una sonrisa.

Bruno la miraba embelesado. El pelo le había crecido a Lidón y mostraba una melena suelta al viento tan salvaje como las agrestes montañas que la rodeaban. El caballero bajó del caballo y se aproximó a ella para saludarla con un gesto de la cabeza. Lidón no pudo contener el impulso de abrazarlo.

—Dios mío, sois la primera persona que veo en varios meses. Me alegro de que estéis aquí —pronunció efusiva.

Sonrojado por el abrazo, le agradeció el recibimiento. A continuación, lo condujo a la gruta para que le contara las nuevas y ofrecerle algo de comer. Al principio dudó de que se tratara de buenas noticias, pero el rostro de Bruno no mostraba desaliento, por lo que dedujo que en París las cosas no marchaban mal.

Le ofreció un caldo de raíces cocidas y pescado capturado en el río. Lidón estaba tan ansiosa por saber cómo le había ido a Lucía que el antiguo templario tuvo que complacerla de inmediato. Primero le habló de Blanche. Le dijo que había ingresado en el convento de las Damas de Sainte-Catherine de París para que la educaran. Su padre la había recibido con los brazos abiertos. Sin duda adoraba a la niña.

—¿Y Lucía? —preguntó con cierta preocupación. Sabía que le iba a costar separase de ella.

—No os preocupéis. Es una mujer con muchos recursos. Vos le disteis una carta para que vuestro administrador le asignara una cantidad que sirviera para mantenerla sin tener que recurrir a la prostitución. Pues ella negoció su entrada en el convento como monja entregando como dote todo lo recibido.

Lidón sonrió al pensar que Lucía iba a compartir con Blanche cada minuto de su aprendizaje. La vería crecer y estaría a su lado, ya que era lo único que deseaba. Se sintió dichosa por haber ayudado a su amiga a encontrar el camino. Entonces abrió la carta que Bruno le había traído desde París para escuchar de boca de Lucía sus sensaciones. Para ello, lo leyó en voz alta.

> Estimada Lidón:
>
> Pese a leer muy bien, ya sabéis que la caligrafía no es una de mis cualidades. Por ello, el caballero Bruno ha tenido a bien escribir por mí estas líneas para deciros que se han cumplido mis deseos gracias a vos. Espero que me perdonéis por haber utilizado el generoso capital que me dio vuestro administrador para pagar mi dote como monja. No ha sido fácil el encuentro con Beaumont, el padre de Blanche. El primer día que me vio con ella en el convento, se encolerizó y ordenó que me echaran, pero las monjas se opusieron.

—Eso es cierto —la interrumpió Bruno—. Las religiosas la defendieron diciendo que era digna de alabanza y admiración por su entrega con todos los niños, no solo con Blanche. También con el resto de las monjas porque siempre estaba dispuesta a ayudar a quien lo necesitara.

Lidón agradeció su aclaración y siguió leyendo en voz alta.

> Después de algunas semanas, se convenció de que no era un peligro para Blanche, sino una ventaja tener a su madre cerca. Yo creo que le venía bien que vigilara a las religiosas y, desde entonces, ya no me molestó.
>
> Durante el último mes ha estado muy enfermo y me llamó para pedirme perdón. Yo creo que, al ver que llegaba su final, quería reconciliarse por las malas obras que había hecho en vida. Quizás le empezaba a oler la piel a

chamusquina y deseaba rehuir al demonio. No sé. En fin, ha muerto y le ha dejado toda su fortuna a Blanche. Un administrador se encargará de procurarle cualquier cosa que necesite. Así que no le deseo ningún mal allá donde se encuentre. Mi hija estará bien atendida el resto de su vida. Cuando crezca y se marche, yo seguiré aquí para ayudar a otros pequeños a crecer con alegría y a saber aceptar las adversidades con amor. También para revelarse contra la injusticia y superar cualquier desafío. Siento una tranquilidad en el alma que me reconforta. Espero, mi querida Lidón, que vos también hayáis hallado la paz en vuestro corazón y, en adelante, consigáis alcanzar ese conocimiento que yo no entiendo, pero que a vos os hace feliz. Rezaré para que lo obtengáis.

Os quiere y siempre estará agradecida a vos.

Vuestra amiga Lucía

Lidón estaba emocionada y a punto de llorar cuando terminó de leer la carta. Mientras, Bruno la observaba fascinado por lo extrañamente perfecta que era aquella mujer, capaz de dominar la espada y enfrentarse con ella a cualquier enemigo al tiempo que de una sensibilidad extraordinaria: una combinación admirable.

***

Pierre se hallaba en Peñíscola junto Goliat en el instante que sintió la tierra crujir y revolverse. Nadie más se percató del temblor que se había producido muy lejos de allí y cuyas consecuencias solo las habían sufrido en Ucero y Culla.

Pierre de Monteagudo estaba muy unido a Lidón y presentía su angustia de la misma manera que notaba su felicidad. También le pasaba con Miguel, pero con menor intensidad. Por ello, supo al instante que nada le había sucedido a ninguno de los dos a consecuencia del temblor porque tanto ella como Miguel no le transmitían desasosiego.

En realidad, los tres estaban unidos no solo por la sangre, sino por un hilo invisible de sentimientos que los ataba a la vida al ser capaces, cada uno de ellos, de sentir las adversidades de los otros.

Pierre y Goliat se encontraban a las puertas del castillo de Peñíscola esperando a ser llamados para ofrecer sus servicios en la defensa de las fronteras del Reino de Valencia.

Goliat, que llevaba un buen rato dedicado a escrutar el rostro de Pierre, no pudo reprimir un comentario.

—Siempre ponéis esa cara cuando pensáis en vuestros hijos y en el tesoro templario —dijo.

Pierre le sonrió

—No se os escapa nada, compañero. Pero no debéis preocuparos porque el tesoro está a salvo.

—¿Cómo lo sabéis? —preguntó Goliat con sorpresa.

—Desde siempre he sabido cosas que nadie conocía. Al principio pensé que estaba endemoniado. Pronto descubrí que era una bendición de Dios que he transmitido a mis hijos. Debo cumplir mi promesa de evitar que el tesoro templario caiga en manos de reyes o papas deshonestos y envilecidos, como el fallecido rey de Francia. No celebro su muerte porque también fue creado por Dios, a pesar de lo cruel que haya sido en vida, pero tampoco lloro su pérdida. Además, no echaré de menos a Clemente V, ni siquiera creo que lo añore la cristiandad. El tesoro es para los creyentes limpios de corazón, y por este motivo se está escondiendo en las entrañas de la tierra.

—No os entiendo.

—Veréis, Goliat, os voy a contar el porqué. Ya sabéis que tras perder las últimas posesiones del Temple en Tierra Santa y establecer la sede templaria principal en la isla de Chipre, en el Mediterráneo, la intención de nuestro gran maestre Jacques de Moley era iniciar una nueva cruzada, bajo sus órdenes, para reconquistarla. Sin embargo, estas aspiraciones fueron truncadas por el traicionero rey de Francia cuando ordenó nuestra detención y la de todos nuestros hermanos en sus dominios. Poco después, esta locura se extendió, por culpa de Clemente, a los reinos de Castilla, Aragón, Portugal, Inglaterra y parte de Europa hasta Chipre, donde también nuestros hermanos del Temple se vieron sometidos a un calvario de injurias al tacharlos de mil vilezas y de herejía. Pero este pequeño periodo de tiempo, querido amigo, sirvió para trasladar y poner a salvo los tesoros más valorados por el Temple.

—¿Nosotros hemos contribuido a ello? —preguntó Goliat, quien recordaba los sufrimientos hasta llegar con el ataúd a Ucero.

—Así es. El tesoro templario más valioso son las reliquias, que se esconden en lugares mágicos, enclaves santos donde ser veneradas y que el creyente puede visitar, incluso sin saber siquiera que están allí, junto a él, pero a salvo de saqueadores reales o religiosos. —Goliat se sintió complacido por la respuesta.

Una hora después, tras recibirlos en el castillo de Peñíscola, les comunicaron que el rey aragonés estaba interesado en fundar la Orden de Santa María de Montesa con los templarios que quisieran unirse. No pudieron anticiparles el tiempo que tardarían en lograrlo, pero, si estaban dispuestos, contaban con sus espadas para la defensa del territorio contra los sarracenos. Pierre y Goliat se miraron y sonrieron. Después no dudaron ni un instante en aceptar.

***

Bruno llevaba varios días en el cañón del río Lobos recibiendo las explicaciones que Lidón le brindaba sobre el lenguaje de las piedras. Se sentía extasiado ante el desconocido mundo que ella le ofrecía. También Lidón gozaba transmitiendo lo aprendido porque, al fin, se sentía útil.

Ambos percibían una atracción mutua difícil de explicar que convertía sus jornadas en momentos de deleite hasta el punto de transformar el tiempo en una sucesión de gratas sensaciones.

Tras escuchar a Lidón manifestar apasionada cómo el sol obedecía un cálculo perfecto para iluminar la losa grabada con la cruz templaria, Bruno sintió que no era solo el astro quien seguía un destino trazado con precisión. Los ojos de Lidón, llenos de fervor y sabiduría, parecían proyectar una verdad que iba más allá de la ciencia o la fe.

Ella, al sostenerle la mirada, percibió en el caballero algo que no estaba en los mapas celestes ni en las geometrías de los templarios. Se trataba de un temblor, una mezcla de fuerza contenida y una fragilidad que le resultaba perturbadora. Era como si en él se librara una lucha entre el juramento de una vida austera y el anhelo de encontrar un alma con quien compartirla.

En aquel instante cargado de significado, ambos sintieron que el tiempo y el deber se desvanecían ante una verdad mucho más grande: la de un amor callado, latente, que nacía entre los pliegues de sus almas.

Epílogo

Han corrido ríos de tinta sobre la leyenda de los templarios que han saciado la sed de aventuras de sus más exigentes seguidores a través de guiones de películas y novelas. Basta recordar la serie de novelas históricas Los reyes malditos, de Maurice Druon, o las películas de Indiana Jones.

Sin embargo, esta historia no es una más. Es evidente que busca el entretenimiento del lector, ávido de vivencias relacionadas con la historia de la Orden del Temple. No obstante, pretende profundizar en las circunstancias reales que provocaron la desaparición de una orden que durante casi doscientos años fue amada y respetada en toda la cristiandad y muy temida por sus adversarios. Para ello, me he remontado a los siete últimos años de su existencia, que abarcan desde el apresamiento de los templarios en Francia, en 1307, hasta la muerte de su gran maestre Jacques de Moley, en 1314.

Cuanto se narra en esta novela tiene una base histórica que permite seguir, paso a paso, las desventuras de la Orden del Temple hasta su triste final. Pese a ello, no existe constancia de que el gran maestre pronunciara, cuando fue quemado en la hoguera, una maldición contra el papa Clemente V y el rey Felipe IV el Hermoso de Francia, incluida su descendencia. Lo curioso es que las consecutivas muertes de los implicados en su sentencia fueron suficientes para crear una leyenda alrededor de la maldición del último templario.

Así, la muerte con terribles dolores de Clemente V, cuando no habían transcurrido ni cuarenta días desde el suplicio del gran maestre, alimentó la leyenda. Y, sobre todo, contribuyó a incrementarla el fallecimiento del rey antes de un año a consecuencia de una posible apoplejía que provocó que cayera del caballo mientras iba de caza y que lo tuvo impedido durante días hasta morir a la edad de cuarenta y siete años.

Lo que sin duda sirvió para consolidar la leyenda de la maldición fue la muerte sucesiva de los herederos de Felipe IV el Hermoso, quienes fueron ocupando, sucesivamente, el trono francés.

En primer lugar, su primogénito, Luis X, que falleció en 1316, tal vez por envenenamiento; le siguió su hijo póstumo Juan I, que solo vivió cinco días tras su nacimiento en 1316, quizás también envenenado. A continuación, subió al trono Felipe V, el segundo hijo de Felipe el Hermoso, que abandonó este mundo en 1322 afectado de disentería y fiebre tras cinco meses de intenso sufrimiento. Ante la falta de descendencia de los anteriores, fue elegido rey el tercer y último hijo de Felipe el Hermoso: Carlos IV, que perdió la vida en 1328. Todas estas muertes ocurrieron en menos de 14 años.

Además, a consecuencia de la ley sálica implantada en Francia, que impedía a las mujeres gobernar, con el fallecimiento del último heredero de la estirpe de los Capetos accedió al trono francés la nueva dinastía, la perteneciente a la casa de los Valois, lo que dio lugar a que todos creyeran que Dios había castigado a los Capetos por destruir la Orden del Temple. Eso hizo que se atribuyera a Jacques de Moley las palabras que profetizaban esa maldición como una venganza: «la venganza de los templarios».

Incluso otro terrible personaje como fue Guillaume de Nogaret murió un año antes de que el gran maestre pereciera en la hoguera, como resultado de un envenenamiento, al parecer, por encargo de la condesa Matilde Artois, en 1313. Quizás su carácter despiadado no le permitió sembrar buenas amistades.

Hasta Felipe de Marigny, obispo de Sens, culpable de haber conducido a la hoguera a cincuenta y cuatro templarios, murió en 1315, pocos meses después de ser quemado vivo el gran maestre de la Orden del Temple. Así que motivos para creer en maldiciones no faltan.

Casi cinco siglos después de la muerte de Jacques de Moley, el 21 de enero de 1793, el último rey de Francia, Luis XVI, llamado por sus verdugos «Luis Capeto», fue ejecutado en la guillotina junto al Sena no muy lejos de la antigua isla de los Judíos donde fue quemado el gran maestre templario. Muchos aseguran haber oído una voz elevarse en el riguroso silencio que dominó el momento en el que rodó la cabeza del monarca. Una voz que decía: «Jacques de Moley, has sido vengado».

Tras los estudios en profundidad llevados a cabo por los historiadores para dilucidar la culpabilidad o inocencia de los templarios y de la Orden del Temple, existe unanimidad en considerarlos víctimas inocentes del monarca francés, Felipe IV el Hermoso, a lo que contribuyó el carácter débil y pusilánime del papa Clemente V, incapaz de enfrentarse al soberano.

Valgan estas páginas para hacer justicia a los templarios.

DRAMATIS PERSONAE

PERSONAJES REALES

Felipe IV de Francia, llamado el Hermoso (Fontainebleau, 1 de julio de 1268-29 de noviembre de 1314) fue rey de Francia y de Navarra. Pertenecía a la dinastía de los Capetos. Padres: Felipe III el Atrevido e Isabel de Aragón (hija de Jaime I el Conquistador, rey de Aragón y conde de Barcelona, y de Violante de Hungría). Se casó con Juana I de Navarra y fue nieto de Luis IX de Francia (san Luis).

Luis el Hutín (muere el 5 de junio de 1316), rey de Navarra e hijo primogénito de Felipe IV. Heredó al trono de Francia como Luis X.

Bonifacio VIII (1235-1303) fue el papa n.º 193 de la Iglesia católica, desde 1294 a 1303.

Clemente V (1264-20 de abril de 1314) fue el papa n.º 195 de la Iglesia católica desde 1305 a 1314. Fue el supresor de la Orden del Temple y permitió la persecución y la ejecución de muchos de sus miembros. Primer pontífice que residió de forma estable en Aviñón debido a las presiones del rey de Francia Felipe IV el Hermoso y por la inestabilidad política, económica y social existente en Roma.

Guillaume de Nogaret (1260-1313) fue un jurista y consejero del rey de Francia Felipe IV el Hermoso.

Guillaume de Plaisians (muerto en 1313), consejero de Felipe IV el Hermoso. A él debemos la famosa fórmula: «El rey de Francia es emperador de su reino» para reforzar la posición del rey de Francia frente al emperador del Sacro Imperio Romano y el papa.

Jacques de Molay (1245-18 de marzo de 1314 —quemado en la hoguera—), último gran maestre de la Orden de los Pobres Caballeros de Cristo y el Templo de Salomón, conocidos como templarios.

Godofredo de Charnay (quemado en la hoguera el 18 de marzo de 1314), caballero templario, maestre de Normandía. Murió junto a Jacques de Moley en París.

Esquieu de Floyran, expulsado de los templarios, fue el que indujo al rey Felipe IV el Hermoso de Francia a actuar contra la Orden del Temple al acusar a sus miembros de herejes.

Felipe de Marigny, obispo de Cambrai y, posteriormente, arzobispo de Sens (1260-1315). Condenó a morir en la hoguera a cincuenta y cuatro templarios en París.

Ponsard de Gisi, caballero templario.

Arnau de Vilanova (1238-1311) fue médico, teólogo y embajador español de grandes figuras de la monarquía y del clero de su época, como Jaime II de Aragón, el papa Benedicto XIII y Clemente V entre otros.

Fernando IV de Castilla fue rey entre 1295 y 1312.

Jaime II de Aragón fue rey de Aragón, de Valencia y conde de Barcelona entre 1291 y 1327.

Ismaíl I de Granada, quinto soberano de la dinastía nazarí de Granada entre los años 1314 y 1325 tras destronar a su tío, el emir Nasr.

PERSONAJES DE FICCIÓN

Lidón y Miguel, hermanos y sobrinos del caballero Pierre de Monteagudo.

Pierre de Monteagudo, caballero templario.

Goliat, templario y amigo de Pierre de Monteagudo.

Paul, ayuda a llevar las cuentas al administrador de la orden templaria en París.

Lucía, cortesana.

Blanche, hija de Lucía.

Louis Beaumont, mercader rico padre de Blanche.

Robert, sirviente del gran maestre Jacques de Moley.

Léonard, el mercader valedor de los dos franciscanos.

Roux, el mendigo pelirrojo que vigila la casa de los Monteagudo en París.

Alphonse, criado de mayor confianza de Lidón y Miguel.

Bouvier, consejero de Felipe IV el Hermoso, rey de Francia.

Don Sancho, señor de Ares.

Andrés, habitante de Culla que aloja a Goliat en su casa.

Isabel, madre de Lidón y Miguel.

El Leñoso y el Tahúr, secuaces del señor de Ares.

El alquimista, religioso de la encomienda de Culla.

Albert, religioso de la encomienda de Culla.

Bruno, caballero templario.

El soldado de la cicatriz en el cuello y su compañero.

Agradecimientos

Quiero agradecer a la presidenta de la Diputación de Castellón, Marta Barrachina, al diputado de Cultura, Alejandro Clausell, y al comité técnico la excelente iniciativa de otorgar los premios Letras del Mediterráneo a escritores con una solvente trayectoria literaria que, al mismo tiempo, sirva para dar a conocer el territorio castellonense, su historia y su gente. Fruto de esta iniciativa, en 2024, he recibido el preciado Galardón Letras del Mediterráneo de Novela Histórica.

Mi compromiso con el galardón se ve ahora reflejado en 2025 en esta novela que llega a vuestras manos y que ha sido tratada con mucho cariño y profesionalidad por todo el personal que trabaja en el Grupo Editorial Sargantana, así como por su CEO, Paz Navarro. A todos ellos les agradezco su incondicional apoyo y su buen hacer con la publicación de *La venganza de los templarios*.

Varias han sido las personas que han estado a mi lado en este proyecto, pero merece un lugar muy especial mi amiga Begoña Vidal, siempre dispuesta a contribuir con sus críticas constructivas a mejorar mi trabajo. También ha supuesto un apoyo que amigos como Ramón Villa y Luis Rabaneda lean la historia y me ofrezcan su sincera opinión.

Además, solo tengo buenas palabras para mi esposo y mi hijo, que me acompañan a diario en la consecución de cada uno de mis sueños literarios con increíble paciencia.

Espero, mis queridos lectores, incluidos los miembros del grupo Novela Histórica de Facebook, que después de *Un tes-*

tigo llamado Cervantes hayáis disfrutado de esta historia templaria, que también me ha arrebatado el corazón como antes lo hizo Cervantes.

Me encantaría que me siguierais en redes sociales y dejarais vuestros comentarios y reseñas. En mi web www.begonavalero.com podéis encontrar más información sobre mis libros publicados, actos y agenda.

¡Gracias! Sin todos vosotros nada habría sido posible.

www.facebook.com/begona.valeroblazquez
www.linkedin.com/in/begoña-valero-52563129
www.instagram.com/begona_valero
www.facebook.com/begonavaleroescritora/
www.facebook.com/groups/43148375142

EDITORIAL
SARGANTANA